Une présence dans l’ombre

*

La couleur de l’orage

JUSTINE DAVIS

Une présence dans l'ombre

Traduction française de
CATHERINE VALLEROY

BLACK ROSE

HARLEQUIN

Collection : BLACK ROSE

Ce roman a déjà été publié en 2020

Titre original :
OPERATION HERO'S WATCH

HARPERCOLLINS FRANCE
83-85, boulevard Vincent-Auriol, 75646 PARIS CEDEX 13
Service Clients — https://www.harlequin.fr/contenu/contactez-nous
ISBN 978-2-2805-1969-4 — ISSN 1950-2753

Édité par HarperCollins France.
Composition et mise en pages Nord Compo.
Imprimé en mai 2025 par CPI Black Print (Barcelone)
en utilisant 100% d'électricité renouvelable.
Dépôt légal : juin 2025.

MIXTE
Papier issu de sources responsables
FSC® C159065

Pour limiter l'empreinte environnementale de ses livres, HarperCollins France s'engage à n'utiliser que du papier fabriqué à partir de bois provenant de forêts gérées durablement et de manière responsable.

1

Tu t'es ramolli, maugréa intérieurement Jace Cahill.

Il s'était accoutumé désormais au climat chaud et sec de la Californie et s'irritait de cette froide journée pluvieuse.

Bien sûr, les mille cinq cents kilomètres qu'il venait de parcourir en bus, en stop et à pied n'y étaient peut-être pas étrangers. Son sac à dos lui paraissait de plus en plus lourd. Il savait qu'il était du bon côté de Puget Sound, mais c'était à peu près tout. Giflé par une nouvelle rafale de vent mêlé de pluie, il songea avec ironie qu'il allait sans doute franchir la frontière canadienne sans s'en apercevoir.

Au moins, là-bas, quelqu'un aura la bonté de s'arrêter pour te dire où tu es.

Tout ça pour tenir une promesse faite des années auparavant – oui, presque une décennie. Cory Grant était son ami à l'époque, mais Jace n'aurait jamais imaginé qu'il devrait s'en souvenir un jour.

Et pourtant...

Un bruit de pneus sur la chaussée mouillée attira son attention. En se retournant, il vit approcher un vieux coupé argenté. Le pouce levé, il continua à marcher sans grand espoir.

La voiture le dépassa. Puis s'arrêta et fit marche arrière. Jace prit alors conscience qu'un chien aboyait à l'intérieur. Des aboiements déchaînés.

Le coupé s'arrêta devant lui. Il vit le chien à travers la vitre arrière. Le poil noir, des oreilles mobiles et des yeux étranges.

Et de grandes dents. Mais il agitait légèrement la queue. C'était bon signe, non ? À l'idée de se mettre à l'abri et de reposer ses jambes, son moral remonta.

La portière du conducteur s'ouvrit et les aboiements se firent plus forts. Un homme descendit du véhicule et le regarda par-dessus le toit de la voiture. Il était grand, mince et musclé, mais c'étaient ses yeux qui retenaient l'attention. Des yeux qui en avaient sûrement trop vu.

— Montez si vous voulez que je vous dépose, dit-il par-dessus les aboiements continus.

Jace hésita. Les aboiements redoublèrent d'intensité et l'homme eut soudain l'air épuisé.

— S'il vous plaît, lança-t-il en levant les yeux au ciel, montez pour qu'il se taise.

Jace ne comprit pas en quoi le fait de monter ferait taire l'animal, mais cette supplication l'émut et sa méfiance disparut. À l'instant où il s'assit, le chien se tut.

— Dieu merci, marmonna le conducteur en remontant en voiture.

Le bruit de la pluie fut instantanément étouffé quand Jace referma sa portière. Il poussa un soupir de soulagement.

— Merci.

— Merci à vous, dit sèchement l'homme en regardant le chien. Tu es content, le clébard ?

Le chien agita sa queue touffue. Il avait un collier, remarqua Jace, avec une plaque en forme de navire. Le nom Cutter était gravé dessus, et il se demanda si on l'avait baptisé d'après le bateau[1]. Cet homme n'avait pas l'air d'un militaire et il semblait trop jeune pour être à la retraite. Et puis, ces yeux…

— Il fait ça souvent ? questionna Jace. Se déchaîner quand il voit des auto-stoppeurs ?

— C'est la première fois, que je sache. Mettez votre ceinture.

Jace s'exécuta. Puis il se retourna pour examiner le chien de plus près. Lequel le fixait sans ciller. L'animal laissa échapper

1. *Cutter* : nom de vedette militaire (NdT).

un gémissement bas. *On dirait qu'il est inquiet*, pensa Jace. Le chien jappa en regardant le conducteur. L'homme tourna la tête, puis regarda Jace et de nouveau le chien. L'animal n'avait pas détourné les yeux.

— Vraiment ? grogna l'homme de manière audible.

Le chien tendit alors une patte, qu'il posa sur le bras de Jace, sans pour autant détacher les yeux de son maître. Jace se dit qu'on pouvait se demander qui était le maître de qui.

— D'accord, marmonna l'homme. Tu te rends compte qu'il n'y a que moi, là ?

Jace se demanda ce qu'il devait répondre à cela, mais il comprit que l'homme s'adressait au chien. L'animal émit un drôle de bruit, qui aurait presque pu passer pour « et alors ? ».

L'homme soupira et s'arrêta au bord de la route, ce qui rendit Jace encore plus méfiant. Mais il se tourna vers lui et lui tendit la main.

— Rafe Crawford. Et cet imbécile s'appelle Cutter.

— J'avais compris, dit Jace en serrant la main offerte.

— Oui bien sûr, jeta l'homme, semblant attendre quelque chose.

— Euh… Jace Cahill.

Rafe hocha la tête.

— Alors, dit-il comme un homme résigné à l'inévitable, ils sont devant ou derrière vous ?

— Quoi donc ?

— Vos ennuis.

La première chose que Cassidy vit en ouvrant la porte fut le chien. C'était un bel animal au pelage noir et brun-roux. Elle enregistra cela distraitement, car le chien la fixait avec intensité. Il avait des yeux d'ambre, pas malveillants, juste… fixes. Il était poliment assis sur son arrière-train et la fixait.

— Salut, Cassie.

En entendant cette voix rauque, elle releva vivement la

tête. Elle qui s'était tellement persuadée qu'il ne viendrait pas... Il ne ressemblait pas à l'image qu'elle avait gardée de lui ; ses cheveux noirs étaient plus longs, ses vêtements froissés et son visage pas rasé. Il portait un sac à dos et une grosse veste d'hiver.

Mais il n'y avait pas à se tromper sur ces yeux bleu vif, cette mâchoire et cette bouche. Ni sur cette petite cicatrice sous l'œil gauche, qu'elle lui avait infligée près de vingt ans auparavant.

— Jace...

— Désolé d'avoir mis autant de temps.

Elle s'efforça de reprendre contenance. Il parut le remarquer et fronça les sourcils.

— Je... ne m'attendais pas du tout à te voir.

— Mais tu m'as appelé.

— Tu n'as pas répondu.

— J'avais... donné mon téléphone à ma mère. Elle m'a fait passer ton message.

Cassie se rappela cette petite femme douce qui vivait avec son fils quelques maisons plus loin. Avant qu'ils ne brisent son cœur d'idiote en partant au loin.

— Comment va-t-elle ? demanda-t-elle, soudain désorientée.

— Maintenant, très bien, dit-il avec une note de satisfaction dans la voix.

Maintenant ? Elle allait le questionner plus avant quand le chien l'effleura du museau.

— Tu as amené ton chien ? Il est beau.

— Il n'est pas à moi. C'est... Je t'expliquerai plus tard.

Puis, comme le Jace dont elle se souvenait, il alla droit au cœur du sujet.

— Que se passe-t-il ? Tu n'étais pas très claire dans ton message. Et quand j'ai essayé de te rappeler...

— Je... Mon téléphone était en panne.

Ce qu'elle ne dit pas, c'est que c'était elle-même qui l'avait mis hors service en désactivant toutes les fonctions de localisation.

— Que se passe-t-il ? Tu avais l'air effrayée.

— Je l'étais.

Elle le vit inspirer à fond avant qu'il ne demande, pour la troisième fois mais avec plus de douceur :

— Que se passe-t-il, Cassie ?

Cela fit son effet. C'est lui qui avait commencé à l'appeler ainsi. C'était un rappel par-delà le temps. Soudain sa peur revint, et elle vacilla.

Jace tendit instinctivement la main pour la soutenir. Même le chien le remarqua ; elle l'entendit pousser un doux gémissement et il se pressa contre ses genoux. Entre eux deux, elle se sentit étrangement rassurée.

— J'ai amené de l'aide, annonça Jace.

— C'est un chien de garde ?

— C'est ce dont tu as besoin ? questionna-t-il.

— C'est... l'impression que j'ai.

— En fait, nous sommes trois...

— Trois ?

Il regarda derrière lui. Et pour la première fois, elle s'aperçut qu'il n'était pas seul. Un homme sortit d'entre les arbres du côté nord. Un inconnu grand, brun et maigre. Il contourna le coupé argenté garé derrière son SUV en boitant très légèrement.

— Jace, je ne...

— Il travaille pour une fondation qui aide les gens qui ont des ennuis. On va au moins en parler avec lui, d'accord ?

C'était ridicule. Bien sûr, elle avait eu le temps de regretter son appel impulsif. Mais Jace était là, à son grand étonnement. Et elle refusait de le laisser entrer ?

Le chien gémit à nouveau et elle baissa les yeux sur lui. Ses grandes prunelles dorées étaient fixées sur elle. Il se frotta contre sa jambe comme pour attirer son attention. Elle se baissa automatiquement pour le caresser. Son pelage était si doux que c'en était bizarrement réconfortant. Il ne cessait de la regarder, comme pour lui dire que tout irait bien.

Et maintenant j'attribue des pensées humaines à un chien, se moqua-t-elle intérieurement. Elle avait connu des chiens capables de lire les émotions humaines, mais ça c'était pousser le bouchon un peu loin.

— Je suis désolée, s'excusa-t-elle alors que l'autre homme posait le pied sur la première marche du porche, entrez donc. Je vais faire du café... Il fait froid aujourd'hui.

Quand ils pénétrèrent dans la maison et qu'elle vit l'homme de plus près, elle regretta presque son invitation. Ses yeux n'étaient pas seulement intimidants, ils avaient quelque chose de terrifiant.

— Personne alentour, dit l'homme, en dehors du voisin qui cherchait son chat.

— M. Snider, répondit automatiquement Cassie, avant de s'interroger sur ce que ces mots impliquaient.

Pendant que Jace et elle parlaient, il avait... quoi ? Inspecté le voisinage ?

« Il travaille pour une fondation qui aide les gens qui ont des ennuis. »

Il ne faisait sans doute pas bon être en conflit avec lui, décida-t-elle. Et l'idée de l'avoir de son côté était indubitablement réconfortante. Mais c'était une pensée inconséquente parce que, si c'était un professionnel, il allait réagir comme la police : penser qu'elle imaginait des choses.

D'un geste, elle leur indiqua le salon, puis se dirigea vers la cuisine. Elle avait envie de fuir, mais c'était seulement parce qu'elle avait cru que Jace ne viendrait pas, se dit-elle.

Quand elle revint avec le café, elle était moins nerveuse. Elle prit place sur le canapé, à une distance rassurante de Jace. L'homme que celui-ci lui avait présenté comme s'appelant Rafe était dans l'un des fauteuils, le chien sagement assis à ses pieds.

— Il est très bien élevé, remarqua-t-elle, consciente qu'elle évitait le sujet principal.

— Il a de bonnes manières en société, dit Rafe. Vous auriez dû le voir au mariage de son maître – mon patron – avec un nœud papillon.

Elle rit, et soudain la tension se dissipa. Une lueur dans l'œil de Rafe lui fit comprendre que cela avait été son but. Peut-être était-il réellement doué pour aider les gens.

— Cassie ?

Elle reporta le regard sur Jace.

— Tu as peur. Que se passe-t-il ?

Elle prit une profonde inspiration. Puisqu'il était venu en réponse à son appel, elle se devait de le lui expliquer, non ?

— La police pense qu'il n'y a rien. Parce que je n'ai aucune preuve.

— Une preuve de... ? intervint Rafe.

Enfin décidée, elle dit précipitamment :

— Quelqu'un me harcèle.

2

Une fois que Cassie eut commencé, les mots semblèrent se presser dans sa bouche.

— Je sais. Qui pourrait me harceler ? Je ne suis pas du genre à cela.

Jace avait eu le temps de la regarder et il se dit qu'elle se trompait lourdement : la petite sœur de son meilleur ami était devenue une très belle femme. À l'époque, elle avait seize ans et lui dix-huit. Ses yeux étaient d'un étonnant mélange de vert et d'or, avec des paillettes de bronze. Ses cheveux étaient du même châtain clair que dans son adolescence, mais avec des mèches plus claires qui parlaient de jours ensoleillés. Son nez était toujours retroussé, mais sa bouche plus pleine. De même que ses formes...

Il se rappela la boutade de Cory : « C'est le cerveau de la famille ; moi j'ai reçu la beauté en partage. »

C'était peut-être vrai à l'époque. La petite Cassie était un rat de bibliothèque qui aurait disparu à l'arrière-plan si elle n'avait pas été capable de le faire rire. Ce cerveau dont Cory se moquait était bel et bien présent quand il s'agissait de rétorquer à son frère. Jace se tordait de rire en l'écoutant.

« Si on trouve un jour une utilité aux fossettes et aux longs cils, on frappera sûrement à ta porte. »

Cela lui revint, le sérieux avec lequel elle avait dit cela. Le pauvre Cory ne savait jamais si elle le complimentait ou l'insultait. Jace lui avait dit en souriant qu'il espérait ne jamais la mettre en colère contre lui.

Jamais de la vie.

Cory avait levé les yeux au ciel en répliquant : « Tu es bête ou quoi ? Elle a le béguin pour toi. »

Il repoussa ces souvenirs et dit avec douceur :

— Tu t'es regardée dans un miroir récemment ?

Cassie cilla, recula un peu, puis sourit.

— C'est gentiment dit. Merci.

— Ce n'est pas gentil, c'est vrai. Mais à part cela, reprit-il en jetant un coup d'œil à Rafe, l'apparence a-t-elle vraiment à voir avec le fonctionnement d'un harceleur ou le choix de sa victime ?

— Pas toujours, répondit Rafe. La beauté ou la célébrité peuvent être l'élément déclencheur, mais c'est souvent quelque chose d'autre qui le pousse à la harceler. En général, c'est la conviction illusoire qu'il existe un lien entre lui et elle. Et que si la victime en était consciente, elle voudrait évidemment lui appartenir.

Cassie le considéra avec curiosité.

— Vous étiez policier avant de travailler pour... ?

— Non. J'en ai juste appris beaucoup avec Foxworth.

— Foxworth ?

Jace fit la grimace.

— Je te laisse lui expliquer, dit-il à Rafe. Mais je suggère de laisser le chien de côté. Elle est plutôt rationnelle.

Rafe posa les yeux sur Cutter, puis les reporta sur Cassie.

— Moi aussi j'ai eu du mal à accepter que Cutter est... ce qu'il est. Mais je sais aussi qu'il ne se trompe jamais.

— Il ne se trompe jamais ?

— Quand il nous amène quelqu'un.

Cassie jeta un regard de biais à Jace. Avec un soupir, il lui raconta l'histoire de leur rencontre sous la pluie. Puis il laissa la parole à Rafe.

— Donc, résuma Cassie quand il eut fini, vous travaillez pour la fondation Foxworth, qui se charge gratuitement de causes perdues, votre patron a épousé une femme qui possédait ce chien et vous avez découvert qu'il était capable de flairer les gens qui ont des problèmes ? C'est ça ?

Rafe eut un large sourire, qui changea du tout au tout sa physionomie.

— C'est le meilleur résumé que j'ai jamais entendu. Il faudra que je m'en souvienne, parce que je ne suis pas très doué pour les explications.

Cassie eut l'air ravie, et Jace s'irrita de se sentir irrité.

— Et, ajouta Rafe, tout le monde est en congé cette semaine, alors vous êtes coincés avec moi.

Jace le vit tendre la main et gratter le chien derrière l'oreille.

— Et avec celui-là, qui vaut bien trois d'entre nous.

— Qui décide de qui est dans son bon droit ? demanda Cassie.

Jace la regarda. C'était exactement la question qu'il avait posée. Rafe lui donna la même réponse.

— Ce qu'il y a de bien, c'est que c'est nous. Personne d'autre ne décide pour nous.

— À propos de cet homme, dit Jace en les ramenant au sujet principal. Tu dis que tu ne sais pas à quoi il ressemble ?

— Non, répondit-elle, mais je sais qu'il me suit.

Elle regarda Rafe, ne sachant pas s'il la croirait. Comme s'il avait lu dans ses pensées, il déclara tranquillement :

— Et qu'il vous épie ?

— Oui, dit-elle en inspirant fortement. Comment le savez-vous ?

— J'ai vu des traces sous les arbres.

Jace serra les dents tandis que Cassie pâlissait.

— Il s'est caché sous les arbres ?

— Quelqu'un est venu là. Et y est resté assez longtemps pour laisser des traces. Que pouvez-vous me dire à son sujet ? Êtes-vous sûre que c'est un homme ?

— Oui. Je ne sais pas qui il est, pourquoi il fait ça, ni même de quoi il a l'air, mais...

— Est-ce parce qu'il ne s'est pas approché ou parce qu'il se déguise d'une manière ou d'une autre ? l'interrompit Rafe.

— Les deux, répondit-elle. Je veux dire qu'il reste à distance, mais il porte une capuche ou un bonnet avec une écharpe autour du cou et du visage comme s'il faisait moins trente. Et des gants.

— Intéressant, observa Rafe.

— Il n'est peut-être pas d'ici, intervint Jace. J'ai grandi dans cette région et je n'ai jamais trouvé qu'il faisait si froid, mais les habitants de Californie sortiraient leurs tenues de ski.

Rafe hocha la tête.

— C'est possible.

Cassie regarda Jace.

— Tu étais en Californie ?

— Oui, c'est pour ça que ça m'a pris du temps. Je...

Il s'interrompit abruptement. Il venait de remarquer une photo sur l'étagère. Une photo de famille, prise sur la plage du phare à quelques kilomètres de là. Il était avec eux ce jour-là et il se souvenait de cette photo. Mme Grant avait demandé à un promeneur de la prendre, et Jace s'était instinctivement écarté.

« Mais où vas-tu, Jace ? Viens ici ! »

Il se rappelait son incrédulité. Le père de Cassie l'avait attrapé par le bras et l'avait inclus dans le cadre de la photo. Il se contemplait maintenant, entre les deux adultes, leurs bras passés autour de ses épaules. Comme s'il faisait partie de la famille. Comme si, parmi les trois enfants, il était celui dont ils avaient le plus besoin.

Il se surprit à retenir ses larmes. Parce que ce n'était rien d'autre que la vérité.

« C'est pour ça que ça m'a pris du temps. »

Cassie éprouva un pincement de culpabilité en songeant qu'elle avait cru qu'il ne viendrait pas. Elle aurait dû le savoir. C'était Jace après tout, et non son frère, qui ne savait pas ce qu'était une promesse et ne se donnait pas la peine de la rappeler.

« Appelle Jace. Il viendra. Il a promis. »

Cory avait dit ça avec un haussement d'épaules, comme si le monde entier savait que la parole de Jace valait de l'or. Et apparemment, c'était toujours le cas. Parce qu'il était venu quand elle avait laissé ce message.

Puis elle se rendit compte que Jace regardait la photo au phare. Était-ce ce qui lui donnait cet air si... si... ?

Heureusement, Rafe ramena leur attention sur la question en cours.

— La description n'était pas suffisante pour la police ?

Cassie fit la grimace.

— C'est plutôt que cela pouvait correspondre à des dizaines de personnes. Les gens qui passent par ici pour aller au parc national sont emmitouflés pour la plupart.

— Mais vous êtes sûre qu'il vous suit ? questionna Rafe.

Tout cela n'existait peut-être que dans sa tête. Pourquoi diable s'intéresserait-on à elle ? Elle n'était pas célèbre et certainement pas riche. Elle n'était pas non plus d'une beauté renversante ; elle n'avait rompu avec personne récemment – elle n'avait d'ailleurs fréquenté personne depuis très longtemps – et n'avait pas eu de conflit avec quiconque. Pas de nouveaux employés ni de clients mécontents au magasin, où elle restait en général dans l'arrière-boutique, sauf quand elle devait servir la clientèle ou faire des livraisons. Aucun contact particulier quand elle faisait ses courses ou allait chercher un café le matin. La réponse à toutes les questions que lui avait posées la police était « non », y compris s'il existait des raisons pour lesquelles on la suivrait.

— Je sais que ça a l'air fou, il n'y a aucune raison pour que quiconque...

— Parfois, il suffit d'une belle femme seule, remarqua Jace.

Cassie tourna vivement la tête et le dévisagea.

— Quoi ? demanda-t-il d'un air perplexe.

Elle faillit rire d'elle-même. *Alors il suffit qu'il dise que tu es belle ? Tu n'as toujours pas dépassé cela ?* Mais la plupart des femmes auraient sursauté, se dit-elle. C'était Jace, avec ses yeux bleu clair et ses cheveux toujours ébouriffés.

« Tu n'as pas de peigne ?

— C'est à ça que servent les doigts. »

Elle rougit imperceptiblement à ce souvenir. Il lui avait répondu avec une lueur dans l'œil qu'elle était trop jeune pour comprendre. Ce n'est que beaucoup plus tard qu'elle avait compris qu'il ne parlait pas nécessairement de ses doigts à lui. Le jour où elle l'avait surpris derrière le gymnase, avec Kim Clark qui farfouillait dans son épaisse chevelure. Cette fille très populaire avait jeté son dévolu sur Jace quand il avait gagné sa première compétition de judo. Il fallait porter au crédit de Jace qu'il ne s'était pas laissé faire.

« Elle veut m'utiliser, Cassie. Elle ne m'a pas regardé une seule fois avant. De toute façon, elle ne m'aura pas. »

Là où la plupart des gens trouvaient les manières de voir de Jace confondantes, elle les trouvait fascinantes à l'époque. Cela avait toujours été le cas.

— Cassie ?

Elle s'aperçut qu'elle le fixait.

— Désolée. Encore un « flash de mémoire ».

Il eut l'air stupéfait puis sourit. Un sourire éclatant, dévastateur, qui n'éclaira pas seulement son visage, mais toute la pièce.

— Je n'arrive pas à croire que tu te souviennes de ça.

— C'est toujours la meilleure image que je connaisse.

Puis elle reposa – à contrecœur – les yeux sur Rafe. Il les observait d'un air évaluateur.

— Désolée, je ne voulais pas être grossière, dit-elle rapidement.

— Vous avez des souvenirs en commun, remarqua-t-il simplement.

Oh oui. Et je viens juste de comprendre que ce ne sont pas seulement des souvenirs. Loin de là.

3

— Depuis combien de temps cela dure-t-il ? demanda Rafe à Cassie.

Jace fut soulagé d'entendre la conversation revenir au sujet principal. Il savait qu'on en viendrait là de toute façon, car Rafe avait raison, ils avaient beaucoup de souvenirs en commun.

— Presque trois semaines, répondit Cassie, avant de se corriger : que je sache. Ça pourrait être plus longtemps. Je ne l'ai peut-être pas remarqué tout de suite.

— Où ça ? questionna Rafe. Au travail, à la maison ?

— Les deux. Du moins, je pense que c'est le même homme. Je ne l'ai pas vraiment vu ici, juste son ombre. Le soir.

Jace fronça les sourcils.

— Son ombre ?

— Il – admettons qu'il s'agisse d'un *il* – était devant la fenêtre de ma chambre.

Jace jura sourdement.

— C'est là… que je t'ai appelé, dit Cassie. J'ai eu peur.

— J'imagine.

— Où l'avez-vous remarqué la première fois ? demanda Rafe.

— À l'extérieur du magasin. Il traînait au-dehors. Et il avait l'air…

— Louche ? Nerveux ? suggéra Jace.

— Plutôt… vigilant. Comme s'il attendait quelque chose. Mais il ne regardait pas la rue, il observait la boutique.

— Et qu'avez-vous pensé à ce moment-là ? reprit Rafe.

— Je n'en sais rien.

— Mais que vous êtes-vous dit ? insista-t-il gentiment.

Cassie eut l'air perplexe.

— Les choses habituelles, j'imagine. Qu'il attendait quelqu'un. Nous avions des clients. Ou qu'il voulait entrer et n'avait pas encore trouvé le courage de le faire.

Elle sourit.

— Certains hommes ont beaucoup de mal à acheter des fleurs.

— J'en achète pour ma mère, protesta Jace.

Cassie cilla comme si elle se rappelait quelque chose, mais dit seulement :

— Je ne parlais pas de toi.

— Désolé.

Il lui adressa un sourire de guingois.

— Ça doit être d'avoir grandi avec vous. Je n'ai jamais trouvé les fleurs effrayantes.

— Je sais, dit-elle avec un sourire tendre. Je me souviens que tu demandais toujours leur nom à ma mère. Et les lys étaient tes préférées.

— Oui, répondit-il, un peu gêné. J'aimais leur air délicat et qu'ils laissent ces marques orange sur les doigts.

— *L'Attaque des Lys tigrés*...

Il rit en l'entendant citer le titre qu'il avait trouvé pour un film d'horreur.

Rafe dut une nouvelle fois les ramener au sujet en cours.

— Qu'avez-vous pensé d'autre sur lui ?

En la voyant hésiter, Rafe se pencha en avant et posa les coudes sur ses genoux.

— Parfois, le cerveau traite les informations trop vite pour qu'on en prenne conscience. Il arrive qu'on ait une idée qui semble surgir de nulle part, alors qu'il y a tout un processus de pensée derrière.

— Je ne suis pas sûre de comprendre, dit Cassie.

— Ce qu'il veut dire – je crois, ajouta Jace en jetant un coup d'œil à Rafe, c'est que quand tu vois un merle bleu, par exemple, tu crois savoir instantanément que c'est un merle bleu, mais en réalité c'est un processus. D'abord tu vois quelque chose, puis tu reconnais que c'est un oiseau, puis qu'il est bleu, puis que ce n'est pas un geai, et enfin, tu arrives à la conclusion que c'est un merle bleu. Mais tu n'es pas consciente de toutes ces étapes.

Elle sourit avant qu'il ait fini. Et Rafe hochait la tête, donc il avait raison.

— D'accord, j'ai compris. Mais...

Elle jeta un regard dubitatif à Rafe.

— ... je ne sais pas comment ça s'applique dans ce cas.

— En le voyant traîner par là, est-ce que vous vous êtes inquiétée de ses intentions ?

— Oh oui, dit-elle avec un petit rire. Je me suis demandé s'il voulait nous cambrioler.

Ses yeux s'élargirent quand elle entendit ses propres paroles.

— Vous croyez que c'était ça ? Qu'il était en train de... faire du repérage ? Ça n'en vaudrait pas la peine. Nous n'avons pas beaucoup de liquide, la plupart des gens paient par carte.

— En supposant que l'argent ait été sa cible, dit Rafe.

— Mais quoi d'autre ?

— Est-ce qu'il t'a rendue nerveuse ? questionna Jace. De manière personnelle ?

— Tu veux dire est-ce que j'ai eu l'impression qu'il m'observait moi, personnellement ? Pas à ce moment-là. Pas avant de sentir qu'on m'épiait ici, à la maison.

— Et qu'est-ce qui t'a fait penser que c'était le même homme ?

Cassie soupira.

— C'est ce que la police m'a demandé. Et comme je ne l'ai pas vraiment vu ici, je n'ai pas d'autre réponse que les probabilités.

Selon elle, les chances que deux hommes traînent autour des deux endroits qu'elle fréquentait le plus étaient très faibles, comprit Jace. Il était d'accord, mais il n'était pas sûr que Rafe, avec son expérience et son esprit inquisiteur, pense de même. Celui-ci, pourtant, hochait la tête, l'air pensif.

— Ce serait une coïncidence trop grande, dit Jace.

— Oui.

Cassie parut soulagée qu'il comprenne.

— J'ai besoin de vous poser quelques questions, déclara Rafe à cet instant. Certaines vous paraîtront peut-être non pertinentes, voire impertinentes.

Cassie le regarda en reculant légèrement.

— Ce n'est pas un terme que j'oserais vous appliquer.

Rafe esquissa un sourire, et Jace se dit que ce n'était pas un sourire de plaisir. Cutter quitta soudain sa posture pour s'appuyer légèrement contre le genou de Rafe. La main de ce dernier se posa sur la tête du chien et le gratta derrière l'oreille droite en un geste familier.

C'était presque comme si le chien avait senti que ce sourire n'était pas heureux et s'était déplacé pour réconforter Rafe. Jace se souvint du chien de son enfance, Max semblait toujours sentir sa tristesse ou sa colère.

Et rappelle-toi ce que ça lui a coûté.

Il repoussa ce souvenir tandis que Rafe reprenait la parole.

— Je suis sûr que vous avez déjà réfléchi à toutes sortes de choses, mais je dois vous interroger tout de même. Et si je vous pose la même question de plusieurs manières, ne vous sentez pas traquée. Parfois, une autre formulation peut susciter des idées différentes.

Jace écouta Rafe dévider une batterie de questions. À certaines, il aurait pu répondre lui-même, et il hochait la tête quand Cassie le faisait comme il l'aurait fait lui-même. Elle n'avait jamais eu de dispute à son travail, ou ailleurs. C'était une médiatrice-née, elle avait un don pour comprendre le point de vue des autres. Elle travaillait au magasin de fleurs depuis son adolescence et elle connaissait son affaire.

Des clients mécontents ? Personne ne s'était jamais plaint. Des accidents de la circulation ? Non, elle était très prudente.

Des voisins hostiles ? Jace faillit éclater de rire. À moins qu'elle n'ait beaucoup changé, Cassie était la personne vers qui on se tournait quand on avait besoin d'un service. Promener un chien, nourrir un chat, garder un enfant à la dernière minute : si elle pouvait le faire, elle le faisait.

— Un petit ami ?

Jace s'immobilisa. Il aurait dû s'y attendre. Il se sentit stupide en se rendant compte qu'il retenait son souffle.

— Non.

Pas d'explications, juste un « non » plat. Il respira à nouveau. Il analyserait plus tard ce que cela voulait dire.

— Des ex ? demanda Rafe.

Elle regarda Jace. Un bref coup d'œil, mais il était certain de l'avoir vu.

— Pas... récemment.

— Il y a combien de temps ?

— Presque deux ans, dit-elle d'un ton neutre.

Deux ans ? Comment une femme comme Cassie pouvait-elle rester deux ans sans soupirant ?

— Ça fait un long moment, commenta Jace d'un ton un peu bourru.

Elle se contenta de hausser les épaules.

— Comment s'est passée la séparation ? demanda Rafe.

— Plutôt amicale, nous étions d'accord là-dessus, dit-elle, sans trahir la moindre émotion.

Bizarre, pensa Jace, elle avait toujours eu du mal à cacher ses émotions. Il n'était pas particulièrement heureux qu'elle ait appris à le faire.

— Amicale jusqu'à quel point ? insista Rafe.

— Pas vraiment amicale. Et ce n'était pas de mon fait.

Y avait-il enfin une trace de... peine ? De chagrin ? Il se sentit soudain coupable de sa satisfaction, mais il ne pouvait nier que cette attitude détachée le dérangeait. Cassie avait toujours été silencieuse, mais pas froide. Même à l'époque, il suspectait qu'elle restait impassible parce que, intérieurement, elle bouillait.

Et parfois, ses yeux noisette s'assombrissaient d'émotions tempétueuses. Cory lui avait demandé une fois comment il savait qu'elle était de mauvaise humeur.

« C'est dans ses yeux », avait-il répondu, surpris que ce ne soit pas évident pour tout le monde.

— Je vais avoir besoin de leurs noms, déclara Rafe.

Devant le regard qu'elle lui adressait, il ajouta :

— Pour les éliminer.

— Oh...

— Qui était le plus récent ?

— Steve Larsen. C'est un instituteur de l'école élémentaire.

— Comment cela s'est-il fini ?

— Il est retourné avec son ex-femme.

Elle haussa une épaule.

— J'ai compris. Ils avaient deux jeunes enfants. Ils se sont remariés, et je suis heureuse pour lui.

— Et avant lui ?

— Tim Sparks.

Jace resta bouche bée.

— Tu es sortie avec ce footballeur sans cervelle ?

Cassie le regarda.

— C'est le champion de judo qui le dit ?

— Oui, mais Tim était...

— Oui, il était. Mais il a beaucoup mûri depuis le lycée. La mort d'une petite amie dans un accident de voiture, ça vous remet les idées en place.

Jace cilla. Une image de la petite amie en question, une pom-pom girl parfaitement assortie au capitaine de l'équipe de foot, se forma dans son esprit. Tous deux vedettes de leurs petites bandes, ils formaient une sorte de couple superstar du lycée.

— Carly est... morte ?

Cassie hocha la tête.

— Juste après leur diplôme. Tu l'aurais su si tu t'étais donné la peine de rester en contact avec nous tous.

— J'étais assez occupé, risposta-t-il, piqué au vif.

— Hum.

Il retomba dans le silence tandis que Rafe continuait à poser des questions à Cassie. Il n'écoutait qu'à moitié, parce qu'il essayait de se représenter l'intelligente et calme Cassie avec un Tim extraverti et insouciant. Mais peut-être avait-il trouvé son calme reposant après ce qui lui était arrivé.

Rafe cessa de prendre des notes, et Jace lâcha :

— C'est lui qui conduisait ?

Comme d'habitude, Cassie n'eut aucun mal à reprendre le fil, même si plusieurs minutes s'étaient écoulées.

— Non. Mais c'était sa voiture.

— Alors il s'est senti responsable.

Elle le regarda avec beaucoup d'intensité.

— Non. Ça, c'est ce que tu ferais toi.

Il battit des paupières. Son ton avait été si neutre qu'il n'aurait su dire s'il s'agissait d'un compliment ou d'un reproche. Connaissant Cassie, c'était sans doute les deux.

Cutter se leva soudain. Son regard alla de Cassie à lui et vice versa avec une expression perplexe.

N'essaie pas de la comprendre, chien. Elle va toujours au fond des choses.

Cutter marcha vers Cassie et plaça son menton sur ses genoux. Elle parut en même temps stupéfaite et ravie, et posa une main sur la tête noire de l'animal. Jace la regarda regarder le chien. Il vit un lent sourire s'épanouir sur son visage, et il se demanda si elle éprouvait la même chose que lui quand il avait caressé Cutter pour la première fois. Qu'avait donc cet animal, d'où lui venait ce don pour communiquer ?

Il se demanda quand Cassie Grant était passée d'une joliesse tranquille à une beauté épanouie. Et la pensée qu'elle était vraiment en danger lui noua l'estomac.

— J'ai une question, lança-t-il abruptement.

Elle releva la tête pour le regarder.

— Où diable est ton frère ?

4

— Du diable si je le sais, rétorqua Cassie.

Jace parut surpris. Était-ce parce qu'elle avait fait écho à son juron ? Ou parce qu'elle parlait d'un frère autrefois adoré ?

— Beaucoup de choses ont changé depuis ton départ.

Elle ne pouvait pas dire qu'elle n'aimait plus Cory, mais... Une idée lui traversa l'esprit.

— Toi non plus, tu ne sais pas où il est ?

— Je ne lui ai pas parlé depuis quatre ans, déclara Jace d'un ton acide.

— Mais vous étiez amis, dit-elle en fronçant les sourcils.

— Oui. C'est drôle comme l'amitié peut prendre fin quand on refuse de prêter de l'argent.

Il avait l'air de le regretter, si bien qu'elle se hâta de dire :

— Je comprends. Je n'ai pas eu beaucoup de ses nouvelles non plus après que la banque Cassie a fermé.

— Tu as des problèmes d'argent ? releva Jace. Avec le magasin... je pensais que tes parents avaient une petite assurance vie...

— Non, pas des problèmes, mais disons que je ne roule pas sur l'or. Le magasin équilibre les comptes, mais tout juste. J'ai cessé de donner de l'argent à Cory quand il a dépensé la moitié du montant de l'assurance en quelques mois. Ce n'était pas tant que ça, cinquante mille, mais...

Elle attendit l'habituelle expression accusatrice... Comment pouvait-elle cesser de soutenir son frère ? Mais Jace dit seulement :

— Tant mieux pour toi.

Elle cilla, surprise.

— Je sais à quoi il l'utilisait.

Le soulagement envahit Cassie.

— C'est pour ça que tu as aussi arrêté de lui prêter de l'argent ?

— Non. Je...

Il s'interrompit net, et secoua la tête.

— Peu importe. Ça n'a rien à voir.

Cassie ne put s'empêcher de se demander ce qui l'avait poussé à dire cela avec un ton si coupant.

— On en est sûr ?

Ce commentaire paraissait modéré comparé au ton de Jace, mais Cassie était certaine qu'il ne fallait pas prendre à la légère ce que disait l'homme assis à côté d'elle.

— Que voulez-vous dire, monsieur Crawford ?

— Rafe, s'il vous plaît. C'est déjà assez dur d'avoir dû me lever ce matin.

C'était ironique et elle ne put s'empêcher de sourire.

— D'accord, Rafe. Vous êtes en train de dire que mon frère pourrait être lié à tout cela ?

Cela lui paraissait impossible, mais elle garda un ton neutre. Elle avait appris à se maîtriser quand il s'agissait de son frère.

— Ça dépend de la manière dont il dépensait cet argent, dit Rafe en posant son regard sur Jace.

— Pas pour de la drogue, répondit Jace en jetant un bref coup d'œil à Cassie. Il ne s'est jamais drogué, et il n'est pas non plus alcoolique. Mais il recherche toujours la facilité. La combine infaillible qui va le rendre riche.

— Beaucoup de gens trouveraient que, avoir cinquante mille dollars en banque, c'est être riche, remarqua Rafe.

Cassie vit Jace tourner la tête vers Rafe, trop rapidement pour qu'il s'agisse d'une réaction ordinaire.

— Oui, dit-il. Beaucoup de gens.

Il y avait dans ces mots quelque chose de dur et de... personnel ? Quoi qu'il en soit, elle n'avait pas aimé ce ton.

Jace avait assez souffert comme ça, avec un père sévère et écrasant. Ce dernier lui avait donné l'impression d'être stupide les quelques fois où elle l'avait vu, et Cory lui avait raconté des choses qui l'avaient fait frémir, alors elle imaginait ce que devait ressentir Jace à l'époque.

— Je ne crois pas que mon frère ait quoi que ce soit à voir avec cela. Je ne lui ai pas parlé depuis plusieurs semaines, et je ne l'ai pas vu depuis quatre mois, dit-elle.

Elle regarda Jace.

— J'ai essayé plusieurs fois de le contacter avant de te téléphoner. Il ne m'a jamais rappelée.

— Le connaissant, cela n'a rien d'étonnant.

Elle soupira.

— Il n'était pas comme ça, avant.

— Beaucoup de choses n'étaient pas comme ça.

Il y avait à nouveau cette note métallique dans sa voix. Cette fois, il lui faisait face et elle le vit faire un effort pour se radoucir.

— C'est lui qui m'a donné ton numéro et m'a dit de t'appeler si je ne pouvais pas le joindre. Parce que tu...

Elle s'interrompit, ne sachant pas si elle voulait parler de cela devant un étranger, même si cet étranger était là pour offrir son aide.

— Je lui avais promis, finit Jace.

— Oui.

— Et cette promesse, dit Rafe, est la raison pour laquelle Foxworth intervient. Aider les gens bien à tenir leurs promesses est tout en haut de la liste de nos priorités.

Il paraissait impossible à Cassie qu'une telle chose existe, mais ils étaient là, cet homme intimidant qui semblait pouvoir gérer n'importe quelle situation et ce chien qui, d'une manière ou d'une autre, le rendait moins effrayant.

— En parlant de liste, ajouta-t-il, j'aurai besoin d'une liste de toutes les personnes que vous voyez régulièrement. Avec leurs noms et leurs activités professionnelles. Ainsi que les dernières fois où vous les avez vues ou vous leur avez parlé et les circonstances de ces contacts. N'essayez pas de la raccourcir ou d'écarter des gens que vous trouvez inutile de mentionner. Laissez-nous faire ça.

— Nous ?

Elle regarda Jace, qu'elle n'avait pas revu depuis dix ans.

— Je veux dire Foxworth, précisa Rafe. Nous avons des moyens.

— Et vous allez vous en servir pour quoi faire ? demanda-t-elle, les sourcils froncés. Fouiller dans la vie de tous ceux que je connais ?

— Je vous promets qu'ils n'en sauront jamais rien.

— Je ne crois pas que j'aie envie de faire ça.

Durant un instant, Rafe ne répondit pas. Un air de tristesse se répandit sur son visage, au point qu'elle eut une impression tout à fait différente de lui. Il avait l'air perdu. Cela s'entendit dans sa voix quand il dit :

— Je suis parti d'une supposition erronée et je n'aurais pas dû, dit-il.

— Quelle supposition ?

— Que vous souhaitiez notre aide. Je ne suis pas le représentant habituel de Foxworth, sinon je n'aurais pas oublié cette étape cruciale.

— Et qu'êtes-vous habituellement ?

La surprise vacilla un instant dans les yeux de l'homme.

— Si je répondais à cela, vous diriez non alors que vous devriez dire oui.

Cette réponse n'était pas très claire, mais Cassie supposa que cela voulait dire que, quand il fallait se salir les mains, c'était lui qui le faisait. Et s'ils devaient en venir là, qu'est-ce que cela signifiait exactement ? Durant un instant, elle se demanda si elle souhaitait l'aide qu'on lui offrait.

Le chien remua devant ses genoux, attirant son attention. Ses yeux ambrés accrochèrent son regard et elle se sentit soudain rassurée. Certaine que tout irait bien.

Elle reporta les yeux sur Rafe, qui n'avait pas tenté de la convaincre. Elle l'observa quelques instants, puis dit tranquillement :

— Je pense que, quelle que soit la situation, je préfère vous avoir avec moi plutôt que contre moi.

— Je t'avais dit qu'elle était intelligente, commenta Jace.

Cassie se demanda ce qu'il lui avait dit d'autre. Et elle le surprit à l'observer avec une expression des plus étranges.

— Tu as toujours ta cicatrice, articula-t-elle un peu bêtement.

Il leva la main pour toucher la marque sous son œil.

— Mon souvenir favori.

Une légère rougeur monta aux joues de Cassie.

— Pour te rappeler la petite idiote que tu as dû secourir ?

— Tu n'as jamais été idiote. Et je n'ai jamais eu besoin de cette cicatrice pour me souvenir de toi.

Sa voix était douce, et pourtant elle avait cette dureté acquise au cours des années écoulées. Ses paroles déclenchèrent une réaction en chaîne de souvenirs et d'espoirs qu'elle croyait avoir réussi à réprimer. De crainte de rougir comme une pivoine, elle détourna le regard. Et découvrit que Rafe Crawford les observait d'un air pensif.

Heureusement, il ne dit rien, sauf :

— Cette liste ? Et des horaires aussi. Où vous êtes et quand.

De cela, au moins, elle voyait la raison. Aussi, se demandant dans quoi elle avait mis les pieds, elle alla à la cuisine chercher un bloc-notes et un stylo puis se mit à écrire.

5

— Tu aurais pu me dire qu'elle était plus pour toi que la sœur de ton ami, déclara Rafe d'un ton léger.

Électrisé, Jace se demanda si Cassie avait entendu ces mots. Elle n'avait pas cessé d'écrire, et il supposa que non. En regardant Rafe, il comprit que cet homme savait exactement jusqu'où portait sa voix.

— Ce n'est pas le cas, dit-il.

Du moins, ça ne l'était pas.

— Je veux dire que je l'aimais assez pour la taquiner comme une petite sœur. Cory disait qu'elle avait... le béguin pour moi. Tu sais, le genre de choses courantes chez les adolescentes.

— Ce n'est plus une adolescente.

Jace contempla Cassie.

— Sans blague. Je n'aurais jamais cru qu'elle changerait... autant.

— Elle n'a plus rien d'une petite sœur...

Jace déglutit avec difficulté.

— Non. Plus rien.

— En dehors de cette promesse.

— Oui, convint-il. Cette promesse...

Il avait promis à Cory de prendre soin de sa sœur au cas où lui-même ne le pourrait pas. Et de l'aider si besoin était.

— Son frère n'est apparemment pas du genre à tenir ses promesses.

— Ça dépend combien ça lui coûte.

Cette remarque cynique lui échappa avant qu'il puisse la retenir et il serra tristement les lèvres. Qu'avait donc cet homme – et ce chien – pour le pousser à dire ce qu'il n'aurait jamais dit en temps normal ? Surtout à quelqu'un qu'il venait de rencontrer.

— Certains y verraient une raison de te dédouaner.

Jace fronça les sourcils.

— Pourquoi ? C'est moi qui ai promis, pas Cory.

Un léger sourire flotta sur les lèvres de Rafe.

— Et c'est parce que tu fais cette distinction que je suis ici. Tu appartiens à la catégorie de personnes que Foxworth souhaite aider. Mais Cory, pas vraiment.

Le retour de Cassie épargna à Jace l'obligation de répondre. Elle tendit sa liste à Rafe.

— Vous me promettez qu'ils n'en sauront rien ?

— Du moment qu'ils n'ont rien à voir avec l'affaire, ils n'en auront pas la moindre idée, l'assura Rafe.

— Et si c'est le cas ? demanda Cassie. Si quelqu'un sur cette liste – c'est une simple hypothèse – se révèle être la personne qui me harcèle, que se passera-t-il ?

— Ce sera à vous de décider, répondit Rafe.

— À moi ? Pas... à la police ?

Rafe haussa une épaule.

— Nous collaborons souvent avec la police. Elle nous apprécie parce que nous la tenons informée de choses qu'elle ignore. Nous coopérons avec elle et, si elle récolte tout le crédit, nous ne nous en formalisons pas. En même temps, nous ne sommes pas ligotés par ses règles parfois paralysantes. Et nous travaillons pour vous.

Cassie semblait toujours incertaine. Jace ne pouvait le lui reprocher : il avait visité les installations de Foxworth et vu Rafe mettre certaines choses en branle. Il avait toujours du mal à y croire.

— Voyez-le comme ça, proposa Rafe. Imaginons que vous découvriez que c'est un ami, poussé par des motifs malavisés mais innocents. Cela ne vous ferait pas le même effet que s'il s'agissait d'un déséquilibré.

— Oh ! fit-elle avec une grimace. Oui, je vois ce que vous voulez dire.

— Si c'est un inconnu..., commença Jace.

— Nous aviserons, compléta Rafe. Je vais entamer le processus d'élimination avec notre technicien. Mais il y a autre chose. Il faut nous mettre d'accord sur notre objectif.

— Garder Cassie en sécurité, dit instantanément Jace.

— Attraper ce type, déclara Cassie en même temps.

Surpris, Jace la fixa.

— Cassie..., commença-t-il.

Elle regarda Rafe comme pour lui demander son soutien.

— L'un va avec l'autre, non ?

— En effet, approuva Rafe, mais je dirais que l'objectif de Jace est prioritaire. Votre sécurité passe avant tout.

— Exactement, renchérit Jace.

Et il fut soudain soulagé qu'ils aient cet homme à leurs côtés pour y veiller. Mais Rafe balaya cela en reprenant la parole.

— Donc Jace devra rester ici avec vous. Le fait que vous ne soyez plus seule devrait freiner ce type.

Cassie plissa le front. À son tour, Jace fronça les sourcils. Qu'y avait-il de si désagréable dans le fait de l'avoir sous son toit ? Avait-elle...

— Mais il lui suffirait d'attendre, non ? questionna-t-elle, ramenant Jace à la réalité.

Soudain contrarié, il déclara :

— Si je reste assez longtemps, il s'en ira sans doute.

— Cela dépend de son objectif, répondit Rafe.

D'un ton presque las, il ajouta :

— Certaines obsessions résistent au temps et à la logique.

Cassie le contempla un moment. Puis, d'un ton calme, elle affirma :

— Vous avez déjà traité de ce genre d'affaires auparavant.

— Oui. Foxworth s'est occupé de plusieurs cas de harcèlement.

— Je veux dire, sur le plan personnel.

Un nouveau haussement d'épaules.

— Oui, trois.

— Et comment cela s'est-il terminé ? interrogea Jace.

— Dans l'une d'elles, il s'agissait d'un malentendu. Dans l'autre, l'homme est en prison.

Il s'interrompit.

— Et dans la troisième ? le pressa Cassie.

Rafe la regarda dans les yeux et répondit :

— Il est mort.

S'il pensait que Cassie allait se décomposer, il se trompait. Jace la connaissait et savait qu'elle était faite d'un autre bois. Mais il resta silencieux, curieux d'entendre sa réaction.

— Comme je doute que vous soyez du genre à tuer sans discernement, je suppose que c'était nécessaire.

La voix de Rafe ne dépassa pas le murmure.

— Certains diraient que je suis exactement de ce genre-là.

Jace eut soudain le sentiment que c'était le contraire. Que si cet homme avait tué, comme il l'avait dit, il ne l'avait pas fait à la légère. Et qu'il en porterait la responsabilité jusqu'à la fin de sa vie. Jace en était certain, de même qu'il était certain que son père était l'homme le plus irresponsable du monde, s'il en faisait toujours partie.

Pour la première fois depuis qu'il avait pris place à côté de Cassie, le chien bougea. Il avança à pas feutrés vers l'homme aux yeux hantés et effleura sa main de son museau. Et à nouveau, sans le regarder, Rafe posa la main sur la tête du chien.

— Merci, mon vieux, murmura-t-il. Ça va.

Jace jeta un coup d'œil à Cassie, qui les observait avec intensité.

— D'accord, dit-elle soudain. Que voulez-vous que je fasse d'autre ?

— Vaquez à vos occupations habituelles. Et Jace, reste auprès d'elle.

— Et toi ? questionna Jace.

— Je serai dans les parages. Jamais très loin.

— Je n'ai qu'une chambre d'amis, mais il y a un canapé-lit dans le...

Elle s'interrompit en voyant Rafe secouer la tête.

— Il faut que je reste dehors. Que je puisse me déplacer.

— Mais la nuit..., protesta Cassie.

— La nuit plus que jamais.

— Nous sommes en novembre, insista Cassie. Il fait froid.

Rafe lui sourit.

— Je survivrai.

— Et ce ne sera pas la première fois, n'est-ce pas ? dit Jace, connaissant déjà la réponse.

— Ni la dernière probablement, compléta Rafe en croisant son regard.

Puis, avec le ton d'un homme expérimenté, il ajouta :

— Ce type va te surveiller, t'évaluer.

Jace hocha la tête.

— Quel rôle dois-je adopter alors ? Celui du dur à cuire ou de la mauviette ?

Rafe lui adressa un large sourire, et Jace eut la sensation d'avoir décroché une sorte de récompense.

— Entre les deux, je pense. Laisse-le s'interroger sur qui tu es et ce dont tu es capable.

Il jeta un regard d'excuse à Cassie.

— On ne peut pas être absolument certain qu'il ne connaît pas votre frère, donc Jace ne peut pas se faire passer pour lui.

— Garde du corps ? demanda Jace.

— Cela implique une formation et ça le rendrait plus méfiant, dit Rafe. Petit ami, je pense, si tu penses pouvoir y arriver.

Jace grogna intérieurement.

— Mais s'il m'épie, il ne sait pas que je n'en ai pas ? demanda Cassie, qui ne semblait pas choquée par cette idée.

— Vous êtes sûre que cela fait trois semaines qu'il vous espionne ? questionna à son tour Rafe.

— Je crois. Mais comme je l'ai dit, j'ai pu ne pas m'en rendre compte tout de suite.

— Je crois qu'au contraire vous l'avez remarqué assez vite. Au bout de trois jours, disons. Donc on va tabler sur trois semaines.

— Ce qui veut dire ? demanda Jace.

— Il n'était pas là quand nous sommes arrivés aujourd'hui. Il pouvait épier depuis une certaine distance, mais si c'est le cas il ne peut pas être sûr de ce qui se passe. Pour autant qu'il sache, je suis allé chercher votre petit ami à l'aéroport, après un voyage quelconque qui a débuté quand il a commencé à vous observer.

— Alors ce sont de joyeuses retrouvailles, ajouta Jace.

Il avait parlé d'un ton égal, mais il entendit Cassie émettre un petit bruit, comme si elle venait de comprendre ce que cela impliquait.

— Ensemble à toute heure du jour et de la nuit, parce que je me suis absenté plusieurs semaines.

— Quelque chose comme ça, oui, approuva Rafe.

— Je ne sais pas..., commença Cassie.

— Tu peux le faire, Cassie, dit Jace avec un sourire un peu ironique. Il suffit que tu me regardes comme quand tu avais seize ans.

Il la vit se raidir. C'était la Cassie dont il se souvenait, calme et forte.

— Oh ! ce n'est pas de cela que je m'inquiétais.

Son ton était aussi léger que sa posture était déterminée.

— Je peux te lancer autant de regards bovins que tu veux. C'est plutôt toi dont je me demande si tu vas y arriver.

— Je me débrouillerai.

Et ce ne serait que trop facile. Il fallait juste faire attention à ce que cela ne devienne pas réel.

Cassie avait un peu l'impression de se comporter en enfant gâtée. Elle avait eu peur, avait appelé au secours, et maintenant qu'ils étaient là, elle n'était pas contente.

Je ne m'attendais pas à ce qu'il s'installe ici et à ce que nous fassions semblant d'être... amants.

Cette seule pensée la fit frissonner. Cela lui rappelait avec acuité les jours et les nuits passés à soupirer après Jace de tout son cœur d'adolescente passionnée.

Elle repoussa ces pensées en étudiant le téléphone que lui avait donné Rafe, jumeau de celui qu'il avait remis à Jace.

— Il n'est peut-être pas assez savant pour pirater votre téléphone, mais ça ne peut pas faire de mal, avait dit Rafe en allant ouvrir le coffre de sa voiture. Et nous avons besoin de communiquer. Ceux-ci appartiennent à Foxworth, avait-il expliqué en leur montrant les appareils. Et ils sont imperméables au piratage. Ils fonctionnent aussi en circuit fermé. Si vous avez des problèmes ou quelque chose à me dire, vous pouvez presser le bouton de contact.

Tout ce qu'il disait rendait les choses encore plus réelles, songea Cassie.

Ils avaient passé une heure à régler des détails auxquels elle n'aurait jamais pensé : le magasin, l'argent, l'existence éventuelle d'autres membres de la famille et même les conséquences de la mort de ses parents.

— Je dois vérifier certaines choses. Tu prendras le premier tour de garde, dit-il à Jace. Reste avec elle, garde ce téléphone à portée de main et n'hésite pas à t'en servir. Je t'appellerai quand je prendrai le relais, pour que tu puisses te reposer.

— Et vous ? demanda Cassie.

— Ne vous inquiétez pas pour moi, déclara Rafe en sortant par la porte de derrière. Je vais d'abord inspecter les environs. Cutter, ici !

Le chien pivota sur ses pattes postérieures et rejoignit Rafe d'un bond. L'animal calme, gentil et apaisant qu'elle avait vu plus tôt avait disparu ; c'était à présent un chien au travail, et la différence était frappante. L'homme et l'animal disparurent avec tant de discrétion qu'elle se demanda s'ils étaient bien partis.

— Waouh, dit-elle, un peu abasourdie. Tu as vraiment fait venir la cavalerie.

— L'ex-cavalerie peut-être, corrigea Jace. Mais je te l'ai dit, c'est lui qui m'a trouvé. Ou plutôt c'est le chien.

Elle sourit en entendant cela.

— Je ne sais pas quoi penser de ce chien. Il est presque effrayant dans sa manière de sentir les choses.

— Rafe dit qu'il les surprend encore tout le temps. Chez lui, il patrouille dans le voisinage deux fois par jour et, le mois dernier, il a volé le téléphone d'une voisine pour qu'elle le suive jusque chez Foxworth. Elle avait un problème qu'ils pouvaient résoudre.

Cassie battit des paupières.

— Et comment pouvait-il le savoir ?

— Aucune idée.

— Tu as regardé qui ils sont sur Internet ?

— Non, répondit-il avec une petite grimace. Je n'ai pas de téléphone, tu te rappelles ? Mais nous sommes passés à leurs bureaux. Des installations assez impressionnantes. Ils ont même un hélicoptère et un petit avion à l'aérodrome du coin.

— C'était luxueux ?

— Non, pas du tout. Caché dans les arbres, pas même un panneau. Rafe dit qu'ils travaillent surtout à partir du bouche à oreille. Et dernièrement, avec le chien.

Cassie rit, et Jace haussa les épaules.

— Oui, ça a l'air dingue, mais je suis là.

Une vague de chaleur envahit soudain Cassie. Oui, il était là. Elle l'avait appelé et il était venu. Comme il l'avait promis.

— Tu es toujours un type bien, Jace Robinson.

Il regardait son nouveau téléphone et releva brusquement la tête.

— Pas Robinson.

— Quoi ?

— Je ne me sers plus de ce nom.

Elle le fixa un instant, incertaine de ce qu'elle devait répondre.

Elle avait toujours su que son père et lui ne s'entendaient pas, et elle soupçonnait, d'après ce que lui avaient dit ses parents et Cory, que c'était un homme désagréable. Puis Jace avait commencé à prendre des cours de judo avec Cory, et elle s'était à nouveau demandé s'il y avait quelque chose d'autre qu'un intérêt pour les arts martiaux. Il avait gagné des compétitions, et comme il mentionnait rarement son père, elle avait plus ou moins oublié ses interrogations.

— OK, dit-elle enfin, consciente que c'était une réponse un peu pathétique.

— C'est tout ? OK ?

Il la regardait avec intensité, comme pour la défier de le questionner.

— Je suppose que tu avais une bonne raison, ajouta-t-elle d'un ton égal. D'après le peu que je sais de ton père, je crois que je comprends.

Il poussa un soupir et se détendit visiblement. Elle se demanda ce que supposaient les autres. Qu'il était un criminel en quête d'un nouveau départ ? Une victime des médias recherchant l'anonymat ?

— Je l'ai fait changer officiellement quand ma mère a repris son nom de jeune fille.

— Donc tu t'appelles Jace Cahill, maintenant ?

Il hocha la tête.

— C'est joli, dit-elle avec sincérité. Et quel que soit ton nom, je te remercie d'être venu. Je me sens un peu bête maintenant. Ça semble si insensé quand je le raconte à quelqu'un...

Elle s'arrêta en le voyant lever la main.

— Je suis sûr que la plupart des victimes de harcèlement trouvent ça insensé jusqu'à ce qu'elles découvrent que c'est vrai. Et mieux vaut s'en préoccuper et s'apercevoir que ce n'est rien, que de ne rien faire et...

Il lui adressa le sourire de guingois qui faisait toujours battre son cœur. Elle baissa les yeux, un peu embarrassée qu'après tout ce temps il ait encore cet effet sur elle.

Sans doute n'aurait-elle pas dû réagir ainsi. Il avait les mêmes yeux d'un bleu vif, le même sourire légèrement ironique. Il était toujours grand et mince, et il avait toujours cette manière de fourrer les mains dans les poches de son jean qui la rendait ultra-consciente de la minceur de ses hanches. Le fait qu'il ait l'air maintenant plus mûr, un peu plus vieux que son âge, ne le rendait que plus séduisant. À vrai dire, il faisait un peu fauché, avec ses cheveux longs et ébouriffés, son jean délavé et effiloché, sa veste déchirée et ses bottes éculées. Mais certaines personnes payaient très cher pour se donner cette apparence.

Sauf que ce genre de personnes ne faisaient pas mille cinq cents kilomètres pour tenir une promesse idiote.

— On va t'installer, annonça-t-elle en faisant un effort pour avoir l'air vive et efficace. Tu as faim ?

— Je suis affamé, avoua-t-il avec un sourire un peu triste.

— Alors tu as de la chance, j'ai justement préparé une bolognaise hier, dit-elle d'un ton léger.

L'estomac de Jace grogna comme en réponse. Et cela donna à ses protestations un son parfaitement creux.

— Tu as fait tout ce chemin pour m'aider, le moins que je puisse faire, c'est de te nourrir.

Elle l'entraîna dans le couloir en direction de la cuisine. En passant, il jeta un coup d'œil dans une des chambres.

— C'est toujours la chambre de Cory, dit Cassie, mais il ne s'en sert plus. Il y stocke seulement des cochonneries. Je n'arrive pas à la lui faire nettoyer.

— Je me rappelle les lits superposés que ton père avait construits. J'ai toujours trouvé que c'était cool. Pas juste les lits, mais le fait qu'il les ait fabriqués lui-même.

Cassie s'en souvenait aussi. Elle se rappelait la réaction de Jace quand il avait vu les pieds que son père avait sculptés. « Hé, on dirait des ailes ! » Cory lui avait jeté un regard vide et même son père avait paru perplexe, mais elle avait tout de suite compris ce qu'il voulait dire : les angles du motif ressemblaient effectivement à des ailes de mouette.

— Il était très doué de ses mains, dit-elle avec nostalgie.

— Je suis désolé, répondit Jace. Je ne voulais pas raviver des souvenirs douloureux.

— Ils ne sont pas douloureux, l'assura-t-elle. J'adore que les gens se souviennent de lui comme ça. La plupart d'entre eux ne parlent plus de mes parents, c'est comme s'ils avaient oublié leur existence.

Ils avaient atteint la porte de la chambre d'amis.

— Je me suis installée dans la chambre principale, dit-elle. Au bout d'un an à peu près. Cela me paraissait idiot de ne pas le faire, si je devais garder la maison.

— C'est logique. Et tu l'as refaite à ton goût.

— J'ai essayé.

— En plus, ce n'est pas le changement de lieu qui stoppe les souvenirs. Ils sont en toi. Les lieux se contentent de les évoquer.

Elle le dévisagea.

— Oui, c'est ça. Exactement.

Elle n'était pas surprise ; Jace avait toujours eu des pensées profondes. L'un des souvenirs dont il venait de parler se présenta à son esprit : elle avait seize ans et disait à sa mère combien il lui paraissait plus mûr que Cory...

« Il est plus mûr en effet, avait dit sa mère avec une note de tristesse dans la voix. Son père est... un homme difficile. »

Elle s'était demandé un instant si la tristesse de sa mère tenait au fait que Cory ne soit pas plus mûr, puis avait décidé qu'elle était destinée à Jace, parce qu'elle était certaine que Cory mûrirait en grandissant. Elle avait eu tort de le croire, mais à l'époque elle en était sûre.

« Mais sa mère est si gentille, avait-elle dit.

— Oui. Ce qui rend les choses encore plus difficiles. »

Elle n'avait pas compris. Mais quand son père était rentré un soir en annonçant que Jace et sa mère avaient déménagé parce que son père les avait quittés, elle avait enfin saisi.

— Puis-je te poser une question ? demanda-t-elle quand ils furent dans la chambre d'amis.

Il avait laissé tomber son vieux sac à dos sur le lit, et elle lui avait montré où se trouvaient les serviettes de toilette.

— Tu peux toujours demander.

— Quand ta mère a déménagé, tu avais dix-huit ans ?

Il acquiesça en lui jetant un regard curieux.

— Je me demandais juste... Tu travaillais à la scierie et tu avais des amis...

Elle laissa sa phrase en suspens, embarrassée.

— Tu veux dire, pourquoi suis-je parti avec elle ?

— Oui.

Il s'appuya contre la petite commode, en croisant les bras. Sur la défensive ? se demanda-t-elle.

— Tu penses que j'étais un fils à maman qui ne pouvait pas se séparer d'elle ?

Oui, c'était défensif.

— Je n'ai jamais pensé ça.

Il poussa un soupir audible.

— Elle avait besoin d'aide. Je ne pouvais pas la laisser tomber.

— Surtout après ce que ton père avait fait.

Il plissa les yeux.

— Tu sais ça, alors ?

Elle lui adressa un sourire d'excuse.

— Je crains que tous les voisins aient été au courant.

— Je m'en doutais, dit-il avec une grimace.

— Nous savions tous que ton père était...

— Un salop...

Il ne finit pas sa phrase. Elle se surprit à se demander s'il s'était arrêté parce qu'il ne voulait pas être grossier devant elle ou parce qu'il ne voulait pas appliquer ce mot à son père, même s'il le pensait. De toute façon, cela la rendit seulement plus certaine que Jace Ro... Cahill était exactement comme elle s'en souvenait, un chic type.

Malheureusement, pensa-t-elle en le quittant pour le

laisser s'installer, cela voulait dire aussi qu'il était toujours le garçon dont elle avait été sérieusement amoureuse. Un garçon avec des cils épais, un corps mince, des épaules larges qui lui causaient des sentiments qu'elle ne savait pas reconnaître. Un garçon à l'aune duquel tous les autres avaient été comparés et avaient échoué.

Et d'après ce qu'elle avait vu – et senti – jusqu'ici, cela n'avait pas changé le moins du monde.

6

Jace écouta ses pas décroître dans le couloir. Il se sentait un peu déplacé dans cette maison où il avait passé tant d'heures étant enfant. À l'époque, cela avait été une révélation de découvrir des parents qui ne se disputaient pas tout le temps, des enfants admirés et encouragés, qu'on ne considérait pas comme des enquiquineurs.

« Je n'ai pas fait exprès de le casser, monsieur Grant. Je vous jure... »

Ses supplications au-dessus du pot de fleurs qu'il avait cassé accidentellement en envoyant le ballon à Cory... Il s'était tassé sur lui-même quand le père de Cory s'était accroupi devant lui.

« Je sais que tu ne l'as pas fait exprès, Jace. Tout va bien. C'était un accident. Viens, rentrons déjeuner. »

Il se souvenait de son choc à ce moment-là, non seulement parce que M. Grant ne lui avait pas hurlé dessus, mais parce qu'il était encore le bienvenu chez eux.

Il se souvenait aussi de la lueur dans ses yeux, une lueur qu'il détestait et qu'il avait appris plus tard à reconnaître comme de la pitié.

La lassitude le prit et il s'assit au bord du lit. Cela avait été une longue route, et il craignait que Rafe ne se soit montré optimiste en présumant qu'il pourrait rester éveillé jusqu'au petit matin. Il se demanda ce que celui-ci faisait. Il soupçonnait que cela avait quelque chose à voir avec cet ordinateur portable de taille industrielle qu'il avait vu dans sa voiture.

L'envie de s'allonger juste un moment faillit le submerger. Mais il avait peur de s'endormir dès qu'il poserait la tête sur l'oreiller.

« Tu prendras le premier tour de garde. »

Bon sang, cela donnait tant de réalité à tout cela. Il avait compris que Cassie était effrayée, mais il ne lui avait pas traversé l'esprit qu'elle était vraiment en danger jusqu'à ce que Rafe le dise. Il prenait cela très au sérieux, et vu son comportement et son expression, Jace supposait qu'il savait de quoi il parlait.

Il se releva brusquement avant que l'oreiller ne lui fasse de l'œil. Puis il ouvrit son sac et commença à le vider. Il avait emporté peu de vêtements et ils avaient tous besoin d'être lavés après cette longue route. Peut-être pourrait-il le faire ici, si cela ne dérangeait pas Cassie.

Il fut alors frappé par une idée. Relevant la tête, il regarda autour de lui. Les murs étaient crème, mais le motif géométrique de l'édredon ainsi qu'un coussin et un vase sur la commode mettaient des touches de vert et de bleu ici et là. Dans son souvenir, pourtant, tout était vert pâle, avec des étagères blanches pleines de livres jusqu'au plafond. Et un chien en peluche sur l'étagère du haut qui veillait sur l'ensemble.

Elle s'était installée dans la chambre de ses parents, se rappela-t-il. Mais cette pièce avait été sa chambre. Il ne l'avait vue qu'une ou deux fois quand la porte était ouverte. Une fois, il était sorti de la chambre de Cory et avait surpris Cassie en train d'épier dans le couloir. Dès qu'elle l'avait vu, elle était rentrée dans sa chambre et avait refermé la porte.

C'était la première fois qu'il s'était dit que Cory avait peut-être raison en affirmant qu'elle avait le béguin pour lui.

Cela lui faisait bizarre d'être dans cette chambre. Bien sûr, elle était différente maintenant, mais son souvenir était tenace.

Une odeur délicieuse lui parvint aux narines, qu'il reconnut immédiatement. L'appel des spaghettis bolognaise balaya tout le reste et il prit la direction de la cuisine.

Cassie mettait un paquet enveloppé d'aluminium dans le four. Elle le regarda.

— Ça ne te dérange pas, l'ail ?

— Seulement s'il n'y en a pas assez, dit-il en humant l'air.

Elle se mit à rire et referma le four.

— Dans un quart d'heure, alors.

— Génial. Merci.

Elle se contenta de lui sourire, et il sentit son cœur faire une sorte de culbute.

— En touillant la sauce, j'ai cherché Foxworth sur Internet, déclara-t-elle. Ils ont l'air très importants.

Elle désigna d'un geste la tablette posée sur le comptoir. Jace la prit et regarda le site web affiché. Il était bien fait, aéré et comportait les mentions obligatoires. Des contacts pour les cinq filiales mentionnées par Rafe, mais pas d'adresse. Une courte biographie des parents du président, qui avaient donné leur nom à la fondation. Quelques témoignages reconnaissants.

Et pas beaucoup plus. En fait, si l'on ne savait pas déjà ce qu'ils faisaient, il aurait été impossible de le deviner.

— Ça ne dit pas grand-chose sur leurs activités, constata-t-elle, faisant écho à ses pensées.

— Rafe dit que c'est surtout le bouche à oreille qui leur amène des clients. Et le chien.

Elle riait à présent. Il la regarda.

— C'est bon de t'entendre rire.

— Je ne riais pas jusqu'à ce que tu arrives, crois-moi, commenta-t-elle tristement. Mais je me sens bien mieux maintenant.

— Ça valait le déplacement alors, dit-il, sans être certain du tout de pouvoir se rendre utile.

Mais il était sûr que Rafe savait ce qu'il faisait, donc il avait donné indirectement un coup de main. À moins que ce ne soit le chien.

— C'est tellement triste, les parents de cet homme qui sont morts dans un attentat.

— C'est ce qui a inspiré tout le truc, m'a dit Rafe. Ils en ont fait quelque chose de positif. Un peu comme toi qui t'es chargée du magasin familial.

Elle soupira.

— Ce n'est pas ce que j'imaginais faire, mais je ne pouvais pas tout laisser tomber.

— C'est vrai, tu voulais voyager, voir tous les lieux que tu connaissais seulement par tes lectures.

Elle eut l'air stupéfaite.

— Tu te souviens de ça ?

— Bien sûr.

— Je suppose qu'on n'a pas toujours ce qu'on veut, dit-elle en lui jetant un regard de biais.

Il eut le sentiment qu'elle parlait de lui, ou du moins de l'adolescent après lequel elle soupirait dans son enfance. Mais peut-être était-ce à cause du tour étrange qu'avaient pris ses propres pensées.

— Puis-je t'emprunter ta machine à laver ? demanda-t-il, passant du coq à l'âne.

— Naturellement. Si tu as besoin de vêtements pendant que tu laves les tiens, Cory a encore des affaires dans son placard.

Elle plissa le nez.

— Si tu arrives à escalader la montagne de trucs qu'il y a dans sa chambre.

— J'ai escaladé les deux tiers du mont Rainier une fois. Je me débrouillerai.

— C'est vrai ? s'exclama-t-elle en le dévisageant.

Il hocha la tête.

— Quand j'avais seize ans. Je suis monté jusqu'à Camp Muir, à trois mille mètres d'altitude.

— Attends, je me souviens que Cory avait parlé de ça. C'était une sortie scolaire, non ? Je ne me rappelle plus pourquoi il n'y est pas allé.

— Il est venu, mais il n'a pas fait la randonnée en altitude.

Il ne précisa pas qu'ils devaient se qualifier pour cette

randonnée et que Cory avait séché les entraînements. Jace n'en avait pas manqué un seul, parce que cela le tenait éloigné de la maison et de son père durant les week-ends.

— Je voulais le faire, mais j'étais trop jeune, soupira Cassie.

— Tu y serais arrivée.

Il était sincère. Même à l'époque, Cassie avait la détermination et la motivation qui manquaient à son frère.

Il retourna dans sa chambre chercher ses vêtements sales. Ce fut alors qu'il entendit un bruit à l'extérieur. Sa première pensée fut qu'il s'agissait de Rafe, mais il la repoussa immédiatement ; cet homme ne faisait jamais de bruit, et il pariait que Cutter non plus. Il entendait Cassie dans la cuisine et il savait que la porte de derrière était verrouillée. Le bruit venait de l'autre côté de la fenêtre.

Il s'en approcha à pas de loup, essayant de voir au-dehors sans tirer le rideau. Il attendit, l'oreille aux aguets. Puis il l'entendit à nouveau, un léger crissement, comme un pied se posant sur le béton. Pas tout près de la maison, mais quelque part du côté de la clôture, estima-t-il.

Le rythme de ses pensées s'accéléra. Il pouvait sortir dans l'obscurité et essayer de surprendre cette personne – ou cet animal. Ou bien il pouvait allumer la lumière et lui faire savoir qu'on l'avait entendu.

Protéger Cassie.

L'arrêter.

Ces réponses simultanées résonnèrent dans sa tête. Et son opinion tenait toujours : la priorité était de protéger Cassie.

Il laissa tomber les vêtements qu'il tenait, fit volte-face et fonça vers la cuisine. Cassie leva les yeux, surprise, quand il fit irruption dans la pièce. Allumant la lumière extérieure d'une main, il ouvrit la porte de derrière de l'autre.

Le jardin et le patio étaient vides. Il se demanda si son imagination lui jouait des tours. Mais il arpenta prudemment l'ensemble.

— Jace ?

Depuis le seuil, la voix de Cassie avait une note d'inquiétude.

— Je reviens dans une minute.

Elle hésita, et il espéra qu'elle n'allait pas discuter. Parce qu'il venait de remarquer quelque chose.

— Dépêche-toi, dit-elle – et elle rentra à l'intérieur.

Il marcha jusqu'au coin de la maison, là où donnait l'ancienne chambre de Cassie. Tout avait l'air normal. Sauf une anomalie : une branche du petit érable désormais dépouillé de ses feuilles pendait selon un angle bizarre au-dessus de la clôture.

La lampe du patio jetait une lumière crue, rendant les ombres encore plus noires. Rien d'autre ne semblait dérangé. Il inspecta le sol autour de l'arbre mais ne vit rien d'anormal. Puis il se rapprocha de la clôture et en empoigna le sommet pour se hisser et jeter un coup d'œil de l'autre côté.

Il n'avait rien imaginé. Parce que sur le chemin, tout contre la clôture, il y avait une pile de palettes. Des palettes qu'il avait remarquées plus tôt derrière le garage du voisin. Elles étaient maintenant empilées là où il avait entendu le bruit. À l'endroit exact où quelqu'un monté sur la clôture aurait pu casser cette branche d'érable.

Cassie n'avait rien imaginé non plus. Il sentit son estomac se serrer. C'était réel.

Ils étaient au milieu d'un dîner dont Jace se disait que c'était le meilleur repas qu'il avait avalé depuis des semaines. Cassie avait peu mangé, et il songea qu'elle était plus secouée par la preuve qu'il avait découverte qu'elle ne voulait bien le montrer. Il ne trouvait rien à dire pour la rassurer. « Tu avais raison, mais on l'attrapera » ne semblait pas suffire.

Le portable que Rafe lui avait donné lâcha un bourdonnement. C'était très différent d'une sonnerie normale, si bien qu'il le prit et pressa le bouton rouge.

— Je suis là maintenant, dit Rafe sans préambule. Tu peux aller dormir.

Jace jeta un coup d'œil à l'horloge lumineuse du four. Il était 21 heures. Il fit un rapide calcul.

— Quand dois-je te relayer ? À 1 heure ?

— Ça ira pour cette nuit. Il faut que tu dormes pour pouvoir la protéger dans la journée.

Jace lui relata rapidement ce qu'il avait entendu et découvert près de la clôture.

— Ça explique pourquoi Cutter grondait quand nous sommes arrivés.

— Il y a d'autres traces ? demanda Jace, connaissant déjà la réponse.

— Pas pour l'instant. Mais quelqu'un est venu. La réaction de Cutter m'a confirmé que c'était récent.

Jace retint son souffle. Oui, c'était bien réel, pas de doute.

— D'accord. Je serai debout aux premières lueurs du jour.

— Ça ne veut pas dire grand-chose.

— Ah oui...

Jace se sentit un peu idiot en se rappelant que le soleil ne se levait pas avant 7 h 30 à cette époque de l'année.

— À 5 heures, alors. C'est mon heure, d'habitude.

Après avoir raccroché, il découvrit que Cassie l'observait.

— Tu te lèves à 5 heures d'habitude ? Qu'est devenu le garçon qui aimait veiller tard et faire la grasse matinée ?

Elle le taquinait, mais cela faisait tout de même mal. S'il restait éveillé, c'était parce que c'étaient les seules heures où il ne risquait pas de croiser son père.

— La réalité m'a rattrapé, répondit-il sèchement.

Il soupira intérieurement en voyant la réaction de Cassie à son ton. Il s'apprêtait à marmonner des excuses quand elle sourit un peu tristement.

— Je suppose que c'est le cas pour nous tous.

— Oui.

C'est alors qu'il entrevit l'occasion de dire quelque chose qui le hantait depuis des années. Il hésita, ne voulant pas remuer des souvenirs douloureux. Mais pour Cassie, ils n'étaient sans doute jamais très loin.

— Je suis vraiment désolé pour tes parents. C'était un crève-cœur de ne pas pouvoir venir à leur enterrement. Ils ont toujours été si bons avec moi.

— Ils t'aimaient beaucoup.

Lui aussi les avait aimés. Le père de Cassie était devenu pour lui le modèle de ce qu'un parent devrait être, étant donné que le sien était une calamité. Et il s'était donc senti en dessous de tout de ne pas pouvoir être là pour leurs obsèques. À l'époque il ne pouvait pas s'offrir un billet d'avion ni s'absenter de son travail. D'ailleurs, il n'avait toujours pas les moyens de prendre l'avion, c'est pourquoi il était venu en bus et en stop.

Il avait déprimé pendant des jours, jusqu'à ce que sa mère le fasse asseoir et lui demande ce qui n'allait pas. Il avait été assez imprudent pour le lui dire et l'avait regretté instantanément en la voyant au bord des larmes.

« C'est pour moi que tu fais ça, avait-elle dit.

— Je le fais parce qu'au moins un homme de la famille doit se montrer responsable, bon sang... »

— Un jour, dit Cassie avec douceur, le tirant de ses douloureux souvenirs, tu me raconteras ce qu'il s'est passé ?

Il la regarda, conscient de la maison spacieuse et bien tenue dans laquelle il se trouvait, si différente de l'appartement minuscule et délabré dans lequel sa mère et lui avaient vécu jusqu'à quelques mois auparavant.

— Je ne crois pas, marmonna-t-il.

Cette fois elle ne sourit pas.

— Je vois.

Elle avait l'air blessé.

Beau travail, Cahill ! Ça fait à peine trois heures que tu es chez elle, et tu t'es déjà débrouillé pour lui faire de la peine deux fois.

En même temps, vu l'effet incroyable qu'elle avait sur lui, mieux valait qu'il garde ses distances. Cassie était la femme la plus sexy qu'il ait rencontrée depuis longtemps, mais il était là pour l'aider, non pour la convoiter.

Ils finirent le repas dans un silence un peu triste. Il l'aida à faire la vaisselle et leur seule conversation se limita à la tâche en cours.

Elle lui indiqua ensuite la buanderie de manière un peu froide et lui dit de faire comme chez lui. Regrettant toujours d'avoir heurté ses sentiments, il s'aventura dans l'ancienne chambre de Cory.

Cassie ne plaisantait pas à propos du désordre. Toutes sortes de choses étaient empilées partout et il s'efforça de ne rien piétiner. Mais il se débrouilla pour trouver un bas de survêtement dans un tiroir. Cela lui suffirait pendant qu'il lavait ses affaires.

Il prit ensuite une douche rapide et tiède, car il ignorait la capacité du chauffe-eau. Puis il enfila le survêtement. Il était un peu plus grand que Cory, mais aussi plus mince. Il resserra la cordelette, ramassa ses vêtements et retourna dans sa chambre – celle de Cassie – pour les ajouter aux autres et les mettre tous dans la machine à laver.

Quand il eut mis en route ladite machine, il se retourna pour quitter l'étroit réduit. Et faillit heurter Cassie, qui se tenait sur le seuil.

Elle le regardait. En rougissant.

Il baissa instinctivement les yeux, pensant qu'il n'avait pas assez serré la cordelette. Mais son pantalon couvrait l'essentiel, même s'il était un peu bas sur les hanches. Et puis, Cassie l'avait déjà vu torse nu. Bien sûr, c'était il y a des années, mais...

— Je me disais... Sans ton téléphone, tu auras peut-être besoin de ça. Je l'avais retiré de la chambre pour le mettre dans le salon parce que l'autre ne marchait plus, mais il peut y retourner.

Il se rendit alors compte qu'elle lui tendait un petit réveille-matin électrique.

— Il ne prend pas beaucoup de place. Je sais que tu es plutôt du genre à improviser, mais…

— Ce n'est plus le cas, dit-il en songeant qu'elle était bien nerveuse.

D'habitude, elle ne jacassait pas, et c'était pourtant ce qu'elle était en train de faire.

— Merci.

Il prit le réveil. Bizarre, cette petite décharge électrique quand leurs doigts s'effleurèrent. Il avait plu suffisamment pour qu'il n'y ait plus d'électricité statique. Elle retira sa main comme si elle l'avait aussi sentie. Il y pensait toujours en retournant à sa chambre pour brancher le réveil, le régler sur la bonne heure et le poser sur la table de chevet.

Oui, l'époque était révolue où il ne se souciait pas du temps qui passait.

Cassie s'adossa à la porte fermée de sa chambre, respirant pour la première fois depuis que Jace était apparu sur le seuil de sa maison. Elle aurait voulu fermer les yeux, mais elle savait parfaitement qu'elle reverrait cette image de lui à demi nu. Le survêtement de Cory découvrait ses hanches. Cette large poitrine musclée, cet abdomen plat, ces hanches minces… Il avait l'air de s'être échappé des pages d'un magazine de fitness.

Elle avait déjà bon goût à l'adolescence, apparemment, parce que Jace était toujours l'homme le plus beau qu'elle ait jamais vu. Et elle n'avait pas besoin de fermer les yeux, car elle le revoyait avec autant de netteté que s'il était encore devant elle.

Si cela continuait, Jace allait regretter d'être venu l'aider. Et mieux valait qu'elle se rappelle que la seule raison pour laquelle il était venu était qu'elle l'avait appelé, poussée par la panique. S'il avait voulu venir avant ça, il avait toujours su où elle vivait. Jace était ici pour tenir une promesse qu'il avait faite. Et ce serait déplacé de se mettre à baver d'envie devant lui.

Elle entendit un aboiement et se demanda une seconde si c'était Cutter. Mais ce jappement aigu ne pouvait venir que du petit terrier de Mme Alston, au bout de la rue, près de l'épais bosquet où ils jouaient enfants. À côté de l'ancienne maison de Jace.

Et voilà qu'elle revenait au sujet même qu'elle s'efforçait d'éviter.

Elle s'affaira inutilement pour se mettre au lit, en se disant tristement qu'avec Jace au bout du couloir sa vie ne pourrait jamais reprendre son cours normal.

Ce fut une longue nuit, sans beaucoup de sommeil. Elle se leva avant Jace qui, fidèle à sa parole, se réveilla à 5 heures. Elle entendit gémir le plancher, à l'endroit qu'elle s'efforçait d'éviter autrefois quand elle voulait sortir sans que ses parents le sachent.

Une fois habillée, elle alla à la cuisine pour mettre la cafetière en route. Elle allait avoir besoin de café, de beaucoup de café. Un coup d'œil dans le couloir lui indiqua que la lumière était allumée dans la chambre d'amis. C'était ainsi qu'elle y pensait, pas comme son ancienne chambre, et elle se félicita brièvement d'avoir remplacé les fanfreluches d'autrefois par quelque chose de plus neutre. Le fait que Jace dorme dans ce qui avait été son lit était déjà assez perturbant, peu importait qu'elle n'y dorme plus depuis longtemps… Oh Seigneur, voilà qu'elle se mettait à divaguer maintenant !

Heureusement, Jace sortit de ladite chambre vêtu d'un jean et d'un T-shirt à manches longues et col boutonné. Tous deux avaient l'air assez usés, mais ils étaient fraîchement lavés. Il n'était pas rasé, ses cheveux étaient ébouriffés et ses yeux un peu injectés de sang. Comme s'il n'avait pas mieux dormi qu'elle. Mais elle ignorait que faire de cette pensée.

Il désigna le téléphone Foxworth en le posant sur le comptoir.

— Rafe m'a bipé dès l'aube pour me dire qu'il allait inspecter les alentours du magasin. Mais il va nous envoyer Cutter.

— Il nous envoie le chien ? s'étonna Cassie.

Jace acquiesça en se frottant le menton.

— Il dit qu'il connaît l'odeur du type, maintenant, et qu'il pourra nous alerter s'il vient par ici.

Cassie devait être plus fatiguée qu'elle ne le croyait.

— Il envoie le chien, seul, dans une maison où il n'est entré qu'une seule fois ?

Jace lui adressa un sourire en coin. C'était le même sourire qui la faisait craquer quand elle était plus jeune, sauf que maintenant il était plus... sexy. Ou bien elle en savait assez pour le qualifier ainsi.

— J'ai l'impression qu'il est beaucoup plus intelligent que la moyenne des chiens, commenta Jace.

— Tu veux dire Max ? demanda-t-elle, se souvenant de l'adorable mais stupide bâtard qu'il avait dans son enfance. Pauvre chéri.

Jace s'était immobilisé.

— Je suis désolée, dit-elle vivement. Je sais combien ça a été dur pour toi de le perdre. Il était si gentil. Les accidents comme ça sont horribles.

— Ce n'était pas un accident, répliqua-t-il d'une voix tendue.

— Quoi ?

— La voiture était celle de mon père.

Elle le dévisagea.

— Tu veux dire... que c'est exprès qu'il l'a écrasé ?

— Oui, c'est ce que je veux dire.

— Mais... Pourquoi ?

— Parce que je l'aimais. Et parce qu'un jour Max lui a montré les dents alors qu'il me hurlait dessus.

Cassie en eut le souffle coupé. Tout le monde savait que son père était un homme dur, mais que dire de cela... ? Jace avait l'air de regretter de lui en avoir parlé.

Un petit aboiement à la porte lui épargna d'avoir à répondre. Reconnaissante de cette interruption, elle alla ouvrir. Cutter était assis sur le perron, attendant qu'on l'invite à entrer. Elle ne put résister et lui caressa la tête.

— Eh bien, bonjour monsieur Cutter. Entrez, je vous en prie. Je suis ravie que vous ayez pu venir.

Le chien laissa échapper un bref jappement qui fit rire Cassie. Cela avait tout d'un « merci ». L'animal se dirigea tout droit vers Jace, qui semblait rasséréné, et lui lécha la main. Jace soupira et gratta le chien derrière l'oreille droite. Cela semblait être sa caresse favorite.

Cassie alla chercher un saladier d'eau et le posa par terre sur un torchon. Le chien lapa un peu d'eau, puis s'allongea à côté et les regarda.

— Je ne sais pas quoi te donner pour le petit déjeuner, dit-elle à l'animal. Du bacon ? Du jambon peut-être. Mais c'est un peu salé.

— Rafe m'a dit qu'il l'a déjà nourri. Il est prêt à partir avec nous.

— Partir avec nous ? répéta-t-elle en relevant les yeux.

— Au magasin. Tu n'ouvres pas à 9 heures ?

— Si, mais j'essaie d'y être à 8 heures pour ranger et expédier la paperasse. Mais tu…

— Je viens avec toi.

— Tu n'as pas besoin de faire ça. Tout ira bien pour moi.

— Tu n'en sais rien. C'est autour de ton magasin qu'il a commencé à rôder.

— Oui, mais il n'est jamais entré.

— Eh bien, maintenant, il n'en aura pas l'idée, répondit Jace en désignant le chien. Rafe surveille le magasin jusqu'à ce que nous arrivions.

— Mais s'il décide d'attendre ? Vous ne pourrez pas rester… pour toujours, tous les deux.

L'implication de ces mots l'avait fait hésiter. L'espoir qu'ils contenaient. Elle se demanda si elle avait imaginé la légère pause de Jace avant qu'il lui adresse son éternel sourire.

— Je suis sûr que ce n'est pas ce que tu veux. Mais Rafe dit que nous allons arrêter ce type et que tu vas reprendre une vie normale.

— Et quand dort-il, Rafe ? questionna-t-elle pour détourner la conversation.

— Je lui ai posé la question. Il m'a dit qu'il dormirait quelques heures pendant que nous serions au magasin. Et qu'il n'a pas besoin de beaucoup de sommeil.

— J'aimerais pouvoir en dire autant, marmonna-t-elle en prenant des œufs et du pain dans le réfrigérateur.

— On s'y habitue, commenta Jace.

Elle lui jeta un coup d'œil. Elle aurait voulu lui demander comment il s'y était habitué, mais après l'histoire de Max elle hésitait à le questionner à nouveau sur sa vie. Au lieu de cela, parce qu'il regardait les œufs et le pain avec plus d'avidité qu'ils n'en méritaient, elle lui demanda s'il avait faim.

— Peut-être un peu. Mais je pensais au pain perdu que ta mère faisait.

Elle sourit chaleureusement.

— C'était le meilleur, non ?

— J'essayais toujours de deviner quand elle en ferait et de venir chercher Cory plus tôt, ces jours-là. Et souvent, je ne me trompais pas.

— Idiot. C'est parce que tu venais plus tôt et qu'elle savait que tu adorais ça qu'elle en faisait.

Il la dévisagea.

— Vraiment ?

— Très souvent, elle laissait tomber ce qu'elle avait prévu de faire quand tu arrivais. Ça agaçait Cory parce qu'il n'aimait pas le pain perdu autant que toi.

Jace parut stupéfait. Une chose aussi simple et il était stupéfait. Était-ce si inhabituel pour lui qu'on prenne en compte ses préférences ?

Elle commençait à se rendre compte qu'elle ignorait en grande partie à quoi avait ressemblé la vie de Jace. C'était d'autant plus étonnant qu'il soit aujourd'hui un homme sur lequel on pouvait compter et qui tenait ses promesses.

Et une pensée à la fois séduisante et effrayante se faufila dans son esprit : elle trouvait le Jace d'aujourd'hui encore plus attirant.

7

— Je croyais que tu préparais des œufs et du bacon, dit Jace en la voyant ranger le bacon et sortir le pain.

— J'ai changé d'avis, répondit Cassie.

« Je croyais qu'on allait manger des œufs.

— J'ai changé d'avis. »

Il avait entendu cet échange entre Cory et sa mère plus d'une fois et y avait naïvement cru.

Une truffe humide contre ses doigts le fit presque sursauter ; il n'avait pas entendu Cutter se lever. Instinctivement, Jace lui gratta l'oreille, et l'animal s'appuya contre lui. Comme précédemment, il se sentit apaisé par la sérénité du chien.

— Ce sera bon, déclara Cassie. Maman m'a appris à le faire.

Bien qu'un peu triste, son ton était léger.

— Je n'en ai jamais douté, répondit-il. Mais je me sens coupable de te faire cuisiner.

— J'aurais préparé le petit déjeuner de toute façon.

Elle jeta un coup d'œil à l'horloge, qui marquait moins d'une minute avant 6 heures.

— Et puis j'ai le temps ce matin, ajouta-t-elle.

— Tu n'avais pas besoin de te lever si tôt.

Elle lâcha un ricanement.

— C'est ça. Je devrais faire la grasse matinée pendant que les hommes me protègent ?

— Je voulais juste dire que tu n'as pas besoin de bouleverser tes horaires. Est-ce que je t'ai réveillée ? J'ai essayé de ne pas faire de bruit, mais il y a une...

— Une planche qui grince, je sais. Elle et moi sommes de vieilles ennemies.

Elle sourit.

— Parfois, je me dis que papa la laissait comme ça exprès pour entendre si je sortais de ma chambre, la nuit.

— Ouille. Combien de fois as-tu eu des ennuis ?

— Il a fallu que j'aie quinze ans pour m'apercevoir que ce n'était pas un hasard. Je me suis rendu compte que, si je sortais de ma chambre la nuit pour jouer ou regarder la TV, il laissait faire. Mais si je m'approchais de la porte d'entrée...

Elle désigna les tranches de pain qu'elle venait de laisser tomber dans la poêle.

— J'étais grillée.

— Mais pourquoi te laissait-il tranquille tant que tu restais à la maison ?

— Je lui ai posé la question. Il m'a dit qu'il n'intervenait pas quand il s'agissait de choses inoffensives parce que tous les gosses ont besoin de tester les limites. Et il se disait que, en m'apercevant à quel point j'étais fatiguée le jour suivant, je finirais par décider que ça n'en valait pas la peine. C'est bien ce que j'ai fait.

— Ton père était un homme avisé.

— Mon père m'aimait, dit-elle simplement.

Elle le regarda, avec des yeux plus verts que dorés.

— Crois-moi, Jace, je sais combien j'ai eu de la chance.

— Ne fais pas ça.

Son ton était plus coupant qu'il n'en avait eu l'intention mais, après ce qu'il avait laissé échapper à propos de Max, il se doutait qu'elle avait pitié de lui. Et la pitié était la dernière chose qu'il voulait. Surtout de sa part.

— Ne fais pas quoi ? Reconnaître la chance que j'ai eue d'avoir les parents que j'ai eus ?

Il se sentit un peu penaud, il avait seulement pensé à la différence entre elle et lui.

Mais elle ajouta rapidement :

— Ou ne pas te rappeler que tu n'as pas eu autant de chance ? Je suppose que tu n'as pas besoin de moi pour ça.

Non. En effet. Mais il se sentait obligé de se différencier.

— Ma mère était gentille. Elle faisait ce qu'elle pouvait. Et maintenant, elle est mieux que gentille.

— Je suis heureuse qu'elle aille bien.

— Ça a été une longue route, mais nous y sommes arrivés.

— Une longue route ?

Il fit la grimace. Il n'avait pas envie de parler de cela. Il ne pouvait plus supporter la pitié, ni même la sympathie.

— Ça n'a plus d'importance, dit-il fermement.

Elle laissa passer. Au moins, elle n'était pas de ces femmes qui vous harcèlent tant qu'elles ne vous ont pas soutiré tous les détails de votre vie, pensa-t-il.

Le pain perdu était aussi bon que dans son souvenir et il le lui dit. Cassie sourit, visiblement ravie. Ils débarrassèrent la table, puis Cassie décida d'aller au magasin plutôt que de tuer le temps. Jace ne discuta pas, car tuer le temps signifiait parler. C'était la chose à faire pour de vieux amis qui ne s'étaient pas vus depuis longtemps, mais il avait déjà assez bavassé. En outre, ils n'étaient pas exactement de vieux amis.

Il ne savait pas bien ce qu'ils étaient l'un pour l'autre d'ailleurs. Ni comment freiner ces sentiments irrationnels que la Cassie adulte soulevait en lui.

— Tu as laissé ta voiture chez Foxworth ? demanda Cassie tandis qu'ils marchaient vers son petit SUV.

Elle allait tenir le magasin jusqu'à l'arrivée de May Martinez à midi, lui avait-elle dit. Cutter était resté sur ses talons, visiblement décidé à venir avec eux, si bien qu'elle le fit monter à l'arrière. Elle se demanda ce que pensait ce pauvre chien d'être laissé à des inconnus. Cela ne paraissait pas le perturber. Elle avait déjà constaté qu'il semblait toujours savoir ce qu'il voulait.

Il y eut une pause avant que Jace marmonne :

— Elle est chez moi.

Il avait l'air… pas en colère, mais nerveux. Ou grognon. *Bizarre*, se dit-elle alors qu'il retombait dans le silence. Autrefois, il n'y avait pas besoin de l'interroger pour qu'il parle.

— Alors que fais-tu de ta vie ces derniers temps ? Qui dois-je remercier pour t'avoir donné un congé ?

— Tu veux une liste ? demanda-t-il d'un ton acide.

— Il y en a une ? rétorqua-t-elle. Je me demandais seulement dans quel cabinet d'architectes tu avais atterri.

— Aucun.

— Mais je pensais…

— J'ai renoncé à cette idée depuis des années.

Il avait dit cela d'un ton si cassant qu'elle n'osa pas insister. Ils étaient arrivés au magasin de toute façon, et elle se concentra pour se garer sur son emplacement habituel.

Elle resta silencieuse en ouvrant la porte arrière du magasin, mais une exclamation de surprise lui échappa quand elle vit Rafe assis à la grande table, tapant quelque chose sur le clavier de son énorme portable.

Instinctivement, elle regarda son trousseau, certaine qu'elle avait fermé la porte la veille. Sans lever les yeux, Rafe dit :

— C'était fermé. Et j'ai refermé après être entré.

Elle regarda Cutter s'avancer et saluer son maître.

— Et je suppose que je ne dois pas demander comment ?

Rafe esquissa un haussement d'épaules, une habitude chez lui étant donné le nombre de fois où elle l'avait vu faire cela. *Les hommes et leurs haussements d'épaules*, pensa-t-elle.

— Ce n'est pas une mauvaise serrure mais, à votre place, je mettrais un verrou, remarqua Rafe.

— Je vais m'en occuper, intervint Jace.

— Bien, dit Rafe. Pourquoi ne vas-tu pas en acheter un

maintenant ? Le magasin de bricolage est plus bas dans la rue. J'ai des choses à finir ici.

Si Jace fut étonné, il ne le montra pas. Toujours sans le regarder, Rafe mit la main à sa poche, en sortit quelques billets et en fit glisser un du pouce pour le donner à Jace.

— Ça devrait suffire.

— Attendez, protesta Cassie. Si c'est pour le magasin...

— C'est pour votre affaire, alors Foxworth s'en occupe.

Jace fourra le billet dans sa poche et s'en fut. Cassie resta là à se demander quelle mouche l'avait piqué.

Le sachet contenant le verrou se balançait au rythme de ses pas. Il était content de n'avoir croisé aucune connaissance au magasin de bricolage. Mais en ressortant, il aperçut son ancien professeur de géométrie, qui venait vers lui. De tous les gens qu'il n'avait pas envie de voir dans cette ville, M. Gresham était presque au sommet de la liste.

« Tu as un don pour le raisonnement en trois dimensions, Jace. Et tu sais dessiner. Tu devrais t'orienter vers l'architecture. »

Une étrange panique le saisit et il se rua dans le premier magasin venu. M. Gresham – il avait l'air plus vieux mais avait toujours une démarche énergique – ne le vit pas car il consultait sa liste de courses.

Incroyable que celui qu'il avait le moins envie de voir soit le professeur qui l'avait le plus encouragé. Le seul à l'avoir fait, d'ailleurs. Les autres étaient trop exaspérés par sa tournure d'esprit. Seul M. Gresham prenait le temps de lui faire expliquer comment il était arrivé à son résultat et de lui montrer que cette méthode pouvait s'appliquer à d'autres problèmes. Avec tous les autres, Jace avait de mauvaises notes parce qu'il ne suivait pas la méthode dite « correcte ».

— C'est votre tour, mon vieux, lança une voix impatiente derrière lui.

Il s'aperçut qu'il était dans un café et que la serveuse attendait.

— Euh... Oui. Désolé.

Il commanda hâtivement un café noir, qu'il paya avec la monnaie du verrou, espérant que cela ne dérangerait pas Rafe. Surtout que c'était pour lui. Une autre dose de caféine, et lui-même grimperait aux murs.

Cassie avait ouvert le magasin durant son absence, mais elle était au téléphone avec un fournisseur. Cutter était couché à ses pieds mais il vint accueillir Jace quand celui-ci pénétra dans l'arrière-boutique. Il caressa le chien et posa le café, à portée de main de Rafe. Cela lui valut un regard de biais.

— Pas de double moka frappé avec de la crème fouettée ?

Il fallut à Jace une seconde pour comprendre qu'il plaisantait.

— Je ne sais même pas ce que c'est...

— Je viens juste de l'inventer, dit Rafe avec un sourire ironique. Merci.

Jace contempla Cassie, assise dans un coin de la pièce.

— Elle est très efficace, remarqua Rafe.

— Elle l'a toujours été.

Rafe l'observa un instant, sans que Jace puisse déchiffrer son expression. Il avait l'impression que personne ne le pouvait si Rafe ne le voulait pas. Sauf peut-être le chien.

— Il faut qu'on élabore un plan de surveillance.

— Oh ! fit Jace. Je me disais juste que j'allais coller à ses basques.

— Oui, aller où elle va. Mais il faut aussi garder un œil au-dehors, comme quand tu as entendu ce bruit. Et prendre des photos, si possible, de tous ceux qui rôdent.

— Des photos ?

Il se rappela le téléphone avec un temps de retard.

— Si tu peux les prendre sans te faire voir, tant mieux.

Il n'y avait aucun doute dans l'esprit de Jace que la sécurité de Cassie était la priorité.

— S'il est curieux, il est possible qu'il se rapproche. Alors comporte-toi en petit ami épris.

— Je ne suis pas sûr de savoir comment faire, dit Jace.

Mais je pourrais apprendre. Avec Cassie.

À cette pensée, une vague de chaleur monta en lui. Il s'efforça de la réprimer, mais elle semblait s'être installée à demeure depuis que Cassie lui avait ouvert la porte et qu'il avait vu non la gosse maladroite dont il se souvenait mais la femme superbe qu'elle était devenue.

— Je pourrais te donner des leçons, jeta sèchement Rafe, vu que je ne vois que ça autour de moi, ces temps-ci. Grâce à ce clown, ajouta-t-il en désignant Cutter de la tête.

— Lui ? Pourquoi ?

— Je ne t'ai pas dit que ce brave chien adorait jouer les entremetteurs ?

Jace se mit à rire. Rafe, cependant, avait l'air plutôt morose. Puis il haussa une épaule, comme à son habitude, ce qui voulait dire « tu te débrouilleras ».

— Si tu peux prendre une photo, même de loin, notre technicien fera des miracles.

— D'accord.

Cassie avait enfin raccroché, mais la clochette de la porte d'entrée tinta, indiquant l'arrivée d'un client. Elle se dirigea vers la boutique et Jace se déplaça de façon à voir le client en question. Il se détendit en constatant qu'il s'agissait d'une jeune femme avec un bébé. Cassie contourna le comptoir et caressa la joue du bébé. La mère rit et lui tendit l'enfant, qu'elle prit dans ses bras.

Il se demanda si c'était instinctif chez les femmes, cette manière de tenir les bébés, puis un sentiment étrange s'empara de lui. Il lui fallut un instant pour comprendre que ce qu'il ressentait était de l'envie. L'envie d'être cet homme heureux qui, quelque part dans l'avenir, serait le père des enfants de Cassie.

Il se détourna brusquement, se demandant ce qui n'allait pas chez lui. Réagir sexuellement, il pouvait le comprendre, mais qu'est-ce que c'était que ça ?

Pour se distraire, il alla inspecter la porte de service, qui était heureusement faite d'un bois solide. Il avait déjà installé un verrou dans l'appartement où sa mère et lui vivaient à l'époque. Il constata qu'il allait avoir besoin d'une perceuse électrique avec une mèche de taille appréciable.

— Je suppose que tu n'as pas d'outils dans ton coffre ? demanda-t-il à Rafe.

— Ça dépend de ta définition d'« outils », fut la réponse.

Il n'avait pas de mal à imaginer le genre d'outillage que transportait Rafe.

— Je suis sûr que Cassie a encore ceux de son père. Je vais lui demander.

Rafe hocha la tête, les yeux toujours braqués sur son écran.

— Qu'est-ce que tu fais ?

— J'ai appelé un ami à nous au bureau du shérif. Il a vérifié les antécédents des employés de Cassie, rien à signaler. Même chose avec ses clients et ses amis, en dehors d'un qui boit un peu trop et d'une autre qui ne sait pas lever le pied de l'accélérateur.

— Je parie que c'est Jessica Goodman, dit-il. Les limites de vitesse sont toutes théoriques pour elle.

Rafe confirma d'un hochement de tête.

— Je ne peux pas imaginer que ce soit quelqu'un qu'elle connaît qui fasse ce genre de choses, reprit Jace. Je veux dire, c'est bizarre ce type qui rôde sans s'approcher. Dans quel but ?

— C'est une très bonne question, remarqua Rafe. Réfléchis-y.

Jace fronça les sourcils. Il ne faisait rien d'autre depuis son arrivée. Mais il n'arrivait pas à croire qu'on puisse vouloir du mal à Cassie. Comment l'aurait-on pu ? Elle était douce, bienveillante et généreuse.

Bien sûr, elle est devenue une femme splendide. Et il y a tout un tas de types à qui ça plairait de la pourchasser.

Il les haïssait avec une force qui le choqua lui-même.

— Tu aurais dû venir lui dire bonjour.

En se retournant, il vit que Cassie était revenue, arborant un air joyeux.

— Quoi ?

— Brittany aurait adoré te revoir.

— C'était... Brittany Cross ?

— Elle s'appelle Rios, maintenant. Ne me dis pas que tu ne l'as pas reconnue. Elle était folle de toi, au lycée.

— Ah bon ?

Cassie se mit à rire.

— Ça faisait la moitié de ton charme. Tu n'avais jamais l'air de te rendre compte que nous étions amoureuses de toi.

— Je savais que toi tu l'étais, dit-il, assez déconcerté.

S'il avait eu l'intention de la gêner – mais ce n'était peut-être pas le cas – il avait échoué. Elle agita la main d'un geste vague.

— Seulement parce que Cory te l'a dit.

— Oui, eh bien...

Il chercha quelque chose d'autre à ajouter, en dehors du fait que Cassie Grant le prenait autrefois pour...

— Attends, tu dis Rios ? Tu veux dire qu'elle a épousé Rick Rios ?

— Exactement.

— Mais elle le détestait, s'exclama Jace.

Plus d'une fois Brittany avait lancé des insultes à ce fils à papa qui venait d'emménager en ville.

— Je crois qu'elle essayait de dissimuler ses vrais sentiments.

— Mais...

— Vous pourriez oublier la nostalgie une minute, vous deux, et venir voir ça ?

Rafe semblait amusé, mais Jace se demanda s'il n'était pas las de les écouter.

« Vous avez des souvenirs en commun. »

Il avait raison. Ce qu'ils n'avaient pas, c'était un *avenir* en commun. Non, Cassie épouserait quelqu'un de solide et de stable, qui pourrait supporter un emploi normal sans devenir fou. Elle aurait des enfants et serait heureuse. Et elle le méritait. Elle avait vécu des épreuves différentes des siennes, mais douloureuses.

Avec un temps de retard, il s'aperçut qu'elle avait obéi à Rafe. Elle regardait l'écran par-dessus son épaule et, en s'approchant à son tour, il reconnut les abords du magasin.

— Tu t'es beaucoup démené, dit-il, comprenant que Rafe avait installé une caméra au-dessus de la devanture.

— Et je lui suis reconnaissante, ajouta Cassie. J'espère juste que ça ne va pas faire fuir les clients.

— Ils ne la remarqueront même pas. Elle est de la taille d'une balle de golf et placée sous la corniche.

— Et tu avais tout ça avec toi ? questionna Jace.

— Nous avons toujours du matériel sous la main, répondit Rafe.

— Il lui faudrait une de ces caméras chez elle. Et un projecteur à détecteur de mouvement.

Rafe lui jeta un regard oblique.

— Tu peux t'occuper du projecteur. La caméra est déjà installée. Elle est connectée avec vos téléphones, je te montrerai plus tard.

— Quand avez-vous fait tout ça ? interrogea Cassie, visiblement stupéfaite.

— Hier soir.

— Je n'ai rien entendu, dit Cassie.

Rafe se contenta de hausser les épaules avant de reprendre :

— Ce que je voulais que vous voyiez, c'est ceci.

Il tapa quelque chose sur le clavier, et l'image sur l'écran repartit en arrière. Il pressa une autre touche et l'image se figea. L'horodateur indiquait 5 heures.

Jace entendit Cassie hoqueter en regardant l'image.

— C'est lui ? demanda Rafe.

Jace se pencha en avant pour considérer la silhouette vêtue de noir, une capuche sur la tête.

— Il... Il lui ressemble. Il est habillé pareil. Et il a la même taille et la même stature.

— Le même langage corporel ?

Cassie fronça les sourcils.

— Non. D'habitude, il est plus prudent. Il regarde autour de lui, je veux dire.

Rafe hocha la tête.

— Il se sent en sécurité parce qu'il fait noir et qu'il n'y a personne alentour.

— Mais pourquoi ici, au milieu de la nuit ? Quand je suis chez moi ? Il a fait quelque chose au magasin ?

Elle regarda autour d'elle avec inquiétude.

— Il a peut-être lui aussi posé une caméra, suggéra Jace.

— Ce sont de bonnes questions, dit Rafe. Mais cela soulève un autre aspect.

— Lequel ? demanda Cassie.

— Qu'il attend peut-être quelque chose. Ou quelqu'un.

Il regarda Cassie.

— Il ne s'en est pas pris à vous alors que vous étiez à découvert ici et seule à la maison. Il se prépare peut-être à le faire, mais...

Elle eut l'air perplexe.

— Ce qu'il veut dire, expliqua Jace, saisi d'une vague de soulagement, c'est que ce n'est peut-être pas après toi qu'il en a.

8

Cassie dévisagea Rafe, puis reposa les yeux sur l'image. L'homme ne l'épiait pas elle ? Au lieu d'être soulagée, comme Jace, elle avait l'air déconcertée.

— Mais qu'est-ce qu'il cherche ? C'est un magasin de fleurs, nous n'avons pas beaucoup d'argent.

— Et si c'était autre chose ? lança Jace. Un trafic quelconque sous couvert de livraisons ?

— Ce serait possible, dit Rafe d'un ton neutre.

— C'est moi qui fais la plupart des bouquets, protesta Cassie. Et May fait le reste. Il est impossible qu'elle soit impliquée dans quelque chose d'illégal.

— À son insu, peut-être, remarqua Jace.

— Mais nous n'avons pas un volume de marchandise suffisant pour être utile à qui que ce soit, rétorqua-t-elle.

Jace se rendit compte qu'il serrait les dents.

— Quoi ? demanda Cassie.

— Je réfléchis, c'est tout. Il y a des choses qui n'ont pas besoin de volumes importants pour rapporter gros.

Elle le fixa avec une moue d'incrédulité.

— Quoi ? Tu penses à de la drogue dans les fleurs ? Dans les petits sachets de conservateur, peut-être ?

— Cassie..., commença-t-il, mais elle était lancée.

— Ou des diamants ? Dans les galets en verre que nous mettons au fond des vases ? Pourquoi pas...

— Cassie, arrête. Je ne t'accuse pas.

Il esquissa un sourire.

— Encore que ce sont de très bonnes idées, et que nous aurions du fil à retordre si tu décidais de devenir hors-la-loi.

Cela lui valut un sourire de Cassie, avant que Rafe s'éclaircisse la gorge et reprenne :

— Euh, si j'étais mon propre patron, je trouverais un moyen plein de tact pour dire que nous devons nous concentrer.

— Oh... oui, dit Jace.

— Désolée, ajouta Cassie.

Le téléphone de la boutique sonna. Cassie jeta un coup d'œil à l'affichage et soupira.

— Tiffany, qui a encore changé d'avis pour son mariage. Elle veut sans doute des orchidées pour une noce à Noël.

Jace se souvenait d'elle.

— Brady et elle ont fini par se fiancer ? demanda-t-il tandis qu'elle allait prendre le téléphone.

Cassie s'arrêta sur sa lancée et se retourna pour le regarder.

— Brady est mort, il y a des années. En Afghanistan.

— Bon sang !

— Oui, approuva Cassie en laissant sonner le téléphone.

Jace remarqua que Rafe était devenu silencieux.

— Est-ce qu'elle va bien ? demanda-t-il. Et ses parents ?

— Elle ne sera plus jamais la même, dit Cassie avec franchise, mais son fiancé le sait. C'était le meilleur ami de Brady. Je ne sais pas quel genre de mariage ils auront, mais je sais qu'ils feront de leur mieux. Et les parents de Brady le savent aussi. Ils sont aussi ouverts qu'il est possible de l'être, compte tenu des circonstances.

Elle prit le téléphone et répondit gaiement. Jace réprima le frisson qui le traversait et se tourna vers Rafe.

— Mais si ce n'est pas à elle qu'il en veut – Dieu merci – qu'est-ce qu'il veut alors ?

Rafe se leva, s'étira et arpenta un peu l'arrière-boutique. Jace nota que sa boiterie était davantage prononcée. Mais après trois tours, son pas redevint presque normal.

— Si je le savais, dit enfin Rafe, ce serait fini et tu pourrais rentrer chez toi.

Retourner au train-train de sa vie ? Il avait atteint le but qu'il s'était fixé et il en était satisfait, mais il ne croyait pas pouvoir supporter la même vie à l'avenir.

— Ce n'est pas une idée qui te plaît, hein ? questionna Rafe.

Jace ne se donna pas la peine de nier. Il devinait que mentir à cet homme serait une grosse erreur.

— Non. J'ai fait ce que j'avais à faire.

— Donc le monde s'ouvre à toi.

Il rit tristement.

— Pas vraiment.

— Tu es jeune, intelligent et en bonne santé, dit Rafe.

— Et fauché, sans diplôme, avec des idées bizarres.

Rafe parut réfléchir à cela.

— Bizarres comment ?

Jace haussa les épaules. Il refoula les souvenirs, les hurlements, la haine que son père exprimait pour tout ce qui le concernait, mais surtout pour sa manière de penser.

— J'ai eu beaucoup de problèmes à l'école parce que je répondais aux questions par des images et que je dessinais les problèmes de maths au lieu de les calculer. Et même ça, c'était bizarre.

— Ne t'engage pas dans l'armée, commenta Rafe avec ironie.

— Je l'ai compris tout seul.

Il désigna Cassie qui écoutait avec attention son interlocutrice au téléphone.

— Je n'aurais pas voulu que ma mère reçoive la nouvelle de ma mort, de toute façon. Je suis tout ce qui lui reste.

— Et pourtant, quand Cassie t'a appelé, tu l'as quittée pour venir ici.

Il croisa le regard de Rafe.

— Je te l'ai dit. J'avais promis. Et ma mère est la première à dire qu'il faut tenir ses promesses.

Il n'ajouta rien, mais il eut la sensation que Rafe en avait entendu plus qu'il n'avait dit. On n'avait pas ce genre de lueur dans les yeux sans avoir appris de dures leçons, supposait-il.

— Elle a encore changé d'avis ? demanda-t-il quand Cassie raccrocha et revint vers eux.

— Oui, deux fois. Plus une autre fois.

— Tu es très patiente.

— Après ce qu'elle a traversé, c'est le moins que je puisse faire. Je suis heureuse qu'elle ait trouvé quelqu'un qui lui offrira une vie meilleure.

— Même si elle ne l'aimera jamais comme elle aimait Brady ?

— Je pense que cela suffit à Neil qu'elle le laisse l'aimer.

Il n'avait jamais été fou de quelqu'un à ce point, se dit-il. Non qu'il ait cherché - il n'avait pas eu le temps.

Et maintenant te voilà avec une femme qui te rend déjà dingue. Peu importe que tu te rappelles la gosse qu'elle était, rien n'y fait.

Il se secoua intérieurement. Il était venu parce qu'on harcelait Cassie, même s'il semblait désormais s'agir d'autre chose. Mais depuis son arrivée, il n'entendait parler que de gens qui étaient morts ou qui se mariaient, et cela le rendait nerveux. Il ne pouvait s'empêcher de penser à tout ce qu'il n'avait pas vécu, ou pas eu le temps de vivre.

— En allant acheter le verrou, je me suis rendu compte que le quartier avait beaucoup changé, dit-il brusquement. Je crois que je vais aller faire une petite reconnaissance, au cas où.

— Bonne idée, répondit Rafe en le regardant. Prends Cutter, ce sera un bon prétexte.

Il prit la laisse du chien dans son sac à dos et la tendit à Jace.

— Il est habitué à la laisse, alors s'il commence à s'agiter, ce sera parce qu'il y a quelque chose à quoi il faut prêter attention. Si c'est le cas, reviens ou appelle-moi, selon ce qui sera le plus rapide.

— Tu veux dire l'homme ?

— Cutter te le fera savoir, répondit Rafe en le dévisageant d'un air songeur. Et il t'aidera, si tu as des ennuis.

Cassie émit un petit bruit.

— Tu ne devrais peut-être pas...

— Pourquoi suis-je ici ? lança-t-il d'un ton plus tranchant qu'il n'en avait eu l'intention.

— Tout ira bien pour lui, affirma Rafe. J'ai vu son palmarès.

— J'avais oublié, dit Cassie. Combien tu es doué...

— J'étais, dit-il.

Puis il avoua à Rafe avec une grimace :

— Je ne me suis pas entraîné depuis longtemps.

— Cutter t'aidera à l'immobiliser si nécessaire, dit gentiment Rafe.

Après un instant, Jace hocha la tête. Mais intérieurement il se sentait agité. Il avait commencé le judo pour se sentir plus fort, pour gagner de la confiance en lui. Et il était doué mais il ne s'en était jamais servi dans une situation réelle.

Il prit conscience d'une chaude pression sur sa jambe et, en baissant les yeux, il vit Cutter qui s'appuyait contre lui. C'était logique cette fois, au moins : il avait la laisse à la main. Il en profita pour se baisser et l'attacher au collier du chien. Et dès qu'il caressa la tête de l'animal, il se sentit mieux.

Mais il n'avait pas repris suffisamment contenance pour croiser le regard de Cassie, et il partit donc sans même lui lancer un coup d'œil.

Cassie regarda Jace tourner les talons et sortir avec le chien.

— Je me faisais du souci pour lui, autrefois, dit-elle. Je ne pensais pas que ce serait encore le cas aujourd'hui.

Rafe la regarda.

— Du souci ?

— Je ne comprenais pas ce qui se passait, excepté que son père était méchant. Plus tard, je l'ai entendu hurler sur Jace, l'insulter, lui dire qu'il était un bon à rien, un fardeau, et qu'il aurait préféré qu'il ne soit jamais né.

Elle frissonna ; elle n'oublierait jamais l'expression de

honte et d'humiliation sur le jeune visage de Jace quand il avait compris qu'elle avait entendu.

— Si seulement nous avions pu...

Elle s'arrêta. Elle avait bien vite compris la vanité des souhaits rétrospectifs après la mort de ses parents.

— D'après le peu qu'il m'en a dit, je pense que vos parents l'ont fait. Vous étiez une famille refuge pour lui.

— Pas assez, dit-elle avec une certaine véhémence.

— Parfois on n'a besoin que de peu de chose pour survivre.

Sa voix était à nouveau un peu éraillée et elle alla lui remplir un verre d'eau à l'évier placé dans un coin.

— Est-ce que vous vous êtes enrhumé ? demanda-t-elle en le lui tendant.

À son étonnement, il se mit à rire.

— Non. C'est seulement que je ne parle pas beaucoup. Ma gorge n'y est pas habituée.

— Je... Merci de m'avoir crue.

Rafe désigna son ordinateur.

— Si je ne vous avais pas crue, son apparition dans le noir m'aurait de toute façon convaincu.

Même si le fait de ne pas être la cible principale lui redonnait un peu d'espoir, elle n'avait pas la moindre idée du but poursuivi par cet homme. Mais avant qu'elle puisse y réfléchir, la clochette tinta à nouveau. C'était Mme Snider, qui organisait une vente aux enchères au bénéfice de la SPA locale. Le magasin offrait les bouquets pour l'événement.

Quand elles eurent fini et que Mme Snider fut repartie, Jace et Cutter revinrent de leur promenade, sans rien signaler. Jace semblait avoir retrouvé sa bonne humeur.

— Je me disais..., commença Jace en détachant la laisse et en la tendant à Rafe. Si ce type cherche quelque chose au lieu de quelqu'un, alors il est évident qu'il ne sait pas où ça se trouve. Mais s'il pense que Cassie le sait, cela pourrait être aussi dangereux pour elle que si c'était elle la cible.

Le soulagement de Cassie s'évanouit en un clin d'œil. Elle

aurait dû y penser, au lieu de se réjouir naïvement qu'il y ait un autre motif à la présence de cet inconnu.

— Mais… Il n'y a rien. Je ne sais rien.

— Alors il s'agit de quelque chose que tu ne sais pas ou dont tu ne mesures pas la valeur, dit Jace.

Elle le regarda, les sourcils froncés.

— Comme quoi ? Et pourquoi l'aurais-je ou le saurais-je ? Elle laissa échapper un soupir de frustration.

— Tout ça n'a aucun sens.

Jace ne répondit pas et parut pensif, comme s'il venait d'avoir une idée. Rafe l'observait.

Mais avant qu'elle puisse lui demander à quoi il pensait, la clochette tinta à nouveau. Normalement, elle était heureuse d'avoir des clients, mais ce jour-là cela la contrariait. Elle plaqua néanmoins un sourire de bienvenue sur ses lèvres et passa dans la boutique.

— J'aimerais dire quelque chose.

Jace détacha les yeux de sa barquette de poulet aigre-doux. Cela avait été une longue journée et, même si Cassie avait fermé le magasin, ils étaient encore là. Après l'arrivée de May, elle avait eu assez de commandes pour s'occuper et n'avait eu que peu de temps pour parler après que Rafe eut remballé son matériel et soit parti – sans Cutter – pour faire… ce qu'il avait à faire. Elle espérait que cela comprenait quelques heures de sommeil, car apparemment il veillait depuis leur arrivée. Il était tard, il faisait noir, et elle avait envie de rentrer chez elle.

— Quoi ? demanda Jace d'un air prudent.

— Je sais que tu ne veux pas de sympathie…

Il se tendit, mais elle poursuivit.

— Et il ne s'agit pas de ça. Je veux seulement dire que j'aurais aimé que nous fassions davantage à l'époque pour t'aider.

— Vous l'avez fait.

Sa voix était aussi tendue que son expression.

— Tes parents, ton frère et toi, vous étiez parfois ma seule bouée. Vous en avez fait beaucoup.

— Pas assez. Nous aurions dû...

— C'était ce que ton père voulait.

Il eut l'air de regretter ces mots au moment même où il les prononçait.

— Quoi ? dit-elle en cillant.

— Il m'en a parlé une fois. Il m'a demandé si mon père me battait ou battait ma mère.

En l'entendant révéler ce qu'elle craignait autrefois, elle retint son souffle.

— Il le faisait ? demanda-t-elle avec véhémence.

— Non. Il n'en avait pas besoin. Il était beaucoup plus grand qu'elle et moi. Il lui suffisait de hurler et de casser la vaisselle.

— Ce n'étaient pas seulement des hurlements, Jace. C'était de la maltraitance verbale.

Jace grimaça à nouveau.

— Il me... détestait. Ton père m'a dit qu'il allait lui parler, mais je l'ai supplié de ne pas le faire. Parce que cela n'aurait fait qu'empirer les choses. C'est là qu'il aurait pu commencer à me frapper.

Cassie était stupéfaite.

— Papa ne me l'a jamais dit. Mais j'aurais dû m'en douter. Ils ne pouvaient être témoins de ce qui t'arrivait et ne pas essayer au moins de t'aider. Ils étaient comme ça.

Jace la regarda dans les yeux et, cette fois, ce fut elle qui ressentit sa sympathie.

— C'étaient des gens bien, Cassie. Les meilleurs.

— Oui.

Des larmes lui piquèrent les yeux, un soudain élan de chagrin qui la prit par surprise.

Cutter se leva maladroitement et vint frôler Jace, qui posa par terre la barquette de poulet. Puis il se leva lui aussi et enveloppa Cassie dans ses bras. Elle le laissa faire, car à cet instant elle en avait trop besoin pour refuser.

— Je suis désolée, dit-elle en luttant contre ses larmes.

Elle se cramponnait à lui, à sa chaleur et sa force tranquille.

— Ça te paraît sans doute idiot, après tout ce temps...

— Mais non. Le chagrin, c'est comme l'eau derrière un barrage. Le barrage tient la plupart du temps, mais quand la pression monte il se met à fuir ou même à déborder au moment où on s'y attend le moins.

Il parlait d'un ton net, catégorique. Et pour la première fois, Cassie comprit qu'il avait aussi dû faire le deuil de certaines choses, sinon de personnes. De choses comme la confiance élémentaire que l'on a normalement dans la vie.

— Jace..., commença-t-elle.

— Je les pleure aussi, Cassie, dit-il. C'est grâce à eux que j'ai compris que le comportement de mon père était inacceptable.

Elle frissonna et passa les bras autour de lui. Et soudain, le réconfort fut mutuel.

Ils restèrent ainsi un long moment. Jusqu'à ce que, graduellement, la chaleur se transforme en autre chose. Elle avait tant désiré être dans les bras de Jace ; elle ne voulait pas que ça cesse. Mais l'instant où elle allait stupidement essayer de l'embrasser se rapprochait dangereusement.

Regarde-le. Tu verras qu'il ne fait que réconforter la petite sœur de son ami.

Mais ce n'était pas une affection fraternelle qui brûlait dans ses yeux bleus. Il pencha la tête et elle le vit entrouvrir les lèvres. Son haleine chaude lui caressa le visage. Elle eut envie de fermer les yeux mais se l'interdit. Jace, son Jace, allait l'embrasser, et elle voulait se rappeler chaque seconde. Elle vit ses yeux s'agrandir légèrement, son souffle se suspendre... Elle retint le sien, de peur de faire éclater la bulle parfaite de cet instant.

Et il l'embrassa. Ses lèvres se posèrent sur ses larmes avec tendresse.

La déception l'envahit.

— Ça va mieux ? demanda-t-il avec sollicitude.

— Ça va, merci, dit-elle avec raideur.

Elle s'écarta, embarrassée. De son côté, Jace fourra les mains dans ses poches et recula d'un pas. Comme s'il avait hâte d'être débarrassé d'elle.

La honte la prit de s'être ainsi laissée aller. Cette régression dans les fantasmes de son adolescence ne pouvait que faire fuir Jace.

9

Jace chercha autour de lui de quoi faire diversion. N'importe quoi plutôt que regarder Cassie et se rappeler ce qu'il avait failli faire. Son regard s'arrêta sur un vase plein de fleurs rouges. Des œillets, crut-il reconnaître. Ils ne pouvaient pas venir de la région, pas à cette époque de l'année. Il avait peu à peu appris ces choses en fréquentant la maison des Grant. Mais que savait-il, en réalité ?

Qu'il avait failli embrasser la petite sœur de Cory. Et que cela aurait violé le code de l'amitié.

Sauf que Cassie Grant n'était plus une petite fille. C'était une femme adulte, avec des yeux de couleur changeante, de longs cheveux soyeux et des formes voluptueuses.

Sa mère avait toujours dit que Cassie s'épanouirait un jour. Il avait cru qu'elle faisait un simple rapprochement avec l'activité de la famille, mais il comprenait mieux désormais ce qu'elle avait voulu dire.

Il avait perdu la notion du temps en fixant ces fleurs, mais Cassie le tira de ses pensées en disant avec à propos :

— Ce sont des œillets. Ils viennent de Californie.

Il se rappela brusquement de grands champs de fleurs le long de l'autoroute en Californie. Cela l'avait fait penser aux Grant. Il s'était demandé comment ils allaient.

Et puis, un jour, Cory l'avait appelé pour autre chose qu'un énième emprunt. Il n'avait jamais entendu son ami aussi bouleversé. Et lui-même était si ému qu'il avait failli tomber à la renverse.

— Jace ?

Il se retourna.

— Désolé, marmonna-t-il. Je... pensais.

Il ne dit pas à quoi, de crainte de la faire à nouveau pleurer. Cette fois, il ne pourrait s'empêcher d'aller au-delà du réconfort.

Reprends-toi, c'est Cassie. Ce n'est pas parce que tu vis comme un ermite que tu dois sauter sur la première femme venue. C'est la sœur de Cory, une fille que tu connais depuis toujours.

Rien n'y faisait. En la regardant, il ne voyait plus la petite fille ou l'adolescente, mais la femme adorable, superbe qu'elle était devenue.

— Arrête de te faire du mal, lui lança-t-elle.

Surpris, il fronça les sourcils. Puis il se rappela que c'était ce qu'elle disait à Cory et à lui en manière de plaisanterie, autrefois.

— Trop tard, répondit-il automatiquement, comme à l'époque.

Elle sourit, et il vit réapparaître l'ancienne Cassie. Il se mit à respirer plus librement ; peut-être n'avait-elle pas remarqué, pas compris ce qu'il avait failli faire.

Mais durant une fraction de seconde, il avait vu quelque chose dans ses yeux et ses lèvres entrouvertes. Comme si non seulement elle savait ce qu'il allait faire, mais le voulait aussi.

Comme si elle le désirait. *Lui.*

Il tenta de réprimer le désir qui montait en lui en se cramponnant à l'idée que cela faisait trop longtemps qu'il n'avait pas approché une femme.

— T'ai-je déjà remercié d'être venu ? demanda-t-elle.

— Oui, bien sûr.

— Eh bien, c'était sincère. Ce n'est pas tout le monde qui laisserait tout tomber pour venir aider la sœur de son ami.

— J'avais promis.

— Je sais.

Elle fit une petite grimace.

— Encore une chose que tout le monde ne fait pas. Tenir ses promesses.

— C'est pour ça que certains d'entre nous le font.

Elle l'observa en silence. Assez longtemps pour qu'il commence à se sentir mal à l'aise. Puis elle dit doucement :

— Ton père ne tenait pas ses promesses.

Il cilla et recula d'un pas, sentant les œillets lui effleurer le dos.

— Je ne serai pas comme lui. Jamais.

Il avait articulé les mots à voix basse, mais il savait qu'elle l'avait entendu.

— Bien sûr que non, répondit-elle d'un ton confiant.

Il eut à nouveau envie de la serrer contre lui. Mais à même situation, même réaction...

Un grognement de Cutter interrompit le fil de ses pensées. Le chien était tout entier tendu vers la porte de derrière. Le changement était évident ; ce n'était plus l'animal placide qui se prélassait, mais le chien de garde promis par Rafe.

— Il y a peut-être quelqu'un qui passe dans la ruelle, observa Cassie.

— Peut-être, répondit Jace en observant le chien. Tu peux afficher les images de la caméra ?

— Ah oui, bien sûr, s'exclama Cassie.

Elle se dirigea vers l'ordinateur et afficha le fil des deux caméras. Il n'y avait rien de particulier sur l'une comme sur l'autre image, mais des ombres noires s'étendaient à leur périphérie. Et Cutter continuait de grogner.

— Il te faudrait une lumière plus forte dehors, maugréa Jace.

Cutter baissait la tête, les oreilles aplaties. Ses grondements devinrent plus graves et plus insistants. Jace vit l'animal lui jeter un coup d'œil. L'invite ne pouvait pas être plus claire. Jace avança automatiquement vers lui.

— Une photo, tu te rappelles ? dit Cassie d'une voix inquiète.

Devait-il se réjouir qu'elle s'inquiète pour lui ou se sentir insulté parce qu'elle le croyait incapable d'autre chose que de prendre une photo ?

— Oui, marmonna-t-il.

Il prit le téléphone dans sa poche, enclencha l'appareil photo, réfléchit un instant, puis passa en vidéo.

Cutter se tut. Parce qu'ils avaient compris son message ? Jace posa la main sur la poignée de la porte. L'impatience faisait presque danser Cutter. Jace ouvrit le battant et le chien fonça dehors. Jace entendit des craquements dans l'ombre, près du conteneur à poubelles. Il distingua une silhouette, mit la caméra en marche et suivit le chien.

Ils contournèrent la voiture de Cassie, laquelle indiquait clairement qu'elle se trouvait dans le magasin. L'homme serait-il entré, sachant qu'elle était là ? Devenait-il plus audacieux, plus désespéré ?

Cutter fila vers la benne à ordures et la contourna par la droite en grognant. Son changement de direction fit sursauter l'homme, qui recula en titubant. Ce faisant, il entra dans la flaque de lumière projetée par le restaurant chinois voisin. Jace s'immobilisa et fit le point avec la caméra. L'homme prit la fuite, Cutter sur ses talons.

Jace eut l'impression un peu folle que le chien avait intentionnellement poussé l'homme en pleine lumière. Fourrant le téléphone dans sa poche, il s'élança à leur poursuite. Une berline de couleur sombre était arrêtée à quelques dizaines de mètres, moteur en marche. L'homme s'y engouffra, passa une vitesse et pressa l'accélérateur. Les phares éclairèrent Cutter.

Jace se figea. Le moteur qui rugissait, le chien qui aboyait, tout se télescopa dans sa tête.

— Non ! hurla-t-il en s'élançant. Max...

Cutter regarda derrière lui, s'immobilisa une seconde puis, abandonnant la poursuite, revint vers lui en courant. Se dressant sur ses pattes arrière, il posa celles de devant sur sa poitrine. La voiture s'éloigna à vive allure.

Jace s'effondra contre le mur du restaurant. Il passa les

bras autour du chien, et Cutter lui lécha la figure. C'était un contact apaisant, et son cœur ralentit un peu.

Mais une voix dans sa tête continuait de le haranguer :

Tu es nul. Cutter a dû renoncer à le pourchasser à cause de toi. Tu es un bon à rien.

L'animal poussa un aboiement bref. Cela coupa net cette litanie.

Cassie avait attendu, terrifiée, que Jace et le chien reviennent. Elle avait entendu une voiture démarrer et s'éloigner.

Mais ce n'était pas beaucoup mieux à présent. Quand elle se risqua à regarder au-dehors, Jace rentra, le chien sur les talons. Elle fut effrayée par son expression et les réponses monosyllabiques qu'il lui fit.

— Est-ce que ça va ?

— Oui.

— Et Cutter ?

— Oui.

— Il est parti ?

— Oui.

— Tu as pris une… ?

Avant qu'elle puisse achever, il tira le portable de Foxworth de sa poche et le posa sur la table.

— Une vidéo, dit-il.

— Rafe est en route.

— Bon.

— Tu es sûr que ça va ? Tu as l'air…

Il l'arrêta d'un geste et prononça enfin plus d'un mot :

— Je veux juste la regarder.

Ils n'eurent pas longtemps à attendre ; Rafe fit son entrée moins de cinq minutes après son appel. À son arrivée, l'homme de Foxworth toisa Jace et Cutter de haut en bas.

— Il a filé, annonça platement Jace.

— Il avait une voiture, non ? dit Cassie. Je l'ai entendu partir.

— Oui.

— Tu l'as vue ? questionna Rafe.

Cassie trouva qu'il avait l'air… non perplexe, mais surpris par quelque chose.

— Pas bien.

Ce ton de condamnation de soi, à nouveau. Jace poursuivit comme s'il forçait les mots hors de sa bouche :

— Sombre. Taille moyenne. Quatre portes.

— Des plaques de l'État ?

— Oui. Je n'ai relevé que trois numéros.

— Mais il a filmé l'homme, dit Cassie en désignant le téléphone sur la table.

— Parce que Cutter l'a poussé dans la lumière du restaurant d'à côté.

Rafe regarda le chien et esquissa un sourire.

— Il l'a coincé, hein ?

— Oui, répondit Jace. Je crois que c'est ce qu'il a fait. Comment est-ce que… ?

— Nous avons renoncé à comprendre, dit sèchement Rafe. Nous ne nous posons plus la question de savoir comment il sait quoi faire et nous acceptons juste qu'il le fasse.

Cassie entendit Jace pousser un profond soupir.

— Il l'aurait sans doute attrapé, mais je… La voiture a démarré, et le type a foncé…

Il baissa les yeux en secouant la tête.

— Regardons la vidéo, proposa Rafe en prenant l'appareil.

Il la fit défiler d'abord sur le téléphone. Au début, il n'y eut que l'obscurité et des bruits non identifiables. Puis une silhouette encapuchonnée se précipita dans un rectangle de lumière. Se retournant rapidement, elle s'élança vers une voiture dont on distinguait à peine le contour dans le noir. Cutter entra dans le champ, courant lui aussi vers la voiture.

La vidéo s'arrêta.

— Inutile, marmonna Jace.

— Pas du tout, dit doucement Rafe. Je vais l'envoyer à Ty,

notre technicien. Je pense qu'il y a un moment, quand il a regardé derrière lui, dont on pourra tirer quelque chose.

Il ne lui fallut qu'une seconde pour envoyer la vidéo. Il s'adressa à nouveau à Jace :

— Tu as remarqué autre chose, à propos de lui ou de la voiture ?

Jace secoua la tête, et Cassie eut à nouveau l'impression qu'il était dégoûté de lui-même.

— Il avait laissé la voiture en marche. Et Cutter lui a fait peur.

— Donc il ne prévoyait pas de rester longtemps, dit Rafe.

— Ou il voulait pouvoir fuir, remarqua Cassie.

Rafe acquiesça.

— La voiture de Cassie est dehors, remarqua Jace. Il savait forcément qu'elle était là.

— Mais la lumière n'est pas visible depuis la rue, objecta Rafe. Il ne le savait sans doute pas avant de pénétrer dans la ruelle.

— Et maintenant il sait que je ne suis plus toute seule, ajouta Cassie avec une gratitude perceptible.

— Du moins, il sait que tu as un chien de garde, dit Jace.

Elle en avait assez de ce ton.

— En plus de Cutter, dit-elle.

Un éclair de stupéfaction traversa le visage de Jace.

— Pour quelqu'un qui est venu t'aider, je ne sers pas à grand-chose, commenta-t-il tristement.

— Mais si, rétorqua-t-elle. Tu as fait ce que tu étais censé faire.

— Elle a raison, dit Rafe en sortant son ordinateur portable de sa housse. Tu t'es comporté exactement comme ton rôle l'exigeait.

Il téléchargea la vidéo, agrandit la fenêtre et la mit en route. Jace et Cassie se penchèrent en avant pour regarder. Le visage de l'homme était éclairé pendant une fraction de seconde, de profil, parut-il à Cassie. Rafe refit défiler la vidéo et l'arrêta au moment où la tête encapuchonnée se tournait vers eux. À partir de là, il avança plan par plan jusqu'à ce que le visage soit tout à fait de face.

Cassie frissonna soudainement.

— C'est lui.

Jace et Rafe la regardèrent.

— Je sais, ce n'est pas clair, mais ce nez, la manière dont il remonte son sweat-shirt pour couvrir sa bouche…

Rafe se contenta de hocher la tête et fit lentement défiler le reste de la vidéo. Jace glissa un bras autour de Cassie comme pour la rassurer. Ce simple geste la réchauffa. N'importe quelle femme aurait été heureuse d'avoir un homme comme lui auprès d'elle.

Mais elle, elle le voulait. Et en savourant sa proximité, elle comprit qu'elle l'entendait dans tous les sens du terme.

10

Jace regarda Rafe verser des croquettes dans un pot de fleurs propre et le poser par terre.

— Il va les manger ? demanda Cassie.

— Bien sûr. Il est habitué à manger ce qu'on lui donne.

Le chien s'attaqua en effet aux croquettes sans hésitation. Mais au lieu de tout dévorer, il en laissa une bonne poignée et revint s'asseoir près de Jace. Rafe vida le reste dans le grand sac en plastique et le posa sur la table de l'arrière-boutique.

— Vous feriez mieux de les emporter, dit-il, parce qu'il veut rester avec vous, apparemment.

— Il a certainement fait la preuve de son utilité ce soir, commenta Cassie en se penchant pour caresser le chien.

— Pas comme d'autres, marmonna Jace entre ses dents.

Cassie se redressa et le regarda. Durant un instant, il crut qu'elle l'avait entendu. Mais elle s'adressa à Rafe.

— Vous avez mangé quelque chose ? Il y a quelques restes de plats chinois, ou alors vous pouvez venir à la maison avec nous et je vous préparerai quelque chose.

— Merci. Je vais manger ce qu'il y a ici. Je crois que je ne devrais pas aller chez vous. Tant que nous n'avons pas découvert ce que veut ce type, il vaut mieux que je sois en mesure de le surprendre.

Et tu serais une grosse surprise pour lui. Moi, je ne suis qu'un bon à rien qui flippe à propos d'un chien.

— Mais vous deux, vous devriez être impatients de rentrer à la maison.

— Nous devrions ? répéta Cassie, visiblement étonnée.

Puis elle comprit, et ses joues se colorèrent légèrement.

— Oui, lança Jace d'un ton acide. Nous sommes censés être amoureux, tu t'en souviens ?

Après un douloureux instant de silence, elle dit :

— Oui, je m'en souviens.

Jace inspira fortement et une vague de chaleur le submergea. Les yeux de Cassie miroitaient. Il lui rendit son regard, incapable de penser à autre chose qu'à cet instant où il avait voulu embrasser cette bouche irrésistible.

Sans lever les yeux, Rafe déclara :

— Allez-y. Je fermerai.

— D'accord, répondit Cassie.

Elle alla chercher sa veste au portemanteau. Cutter lui emboîta le pas, et Jace se chargea du sac de croquettes.

Au-dehors, la pluie n'avait pas cessé de tomber. Jace, que le soleil de Californie avait rendu frileux, n'avait pas enlevé sa veste. Il remarqua que, malgré la pluie, Cassie ne relevait pas le capuchon de sa veste. Mais elle ne s'était jamais inquiétée de ses cheveux ou de son apparence en général.

Sans doute parce qu'elle a toujours su qu'elle était la plus intelligente. C'est là-dessus que repose sa fierté.

Il se souvint avoir pensé cela un jour où il était passé après la classe et l'avait trouvée en train d'étudier comme d'habitude. Cory l'avait taquinée en lui disant qu'elle ne serait pas si laide si elle faisait quelque chose de ses cheveux raides.

« Je pense que, ça, ça y fait quelque chose », avait dit Jace en prenant le crayon qui retenait les cheveux de Cassie.

Elle avait sursauté et rougi quand ses cheveux étaient tombés sur ses épaules. Cory avait ouvert la bouche – sans doute pour se moquer encore du béguin de sa sœur – et Jace avait rapidement demandé :

« Comment ça marche, d'ailleurs ? »

Sans répondre, elle lui avait repris le crayon, avait tordu ses cheveux, les avait enroulés, puis avait piqué le crayon dedans. Cela tenait.

« Étonnant... », avait dit Jace, ce qui lui avait valu un sourire.

— Tu piques toujours un crayon dans tes cheveux ? demanda-t-il.

Elle lui lança un regard surpris. Puis elle lui sourit, comme si elle revoyait la même scène.

— Je ne me sers plus tellement d'un crayon. Maintenant, je prends des notes sur mon téléphone.

— Dommage.

— Parfois, je le fais avec le pic que mon père m'a rapporté d'Asie.

Jace hocha simplement la tête, car il ne savait quoi dire. Un père qui remarquait les petites habitudes de sa fille et s'en souvenait quand il était à l'autre bout du monde, c'était plus qu'il ne pouvait se représenter. Son propre père n'aurait su dire si son fils était gaucher ou droitier.

— Que s'est-il passé dehors, Jace ?

— Tu as entendu.

— Oui. Mais maintenant j'aimerais savoir ce que tu n'as pas dit.

— Rien d'important.

— Oh ! je suis sûre que si ça l'était, tu l'aurais dit, fit-elle. Ce qui signifie que c'est quelque chose d'autre qui t'a secoué.

— Peut-être que j'avais peur que le type s'en prenne à moi.

— Tu esquives le sujet.

Il avait oublié que, en plus d'être intelligente, elle était très sensible. Elle avait toujours su, quand il arrivait chez eux, s'il avait eu des démêlés avec son père.

— Jace..., reprit-elle.

Et têtue.

— Le type est monté en voiture et a pressé le champignon. Cutter était... juste devant.

— Mon Dieu, souffla-t-elle.

Il sut qu'elle comprenait.

— Jace... Tout va bien. Cutter n'a rien. L'histoire ne se répète pas.

Il releva brusquement la tête et la dévisagea.

— J'ai couru vers lui, mais... Si je n'avais pas crié et s'il n'était pas revenu, il aurait...

— Mais il l'a fait.

— Oui. Pour m'empêcher de m'effondrer comme un pauvre fou.

Elle se retourna pour contempler le chien sur le siège arrière.

— Oui, dit Jace nerveusement, il le savait.

Il essaya d'expliquer ce que le chien avait fait, mais ce qui lui avait semblé si évident à ce moment-là paraissait désormais insensé.

— C'est parfaitement logique. Les chiens sentent les êtres humains. Et ils sont apaisants. C'est pour ça qu'il existe des thérapies animales, non ? Ils aident les gens à se sentir mieux.

Indubitablement, il se sentait pire. Une thérapie animale ? Pensait-elle qu'il en avait besoin ?

— Bien sûr. Et il savait que je ne pourrais lui être d'aucune utilité.

Cutter se leva sur le siège arrière et effleura la joue de Jace de sa truffe fraîche.

— Arrête ça, Jace, dit Cassie d'un ton net. Ça a dû être un horrible flash-back pour toi.

— C'était il y a presque vingt ans.

— C'est-à-dire hier. Des choses aussi horribles ne s'effacent pas, c'est juste qu'on n'y pense plus aussi souvent.

— Hum, marmonna-t-il, incapable de répondre à cela.

Elle était si compréhensive, si bienveillante, cela aurait dû lui faire l'effet d'un baume, mais il s'en voulait plus encore d'être resté paralysé comme un petit garçon. Comme un bon à rien.

— Quel était le prénom de ton père ?

Surpris, il sortit de ses pensées douloureuses et la dévisagea.

— Quoi ?

— Le prénom de ton père était Charles, non ?

— Oui. Mais on l'appelait Chuck. Pourquoi ?

— Parce que, chaque fois que je te surprendrai à ressasser les idioties qu'il disait de toi, je te le rappellerai.

Il la contempla, un peu médusé.

— Tu n'es rien de ce qu'il disait, prononça-t-elle avec détermination. Rien du tout.

— Comment le sais-tu ?

— Parce que je te connais.

Il poussa un gros soupir.

— Tu ne sais pas ce que je suis devenu.

— Ah non ? releva-t-elle d'une voix douce. Le fait que tu sois là me dit tout ce que j'ai à savoir. Tu es l'homme qui a fait mille cinq cents kilomètres pour tenir une promesse.

Et comme si c'était réglé, elle démarra la voiture. Et Jace comprit que, pour elle, c'était effectivement réglé.

— Tu as soif, mon garçon ? demanda Cassie.

Assis au comptoir de la cuisine, Jace leva les yeux. Il dessinait ou gribouillait depuis qu'ils étaient rentrés du magasin. Cassie était ravie qu'il n'en ait pas perdu l'habitude. Et si cela le mettait de meilleure humeur, elle en était encore plus heureuse.

— Je parlais au chien, lui dit-elle en souriant.

Il considéra Cutter, qui attendait sagement qu'elle pose un bol d'eau fraîche par terre.

— Ah...

Cassie regarda le chien laper, puis se tourna vers Jace.

— Si tu as soif, je te donne aussi quelque chose à boire. Mais en aucune façon je ne t'appellerais « mon garçon ».

Elle vit quelque chose vaciller dans ses yeux. Elle sut instinctivement qu'il se rappelait ce moment où il avait dû se sentir comme un enfant sans défense. Comme s'il avait senti quelque chose aussi, Cutter cessa de boire et leva la tête.

— Chuck !

Jace eut un mouvement de recul.

— Je n'ai rien dit.

— Mais tu y pensais.

Il eut l'air assez déconcerté pour qu'elle comprenne qu'elle avait raison. Comme pour renforcer encore cette certitude, Cutter alla s'asseoir aux pieds de Jace et s'appuya contre le bas de sa jambe.

— Tu lis dans mes pensées, maintenant ? questionna Jace avec nervosité, en ignorant le chien.

— Je faisais surtout un test pour m'assurer que ça marche. À partir de maintenant, c'est pour de bon.

— Merci. C'est juste ce dont j'avais besoin, qu'on me jette ce nom à la figure tout le temps.

— Alors n'y pense pas tout le temps.

Cutter, vit-elle, se pressait contre Jace, comme s'il savait que ce dernier avait besoin d'un contact.

Elle poursuivit :

— C'était un homme cruel et vindicatif, Jace. Et il se trompait du tout au tout. Il ne mérite pas une parcelle de tes pensées ou de tes souvenirs.

Elle avait commencé d'un ton assez égal, mais sa voix monta d'un cran avant la fin. Elle ne pouvait s'en empêcher. Son ton passionné parut résonner dans la pièce. Jace tendit la main pour caresser Cutter, sans détacher les yeux d'elle.

— Tu veux me sauver, petite fille ? dit-il.

Interloquée, Cassie se rappela le jour où, tant d'années auparavant, il lui avait dit la même chose. Sa mère était allée la chercher chez son amie Tara avant de passer prendre Cory et Jace au cours d'arts martiaux. Elles étaient en retard à cause de la circulation.

Quand elles avaient finalement déposé Jace devant chez lui, sa mère l'avait regardé avec inquiétude.

— Il sera en colère que tu sois en retard ?

Jace, à peine treize ans bien qu'il paraisse plus âgé, avait haussé les épaules.

— Il est toujours en colère.

— Je vais lui dire que c'est à cause de la circulation, avait répondu sa mère d'un ton apaisant.

— Ça ne changera rien. Ce sera quand même de ma faute.

Du haut de ses onze ans, Cassie avait été frappée par cette injustice. Elle s'était tournée vers lui depuis le siège avant.

— Mais ce n'est pas de ta faute. C'est de la mienne. Tara et moi, on avait tout laissé en désordre. Je vais lui dire.

Jace avait eu l'air surpris... Elle avait compris pourquoi quand il avait dit tranquillement :

« Tu veux me sauver, petite fille ? »

Il s'en souvenait encore aujourd'hui.

Était-ce donc si rare qu'on le défende pour qu'il se rappelle seize ans après qu'une petite fille de onze ans s'était élevée contre l'injustice dont il faisait l'objet ? Et le fait qu'il la traite de *petite fille* alors qu'il n'avait que deux ans de plus en disait long sur sa maturité.

— Je l'aurais fait, tu sais, dit-elle d'une voix aussi douce que la sienne. Je lui aurais dit.

— Ça n'aurait fait aucune différence. Il m'aurait quand même fait des reproches après ton départ.

Il poussa un soupir.

— Et il aurait découvert ce que je faisais, et ça aurait été la fin de tout.

Cassie soupira aussi, mais d'incrédulité, parce qu'elle n'arrivait pas à comprendre qu'un parent puisse se comporter comme ça.

— Je suis désolée, Jace. Désolée que tu aies dû grandir comme ça.

— C'est de l'histoire ancienne, lança-t-il d'un ton sec.

— Ce ne sera pas de l'histoire ancienne tant que tu ne l'oublieras pas. Ainsi que tout le mal qu'il t'a fait.

Elle le vit serrer les dents. Un muscle tressauta sur sa joue, comme s'il luttait contre sa tension intérieure.

— Peut-être que tu devrais lui hurler dessus pour évacuer tout ça. Lui dire tout le mal qu'il t'a fait.

Jace grimaça et baissa les yeux sur le crayon qu'il tenait.

— Quel bien cela pourrait-il me faire ?

— Une catharsis ? suggéra-t-elle.

— Hurler sur quelqu'un qui n'est pas là ? Je pense que c'est un comportement de malade. Sans parler du fait que ça ne servirait à rien. Même s'il était là, il n'écouterait pas.

Ce ton sarcastique était nouveau. Quand elle reprit la parole, ce fut d'une voix très douce.

— Je me fiche complètement de lui. Je veux dire que ça te ferait du bien à toi. C'est toi qui m'importes.

Il releva la tête brusquement comme pour la regarder, mais il s'immobilisa et détourna les yeux. Elle eut la sensation bizarre qu'il refusait de croiser son regard.

— Je ne veux pas de ta pitié, dit-il, les dents serrées.

— Tant mieux, parce que je n'en ai pas pour toi.

Mais ce qu'elle avait à lui donner, il n'en voudrait pas non plus, probablement.

— Tu es en colère contre moi ?

Il laissa échapper un long soupir.

— Non.

Puis il sourit avec ironie.

— Je n'en ai pas la force.

L'inquiétude s'insinua en elle.

— Tu es malade ?

— Non. Juste... fatigué.

Cassie l'observa, la tête penchée.

Il avait l'air tout à fait en forme, avec ces épaules et ce torse musclé. Maigre, oui, mais il bougeait encore avec cette grâce subtile qu'elle avait toujours adorée. Non, il n'y avait rien qui n'allait pas chez Jace Cahill, rien du tout.

— Pourquoi ?

— Peu importe.

Elle comprit qu'il n'en dirait pas plus.

Néanmoins, en le voyant froisser le papier sur lequel il dessinait, elle le lui prit des mains. C'était une caricature comme il avait l'habitude d'en faire, cette fois de Cutter, croqué en quelques lignes. Elle éclata de rire.

— Oh ! tu l'as si bien réussi ! Ses oreilles, sa tête penchée, ses yeux si expressifs. On croirait qu'il a des émotions humaines.

Jace souriait à demi.

— Oui, n'est-ce pas ? Il te regarde comme si c'était toi qui ne comprenais rien.

Le chien leva la tête et croisa son regard. Durant un instant, aucun d'eux ne bougea, puis Jace secoua légèrement la tête en riant.

Cassie contempla à nouveau le dessin. L'idée que Jace ne tire pas profit de son talent lui faisait de la peine. Il paraissait tellement enthousiasmé, autrefois, par la perspective d'étudier l'architecture. Elle posa la feuille de papier sur le comptoir et la lissa.

— Pourquoi diable voulais-tu le jeter ?

— Ce n'est qu'un croquis stupide.

— Il est génial. Si tu n'en veux pas, je le prends.

— Il est à toi, répondit-il d'un air dégagé. Qu'est-ce que tu vas en faire, le coller sur le réfrigérateur ?

— Non, je vais l'ajouter à ma collection.

Elle avait parlé sans réfléchir et détourna le visage pour qu'il ne la voie pas rougir.

— Ta collection ? Tu collectionnes les gribouillis ?

— Ce ne sont pas des gribouillis, dit-elle avec vivacité.

Jace réagit avec son éternel haussement d'épaules.

Cassie alla rapidement chercher un petit cadre sur la commode de sa chambre, puis ouvrit son dressing et y prit une grosse boîte bleue.

Jace grattait Cutter derrière l'oreille quand elle revint dans la cuisine. Elle posa la boîte devant lui et retira le couvercle. Celle-ci contenait tout un tas de morceaux de papier de différentes formes et couleurs sur lesquels Jace avait croqué un personnage ou une scène.

— Qu'est-ce que..., commença-t-il. Où as-tu eu tous ces dessins ?

— Tu m'en as donné certains, tu ne t'en souviens pas ?

— Pas autant, répondit-il en fixant toujours la boîte.

— J'en ai trouvé d'autres. Je les cherchais dans la maison après ton passage. Et quand j'ai compris qu'il t'arrivait de les jeter, j'ai commencé à fouiller la poubelle.

Il releva lentement la tête et la fixa avec étonnement.

— Pourquoi ?

— Je les ai conservés parce qu'ils sont bons, pas parce que j'étais amoureuse de toi, dit-elle rapidement. Même si j'étais amoureuse de toi.

— Ce ne sont que des... gribouillis.

Elle mit le petit cadre sous les yeux de Jace.

— Après la mort de mes parents, c'était trop dur d'avoir toujours leur photo sous les yeux, alors j'ai mis ça dans ma chambre.

Le dessin était plus détaillé que ses œuvres habituelles, car il y avait passé plus de temps. C'était l'une des possessions les plus précieuses de Cassie. Jace avait réussi à capter l'amour et la tendresse des personnes qu'elle aimait le plus au monde, sa mère et son père.

— Je m'en souviens, dit-il en fixant le dessin. Tes parents... Je n'avais jamais vu deux personnes se regarder comme ça. Je crois que je ne savais même pas ce que cela voulait dire.

Et cela, pensa Cassie, c'était le trait le plus triste de ce portrait de deux personnes qui s'adoraient visiblement. L'artiste n'avait pas reconnu ce qu'il voyait parce qu'il ne l'avait jamais vu auparavant.

Il n'avait jamais vu de parents qui s'aimaient pour de bon.

11

Jace se rappelait s'être demandé pourquoi il continuait à fréquenter la maison des Grant. Certes, c'était un répit dans le malheur qui régnait chez lui mais, par contraste, cela rendait ce malheur encore pire.

— J'ai failli donner un coup de poing à Cory ce jour-là, dit-il, à peine conscient de parler à voix haute.

— Il l'avait cherché, non ? répondit Cassie d'un ton tranquille.

— Parce qu'il n'avait aucune gratitude pour ce qu'il avait.

— Je pense qu'il prenait tout pour acquis.

Jace la regarda. Lisant la compréhension dans ses yeux, il poursuivit :

— Mais pas toi.

Elle secoua la tête.

— C'était toi qui me faisais réaliser à quel point nous avions de la chance. Mais Cory... Il est inconscient, parfois.

— J'ai remarqué, répondit Jace avec un sourire ironique.

Elle soupira

— J'espérais qu'il me proposerait de m'aider au magasin, mais il m'a dit qu'il ne pourrait pas supporter ce train-train. Comme si j'aimais ça, moi, conclut-elle avec une grimace.

Jace ne put se retenir de pousser un gros soupir. Le train-train ? Il aurait pu en remontrer à Cory sur ce plan.

— Je sais, reprit-elle. Cory choisit toujours la voie de la facilité, et toi, tu n'as jamais eu la vie facile. Et ce n'est pas de la pitié, ajouta-t-elle avant qu'il puisse réagir. C'est la vérité et tu le sais.

Il émit un son neutre, essayant de trouver une diversion. Voir ce dessin lui avait rappelé le vide douloureux qu'il éprouvait quand il l'avait fait. Il était heureux que les Grant l'incluent dans leur vie de famille, mais cela lui faisait haïr d'autant plus ce qui se passait chez lui.

— Certains ont des vies pires encore, dit-il finalement.

— Parce qu'il ne te frappait pas ? Tu crois que c'est la seule manière de faire souffrir ?

Il ne pouvait pas parler de cela. Pas à cet instant.

— Cassie, s'il te plaît. Tout ça, c'est vieux. Est-ce qu'on peut se concentrer sur le présent ?

Il sentit Cutter remuer. En baissant les yeux, il le vit passer derrière Cassie puis faire demi-tour. Cassie fit un pas en avant pour ne pas perdre l'équilibre. Un pas vers lui.

Elle était si près, tout à coup. Elle le regarda, les yeux pleins de sentiments inexprimés, lui toucha le visage... puis l'embrassa.

Oh ! ce n'était pas un baiser passionné, juste un petit bisou. Cela causa à Jace la même sensation que le jour où il avait fait le dessin. Puis son corps réagit et il sentit le désir monter.

Il faillit protester en la sentant s'écarter presque aussitôt. Il aurait voulu qu'elle ait toujours le béguin pour lui.

— Ça, dit-elle, c'est pour m'avoir donné ce merveilleux dessin, qui m'a aidée à supporter mon chagrin.

Il la dévisagea, l'esprit embrouillé. Elle prit le cadre sur la table et repartit vers sa chambre. Il eut terriblement envie de la suivre, mais s'ordonna de rester sur place ; Cassie et lui seuls dans sa chambre, cela ne pouvait mener à rien de bon.

Il se rendit compte qu'il la suivait du regard et se força à détourner les yeux. Il les posa sur Cutter qui, assis, le regardait, et le seul mot qui lui vint à l'esprit pour décrire l'expression de l'animal fut « fanfaronne ». Comment un chien pouvait-il avoir l'air si content de lui ? Il revit le mouvement de Cutter, qui avait poussé Cassie vers lui. C'était bien un hasard, non ?

Le bourdonnement du téléphone Foxworth le tira de ces idées fantaisistes. Il répondit avec gratitude.

— Tout est tranquille ?

Ça dépend de ce qu'on entend par tranquille.

— Oui. Tout va bien.

— Emmène Cutter en promenade. Toi seulement. Vers le nord, troisième base du terrain de base-ball, dans le parc.

Dès qu'il prit la laisse, Cutter vint s'asseoir devant lui, en attente. Il attacha la laisse puis hésita. S'il appelait Cassie, elle voudrait sans doute venir. Cela lui aurait plu, mais Rafe avait dit seul. Il prit donc un bloc-notes et gribouilla un mot disant qu'il emmenait le chien au parc. Après réflexion, il se dessina en guise de signature, tel qu'il s'imaginait quand il avait ouvert la boîte de dessins.

Cutter était effectivement très sage avec une laisse. Ils arrivèrent en cinq minutes au lieu dit, mais il n'y avait aucune trace de l'homme de Foxworth.

Durant une minute, Jace regarda le terrain de base-ball, où il avait joué une fois. Une fois seulement ; son père le lui avait interdit quand il avait commis l'erreur de dire qu'il s'était bien amusé.

Il réprima un sursaut quand Rafe se matérialisa brusquement sur sa gauche. Il n'y eut pas d'échange d'amabilités, sauf entre Rafe et Cutter ; le chien le salua joyeusement et l'homme se pencha pour lui caresser les oreilles.

En se redressant, Rafe dit d'un ton pressant :

— En dix secondes, dis-moi qui, selon toi, serait le plus susceptible de perturber la vie de Cassie.

Surpris, Jace ouvrit la bouche sans savoir quoi dire.

— Je...

— Cinq secondes.

Jace leva les mains dans un geste d'impuissance.

— Le seul qui me vienne à l'esprit, c'est Cory.

— Son frère.

— Oui. Il est souvent sur le fil du rasoir.

Tout en disant cela, il secoua la tête.

— Mais il aime Cassie. Il l'a toujours protégée.

— Et s'il était acculé ?

— Il ne ferait jamais rien qui puisse lui nuire, dit-il avec certitude.

— Mais sans intention ?

— Je ne sais pas.

— Son casier n'est pas très net. Ébriété sur la voie publique, bagarres, vols.

Jace fit la grimace.

— J'imagine qu'il y a eu d'autres choses.

— Il a volé une voiture, une fois. Il était très fier de lui, en plus. Il voulait que je parte en virée avec lui. Mais il s'est ravisé et il l'a ramenée là où il l'avait prise. Le propriétaire n'en a jamais rien su.

— Et que lui as-tu dit quand il voulait que tu viennes ?

— D'aller au diable. J'avais assez de problèmes comme ça, je n'avais pas envie d'être impliqué là-dedans.

— Intéressant. Beaucoup d'adolescents dans ton cas auraient cédé à la tentation.

Jace croisa son regard.

— Je ne pouvais pas faire ça à ma mère. C'était déjà assez dur pour elle.

Rafe se contenta de le regarder, et il se sentit forcé d'ajouter :

— Elle faisait de son mieux. Elle est... menue, délicate. Mais elle essayait toujours de détourner son attention quand mon père s'en prenait à moi. Elle le détestait quand il répétait que j'étais stupide et bon à rien.

Il entendit un petit bruit et se retourna. Cassie était derrière lui, le fixant avec des yeux emplis de chagrin. Et de pitié. C'était insupportable. Mais elle n'avait pas entendu la partie sur la virée avortée en voiture, c'était visible. Il avait promis à Cory de n'en parler à personne, à condition que cela ne se reproduise pas. Désormais, il devrait mettre le bien-être de

Cassie dans la balance. Il devrait faire plus attention avant de proférer des promesses.

— J'ai vu ton mot, alors j'ai pensé que...

Elle ne finit pas sa phrase et regarda Rafe.

— Je n'aurais pas dû venir ?

— Je suis aussi sûr qu'on peut l'être qu'il n'est pas dans les parages en ce moment, répondit celui-ci. Mais la prochaine fois, restez chez vous.

En sécurité, pensa Jace.

— Je déteste ce... sentiment d'impuissance !

— C'est désagréable, dit succinctement Rafe.

Puis il regarda sa montre.

— Reste un moment ici avec Cutter, dit-il.

Portant la main à sa poche, il en sortit une balle de tennis plutôt usée qu'il tendit à Jace.

— Jette-lui, tu auras l'air d'être sorti pour lui faire prendre de l'exercice. On te contactera.

Jace prit la balle. Sans un mot de plus, Rafe fit un signe de tête à Cassie et s'en fut. Quelques instants plus tard, il avait disparu entre les arbres bordant le terrain de base-ball.

— *On* te contactera ? répéta Cassie en le suivant des yeux.

— Peut-être parle-t-il du technicien avec lequel il travaille sur la vidéo.

— Oh...

Avec un sourire hésitant, elle ajouta :

— J'ai aimé ton petit dessin. C'est le seul de toi que j'ai.

Il fit la grimace.

— Je ne me dessine pas d'habitude.

Elle le regarda un instant, avant de répondre tranquillement :

— Non. En effet.

Sans bien comprendre ce qu'elle voulait dire, il était content de voir qu'elle ne s'appesantissait pas.

Une demi-heure plus tard, il s'adressa à Cutter, qui ramenait une balle de tennis désormais plus grise que jaune.

— Bon sang, le chien, tu ne te fatigues jamais ?

— Et il ne la rate jamais non plus, ajouta Cassie.

— Il devrait bien dormir cette nuit, dit Jace.

Un bourdonnement s'éleva. C'était le téléphone Foxworth de Cassie. Elle lui tendit la balle et sortit l'appareil de sa poche de veste. Elle se mit à rire et lui montra le laconique texto de Rafe.

Il aime les carottes, si vous en avez.

Ils décidèrent de rentrer. Jace voulait garder Cutter entre eux, mais l'animal insistait pour marcher du côté extérieur et le heurtait continuellement, comme s'il essayait de le rapprocher de Cassie.

Une fois à la maison, Cassie alla chercher une carotte dans le réfrigérateur et la coupa en petits morceaux. Jace regarda le chien les prendre gentiment un par un et les mâcher avec un plaisir évident.

C'est vraiment un chien particulier, songea-t-il. *Parfois, il se comporte comme un chiot, et d'autres fois...* Cela le fit penser au commentaire de Rafe, selon lequel Cutter avait poussé exprès l'homme dans la lumière. Ce chien était évidemment très intelligent, mais c'était un peu tiré par les cheveux.

Il fut sorti de ses pensées par le bourdonnement du téléphone dans sa poche, de concert avec celui de Cassie. Il s'en saisit et vit que quelqu'un – du nom de Ty Hewitt – leur avait envoyé une photo. Jace l'étudia un instant.

Cela ressemblait à l'homme de la vidéo, bien que l'angle soit différent. Il entendit Cassie s'approcher et constata qu'elle contemplait aussi la photo.

— C'est une photo d'identité judiciaire ? questionna-t-elle.

— On dirait bien.

— Ça lui ressemble assez, surtout le nez et la bouche. Mais je ne peux pas en être certaine, parce que je n'ai pas bien vu son visage. Et il était emmitouflé, alors je n'ai pas pu distinguer ce tatouage dans son cou.

— Peut-être est-ce pour ça qu'il se couvre comme s'il était en Alaska.

Les téléphones émirent un *ping* à l'unisson, signalant l'arrivée d'un texto.

72 % de correspondance avec vidéo par reconnaissance faciale. Travaille toujours dessus.

Un instant plus tard, Rafe répondit :

Reçu. Tiens-nous informés.

Puis le téléphone de Cassie sonna. Elle répondit rapidement et, sur les instructions de Rafe, mit le haut-parleur.

— Vous avez eu la photo ?

— Oui, dit Cassie.

— Votre opinion ?

Ils la lui donnèrent.

— Qui est-ce ? demanda Cassie.

— Son nom est Al Schiff. Il est de Seattle. Il fait partie de la pègre là-bas. Vols, cambriolages à main armée, trafic de drogue.

Jace leva les yeux en même temps que Cassie. Elle semblait frissonner intérieurement ; ils ne s'attendaient pas à cela.

— Mais… Pour quelle raison quelqu'un comme ça s'intéresserait-il à moi ? protesta-t-elle.

— Ce n'est pas lui. C'est seulement la photo la plus proche que Ty a trouvée, donc je voulais que vous la voyiez.

— Oh…

Cassie hésita, puis déclara :

— Je pourrais me tromper, je n'ai jamais vu ses yeux, mais…

— Vous en savez sans doute plus que vous ne pensez, dit Rafe. Que vouliez-vous dire ?

— J'ai l'impression qu'il avait les yeux plus clairs que cet homme. Mais je n'en suis pas sûre.

Jace regarda de nouveau la photo. Celui-là avait en effet les yeux noirs. Mais l'incertitude de Cassie le ramena à sa question précédente.

— Pourquoi es-tu si sûr que ce n'est pas lui ? demanda-t-il à Rafe.

— Parce qu'il est en prison.

Cassie avait du mal à démêler ses pensées. Au début, elle avait éprouvé un bizarre mélange d'inquiétude et de soulagement. La première était facile à comprendre ; faire le lien entre ce qui se passait et un homme en prison était troublant, qu'il s'agisse ou non de lui.

Le soulagement renvoyait à quelque chose qu'elle réprimait depuis le début, à une possibilité qu'elle s'était efforcée de nier. Mais si c'était un truand qui était à l'origine de cela, alors elle pouvait l'affronter. Son frère n'était peut-être pas l'homme le plus honnête du monde, mais il ne s'impliquerait jamais avec quelqu'un comme ça.

Mais si ce type était en prison, alors ce n'était pas lui qui l'épiait. Donc il n'avait peut-être rien à voir avec tout ça. Il se pouvait que les deux hommes présentent juste une ressemblance. Cela arrivait.

Elle se secoua intérieurement.

— Ça rend seulement les choses plus confuses, non ? dit Jace après que Rafe eut raccroché avec son manque habituel de civilité.

Cassie leva les yeux de son propre téléphone.

— Oui.

— Peut-être que ce Ty trouvera une autre concordance. Peut-être que ce type n'a rien à voir avec tout ça.

Elle poussa un gros soupir.

— J'avoue que je ne m'attendais pas à cela aussi vite. Tu n'es là que depuis... deux jours.

Deux jours. Deux jours durant lesquels Jace avait bouleversé sa vie, l'avait forcée à réfléchir et à remettre en question ses sentiments habituellement ordonnés. Et puis, bien sûr, elle l'avait embrassé.

Et s'était fait une peur bleue.

Pour elle, c'était un petit baiser de remerciement pour ce dessin qui l'avait aidée à surmonter son chagrin ; mais il avait failli devenir quelque chose de beaucoup, beaucoup plus important. À l'adolescence, elle rêvait déjà de l'embrasser.

Mais c'était un fantasme enfantin, ignorant. Le désir que ce bref contact avait fait naître en elle n'avait plus rien d'un fantasme. C'était Jace, le vrai Jace, et elle avait dû s'écarter avant de les embarrasser tous deux avec une manifestation de concupiscence.

Et pourtant, elle avait terriblement envie de recommencer. Pour de bon, cette fois. Non comme un « merci », mais comme une femme à un homme qu'elle...

La sonnerie du téléphone fixe interrompit ses pensées. Elle se servait rarement de cet appareil, mais elle le gardait car nombre des amis de ses parents avaient ce numéro et elle ne voulait pas se couper d'eux.

Elle alla au salon et prit le récepteur sur la petite table.

— Cassie ? fit une voix féminine.

— Oui ?

— C'est Elizabeth Cahill. La maman de Jace.

— Bonjour Elizabeth ! s'exclama-t-elle. Comment allez-vous ?

— Très bien, merci. Comment vas-tu ? J'espère que ton problème est en voie de résolution.

— Je crois qu'on va y arriver.

Elle reprit la direction de la cuisine.

— Merci de m'avoir prêté Jace.

Mme Cahill se mit à rire, et Cassie songea qu'elle ne l'avait jamais entendue rire avec tant de légèreté. Mais sa voix redevint sérieuse quand elle dit :

— Je suis désolée pour tes parents, Cassie. C'étaient des gens bien, généreux et attentionnés.

— Oui. C'est vrai.

— Ils ont beaucoup aidé mon garçon. Plus que je ne l'ai fait.

Cela ressemblait tellement à Jace quand il se dénigrait que Cassie fut tentée de reprendre cette petite femme autrefois triste et silencieuse. Mais elle n'avait plus l'air triste. En fait, elle avait l'air tout à fait enjoué.

— Il est là ? demanda Elizabeth. Je voudrais lui annoncer une bonne nouvelle.

— Je vous le passe avec grand plaisir, dit-elle.

Elle donna l'appareil à Jace, qui lui jeta un regard surpris.

— C'est ta mère. Elle dit qu'elle a de bonnes nouvelles, expliqua-t-elle rapidement.

— Maman ? dit Jace après avoir pris le téléphone.

Une pause.

— Je vais bien. Qu'est-ce que c'est, ces nouvelles ?

Cassie alla dans sa chambre pour lui laisser un peu d'intimité. Elle devait ranger la salle de bains, de toute façon. Au lieu de ça, cependant, elle s'arrêta à nouveau devant le dessin et se demanda pourquoi Jace n'avait pas réalisé son rêve de devenir architecte. Elle se rappela une discussion entre son père et sa mère, un soir tard, qui se demandaient si c'était parce que ses parents ne pouvaient pas payer les frais d'inscription ou parce que son père ne voulait pas qu'il étudie.

Elle se souvenait clairement des paroles de son propre père :

« La plupart des parents espèrent que leurs enfants réussissent mieux qu'eux. Mais Charles Robinson semble vouloir exactement le contraire pour Jace… »

Elle avait continué à penser à cela, au lieu de se remettre à étudier. Pour la première fois de sa courte vie, elle avait vraiment réfléchi à ce que cela devait être d'avoir un père comme celui-là. Elle avait essayé d'imaginer son propre père décrétant sans raison qu'elle ne pouvait faire ou avoir quelque chose. Elle n'y arrivait pas. Il aurait pu lui dire qu'elle devait travailler ou payer pour l'avoir, mais le lui refuser sans raison ? Jamais.

Pourtant, il n'était pas difficile de se représenter le père de Jace faisant cela. Et plus tard, quand sa mère était venue la voir, elle avait repoussé son devoir d'histoire et l'avait serrée dans ses bras.

Elle dut réprimer l'envie soudaine de faire de même avec Jace.

Tu l'as déjà embrassé, ce n'est pas assez ?

Elle faillit rire tout haut en entendant cette petite voix dans sa tête. Non, ça ne suffisait pas. C'était tout le problème. Ce pauvre Jace était venu l'aider et elle l'embrassait comme si elle était encore une petite fille.

Elle n'était plus la même. Mais ses goûts ne semblaient pas avoir changé, car Jace était l'archétype de tous les garçons qui l'avaient attirée depuis.

Et maintenant l'original est sous ton toit, dormant dans ton ancienne chambre. Et tu as du mal à trouver le sommeil parce que tu as envie de te glisser dans sa chambre et...

Elle se reprit en se rendant compte que les murmures dans la cuisine avaient cessé. Effleurant du bout des doigts le dessin encadré, elle quitta la pièce.

Jace avait reposé le récepteur à sa place dans le salon et scrutait l'obscurité par la fenêtre. Elle hésita, mais vit qu'il souriait. Cutter était roulé en boule au bout du canapé.

— Alors, c'était une bonne nouvelle ? demanda-t-elle en s'approchant de Jace.

— Oui. Très bonne.

— Pour elle, ou pour toi ?

— Pour nous deux.

— Je suis contente, dit-elle simplement.

Cette nuit-là, son cerveau produisit un rêve alambiqué, dans lequel l'homme à la capuche prenait la forme du père de Jace. Elizabeth et elle se cachaient dans un immeuble déserté. Puis Jace arrivait sur son beau destrier blanc, sauf que dans le rêve c'était une moto et que Cutter courait près de la machine. Cela au moins, c'était logique, pensa-t-elle en s'éveillant ; Jace avait toujours eu envie d'une moto. Quant à Cutter, cet animal était plein de surprises. Se maintenir à la hauteur d'une puissante moto était sans doute la moindre de ses capacités.

Comme si elle l'avait convoqué par la pensée, le chien se glissa par la porte entrouverte. Il passait en général la nuit à faire des allers-retours entre la chambre d'amis et la sienne.

À nouveau, l'idée s'imposa à elle que ce serait plus facile pour Cutter si Jace et elle dormaient ensemble.

La simple idée de s'éveiller avec Jace la fit frissonner, même dans la chaleur du lit. Elle le mit sur le compte de la fraîcheur de la truffe de Cutter contre sa joue.

— Il est temps de se lever, hein ? dit-elle en sortant une main pour gratter l'oreille de l'animal. Tu as déjà réveillé Jace ?

Le chien poussa un soupir las, et elle se mit à rire.

— Ce couloir est trop long pour toi, paresseux ? lança-t-elle en s'asseyant dans son lit en bâillant. Au moins, tu ne grognes pas, alors j'imagine que le scélérat n'est pas là.

May devait ouvrir le magasin ce jour-là, si bien qu'elle n'avait pas besoin de se presser. Elle prit néanmoins une douche rapide. Elle avait un peu mieux dormi cette nuit-là, nonobstant son rêve insensé.

En entrant dans la cuisine, elle trouva un Jace ébouriffé et ensommeillé devant la cafetière. Elle lui avait expliqué où se trouvaient les choses dans la cuisine, et ils s'étaient mis d'accord pour que le premier levé fasse le café.

Voyant que le liquide ralentissait dans la machine, elle alla chercher des tasses dans le placard.

— Désolée. J'aurais dû le démarrer avant de prendre ma douche.

— C'est moi qui me suis levé le premier, répondit-il d'un air étonné.

— Vraiment ?

— À moins que tu n'aies été debout avant 5 heures...

— Des nouvelles de Rafe ? demanda-t-elle en poussant une tasse devant lui.

— Il a appelé peu après 5 heures, en disant qu'il allait voir des gens ce matin.

Il prit la cafetière et remplit les tasses, en commençant par la sienne, remarqua-t-elle.

— Bonne idée, dit-elle vivement. Comme c'est May qui fait l'ouverture aujourd'hui, je n'ai pas besoin d'être là avant midi. Nous pouvons faire de même.

Il lui glissa un regard perplexe.

— De même ?

— Parler...

— Oh..., fit-il d'un air douloureux.

Elle faillit lui éclater de rire au nez.

— Ce n'est pas si dur. On peut commencer par quelque chose de facile. Qu'as-tu fait ces dernières années ? Et pourquoi as-tu pris l'habitude de te lever si tôt ? Ou quelle était la bonne nouvelle de ta mère ?

Appuyé de la hanche contre le plan de travail, il prit son café et se tourna vers elle.

— Tu as raté ta vocation. Tu aurais dû être journaliste.

— C'est un euphémisme, le taquina-t-elle.

Mais son sourire s'évanouit quand elle ajouta :

— Je suppose que nous avons tous deux raté notre vocation. Ou plutôt, aucun de nous ne l'a suivie.

— Je me suis toujours dit que tu deviendrais professeure ou quelque chose comme ça.

Elle plissa le nez.

— Essaies-tu de me dire que j'étudiais trop ? Ou que j'étais une mademoiselle je-sais-tout ?

— Non. Mais tu avais toujours l'air de savoir... tout. Tu me stupéfiais avec des choses dont je n'avais jamais entendu parler.

— Merci, mais c'étaient juste des lectures, dit-elle en riant.

— Tu avais toujours un livre ou un manuel à la main.

— Oui. Et c'était habile de ma part.

— Pourquoi ?

— Pour détourner ton attention.

Il baissa les yeux et regarda sa tasse avant de prendre une gorgée. Cassie poussa un soupir.

— Je suis désolée si mes questions sont indiscrètes. C'est juste de la curiosité de ma part. Tu n'as plus donné de nouvelles après être parti de chez ta tante.

Il leva lentement les yeux sur elle.

— Je sais. Tes lettres me manquaient.

— Ta mère répondait à mes e-mails, mais pas toi.

— Je les lisais. Ou bien elle m'en parlait, dit-il.

— Mais tu n'as jamais...

— Je n'avais pas le temps, d'accord, lança-t-il. Maman travaillait près de la bibliothèque, et elle pouvait aller lire ses e-mails à l'heure du déjeuner.

Cassie entendit Cutter émettre un son bas, mais l'ignora. Les dominos tombaient les uns après les autres dans son esprit. Pas d'ordinateur à la maison ? Pas de téléphone ? Elle le dévisagea, se sentant idiote.

Elle avait été tellement stupide. Pour elle, c'était parfaitement logique qu'ils s'installent chez la tante de Jace après le départ de Chuck. Sa propre tante avait séjourné chez eux plusieurs mois, après son divorce. Ce qui l'avait surprise, c'était que personne ne pense qu'ils vivraient bien mieux sans le père de Jace.

L'argent. C'était le salaire de son père dont ils parlaient.

— Je suis désolée, Jace. Je suis une petite-bourgeoise affreusement gâtée. Je ne te reprocherai pas de ne pas vouloir me parler de ta vie.

Cutter gémissait à présent. Elle saisit cette chance de s'esquiver.

— Je crois qu'il a besoin de sortir.

Elle prit la laisse sur la table, l'attacha au collier du chien et sortit sous une pluie légère mais constante. L'animal se retourna avant que la porte se referme, cherchant Jace qui fixait toujours sa tasse de café.

Cassie ne s'était jamais sentie aussi honteuse de sa vie.

12

Le bruit de la porte qui se fermait tira Jace de son auto-apitoiement. Cassie sortait seule avec Cutter. Pas étonnant que le chien ait gémi. Lui, au moins, se rappelait quel était le boulot de Jace. Il s'élança à travers la pièce, prit sa veste et sortit à son tour.

Elle n'était pas encore arrivée sur le trottoir. Elle ne regarda pas derrière elle, et quelque chose dans ses dernières paroles le fit ralentir.

« Souviens-toi que la seule chose qui parle pour toi, en ce moment, c'est ton comportement. » Le conseil de sa mère, à une époque où ils étaient noyés dans les problèmes, résonna dans son esprit. Et il eut la certitude qu'il venait de se comporter en parfait crétin.

Il ignorait si Cassie était consciente de sa présence derrière elle. Elle continuait à marcher. Le long du chemin qui menait de la maison des Grant à la sienne. Comment Cory avait-il pu ne pas chérir ce qu'il avait ? Comment avait-il pu le tenir tellement pour acquis qu'il avait abusé de ses privilèges ? Et comment pouvait-il se conduire ainsi, alors qu'il avait eu tant d'amour et de sécurité ?

« Dis-moi qui, selon toi, serait le plus susceptible de perturber la vie de Cassie ? »

La question de Rafe lui traversa l'esprit. Et cela le rendait malade que la réponse soit toujours la même.

Ce fut un changement de comportement chez Cutter qui l'alerta, faute de quoi Cassie ne se serait pas rendu compte de la présence de Rafe. En voyant le chien agiter la queue, elle comprit qu'il saluait un ami et ne fut pas choquée de découvrir Rafe, un gobelet de café à la main.

— Vous ne dormez jamais ? lui demanda-t-elle tandis qu'il se baissait pour caresser le chien.

Avant qu'il puisse répondre, elle leva la main.

— Peu importe. Apparemment, c'est mon jour des questions indiscrètes.

Rafe se contenta de lui lancer un regard interrogateur.

— Jace, avoua-t-elle. Je n'avais pas compris la raison de son départ avec sa mère. Et je l'ai taquiné à ce sujet, comme si tout le monde avait eu les mêmes privilèges que moi.

— C'est bien que vous en soyez consciente. Quelle était cette raison ?

— Je crois qu'ils ont déménagé parce qu'ils avaient des problèmes d'argent après le départ du père.

Le regard de Rafe passa derrière elle sans changer d'expression.

— Vous le saviez, dit-elle d'un ton uni.

Il reporta les yeux sur elle.

— Nous faisons des recherches sur le passé de nos clients potentiels. Les gens mentent parfois, vous savez.

Elle réprima un soupir d'exaspération vis-à-vis d'elle-même.

— Jace ne ment pas. Ou alors seulement par omission.

— Tout le monde a le droit d'avoir des secrets.

Le ton sur lequel il dit cela poussa Cassie à se demander s'il en avait lui-même.

— Quand il est arrivé, j'ai été... surprise, reprit-elle. Il avait de tels projets : devenir architecte, construire d'immenses buildings. Mais il n'a pas réalisé son rêve.

— Parce qu'un cauchemar lui est tombé dessus.

— Quoi ? dit-elle en cillant.

Il soutint son regard un long moment, comme s'il se demandait s'il fallait parler ou non. Puis il regarda à nouveau par-dessus son épaule. Ce devait être une habitude, se dit-elle. Enfin, il répondit :

— Son père avait des tonnes de factures impayées, des dettes de jeu et une seconde hypothèque sur la maison. Plus une dette d'un million de dollars en cartes de crédit.

Cassie le dévisagea.

— Ils ont perdu la maison, n'est-ce pas...

Ce n'était pas vraiment une question et Rafe se contenta de hocher la tête.

— D'après ce qu'a découvert Ty, la mère de Jace a pris deux emplois et Jace trois pour tout rembourser.

Les yeux de Cassie s'agrandirent.

— Ils ont tout remboursé ?

— Sauf la maison évidemment. Elle a été saisie. Ils n'avaient pas le choix.

Cassie se rappela vaguement que ses parents avaient parlé d'une saisie dans le voisinage, mais elle n'y avait pas vraiment prêté attention. *Trop imbue de toi-même pour t'inquiéter de quelqu'un d'autre.*

— Ils ont négocié des délais, et il leur a fallu huit ans pour rembourser, mais ils y sont parvenus.

Elle secoua lentement la tête.

— Mais ce n'étaient pas leurs dettes. Pourquoi ne se sont-ils pas mis en faillite personnelle ?

— Par fierté, peut-être. Ou parce qu'ils ne voulaient pas que ça se sache. En tout cas, la faillite ne semble pas faire partie de leur lexique personnel, dit-il avec une pointe d'admiration.

Cassie pensa à Elizabeth Rob... Cahill. Elle n'aurait jamais cru qu'une femme si petite et délicate ait cette volonté de fer. Mais elle avait dû la forger sous la férule impitoyable de Chuck Robinson.

— Et ce ne sont pas tous les fils qui mettent leur vie en suspens pour aider leur mère à sortir du trou, ajouta Rafe.

Lentement, pensivement, elle hocha la tête.

— Mais Jace l'a fait.

— Comme il a tenu une promesse faite des années auparavant.

— Oui, dit-elle avec délicatesse.

« Appelle Jace. Il viendra. Il a promis. »

Même Cory, qui oubliait si facilement ses promesses, savait que la parole de Jace était d'or. Comment était-ce arrivé ? Comment le garçon qui avait eu un modèle aussi brillant en la personne de leur père était-il devenu aussi indigne de confiance, tandis que le garçon qui avait eu un père tellement cruel et réprobateur était devenu aussi franc et honnête ?

— Pas étonnant qu'il ait l'air fatigué, remarqua-t-elle.

— Oui, ça use.

L'expression de Rafe changea quand il regarda une fois de plus derrière elle. Une inquiétude la prit, mais un coup d'œil à Cutter la rassura. Le chien agitait de nouveau la queue.

— Mais pas trop fatigué pour oublier pourquoi il est là, dit tranquillement Rafe.

Il fit un geste, comme pour inviter quelqu'un à s'approcher.

— Il est là depuis le début de cette conversation, vous savez.

Cassie s'ordonna de ne pas se retourner. Elle manquait vraiment de discernement, et à l'égard de beaucoup de choses. Elle ferma les yeux un instant.

— Je suis vraiment idiote.

— Non.

Ce tranquille déni lui fit rouvrir les yeux.

— Les idiots ne se qualifient jamais d'idiots.

Venant de cet homme, c'était presque une louange.

— En outre, ajouta-t-il, vous avez très vite appris à faire confiance à Cutter.

Elle se souvint comme l'attitude du chien l'avait rassurée et ne put s'empêcher de sourire.

Puis Jace fut là. Comment avait-elle pu penser qu'il la laisserait flâner seule, même en compagnie de Cutter ?

Rafe hocha la tête. La sonnerie désormais familière s'éleva, mais seulement du téléphone de ce dernier.

— Vous devriez rentrer maintenant, dit-il.

Rapidement, il s'en alla, le téléphone plaqué sur l'oreille. Cassie contempla Jace. Maintenant qu'elle savait, elle se sentait encore plus idiote de ne pas avoir identifié les signes. Les vêtements usés, l'expression de lassitude autour de ses yeux… Il était solide, mais maigre. Elle se demanda s'il prenait le temps de manger et si la nourriture avait manqué durant ces années.

Elle attendit qu'il n'y ait personne alentour pour parler. Quand ils furent à mi-chemin de chez elle, elle déclara rapidement :

— Je m'excuse, Jace. Je ne me doutais pas et j'étais trop aveugle pour m'en rendre compte. Tout ce que je savais, c'était que tu étais parti. J'étais trop occupée de moi-même pour me demander pourquoi, en dehors du fait que ton père vous avait quittés.

Jace s'arrêta net au carrefour et la regarda d'un air malheureux. Mais elle poursuivit, déterminée à aller jusqu'au bout de ses excuses.

— Je ne savais pas ce que ta mère et toi affrontiez. Je ne l'aurais pas compris de toute façon, parce que… parce que j'étais tellement protégée, mais…

— Que penses-tu savoir ? demanda-t-il d'un ton plutôt abrupt.

— Que ton père vous a laissé d'énormes dettes.

Il eut un mouvement de recul et serra les mâchoires.

— Rafe.

— Oui.

— Pour quelqu'un qui ne parle pas, il t'en a beaucoup dit.

— Ne le lui reproche pas, s'il te plaît. J'avais déjà deviné, il m'a juste dit à quel point c'était… grave.

— Génial.

— Je ne t'en veux pas d'être en colère.

— Je ne suis pas en colère.

— Tu devrais l'être. Je me suis immiscée dans des choses qui ne me regardaient pas.

— Je ne te l'ai pas dit, répondit-il d'une voix tendue, parce que je ne voulais pas que tu aies pitié de moi...

— Je n'ai pas...

— ... Et ce n'est pas de la pitié que j'attends de toi.

Durant un instant, elle le dévisagea. Il serrait les dents, comme s'il luttait pour se maîtriser.

Elle dut humecter ses lèvres avant de le questionner. Elle croyait - non, elle espérait - connaître la réponse. Mais il fallait qu'elle lui pose la question.

— Qu'est-ce que tu attends de moi ?

Il ne lui répondit pas tout de suite. Elle saisit dans ses yeux bleus une lueur qu'elle n'avait jamais vue auparavant. À la périphérie de son champ visuel, un mouvement lui rappela la présence de Cutter. Bizarrement, le chien était passé derrière Jace et semblait le pousser en avant. Mais elle ne pouvait détacher le regard de ces yeux. Osant à peine respirer, elle attendit sa réponse.

Et il lui répondit, de la manière la plus simple qui soit.

Sa bouche s'abattit sur ses lèvres avec férocité, avidité, comme s'il ne pensait qu'à ça depuis qu'elle était sortie. Ce n'était pas un baiser fraternel destiné à sécher ses larmes, ou un baiser contenu de gratitude comme celui qu'elle lui avait donné.

C'était le baiser dont elle avait toujours rêvé, même quand elle était trop jeune pour comprendre les aspirations de son cœur. C'était un cri, une revendication. Chaque fibre de son corps y répondit avec joie. Et elle sut que c'était cela qui avait manqué à toutes ses relations amoureuses. Elles n'avaient pas marché parce que ce feu n'était pas là. Elles n'avaient pas marché parce que son cœur ne s'était pas enflammé.

Elles n'avaient pas marché parce que ce n'était pas Jace.

Il n'y avait personne à proximité, mais ils étaient tout de même en public. Jace s'en fichait. Il ne pouvait se rassasier de Cassie. La prudence lui soufflait de prendre son temps, de savourer le moment, mais il voulait l'étreindre à en perdre le souffle. Durant un instant de folie, il eut l'impression que la destinée lui chuchotait : « Oups, j'ai fait erreur – c'est *ça* la vie que tu aurais dû avoir. »

Son cœur battait la chamade et il avait du mal à respirer. Il approfondit le baiser avec avidité, sans se soucier d'être gentil. Il la désirait plus qu'il n'avait jamais désiré aucune femme avant elle. Elle était le trophée, le trésor qu'il n'avait jamais eu et avait toujours voulu.

Ce fut elle, inévitablement, qui rompit leur étreinte la première. Il avança goulûment les lèvres, mais elle s'était écartée.

— Laisse-moi... reprendre mon souffle, murmura-t-elle d'une voix bouleversée.

— Cassie..., commença-t-il, sans savoir quoi dire d'autre.

— Tu es le seul que je laisse m'appeler comme ça, tu sais ?

— Quoi ?

— C'est Cassidy ou Cass pour tout le monde. Il n'y a que toi qui m'appelles Cassie.

— Mais... Je t'ai toujours appelée comme ça.

— Oui. Et j'ai interdit à tout le monde de le faire dès la première fois.

Cela faillit le mettre à genoux.

— Je ne savais pas. Je ne... Je ne sais pas quoi te dire.

Il avait toujours l'air d'avoir couru un marathon.

— Eh bien, il y a plusieurs choses que tu pourrais dire. À commencer par « waouh »...

Soudain, il put à nouveau respirer.

— Je pensais à quelque chose de plus révérencieux. Une sorte de dicton qui comprenne le mot « sacré ».

Elle se mit à rire et il eut envie de se cramponner à cet instant, de le garder précieusement pour toujours.

Fais attention à ces détails. Grave-les dans ta mémoire, parce que c'est peut-être tout ce que tu auras.

— Tu m'as manqué, Jace Cahill. Tellement manqué.

— Moi...

Un aboiement sonore de Cutter lui coupa la parole. Lui arrachant la laisse, le chien s'élança en courant vers la maison, les oreilles aplaties et la tête baissée.

Il songea à dire à Cassie de rester là, mais il savait qu'elle refuserait. C'était chez elle qu'il se passait quelque chose. Il se mit donc à courir, Cassie sur les talons.

Quand ils atteignirent l'allée, Cutter avait déjà contourné la maison. Jace eut à nouveau envie de dire à Cassie de rester sur place, mais mieux valait qu'elle soit avec lui que seule à découvert, si l'homme arrivait.

— Reste derrière moi, lui ordonna-t-il quand ils furent devant le portillon que Cutter était en train d'escalader à la force de ses griffes.

En franchissant la clôture, il gronda férocement. Jace ouvrit le portillon juste derrière lui et entendit un cri. Il tourna le coin de la maison juste à temps pour voir une silhouette chanceler sur le mur de clôture.

Il s'élança et rattrapa Cutter, qui essayait de grimper au mur. Jace entendit le bruit d'un moteur au moment où il agrippait le sommet du mur. En se hissant à la force des bras, il eut le temps d'apercevoir une voiture qui s'éloignait. La même que dans la ruelle.

Il se laissa retomber et tenta de calmer l'animal.

— Ça va, mon beau. Tu nous as avertis, c'est bien.

Il lui caressa les oreilles. Un peu apaisé, le chien se mit à renifler chaque centimètre carré du jardin. Jace vit alors que le fenestron de la porte de derrière était brisé et celle-ci entrouverte.

Il tira son téléphone de sa poche et pressa le bouton rouge.

— J'ai besoin de tes clés de voiture, dit-il à Cassie, pour détourner son attention de la vitre fracassée.

Elle les sortit de sa poche.

Comme d'habitude, Rafe se dispensa de politesses.

— Oui.

— Il s'est introduit dans la maison. Même type, même voiture. Gris foncé. Il est parti vers le sud.

Puis, avec une certaine satisfaction, il énonça la plaque d'immatriculation. Cette fois, il l'avait déchiffrée à la lumière du jour. Cassie lui tendit ses clés.

— Je vais prendre la voiture de Cassie et...

— Reste avec elle. Je vais aller voir.

— Mais...

— Appelle le shérif. Cette fois, on a une preuve.

Il n'avait pas encore pensé à cela. Mais il dut faire un effort pour réprimer une poussée d'adrénaline.

— D'accord, acquiesça-t-il. Je peux leur parler de toi ?

— De Foxworth, oui. Je te recontacte.

Cassie fixait d'un air absent la vitre brisée et la porte battante. Jace appela le bureau du shérif et déclara seulement qu'ils avaient interrompu un cambriolage. Il serait toujours temps d'expliquer le reste quand les policiers seraient là. Son interlocuteur nota le numéro d'immatriculation et déclara qu'ils allaient le diffuser immédiatement. Un adjoint du shérif était en route.

— J'ai peur d'entrer, avoua Cassie quand il eut raccroché.

— Je comprends ça.

Elle fit un pas en direction de la porte mais s'arrêta quand il lui posa une main sur le bras.

— Il vaut mieux attendre. La scène de crime et tout ça...

— Ah oui. Bien sûr...

Elle s'immobilisa, les sourcils froncés.

— Je... La vitre. Il faudra...

— Je m'en occuperai. On va mettre une planche pour l'instant, puis on la fera remplacer.

Elle resta silencieuse un long moment avant de dire :

— Tu penses qu'il... nous observait ? Qu'il attendait qu'on sorte ?

Jace songea que c'était sans doute le cas, mais il ne voulait pas lui laisser penser que ce type l'épiait chez elle.

— Je ne sais pas.

Il faudrait demander aux voisins s'ils avaient vu l'homme. À moins que l'adjoint du shérif ne s'en charge.

Cassie se frottait les bras de haut en bas. Ce n'était pas à cause du froid, et il comprit qu'elle était plus secouée qu'elle ne le laissait paraître. Sans réfléchir, il franchit la distance qui les séparait et referma les bras sur elle. À la manière dont elle se tourna vers lui, au petit soupir qu'elle laissa échapper, il songea qu'il avait pris la bonne décision.

Il sentit soudain un poids sur son pied. En baissant les yeux, il vit que Cutter était assis sur sa chaussure. Le chien le regardait avec intensité.

— Oui, tu as bien fait, le chien.

L'animal agita légèrement la queue, mais reporta son regard sur Cassie. Une idée traversa soudain l'esprit de Jace.

— Bon sang, dit-il, heureusement que nous avions Cutter avec nous. S'il ne nous avait pas avertis, nous aurions pu tomber sur le type.

Il entendit Cassie reprendre son souffle. Puis elle redressa la tête, et il fut ravi de voir que son expression avait changé. Elle avait les yeux grands ouverts.

— On aurait pu, en effet.

Elle se baissa pour caresser la tête du chien.

— Merci, dit-elle d'un ton beaucoup plus calme.

Quand l'adjointe du shérif arriva, ils constatèrent qu'elle était vive, efficace et consciencieuse. Jace comprit que Cassie l'appréciait quand, après qu'elle lui eut parlé de l'homme, celle-ci renifla et déclara :

— Certains de mes collègues masculins ont du mal à admettre que les femmes sentent des choses qui leur échappent.

— Ils ne s'en rendent pas compte parce qu'ils n'ont pas à être constamment sur leurs gardes comme nous, répondit Cassie.

— Exactement, approuva l'adjointe Lindholm avec un sourire.

Tandis qu'ils attendaient les techniciens, elle demanda :

— Vous disiez que Foxworth est sur l'affaire ?
— Ils nous aident, oui, dit Cassie.
Elle lança un coup d'œil à Jace.
— C'est Jace qui les a contactés.
Puis, légèrement anxieuse, elle demanda :
— C'est un problème ?
— Cela n'a jamais été un problème, que je sache. Plutôt le contraire, en fait. L'un de nos inspecteurs, Brett Dunbar, ne jure que par eux. Et comme nous jurons tous par lui...
Elle posa les yeux sur Cutter.
— C'est le chien de Foxworth ? J'en ai aussi entendu parler.
Jace ne put s'empêcher de sourire. Quand il lui eut montré où se trouvait la voiture et donné le numéro d'immatriculation, l'adjointe du shérif prit quelques photos. Puis elle pénétra à l'intérieur de la maison, en ayant soin de ne rien toucher.
Peu après elle ressortit et leur assura que la maison était vide. Sur ces entrefaites, l'enquêteur de scène de crime arriva. Il fallut encore attendre qu'il traite la porte et la vitre cassée. Quand cela fut fait, l'adjointe fit signe à Cassie et à Jace d'entrer, afin de vérifier que rien n'avait été pris ou dérangé.
Cassie ne tarda pas à froncer les sourcils.
— Je ne vois rien qui manque.
— Ton bureau, dit Jace.
Elle se retourna pour regarder le coin du salon qui lui servait de bureau quand elle était chez elle.
— Tout a l'air pareil... Sauf...
— Les fleurs ont été un peu déplacées, non ?
— Oui, s'exclama Cassie en s'approchant du lourd vase en verre qui lui servait de presse-papiers. Il est plus près du bord.
L'adjointe du shérif demanda au technicien de relever les empreintes sur le vase.
— C'est vous, Grant's Flowers ? demanda-t-elle à Cassie.
— Oui. C'était le magasin de mes parents et, maintenant, c'est moi qui le dirige.

— C'est un joli magasin. J'ai acheté des fleurs à ma mère pour la fête des Mères, et elles ont duré des semaines.

Cassie eut l'air assez contente pour que Jace décide de la laisser un moment.

— Je vais voir les autres pièces, annonça-t-il. Je ne toucherai à rien, assura-t-il en voyant l'adjointe le regarder.

Elle hocha la tête, et il tourna les talons.

Sa chambre était facile à vérifier. Il n'y avait que son sac à dos dans le placard, et il n'avait pas l'air d'avoir été fouillé. Un coup d'œil à la salle de bains adjacente lui indiqua qu'elle était dans le même état que le matin. Si l'homme cherchait quelque chose, il avait sûrement laissé des traces, non ? Mais peut-être faisait-il très attention.

Il entrouvrit la porte de la chambre de Cassie, s'attendant au pire...

Durant un instant il resta immobile, contemplant la pièce qu'il n'avait jamais vue. Sa première pensée fut le soulagement : il n'y avait aucun signe de désordre. La seconde fut la gratitude : il ignorait comment il aurait supporté de voir les sous-vêtements de Cassie éparpillés dans tous les sens.

Arrête, Cahill.

Il se força à chercher d'autres signes. Mais il remarqua surtout que la pièce ressemblait à Cassie. Calme et organisée, avec des touches féminines ici et là. Et en ordre.

Il recula, persuadé qu'il n'irait jamais plus loin dans la chambre de Cassie Grant.

Avec une grimace intérieure, il se dirigea vers la dernière porte du couloir, l'ancienne chambre de Cory. Il n'était pas certain de pouvoir déterminer si elle avait été fouillée, étant donné le désordre qui y régnait, mais...

La porte n'était pas tout à fait fermée. Or elle l'était précédemment, il en était sûr. C'est lui qui était entré le dernier, pour emprunter un sweat-shirt.

Sans toucher la poignée, il poussa la porte du pied. Ou de moins, essaya de la pousser. Quelque chose la bloquait.

Bon sang.

Auparavant la pièce était en désordre. Maintenant, c'était le chaos.

13

— Je ne peux même pas te dire ce qui manque, s'exclama Cassie, découragée. Je n'ai aucune idée de ce que mon frère fourrait là-dedans.

— Ma question n'est pas tant ce qu'il y a, mais ce que ce type pensait qu'il y avait, dit Jace.

— Ça aussi, répliqua tristement Cassie.

Elle avait appelé May qui, après l'avoir écoutée, avait offert de rester au magasin. Après cela, assez déboussolée, elle avait eu l'idée de faire du café.

Ils étaient donc assis dans la cuisine avec des mugs, discutant de ce qui était arrivé.

Un doux jappement de Cutter fit sursauter Cassie. Elle se traita d'idiote d'être si nerveuse. En outre, cela n'avait rien d'un avertissement.

Il y eut un coup à la porte. Jace se leva immédiatement. Elle le laissa faire, car elle avait encore du mal à accepter qu'un inconnu ait pénétré chez elle.

Jace revint accompagné d'un homme grand et élancé, avec de courts cheveux bruns et des tempes grisonnantes. L'air sérieux, il arborait un pantalon noir et une chemise blanche – sans cravate, remarqua Cassie – sous un pardessus noir au col relevé. Il avait recommencé à pleuvoir à en juger par les gouttes de pluie qui parsemaient son manteau.

— Voici l'inspecteur Brett Dunbar, annonça Jace. C'est lui dont nous a parlé l'adjointe.

Cassie se rappela les paroles de Lindholm. Elle en comprit le pourquoi : il avait l'air d'un homme sur qui on pouvait compter.

— Foxworth nous aide de temps à autre et vice versa, déclara Dunbar après l'avoir saluée.

Cutter l'avait accueilli en ami, agitant joyeusement la queue. L'inspecteur se pencha pour gratter le chien derrière l'oreille droite.

— Et celui-ci... J'ai une grande dette envers lui.

— Une dette ? répondit en écho Cassie.

— S'il n'avait pas été là, je n'aurais jamais rencontré ma femme.

Jace eut l'air stupéfait et contempla Cutter. Dunbar hocha la tête. Cassie n'avait pas la moindre idée de ce qui se passait.

— Voudriez-vous un café ? offrit-elle.

— J'en ai déjà trop bu, merci, lui répondit-il. Je suis désolé pour vos ennuis. Et doublement désolé que vous n'ayez pas été prise au sérieux la première fois.

— Je n'avais pas de preuve réelle, dit-elle pour être juste. Uniquement une sensation.

L'homme sourit et Cassie songea que le terme charmant ne lui rendait pas justice. Il était franchement beau.

— Merci. Beaucoup ne le prendraient pas ainsi.

Il prit un téléphone portable dans sa poche, le manipula, puis le posa sur le plan de travail, et ils purent voir la photo qu'il venait d'afficher.

L'homme ressemblait à celui qui était en prison, sans pour autant être son jumeau. Il était plus jeune et plus petit. Et ses yeux étaient... plus clairs. Cassie sentit son estomac se nouer et frissonna, comme si Dunbar avait fait entrer le froid avec lui. Parce que, au fond d'elle, elle savait que c'était l'homme qui l'avait suivie.

— Oui, murmura-t-elle.

— Frank Schiff, dit Dunbar.

— Son frère ? devina Jace. Et il n'est pas en prison.

— Libre comme l'air, déclara sourdement Dunbar. Bien qu'il

ait un casier aussi chargé que celui de son frère. C'est pour ça que j'ai reconnu le nom quand je l'ai entendu.

— Mais je ne comprends toujours pas pourquoi quelqu'un de ce genre pense que j'ai quelque chose qui l'intéresse, intervint Cassie, plus embrouillée que jamais.

— Mais ce n'est pas le cas, dit Jace. C'est la chambre de Cory qu'il a fouillée.

Elle secoua la tête.

— Cory ne frayerait jamais avec des gens comme ça.

— Cassie, peu importe que tu croies ou non que Cory soit mêlé à cela. Tout comme il importe peu que tu saches où se trouve ce qu'il cherche.

— Il a raison, dit Dunbar, et elle le vit jeter un regard approbateur à Jace. Ça n'a d'importance que si lui – il désigna la photo – le croit.

Elle se sentit frissonner à nouveau. Elle avait presque oublié cet aspect de la question.

— Quand vous l'avez poursuivi, il portait quelque chose ? demanda Dunbar à Jace.

On lui avait visiblement fait un rapport soigneux.

— Pas à la main. Je n'ai pas vu de bosse dans sa poche non plus, mais faute de savoir ce qu'il cherchait...

Jace laissa sa phrase en suspens et haussa les épaules.

Dunbar acquiesça.

— Si c'est quelque chose de petit, il pouvait l'avoir sur lui.

— Il était toujours à l'intérieur quand nous sommes arrivés, dit Cassie, sentant son cerveau se remettre enfin en route. Il cherchait encore, sans doute.

— C'est un bon point, reconnut Dunbar.

— Mais le plus important, c'est que cela prouve qu'il n'en a pas après Cassie elle-même, n'est-ce pas ? intervint Jace.

Cela plut à Cassie que ce soit le plus important pour lui.

— Il semblerait, approuva Dunbar.

L'inspecteur fronça les sourcils et son regard parut se tourner vers l'intérieur, comme s'il essayait de se souvenir de quelque chose. Puis il revint au présent.

— Quand avez-vous vu votre frère pour la dernière fois ? demanda-t-il à Cassie.

— Environ quatre mois.

Dunbar hocha la tête.

— Donnez-moi une minute.

Il prit son téléphone et alla dans le salon. Quand il revint, son expression était assez sombre pour que Cassie s'en inquiète.

— Un collègue de Seattle, dit-il pour expliquer son absence. Il semble que le gang du frère de Frank a eu un petit problème il y a quelque temps. Quelqu'un leur a volé une grosse somme d'argent.

— Ce n'est que justice, remarqua sèchement Jace.

Dunbar lui adressa un large sourire.

— N'est-ce pas ?

— Grosse comment ? demanda Cassie.

— De l'ordre du million.

Jace émit un sifflement. Mais il s'interrompit brusquement.

— Attendez. C'était il y a combien de temps ?

Dunbar le regarda et hocha la tête.

— Bon sang, dit Jace.

Cassie les regarda tour à tour, perplexe.

— Quoi ?

Dunbar posa les yeux sur elle.

— L'argent a été volé il y a un peu plus de quatre mois.

Il lui fallut encore un moment pour comprendre. Mais quand elle saisit, une vague de nausée la prit.

Quatre mois auparavant.

La dernière fois que Cory était venu la voir.

— Non, dit Cassie d'un ton uni.

— Il a raison, tu serais plus en sécurité, dit Jace.

C'est Rafe qui, après le départ de Dunbar, avait suggéré que

Cassie dorme à l'hôtel. Ils n'étaient pas nombreux en ville, mais il y en avait un au casino, à quelque distance de là. Rafe avait d'abord proposé qu'ils y passent la nuit tous les deux, mais Jace s'était rebellé contre l'idée de loger dans cet endroit où son père avait accumulé les dettes.

— C'est Foxworth qui paiera, avait dit Rafe. Et nous avons des amis dans leur service de sécurité.

— Vous avez des amis partout, apparemment, avait dit Jace.

— Oui, avait simplement répondu Rafe.

Mais Cassie était aussi résolue que lui à l'éviter, bien que pour des raisons différentes. Et maintenant qu'ils étaient seuls, elle exprimait son véritable sentiment à ce propos. En la voyant arpenter le salon comme un lion en cage, Jace eut l'impression désagréable qu'elle pouvait être aussi dangereuse que l'animal quand elle se déchaînait.

— Alors il faut que je reste sagement dans mon coin pendant que vous arrangez tout ? Non, merci. Je serai en sécurité quand ce sera fini. D'ici là, je reste sur le pont.

Jace s'assit, soudain las.

— C'est peut-être déjà fini. Peut-être que sa quête est terminée. Peut-être qu'il sait que ce qu'il cherche n'est pas dans cette chambre.

— Tu crois que ça peut se conclure aussi facilement que ça ?

Il ne le croyait pas, mais il ne voulait pas se demander ce qui se passerait si le cambrioleur avait effectivement terminé ses recherches. Il pouvait vraiment s'en prendre à Cassie, s'il la croyait en possession d'informations données par Cory.

— Non, admit-il.

Cory. Bon sang, comment avait-il pu faire ça ? Comment avait-il pu mettre sa propre sœur en danger ? Parce que Jace était certain que tout tournait autour de lui.

— Laisse-le revenir, insista Cassie avec entêtement. On l'attrapera, cette fois. La troisième fois sera la bonne.

Jace se retourna brusquement.

— Tu as envie de jouer les appâts ?

— Bien sûr que non. Mais je suis le seul appât dont nous disposons.

Il la fixa un long moment avant de pousser un soupir.

— Tu as toujours eu plus de cran que Cory.

Le chagrin assombrit les yeux de Cassie et il regretta d'avoir prononcé ce nom. Il regrettait beaucoup de choses. Intérieurement, il était un peu étourdi d'être passé de la douceur brûlante de ce baiser au rappel brutal de la menace.

— Tu savais, dit-elle.

Cela sonnait comme une accusation.

— Je savais quoi ?

— Cory a-t-il toujours fait ce genre de choses ou bien cela a empiré ?

Il grimaça et tenta un haussement d'épaules en guise de réponse. Mais cela ne suffisait pas à Cassie.

— C'était ton meilleur ami. Tu sais forcément des choses que je ne sais pas.

— Je t'ai dit que je ne l'avais pas vu depuis des années.

Elle s'arrêta net de marcher et se tourna vers lui pour le dévisager. Et quand elle parla, sa voix s'était radoucie.

— Et pourtant, tu es venu quand je t'ai appelé.

— Bien sûr. J'avais...

— Promis. Je sais.

Elle inspira profondément.

— Et tu as toujours eu plus d'honneur que mon frère.

Jace ouvrit la bouche et la referma aussitôt. Il aurait voulu que ces mots restent suspendus dans l'air jusqu'à ce qu'ils se gravent dans son esprit. Parce qu'ils lui donnaient l'impression d'avoir reçu une médaille. Si Cassie Grant pensait cela de lui, alors la bataille en valait la peine.

— Je le savais, poursuivit-elle au bout d'un instant. Je savais que tu étais... meilleur que lui. Alors j'imagine que je savais aussi, quelque part, qu'il...

— Je suis désolé, Cassie.

Ce fut tout ce qu'il trouva à dire. Poussé par un besoin

irrésistible, il se leva, marcha vers elle et l'entoura de ses bras. Elle resta immobile un instant, puis se laissa aller contre lui comme s'il était son dernier rempart.

— Jusqu'où est-il allé ? demanda-t-elle après un moment. Qu'est-ce qu'il m'a caché ? Qu'est-ce que je ne sais pas sur mon frère ?

— Des choses, dit-il.

— Dis-moi. J'ai besoin de savoir, Jace.

Il soupira à nouveau.

— Que puis-je te dire puisque je ne l'ai pas vu depuis quatre ans ?

— Quelle est la pire chose qu'il ait faite ?

— Ça dépend à qui tu poses la question.

— Ne te défile pas, Jace. S'il te plaît.

— Il a volé une voiture.

Cassie se figea.

— Quoi ?

Jace haussa les épaules. Mais il entendait presque les rouages tourner dans l'esprit de Cassie.

— Il n'a jamais été arrêté...

— Il a failli. Il a vu un flic, il a eu peur et il a ramené la voiture.

— Quand était-ce ?

— Quand il était en première.

Elle prit subitement l'air pensif.

— Je me souviens... qu'il s'était disputé avec mon père à cette époque, parce qu'ils ne voulaient pas lui en acheter une.

— Il était vexé que tes parents lui demandent d'en payer la moitié en travaillant.

Cassie le contempla.

— Ça doit te sembler ridicule, dit-elle gentiment.

— Plutôt, avoua-t-il.

— Tu n'étais pas... avec lui.

— Ce n'est pas une question ?

— Non.

Elle lui adressa un faible sourire.

— Je sais que tu n'étais pas là. Tu ne ferais pas ça. Ton intégrité et tout ça.

Durant un moment, il laissa la chaleur l'envahir. Le respect de Cassie signifiait davantage pour lui qu'il ne l'avait imaginé.

Puis elle soupira.

— Mais apparemment, il a continué avec des choses plus graves.

— Apparemment.

— Quand tu l'as vu la dernière fois… Il t'a demandé de lui prêter de l'argent ?

Jace hocha la tête.

— Pourquoi ?

— Il m'a dit qu'il devait de l'argent à quelqu'un.

— Si tu n'as pas répondu « trouve donc du travail », j'admire ta retenue.

Elle l'avait exprimé sur un ton si acide que cela le surprit et le fit rire en même temps.

— Écoute, je sais que ce n'est pas facile pour toi. C'est ton frère et ce doit être difficile de…

— D'admettre que c'est un bon à rien ? Oui.

Elle faisait front. Mais il aurait dû le savoir.

— C'est étrange, finalement.

— Quoi ?

— Que, vous deux, vous soyez devenus si différents.

Elle eut une moue ironique.

— Je croyais que c'était la mort de nos parents qui l'avait fait dérailler. Mais manifestement, il avait déjà fait de grosses bêtises avant ça.

— Il cherchait la facilité, dit Jace. Ce qui explique sans doute pourquoi tu l'as vu si rarement.

Elle fronça les sourcils.

— Que veux-tu dire ?

— Il devait trouver difficile de t'affronter. Il a raté sa vie alors que tu as fait fructifier ce que tes parents t'ont laissé.

Cassie eut l'air troublée, puis elle lui sourit.

— Je dirais que tu es un expert quand il s'agit de faire fructifier ce qu'on te donne.

Mais elle changea brusquement de sujet :

— Alors. Allons-nous nous aventurer dans le dépotoir de Cory et voir ce que nous pouvons trouver ?

— Tu es sûre d'être prête à t'attaquer à ça ?

— C'est la suite logique, non ?

Elle se tourna vers le couloir. Et Jace songea que, malgré leurs vies si dissemblables, peut-être n'étaient-ils pas si différents, après tout.

14

— Qu'est-ce que c'est que ça ?

Cassie se retourna pour regarder Jace. Il tenait une chose molle et marron à la main. Il lui fallut un moment pour comprendre qu'il s'agissait d'un ballon de football dégonflé.

— Il voulait peut-être le regonfler un de ces jours ?

— Je ne pense pas, dit Jace en tournant l'objet pour qu'elle puisse voir la déchirure qui le rendait inutilisable.

Elle soupira.

— Il n'a pas caché quelque chose à l'intérieur, si ?

Jace eut l'air surpris, puis son expression changea.

— Je suis désolé, Cassie.

— De quoi ? D'avoir accepté de fouiller ce bazar ?

— Non. Parce que tu es obligée de raisonner ainsi.

— Oh... Oui, eh bien...

Elle désigna les piles d'affaires qu'ils triaient lentement.

— Ça m'aide de m'occuper.

Elle avait décidé qu'elle en avait assez de cette chambre dépotoir, et que tout ce qui n'avait pas une utilité immédiate irait à la poubelle. Jace ajouta la baudruche déchirée au sac-poubelle qui se remplissait rapidement dans le couloir. Après avoir regardé à l'intérieur, nota-t-elle.

— Tu crois qu'il y a un risque qu'on jette ce que ce type cherche parce qu'on ne sait pas ce que c'est ? demanda-t-elle.

— Oui, mais on peut garder les sacs-poubelles jusqu'à ce qu'on l'attrape.

Elle hocha la tête.

— Bonne idée. À supposer qu'il parle, ajouta-t-elle.

Jace rentra dans la chambre en marchant sur un tas de vieilles chaussures.

— Je ne sais pas, dit-il avec un petit sourire en coin, mais j'ai l'impression que l'inspecteur Dunbar est très doué pour faire parler les gens.

Cassie sourit à ces mots.

— Moi aussi.

Elle prit un livre sur une pile sur le petit bureau et le feuilleta pour voir s'il n'y avait pas un bout de papier à l'intérieur. N'ayant rien trouvé, elle le déposa sur un petit tas. C'était elle qui lisait, non Cory, alors il n'y avait pas beaucoup de livres à inspecter.

— Cette fondation Foxworth, c'est vraiment quelque chose, dit-elle pour relancer la conversation.

— Oui. Et lui...

Jace désigna le couloir, où Cutter était allongé, les regardant travailler avec intérêt.

— ... C'est le plus bizarre de tous.

Le chien leva la tête.

— Oh ! il t'a traité de bizarre, mon petit ? lui lança Cassie d'un ton taquin.

Jace se mit à rire et fourra un vieux jean dans le sac-poubelle. Pendant un instant, Cassie se contenta de le regarder, partagée entre le plaisir de rire et celui de le voir bouger.

— Rafe dit qu'il est seul à Foxworth, parce que les autres sont partis pour Thanksgiving, dit-il nonchalamment en saisissant une chemise.

— Mais pas lui ?

— J'ai l'impression qu'il préfère travailler.

Elle posa le dernier livre.

— Et toi ? Pour Thanksgiving, je veux dire. Tu vas devoir aller chez ta mère.

Il haussa les épaules sans la regarder.

— Elle sait que ça risque de durer ici.

Une autre semaine à vivre ainsi ? Cassie n'était pas sûre de pouvoir le supporter. Non, s'avoua-t-elle, à cause des menaces suspendues au-dessus de sa tête, mais parce que plus elle passait de temps avec Jace, plus elle avait envie d'en passer.

Et ce n'est pas tout ce que tu veux...

Cette petite voix dans sa tête se faisait de plus en plus insistante. Au moins était-elle cohérente, se dit-elle. Tout ce qui l'avait attiré chez Jace dix ans auparavant l'attirait toujours. Sauf qu'à présent l'attraction était encore plus forte.

— Quoi ?

La voix de Jace la tira de ses pensées, et elle se rendit compte qu'il la regardait fixement. Elle prit la première chose qui lui tomba sous la main.

— Si ce n'est pas fini, que devrions-nous faire pour Thanksgiving, à ton avis ?

Il resta silencieux. Elle se répéta mentalement ce qu'elle venait de dire. Était-ce le « nous » qui l'avait figé sur place ? Elle avait seulement voulu dire qu'il séjournait chez elle et que donc il serait là, d'où le « nous ». Mais cela avait sonné comme une autre sorte de « nous », comme s'ils formaient un couple.

— Je... n'y ai pas réfléchi.

Ce fut tout ce qu'il dit, et quand le silence devint trop embarrassant, Cutter se dressa sur ses pattes. Il zigzagua entre les tas d'affaires, s'arrêtant ici et là pour les renifler. En le voyant flairer plus longuement une pile de déchets, Cassie se demanda s'il avait senti l'odeur du cambrioleur.

Comme s'il avait eu la même idée, Jace se mit à suivre le chien, examinant les endroits où il s'arrêtait. Enfin, l'animal s'immobilisa devant un tas de vêtements que Jace avait sortis du placard et donna des coups de patte dedans.

— Tu as senti quelque chose, mon vieux ? demanda Jace.

Il prit un à un les vêtements et les jeta de côté à mesure que le chien continuait à gratter. Quand il saisit un blouson en cuir vert, le chien s'arrêta de gratter et s'assit.

— C'est ça que tu voulais, le chien ?

— C'est mon blouson ! s'exclama Cassie. Je l'ai cherché partout ! Je croyais l'avoir oublié quelque part. Est-ce qu'il a senti qu'il était à moi ?

— Peut-être.

— Et pourquoi Cory l'a-t-il mis dans ce placard ?

Elle se fraya un passage entre les tas et prit le blouson.

— Je l'ai porté pour l'anniversaire de May, et c'est la dernière fois que je l'ai vu. C'était mon blouson préféré, alors je suis retournée deux fois au restaurant pour savoir s'ils l'avaient trouvé. Merci, cher monsieur.

Se penchant, elle caressa la tête de Cutter. Le chien la regardait avec intensité, comme s'il essayait de communiquer autre chose sur sa découverte.

— Quand était-ce ? demanda Jace.

— C'était…

Elle s'arrêta.

— Il y a quatre mois ? suggéra gentiment Jace.

— Cory était là quand je suis rentrée, dit-elle d'une voix qui lui parut creuse.

Elle fixa le blouson.

— Mais pourquoi ?

— Il n'a pas pu le confondre avec un autre, remarqua Jace.

Elle trouva son ton trop neutre. Comme s'il était déjà parvenu à une conclusion et attendait qu'elle y arrive aussi.

— Non. Donc, c'était intentionnel.

Le cuir du blouson avait la douceur du beurre sous ses doigts. Elle se rappela avoir retourné son placard pour le retrouver. Elle le chérissait aussi parce que c'était un cadeau de ses parents, choisi par sa mère parce qu'il faisait ressortir les touches de vert dans ses yeux noisette.

— Mais pourquoi ? répéta-t-elle d'un ton plat. Pourquoi l'a-t-il pris, sachant que c'était mon blouson préféré ? J'avais le cœur brisé de l'avoir perdu.

— Peut-être parce qu'il savait que tu continuerais à le chercher, dit Jace.

— Et que je finirais par le trouver ici ?

Elle contempla le désordre autour d'elle.

— J'aurais probablement débarrassé tout ça à un moment ou un autre, mais il ne me serait jamais venu à l'idée de chercher mon blouson ici. Et pourquoi, encore une fois ? À moins que ce ne soit une sorte de jeu stupide...

— Il a une tendance aux jeux stupides, c'est vrai.

— Mais dans quel but ?

Elle se sentait vraiment perplexe.

— Peut-être parce que, si tu t'attaquais à cette pièce, le blouson t'aurait sauté aux yeux.

— Et ?

Il eut ce demi-haussement d'épaules qu'elle commençait à trouver irritant.

— Il n'y a rien dans les poches ?

— Tu veux dire un message ou quelque chose du genre ?

Elle fouilla rapidement les poches, mais ne trouva qu'un morceau de métal coincé dans la poche intérieure. Elle le sortit, et avec lui un petit rameau de conifère qu'elle avait dû ramasser quelque part. Elle fixa l'objet, toujours aussi perplexe.

Jace tendit la main et prit le morceau de métal d'environ dix centimètres, recouvert de plastique rouge.

— On dirait un levier de fermeture d'eau.

— Oui. Mais je n'ai jamais mis ça dedans. Je ne me suis jamais servie de cette poche, et je n'ai aucune raison de transporter... un levier de fermeture d'eau.

— Alors j'imagine que la question est de savoir pourquoi Cory a mis ce truc là-dedans.

Cassie secoua la tête.

— Je n'en ai aucune idée.

Jace fit la grimace.

— Moi non plus. En dehors de l'intention de te déconcerter, de te faire réfléchir.

— Je vais l'appeler, dit-elle avec décision. C'était peut-être un de ses petits jeux, et maintenant que je l'ai trouvé, il me rappellera.

— Il a toujours un jeu en tête, répéta Jace d'un ton neutre.

Elle ne se donna pas la peine de souligner que les plans de son frère marchaient rarement comme il l'avait prévu. Parce qu'elle était convaincue que Jace le savait.

— Tu n'es pas fatiguée de t'agiter ?

Ses va-et-vient l'épuisaient. Et inquiétaient Cutter, apparemment, parce que le chien ne cessait d'aller vers elle pour lui effleurer la main. Mais il avait renoncé pour l'instant et était venu s'asseoir près de Jace.

— Je suis inquiète, dit-elle sobrement.

— Cory...

Elle ne pouvait le nier.

— Je ne devrais pas ? Alors qu'il ne rappelle pas et que son téléphone est hors service ?

— Il n'a peut-être pas payé sa facture.

Elle s'arrêta et se tourna vers lui. Il attendit qu'elle dise quelque chose sur le fait qu'il avait certainement eu les mêmes problèmes. Ce qui était le cas.

— Peut-être.

Elle s'arrêta là. Mais un instant plus tard, comme si elle avait lu dans ses pensées, elle dit avec douceur :

— Ça a dû te faire du bien de prouver au centuple que ton père se trompait.

Il souhaita qu'elle n'ait pas fait allusion à cela ; il n'aimait pas y penser, moins encore en parler.

— J'ai juste fait ce qu'il fallait faire. Il ne représente plus une motivation pour moi.

Elle se retourna pour le regarder.

— Tant mieux. Il ne mérite pas que tu penses à lui.

Elle l'avait dit avec une férocité qui le fit sourire.

— S'il réapparaît un jour, je te l'enverrai.

— Tant mieux, répéta-t-elle. J'aimerais lui dire un ou deux mots.

Puis elle fronça les sourcils. Alors qu'elle se rapprochait de lui, Cutter se leva et sauta sur le canapé. Jace la vit hésiter une fraction de seconde, puis s'asseoir à la place que l'animal lui avait laissée. Juste à côté de lui. Il se demanda s'il fallait remercier le chien ou le gronder. Cutter le regarda seulement d'un air... fanfaron.

— Tu crois qu'il réapparaîtra un jour ? demanda-t-elle.

Il reposa les yeux sur elle.

— Seulement si je deviens riche.

L'expression de Cassie se fit amère.

— Ou que je gagne à la loterie.

Il laissa échapper une sorte de ricanement.

— C'était son jeu. Il disait toujours « quelqu'un doit bien gagner ».

— J'aimerais presque que tu gagnes, pour que tu puisses lui dire d'aller au diable.

— Il faudrait que j'achète d'abord un ticket, et je n'en ai pas l'intention.

Il ne jouerait jamais à des jeux d'argent, d'aucune sorte. Au fond de lui, il s'était toujours demandé si le besoin compulsif de tout miser pouvait se transmettre. Il n'avait pas envie de l'apprendre.

— Tu ne seras jamais comme lui, Jace. Jamais.

Il battit des paupières. Elle avait toujours été douée pour deviner ce qu'il pensait, mais là cela devenait... Il ne savait pas ce que cela devenait. Il allait finir sa phrase par « effrayant », mais ce n'était pas un mot qu'il associait à Cassie.

— J'achète un billet de temps en temps, dit-elle. Pense à ce que je ferais si je gagnais le gros lot.

— Que ferais-tu ?

Il était sincèrement curieux.

— J'arrêterais de travailler six jours par semaine, ça c'est sûr. Parfois, j'aimerais juste partir quelque temps.

Elle s'interrompit brusquement et lui jeta un regard coupable.

— Écoute-moi me plaindre, alors que toi...

— Ne t'inquiète pas pour moi.

Son expression changea et passa de la culpabilité à quelque chose de beaucoup plus doux.

— Désolée, dit-elle, ce n'est pas possible.

Et soudain, il ne put penser à rien d'autre qu'à ce baiser. Il chercha frénétiquement quelque chose à dire, n'importe quoi.

— Est-ce grave ? Le magasin ?

Elle soupira.

— Il y a beaucoup de concurrence, et nos ventes sur Internet ne sont pas aussi florissantes que je l'aimerais, mais je n'ai pas eu le temps de rénover le site web. Bien sûr, ce n'est pas aussi grave que si mes parents ne nous avaient pas laissé la maison en pleine propriété.

Elle regarda autour d'elle.

— C'est un peu perturbant, quand même. De penser qu'ils ont hérité de la maison parce que les parents de papa sont morts dans un accident d'avion, et que nous en avons hérité pour la même raison.

— Tu as pensé à la vendre ? Cela te ferait de l'argent frais.

— Oui.

Elle parut un peu embarrassée.

— C'est idiot, je sais, mais je ne sais pas ce qui est pire, vivre dans cette maison où tout me rappelle mes parents, ou la vendre alors qu'elle est dans la famille depuis trois générations.

— Ce n'est pas idiot, répondit-il. Peu de gens disposent d'un bien comme celui-ci, aujourd'hui.

— Elle est beaucoup plus agréable que mon minuscule appartement de Seattle, ça c'est sûr. En parlant d'argent frais...

Il la regarda avec curiosité.

— Tu as vécu à Seattle ?

— Pendant quelque temps. Pour mes études.

— Tu es allée à U-Dub, alors ? dit-il en employant le surnom de l'université de l'État de Washington.

— Quelques années.

Son ton était neutre. Il fit le calcul et comprit qu'elle avait dû interrompre ses études après la mort de ses parents.

— Je suis désolé. Que tu n'aies pas pu finir tes études…

— Moi non. Ça ne me plaisait pas. J'ai été ravie de pouvoir y échapper, en fait. Et puis j'avais le magasin à reprendre.

— Cory t'a aidée à ce moment-là ?

— Il est revenu à la maison. Il vivait à Portland à l'époque, mais je n'ai jamais compris ce qu'il y faisait.

Parce qu'il ne voulait pas qu'elle le sache ? Il avait sûrement assez d'ennuis pour devoir s'exiler. Jace hésita, puis se risqua à demander :

— Pourquoi est-il venu te voir, il y a quatre mois ?

Il la vit se tourner vers la petite table où reposait le levier.

— Il m'a dit qu'il voulait passer du temps avec moi.

— Ça ne t'a pas convaincue ?

— Non. Parce que nous avons passé très exactement un après-midi ensemble. Le reste du temps, il était parti.

— Pour quoi faire ?

— Rendre visite à des amis, paraît-il.

— T'a-t-il dit quelque chose, cet après-midi-là ?

Elle soupira.

— J'y ai repensé encore et encore, mais je ne me rappelle rien qui pourrait expliquer… ça, dit-elle en désignant le levier.

— Il essayait peut-être de te faire comprendre quelque chose.

— Je doute que ce soit une allusion à Archimède, ce qui est la seule chose qui me vienne à l'esprit.

— Donnez-moi un levier et je soulèverai le monde ? Non, Cory n'est pas du genre à cela.

Soudain leurs regards se croisèrent et ils surent qu'ils pensaient tous deux au jour lointain où Cassie avait eu à faire une dissertation sur la fameuse citation. À treize ans, elle n'avait qu'une connaissance vague du sujet, et Jace, qui en avait quinze, s'était servi d'une pierre, d'une planche et d'un ballon de basket pour le lui expliquer, tout en ajoutant que le sujet n'était sûrement pas littéral.

— Je t'ai toujours adoré, dit-elle d'un ton tranquille, mais ce n'est que beaucoup plus tard que j'ai compris à quel point tu étais différent des autres. Beaucoup de garçons n'auraient pas pris le temps d'aider la petite sœur de leur ami à faire une dissertation.

Il eut beaucoup de mal à répondre sur un ton normal.

— C'était plus facile que ton saut depuis le toit.

Elle se mit à rire, mais son expression se modifia rapidement.

— J'ai finalement avoué à mon père ce que j'avais fait. Beaucoup plus tard.

— Vraiment ?

Il fut surpris, car la plus grande peur de Cassie à ce moment-là était que son père découvre qu'elle lui avait désobéi en montant sur le toit. Sauter d'une branche du gros érable sur le toit était une chose, mais repasser du toit à la branche en avait été une autre.

— Oui. Et quand je lui ai raconté combien j'avais peur de redescendre par le même chemin, il m'a demandé comment j'avais fait.

— Tu le lui as dit ?

— Bien sûr. À quoi ça sert d'avouer si on ne dit pas tout ?

Il ne sut que répondre. Un aveu comme celui-là lui aurait certainement valu un confinement dans sa chambre pendant des mois et un sermon tous les jours sur le fait qu'il ne valait pas la nourriture qu'il mangeait.

— Qu'a-t-il répondu ? réussit-il à demander.

— Qu'il était content que ce soit toi qui m'aies rattrapée et non Cory.

— Quoi ? demanda Jace en cillant.

— Parce que mon frère se serait sans doute défilé à la dernière minute, tandis que toi on pouvait compter sur toi.

Comment exprimer son sentiment à l'idée qu'un homme

qu'il admirait ait eu autant confiance en lui ? Par contraste cela rendait ses sentiments envers son propre père encore pires, mais aussi moins importants. Jace baissa les yeux et tripota un fil de son jean effiloché. Le silence s'installa et Cassie ne l'interrompit pas. Petite, elle ne cessait pas de jacasser, mais à présent elle connaissait la force du silence. Après un long moment, ce fut lui qui le rompit.

— Quand... Quand ça allait trop mal à la maison, je me disais que je ne serais jamais comme lui. Mais j'avais besoin d'un modèle auquel me comparer en grandissant. Quelqu'un que je puisse imiter, je suppose. Et ce quelqu'un, c'était ton père.

Elle se déplaça si rapidement qu'il ne se rendit compte de ce qu'elle faisait que quand elle noua les bras autour de lui.

— Oh, Jace, tu ne pouvais pas lui rendre un plus grand hommage ! Il aurait été heureux d'entendre ça. Et honoré.

Il n'en avait pas l'intention. S'il avait pris une demi-seconde pour réfléchir, il ne l'aurait pas fait. Mais elle était là, le regardant de ses grands yeux verts pailletés d'or, et sa bouche était si près qu'il ne put s'en empêcher.

Il baissa la tête. Lentement, en lui laissant le temps de s'écarter. Mais elle inclina son visage en arrière et glissa une main derrière sa nuque. Et au premier contact de ses lèvres sur les siennes, tout le reste disparut.

15

L'explosion du désir entre eux résultait-elle de son accumulation pendant vingt-deux ans ? s'était demandé Cassie après leur premier baiser. C'était à l'âge tendre de cinq ans qu'elle avait vu Jace pour la première fois. Déjà à l'époque, elle l'avait aimé avec toute la ferveur de son cœur d'enfant.

Cette passion n'avait fait que grandir au cours de la décennie où il avait vécu – ou plutôt survécu – dans la même rue. Les autres filles fantasmaient à propos des derniers garçons en vogue, mais elle leur trouvait toujours des défauts. Au fond de son cœur, elle savait que, ce qui n'allait pas chez eux, c'était qu'ils n'étaient pas Jace.

Mais elle gardait cela secret, parce qu'elle ne voulait pas qu'on se moque d'elle et que ses amies gloussent sur le passage de Jace.

Puis elle était rentrée un jour de l'école, et sa mère lui avait dit qu'elle avait raté Jace, venu leur faire ses adieux.

Cela lui avait brisé le cœur. Maintenant... Maintenant, il était là, dans ses bras, consumant son âme avec un baiser qui répondait à toutes ses questions. Et il l'embrassait comme s'il éprouvait la même chose qu'elle. Aurait-ce été possible si ce n'avait pas été réciproque, de toute façon ?

Elle frissonna quand il redessina ses lèvres avec sa langue. Oui, c'était la sensation, le goût auxquels elle avait aspiré toute sa vie. Elle toucha sa langue du bout de la sienne et sentit une décharge électrique se répercuter en eux. Et quand il se lança à la conquête de sa bouche, l'ultime justesse de ce moment la submergea.

Elle avait envie qu'il soit plus près, encore plus près. À l'instant où elle pensait cela, il la poussa sur le canapé, dont Cutter avait mystérieusement disparu. Elle l'entraîna avec elle, avide d'éprouver le poids de son corps. Elle voulait sentir ses mains, passer les siennes sur sa peau – elle voulait en explorer chaque centimètre. Elle prit conscience qu'il pressait son érection contre elle.

Il interrompit leur baiser, et elle reprit son souffle pour la première fois depuis qu'il s'était jeté sur elle.

— Cassie...

Un frisson la traversa en entendant cette voix rauque murmurer son prénom. Une bouffée de chaleur telle qu'elle n'en avait jamais ressenti suivit, et le contraste de ces deux sensations la laissa pantelante.

— Jace, je...

Elle s'arrêta quand leurs téléphones se mirent à bourdonner de concert. Le sien était dans la cuisine et celui de Jace sur la petite table. Il le prit avec un grognement et pressa le bouton rouge. Sans s'écarter, comme s'il espérait reprendre les choses là où ils les avaient laissées aussitôt que possible. Ce qui était exactement ce dont elle avait envie, et elle posa les mains sur ses hanches pour l'empêcher de bouger.

— Oui ?

Sa voix était plus que bougonne.

— J'interromps quelque chose ? fit la voix amusée de Rafe.

Jace regarda Cassie et leva les yeux au ciel.

— Désolé, reprit Rafe sans attendre la réponse, mais je voudrais poser une question à Cassie.

— Je suis là, dit-elle en étouffant un petit cri de protestation quand Jace s'écarta pour s'asseoir.

— Quand exactement avez-vous parlé pour la dernière fois à votre frère ?

Elle se redressa sur le canapé, tentant de reprendre pied

aussi bien au sens littéral que figuré. Jace Cahill était un puissant breuvage.

— Je... Il y a cinq ou six semaines. Au début du mois d'octobre.

— Savez-vous où il se trouvait à ce moment-là ?

— Il m'a dit qu'il était à Salt Lake City. Mais qu'il partait le lendemain pour Las Vegas.

Il y eut un instant de silence, puis Rafe dit :

— Il faut que je vous envoie une photo.

Son ton donna une crampe d'estomac à Cassie. Instinctivement, elle se pencha en avant, comme pour se protéger du coup qu'elle allait sûrement recevoir. Puis elle sentit le bras de Jace dans son dos, et cela lui redonna de la force.

— Il est mort ? demanda-t-elle en commençant par la pire hypothèse.

— Non, dit très vite Rafe. Pas que je sache. Désolé, j'aurais dû vous le dire tout de suite.

Il paraissait irrité contre lui-même.

La photo arriva et elle comprit immédiatement la raison de son hésitation. C'était une photo d'identité judiciaire, avec l'étiquette « Département de police de St. George » et une date – une semaine après l'appel de Cory – sous le visage. Celui-ci était sans aucun doute possible celui de son frère. Une vague de nausée la submergea.

— Dans l'Utah ? Apparemment, il n'est pas arrivé à Las Vegas, dit Jace sans paraître surpris.

Elle se demanda fugitivement ce qu'il savait d'autre sur Cory qu'il ne lui avait pas dit.

— Pour quelle raison ?

Le ton de sa voix à elle était bizarrement neutre.

— Vol dans un supermarché.

— Il est en prison ?

— Non. Il a juré qu'il avait oublié de payer parce qu'il avait reçu un appel, et le supermarché a accepté la restitution, si bien que les charges sont tombées.

— Vous voulez dire qu'il avait l'argent nécessaire ?

— Apparemment.

Elle secoua la tête, abasourdie.

— Mais alors pourquoi...

— Pour le plaisir, intervint benoîtement Jace. Cory a toujours aimé repousser les limites, voir jusqu'où il pouvait aller sans en subir les conséquences.

Elle se tourna vers lui et le vit hausser les épaules.

— À la maison, tes parents l'empêchaient de faire des bêtises, mais à l'extérieur il cherchait toujours à prendre des risques.

— Nous ne savons pas encore où il est, mais nous le cherchons, dit Rafe. Je vous contacterai dès que j'aurai quelque chose. Désolé de vous avoir assené cela, ajouta-t-il maladroitement.

— Ce n'est pas de votre faute, répondit Cassie.

Et durant un moment, après avoir raccroché, elle se demanda de qui c'était la faute, exactement.

Elle faisait à nouveau les cent pas. Jace pouvait presque deviner ce qu'elle pensait. Il se leva, prêt à lui barrer le chemin.

— Arrête. Cory a fait son choix. Il l'a toujours fait.

C'était tout à fait cela. Il avait aussi choisi de ne pas lui retourner ses appels, songea Cassie, alors qu'il avait un téléphone en état de marche. À moins qu'il n'ait aussi menti à la police à ce sujet.

Elle se tourna pour regarder Jace dans les yeux.

— Comment as-tu pu rester ami avec lui sans tremper dans ces trucs ?

Jace inspira profondément, un peu mal à l'aise.

— Eh bien, au début, j'ai quelquefois été mêlé à ses bêtises. Et nous nous en sommes tirés sans dommage. Mais quand je rentrais à la maison et que je voyais tout ce que ma mère supportait, je ne pouvais pas...

— Et ton père ?

— Ça aussi, dit-il avec une grimace. J'avais peur, si je me faisais arrêter, qu'il passe le point de non-retour.

— Tu veux bien faire quelque chose pour moi ?

Quand elle le regardait de cette manière, il aurait fait n'importe quoi pour elle. Et cette pensée le renvoya à la scène sur le canapé.

Te faire l'amour ? Laisser libre cours à la passion ? Ou les deux ?

— Quoi ? réussit-il à articuler.

— Aide-moi à ne plus penser à Cory et à tout ça pendant un moment.

Il déglutit. Elle voulait qu'il la réconforte, se dit-il, c'était tout. Il s'ordonna de se maîtriser et y réussit partiellement. Mais son corps, c'était autre chose. Sans raison, le souvenir lui traversa soudain l'esprit du jour où elle avait sauté du toit de la maison. Il se rappela lui avoir souri, plus pour la rassurer qu'autre chose...

« Tu l'as fait !

— Je savais que tu me rattraperais. »

Quelque chose de chaud se pressa soudain à l'arrière de ses jambes. Cutter – qui le poussait vers Cassie. Comme s'il s'impatientait du temps que Jace mettait à comprendre.

« Je savais que tu me rattraperais. »

C'était cela dont elle avait besoin. De quelqu'un qui la rattrape.

Cutter insista à nouveau et Jace s'abandonna. Il franchit les deux pas qui le séparaient de Cassie et sentit qu'elle lui jetait les bras autour du cou. Fermant les yeux, il savoura le moment, tout en se rappelant sévèrement qu'il devait seulement la réconforter.

Le monde de Cassie était déjà sens dessus dessous et ces révélations sur son frère l'avaient ébranlée au plus profond d'elle-même. Mais il ne put réprimer sa réaction immédiate à sa proximité, sa douceur, sa chaleur.

Ce n'est pas parce qu'elle avait le béguin pour toi qu'elle te veut maintenant. Elle a juste besoin de quelqu'un sur qui se reposer, c'est tout. C'est Cassie – l'équivalent d'une petite sœur pour toi.

Elle l'avait embrassé. Avec passion. Elle s'était abandonnée à lui, il ne pouvait le nier. Mais c'était avant qu'elle contemple la photo de son frère.

Elle se pressait contre lui. Impossible pour elle d'ignorer l'effet qu'elle lui faisait. Il serra les dents et s'efforça de ne penser à rien, mais cela devenait de plus en plus difficile à chaque instant. Sans s'en rendre compte, elle l'enflammait des pieds à la tête.

— Cassie, commença-t-il d'une voix rauque.

— Oui, répondit-elle, et il sentit son pouls s'emballer.

Ce n'est pas ce qu'elle voulait dire. Elle ne faisait que te répondre. Elle ne voulait pas dire oui à l'amour.

Son corps lui criait que c'était exactement cela qu'elle voulait dire, tandis que son esprit tentait de lui faire entendre qu'elle n'était pas dans l'état mental nécessaire pour raisonner. Il ravala un juron étouffé à l'adresse de Rafe. « J'interromps quelque chose ? » Oh oui.

Au prix d'un effort gigantesque, il réprima son désir et ignora son corps.

— Nous...

Elle avait tourné son visage vers lui et pressait ses lèvres sur sa gorge. Renonçant à parler, il renversa la tête en arrière et savoura la sensation de sa bouche sur sa peau, sachant que s'arrêter après cela le tuerait. Mais il le fallait.

— Cassie... Arrête.

— Pourquoi ?

Elle semblait sincèrement étonnée.

— Pour un tas de raisons.

— Comme quoi ?

Il reprit son souffle, releva la tête et la regarda.

— Je n'ai rien... Pas de préservatif.

— Moi j'en ai.

Il battit des paupières de surprise.

— May, expliqua-t-elle. Elle espère à ma place. La raison suivante ?

— Parce que tu es... déstabilisée, pour l'instant. Ta vie est chamboulée.

Elle pencha la tête en arrière.

— Noble.

— Quoi ?

— J'ai oublié d'ajouter la noblesse à l'honneur et à l'intégrité.

Il jura tout bas.

— Je suis sur le point de basculer, Cassie.

— Et dans quel sens dois-je pousser ? demanda-t-elle.

Il la regarda sans comprendre.

— Pour te faire basculer, expliqua-t-elle.

— Ce n'est pas ce que tu veux faire. Ce n'est pas moi que tu veux.

D'accord, il était devenu fou. Elle était là, s'offrant à lui, et il essayait de la convaincre du contraire ?

— Je te veux, dit-elle en articulant pour s'assurer qu'il comprenait chaque mot, depuis le premier jour où je t'ai vu. Les choses ont changé au fil des années, mais pas l'envie.

— Ça ne fait que trois jours que je suis là. Les passades ne sont pas ton genre.

Oui, fou. C'était la seule explication.

— Et je ne peux pas t'offrir autre chose...

— Que toi ? C'est tout ce que je demande, Jace. Quelqu'un qui se comporte avec noblesse et qui tient ses promesses.

Ce fut le bon argument. Il cessa de lutter. Il avait de toute façon le sentiment qu'il aurait perdu la partie. Cassie Grant était trop déterminée.

Et puis il ne voulait pas vraiment gagner.

Jamais, durant son enfance ou son adolescence, elle n'aurait pu imaginer quelque chose comme ça. Elle avait rêvé si longtemps de Jace qu'elle avait cru que l'avoir enfin dans ses bras, le toucher, l'embrasser, serait merveilleux.

Elle ne s'attendait pas à en être marquée jusqu'au fond de son âme.

Dès qu'elle eut glissé les mains sous son T-shirt, dès qu'elle sentit sa peau, ses muscles durs, le désir monta en elle au point d'en être insupportable. Peu importe qu'elle le touche, elle en voulait davantage. Elle le revit, torse nu, un jogging sur les hanches. Elle voulait, non, elle avait *besoin* de revoir cette poitrine forte et musclée. Elle avait besoin de la voir et de la toucher.

Et soudain, elle eut tellement envie de le déshabiller qu'elle remarqua à peine qu'il lui ôtait son T-shirt avant de retirer le sien. Le spectacle et le contact de sa poitrine nue la firent presque haleter. Et quand il lui fit la même chose, glissant ses mains le long de ses côtes pour venir soutenir ses seins, elle haleta pour de bon, secouée par une explosion de désir.

Soudain, les vêtements qu'il leur restait devinrent des obstacles dont il fallait absolument se débarrasser. Elle voulait le sentir peau contre peau, sans attendre une seconde. Jace avait transformé la calme et rationnelle Cassie Grant en un être sauvage et désespéré qu'elle ne reconnaissait plus. La frénésie avec laquelle il la déshabillait ne faisait que nourrir la sienne.

Elle gémit quand son vœu fut exaucé et qu'elle sentit la chaleur de son corps du haut jusqu'en bas. Son membre durci se pressa contre son ventre et y creusa un désir quasi insupportable. Jace l'embrassa à nouveau, presque avec férocité, et elle se dit qu'elle ne pouvait supporter cela un instant de plus.

Mais il l'enleva dans ses bras, en continuant à l'embrasser avidement, et la serra contre sa poitrine. Puis il recula, rompant le baiser, et elle faillit geindre. Elle le sentit reprendre son souffle, comme s'il était aussi oppressé qu'elle.

— Cassie, murmura-t-il. Tu es sûre ? Absolument sûre ?

— Aussi sûre que le jour où j'ai sauté du toit.

Un instant, il eut l'air stupéfait, puis un lent et chaud sourire vint recourber ses lèvres. Cette bouche merveilleuse, elle la voulait sur la sienne. Elle la voulait partout.

— Mon lit est plus grand, suggéra-t-elle.

— Il nous faut toute la pièce, répondit-il avec fièvre.

Enfin ils furent nus, emmêlés l'un à l'autre. Elle comprit que connaître les bases de l'amour n'avait rien à voir avec ce qu'il se passait entre eux. Elle avait attendu cet homme pratiquement toute sa vie, même quand elle ne comprenait pas encore tout à fait ce que cela voulait dire. Et maintenant, l'attente avait pris fin. Elle fit avidement courir ses mains sur son corps, savourant ses réactions, un grognement ici, un hoquet là et un sursaut convulsif quand ses doigts s'aventurèrent plus bas et effleurèrent sa chair gonflée.

— Attention, dit-il d'une voix rauque. J'essaie d'aller lentement, mais cela fait longtemps.

— Pourquoi veux-tu aller lentement ? demanda-t-elle en le caressant et en se délectant du velouté de la chair tendue vers elle.

— Parce que tu mérites...

— Ça ? dit-elle en passant le pouce sur le bout de son membre jusqu'à ce qu'il frémisse. J'espère bien.

Il roula sur elle et elle frémit à son tour de sentir son poids étendu sur elle. *C'est ça*, pensa-t-elle. C'était ainsi que cela devait être, c'était cela qu'elle n'avait jamais ressenti auparavant. Parce qu'elle avait donné son cœur il y avait longtemps, quand elle avait regardé pour la première fois dans les profondeurs azurées de ces yeux et s'y était noyée. La première fois qu'il lui avait souri, alors qu'il avait si peu de quoi sourire dans sa vie.

Il glissa une main entre ses cuisses et la caressa d'un doigt hésitant. Elle sentit qu'elle était prête à son humidité et à la cambrure involontaire de ses hanches.

— Ce sera plus lent la prochaine fois, marmonna-t-il.

— Et après aussi, approuva-t-elle.

Puis il s'enfonça en elle, centimètre par centimètre, remplissant cet espace qui semblait fait pour lui. Elle l'entendit jurer tout bas quand elle remua pour le laisser entrer tout au fond d'elle. Puis elle gémit quand le vide s'évanouit et qu'elle se sentit remplie, comme si ce qui lui avait toujours manqué était enfin à sa place.

Un instant, il s'immobilisa, comme s'il avait peur de bouger. Elle ferma les yeux, se concentrant sur cette union, pour se rappeler toujours cette première fois. Mais son corps ne l'entendait pas ainsi, et il ne fallut que quelques secondes pour qu'il se tende vers Jace.

C'était tout ce dont Jace avait besoin car il se mit en mouvement. Elle faillit crier quand il recula un peu, mais il revint et lui coupa le souffle.

— Oui, chuchota-t-elle en se cramponnant à lui. Oui, oui.

Il se retira à nouveau puis revint, et elle arqua les reins pour venir à sa rencontre, déjà sur le point de prendre son envol. Elle le sentit, s'en étonna, s'étonna de cette rapidité. Mais elle attendait cela depuis si longtemps.

Ce fut sa dernière pensée cohérente, car quand il s'enfonça à nouveau en elle, tout son corps se tendit et, vague après vague, un plaisir comme elle n'en avait jamais connu la réduisit à l'état de créature gémissante.

Puis elle le sentit durcir encore en elle, et il cria son nom et frémit entre ses bras.

L'attente en avait valu la peine.

Jace s'éveilla lentement, un peu désorienté. Ce qui n'était pas étonnant, pensa-t-il, étant donné le rêve insensé qu'il venait de...

Non. Il n'y avait rien d'onirique dans la chaleur du corps blotti contre son dos, dans la peau soyeuse qui frôlait la sienne, dans le léger parfum de fleurs qui flottait dans l'air.

La chambre de Cassie. Le lit de Cassie. Et Cassie dans ce lit...

Une vague de chaleur se déversa dans ses veines comme de la lave en fusion. Cette nuit incroyable était réellement arrivée. Et il la revit plan par plan, jusqu'au moment où Cassie avait crié son nom avec un abandon tel qu'il ne l'oublierait plus jusqu'à la fin de ses jours.

Il n'ouvrit pas les yeux, sachant que dès qu'il le ferait il devrait affronter la réalité. Cassie remua derrière lui, se blottissant plus près. Au moins, dans son sommeil, elle n'avait pas de regrets. Comment imaginer d'ailleurs qu'on puisse regretter une nuit semblable... Mais ce n'était pas lui qui avait couché avec un homme qui n'avait littéralement aucun avenir.

« Je te veux depuis le premier jour où je t'ai vu. »

Eh bien, elle l'avait eu. La question était : comment allait-elle se sentir en se réveillant ? Serait-ce un de ces lendemains affreusement embarrassés ? Il essaya d'imaginer Cassie comme l'une de ces femmes insouciantes, qui passent à autre chose sans se poser de questions. Mais c'était impossible. Non, Cassie attendait... quelque chose. Mais il ignorait quoi. Il n'avait rien à donner, de toute façon.

Il dut réprimer un rire attristé ; s'était-il vraiment dit que ce serait elle qui aurait des regrets ?

Un contact inattendu lui fit quand même ouvrir les yeux. Cutter était près du lit, grattant gentiment l'édredon de sa patte. Jace comprit qu'il ne s'agissait pas d'un avertissement.

— Tu as besoin de sortir, mon vieux ? demanda-t-il à voix basse.

L'animal se redressa.

Jace se glissa hors du lit, regrettant la chaleur de Cassie dès qu'il sentit la froidure de la pièce. Un coup d'œil au téléphone sur sa table de chevet lui apprit qu'il était presque 7 heures. À cette époque de l'année, l'obscurité reculait lentement. Pourtant, il avait dormi plus longtemps que depuis des mois.

Il alla au salon, trouva son jean sur le plancher et l'enfila. Souriant au souvenir de Cassie qui le lui enlevait. Ce ne fut pas avant d'avoir ramassé son T-shirt, ses chaussettes et ses bottes qu'il se rendit compte de ce qu'il avait pensé. *Sa* table de chevet.

Comme s'il avait un droit quelconque à être là, à prendre

Cassie, à se repaître de la douceur qu'elle lui avait offerte. Il éprouva le désir ardent d'en faire une réalité, de se couler dans la vie de Cassie pour toujours.

Mais il réprima ce vœu avec l'expérience de quelqu'un qui sait à quel point les souhaits sont vains. Cutter attendait sagement à la porte quand il eut fini de s'habiller. Il prit un instant pour gribouiller un mot à Cassie et le laisser près de la cafetière. Si elle se réveillait pendant leur absence, elle le verrait certainement. Et si non, eh bien, il se recoucherait auprès d'elle pour un câlin matinal.

Il prit son téléphone sur la table basse. Et il se dit que s'il trouvait Cory sur le seuil, ami ou non, il lui en donnerait un bon coup sur la tête.

Cassie tendit le bras avant même d'ouvrir les yeux et trouva la place vide. Cela la réveilla tout à fait et elle s'assit dans son lit.

Elle savait qu'elle n'avait pas rêvé : le délicieux endolorissement de son corps lui rappelait la réalité de cette nuit. Et le simple fait de penser à ce qui lui avait infligé une petite douleur ici et une petite rougeur là la fit trembler à nouveau de désir.

Elle ne s'était pas attendue à ce que ce soit si réel. Si délicieusement réel. Mais elle ne s'était pas non plus attendue à se réveiller seule.

Elle se leva et prit sa robe de chambre, qui reposait au pied du lit. Les draps froissés lui donnèrent tout de suite envie de se rasseoir tant le désir pulsait au fond de son ventre.

Il ne serait pas parti comme ça. Pas Jace. Avait-il trouvé si embarrassant de se réveiller avec elle qu'il avait voulu l'éviter ? Elle ne voulait pas le croire. Mais en enfilant ses pantoufles en peau de mouton, en serrant la ceinture de sa robe de chambre, elle éprouva un pincement au cœur. Autant pour la matinée langoureuse qu'elle avait imaginé passer avec lui, les lentes explorations de ce brasier incroyable.

À moins que cela n'eût pas été ainsi pour lui ? Les mots

qu'il avait prononcés dans l'obscurité étaient-ils retombés en poussière à la lumière du jour ?

Se disant qu'elle était ridicule, elle alla voir au salon puis à la cuisine. Il n'était nulle part dans la maison. Elle en ressentait physiquement le vide. Et pendant un instant, son moral chuta au plus bas. L'avait-elle si mal jugé pour qu'il soit parti après une nuit comme celle-ci ? Comme un homme qui s'esquive après une simple coucherie ?

Cela n'avait aucun sens. Quoi qu'ils aient fait la veille, la raison pour laquelle il était venu existait toujours. Et Jace ne serait pas parti comme ça. Parce qu'il avait promis.

Elle se rendit compte avec retard que la maison était effectivement vide. Pas de Jace, mais pas de Cutter non plus. Au même instant, elle remarqua le mot sur le comptoir de la cuisine. Elle le prit en souriant.

> *Je vais promener Cutter. Je crois qu'il a attendu aussi longtemps qu'il pouvait, nous l'avons un peu négligé hier soir.*
>
> *À tout à l'heure.*

Il avait signé avec un amusant croquis d'un homme entraîné par un chien en laisse.

Les choses reprirent leur cours normal et elle mit la cafetière en marche.

Cutter était certes un chien discipliné mais, quand il eut fait sa petite affaire, il manifesta à nouveau son entêtement. Jace n'avait qu'une envie, retourner auprès de Cassie avant qu'elle se réveille, mais c'était apparemment impossible. Si Rafe ne lui avait pas conseillé de faire confiance à Cutter, il aurait peut-être imposé sa volonté, mais le chien était si déterminé qu'il céda.

— Qu'est-ce que tu cherches, mon vieux ?

Cutter s'était assis au bout du pâté de maisons, l'air d'attendre quelque chose. Ou quelqu'un. Jace regarda de l'autre côté de la rue le terrain vague planté de grands arbres où ils jouaient enfants et la cabane à moitié écroulée où il se cachait de son père.

— Notre homme se cache par là, ou quoi ? demanda-t-il au chien.

Une seconde avant qu'une voix ne s'élève dans la pénombre derrière lui, Jace vit Cutter se dresser et flairer... quelque chose. Instinctivement, il se retourna dans une posture de défense.

— En quelque sorte, dit la voix.

Rafe. Reprenant son souffle, Jace se redressa.

— Bonne réaction, approuva Rafe en caressant le chien.

— Elle aurait encore été meilleure si je m'étais aperçu que c'était toi, dit Jace d'un ton uni.

— Peu s'en rendent compte, répondit Rafe sans se vanter.

Il le regarda de haut en bas.

— On dirait que tu n'as pas beaucoup dormi.

Jace baissa vivement les yeux. Ce faisant, il vit Cutter arborer son expression fanfaronne.

— Alors, demanda Rafe au chien, tu as remporté une autre victoire ?

Le chien agita la queue et changea d'expression. Avant de rencontrer Cutter, Jace n'aurait jamais imaginé que les chiens puissent sourire.

Rafe reporta les yeux sur lui.

— Donc... Cassie et toi.

Jace cilla.

— Je connais le palmarès de Cutter. En outre, tu le portes écrit sur le visage.

Jace se sentit rougir sans y croire vraiment.

— Ne sois pas gêné. J'ai appris à le reconnaître. Ça n'arrête pas d'arriver autour de moi.

Jace considéra son interlocuteur.

— Mais jamais à toi ?

Quelque chose vacilla dans l'expression de Rafe.

— Moi ? Je suis une cause perdue, et même lui le sait, dit-il en désignant Cutter. Il n'essaie même pas.

Il adressa un petit sourire à Jace.

— Je suppose qu'il t'a fait le coup du canapé ? Et qu'il vous a poussés l'un vers l'autre ?

Jace ne put s'empêcher de sourire, malgré son ébahissement.

— Oui, je suppose que c'est ce qu'il a fait.

— Tu peux en être sûr.

Puis, vivement, Rafe demanda :

— Dis-m'en plus sur Cory Grant.

Jace recula légèrement devant ce brusque changement de sujet.

— Je... Comme quoi ?

— Comme la dernière fois, la première chose qui te vient à l'esprit. Qu'est-ce qu'il veut dans la vie ?

— Aucune responsabilité.

— Et comment y parvient-il ?

— En choisissant toujours la voie de la facilité.

— Qu'est-ce qui l'empêche de faire autrement ?

— Aucune motivation. Aucune persévérance. Aucune capacité en dehors de son charme.

Rafe fit la grimace.

— Cela suffit à certains.

En voyant l'expression de Jace, il ajouta :

— On dirait l'exact opposé de toi.

— Surtout pour le charme, dit sèchement Jace.

— Question de goût. Mais c'était toujours ton meilleur ami. Pourquoi ?

Jace poussa un long soupir.

— Parce qu'il savait comment était mon père et qu'il me fréquentait quand même. Personne d'autre n'en avait le courage. Et s'il était là quand mon père me cherchait des noises, il essayait toujours de détourner son attention.

Rafe hocha la tête au bout d'un instant.

— Donc, à sa façon, il te protégeait.

Jace acquiesça.

— Qui d'autre protégeait-il ?

— Cassie, avant tout. Il jurait qu'il prendrait soin d'elle, et je pense qu'il en avait l'intention. C'est pourquoi cela m'inquiète qu'il ne l'ait pas rappelée.

— Brett Dunbar a un contact à Vegas, qui furète un peu. Il n'y a pas trace d'une arrestation, mais c'est tout ce qu'il a trouvé jusqu'à maintenant.

Jace hocha la tête.

— Et maintenant, pourquoi ne retournes-tu pas auprès d'elle ? Pour les femmes, le lendemain matin, c'est spécial.

Jace tourna les talons avant que son expression soit trop visible dans la lumière croissante. Mais quelques pas lui suffirent pour se mettre à sourire tandis qu'il se dirigeait vers la maison, le chien derrière lui.

16

— Tu devrais venir avec moi. Gillian sera ravie de te voir, dit Cassie en soulevant un gros vase de lys blancs et roses.

— J'en doute, répondit Jace d'un ton acide.

— Chuck, dit-elle doucement.

Il voulut protester, mais s'interrompit et dit seulement :

— Je vais rester près de la voiture, au cas où Cutter nous alerterait.

Cassie soupira.

— Je sais, c'est ennuyeux et tu es fatigué de tout ça...

— Non, dit-il – et elle lui sourit.

— Mais sans cela, tu ne serais jamais revenu.

Et nous n'aurions jamais eu ces journées et ces nuits précieuses. Oh oui, ces nuits.

Les trois derniers jours avaient été les plus incroyables de sa vie. Elle s'était sentie nerveuse après la première nuit, mais résoudre la question de savoir ce qu'ils feraient après cela ne lui avait pas posé de problème. Jace, par contre, oui. La nuit suivante, après qu'ils avaient fini la pizza commandée sur une impulsion, il s'était senti si agité qu'il avait fini par faire les cent pas silencieusement, tout comme elle auparavant. Elle l'avait supporté aussi longtemps que possible, puis elle avait rompu anxieusement le silence.

— C'était bon. Je n'avais pas encore essayé cette nouvelle pizzeria.

— Hum.

— Et Cutter n'est-il pas drôle ? Je n'avais jamais rencontré un chien qui préfère les carottes au pepperoni.

Un nouveau « hum » depuis l'autre bout de la pièce.

— J'ai une grosse journée demain, pour Thanksgiving, alors il faudra que j'y aille de bonne heure, avait-elle dit finalement.

— Hum.

Décidant que la franchise était son seul recours, elle s'était levée.

— Jace !

Il s'arrêta de marcher, et se tourna pour la regarder.

— Je vais me coucher. Tu me rejoins ?

À sa surprise, il avait rougi.

— Je... C'est ce que tu veux ?

Il était assailli par ses vieux doutes, avait-elle compris. Qu'il en soit encore là, après ce qu'ils avaient fait, la mettait en colère.

— Chuck ! avait-elle lancé.

— Je... Je ne voulais pas présumer de ton désir, dit-il en cillant.

— Présumer qu'après la nuit la plus incroyable de ma vie je voudrais recommencer ?

Un lent sourire avait recourbé ses lèvres et il avait dit avec tendresse :

— Oui, elle était incroyable, hein ?

La nuit suivante, il l'avait enlevée dans ses bras et emportée au lit avant qu'elle puisse dire un mot.

— Un jour, avait-il déclaré, on aura un vendredi soir comme il faut, sans se cacher.

— Et qu'est-ce qui te fait penser que ce n'est pas un vendredi soir exactement comme il faut ? avait-elle demandé.

Il avait ri, de son rire profond, et elle avait compris que son père ne les hantait plus. Et Jace était indubitablement un amant extraordinaire.

Mais elle n'avait pas pu le convaincre de faire les livraisons du samedi avec elle, même s'il connaissait trois de ses quatre clients. Il avait conduit le SUV du magasin mais était resté près de la voiture en prétextant qu'il devait surveiller les alentours. C'était une bonne excuse, c'est vrai, mais elle avait le sentiment qu'il était ravi de l'avoir.

— Pourquoi fais-tu autant de livraisons ? demanda-t-il quand elle revint de la dernière.

— J'aime ça. Ça me permet de sortir et j'aime voir l'expression des gens, leur joie quand ils reçoivent des fleurs.

— Sauf peut-être celles-ci, dit-il en désignant du pouce l'ultime livraison du jour, destinée à un enterrement.

— Non, même celles-là. Cela montre aux gens que quelqu'un pense à eux dans un moment où ils en ont besoin. Ils ne sont peut-être pas dans les dispositions nécessaires pour témoigner leur reconnaissance, mais cela signifie tout de même beaucoup pour eux.

Jace, qui avait la main sur le contact, la laissa retomber et se tourna vers Cassie. Il ne dit rien pendant un long moment, et elle fronça les sourcils. Finalement, alors qu'elle allait lui demander ce qui n'allait pas, il déclara avec tendresse :

— Tu es formidable, Cassidy.

Il utilisait si rarement son prénom entier qu'elle ne sut pas comment le prendre, sauf qu'il n'y avait pas à se tromper sur l'émerveillement et l'admiration dans sa voix.

— C'est étrange, déclara-t-elle quand elle retrouva sa voix, mais je pensais justement la même chose de toi.

Durant un instant, il soutint son regard. Elle vit la bataille qui se jouait dans ces yeux bleus si vifs.

— Et ne t'avise pas de douter de moi.

Il sourit parce qu'elle avait prononcé la même phrase dont elle se servait quand elle était enfant, certaine d'avoir raison.

— Pourquoi le ferais-je alors que tu as toujours raison ? répliqua-t-il, lui faisant à son tour la même réponse qu'autrefois.

Elle ne put s'en empêcher et avança la main pour la poser sur sa joue. Il ne s'était pas rasé – ils s'étaient levés tard après une incroyable troisième nuit – et elle découvrit avec surprise qu'elle aimait l'apparence et la sensation de cette joue non rasée. C'était tellement... masculin.

— Attention, l'avertit-il, ou bien nous allons atterrir dans ton lit à l'heure du déjeuner.

— C'est une promesse ? murmura-t-elle.

Et elle le vit aspirer de l'air brusquement et déglutir.

— Ce n'est peut-être pas convenable, après un enterrement.

— Au contraire. Il faut célébrer la vie.

Il la fixa à nouveau.

— Formidable, dit-il, c'était un euphémisme.

— La même chose pour toi, riposta-t-elle en souriant.

Cutter lança un aboiement depuis le siège arrière, si visiblement heureux qu'ils éclatèrent de rire.

Ils le firent avant le déjeuner.

— Je pourrais m'habituer à ces dimanches matin, annonça Jace en bâillant et en s'étirant.

— Moi aussi.

Le ton de Cassie était trop appuyé pour le toast qu'elle beurrait, et en lui jetant un œil, il vit qu'elle le contemplait. Son regard glissa de son torse nu au vieux jogging qu'il portait. Malgré une nuit passée à explorer tous les aspects de l'incendie qui les consumait, elle avait l'air de vouloir le lui retirer séance tenante.

Il sentit les muscles de son abdomen se contracter, tandis que d'autres parties de son corps s'éveillaient à cette possibilité.

— Mange d'abord, dit-elle sans se donner la peine de nier ce qui allait se passer. Il faut que tu prennes des forces, ajouta-t-elle avec un sourire taquin.

Il lui sourit largement, se sentant mieux que jamais.

— Toi aussi. Je vais faire de mon mieux pour t'épuiser.

— Je pense que tu y arriveras, répondit-elle, en recommençant à beurrer sa tartine. Dans cinquante ou soixante ans.

Il se figea. Cinquante ou soixante ans. Une vie entière

passée avec Cassie. Il eut la même sensation que lorsque son père faisait osciller un objet désirable devant ses yeux, puis le retirait brusquement avec un rire dur en lui disant qu'il ne le méritait pas. Progressivement, Jace avait appris qu'il valait mieux ne pas montrer ses désirs. Et à partir de là, il n'avait pas fallu beaucoup de temps pour qu'il ne s'autorise plus non plus à désirer quoi que ce soit.

Mais cette fois, il ne pouvait pas s'en empêcher : il voulait Cassie. C'était une envie trop forte, trop puissante pour la nier, peu importe qu'il essaie de la réprimer.

Et maintenant, avec une phrase toute simple, elle semblait s'offrir à lui pour toujours.

Cahill, ne te fais pas plus idiot que tu n'es déjà.

— Tu te fatiguerais de moi en un mois, dit-il d'un ton plat.

Redressant la tête, elle le dévisagea.

— Tu veux dire que mes capacités d'attention sont réduites ?

— Je... Non. Bien sûr que non. Je veux juste... Ce que tu as dit, on aurait pu entendre...

— Pour toujours ?

La voix de Cassie s'était radoucie.

— Oui. Et je sais que ce n'est pas ce que tu veux.

Elle l'observa un instant.

— Avec toi, tu veux dire.

Il poussa un soupir réprimé. Il ne voulait pas se disputer avec elle. Comment étaient-ils passés de cette chaude intimité à ceci ? *Parce que tu as oublié qui tu es et qui tu n'es pas.*

— Chuck ! lança Cassie d'un ton dur.

Il cligna des yeux avant de secouer lentement la tête.

— Ce n'est pas lui, c'est la vérité. Je n'ai rien à t'offrir, Cassie.

— Et tu n'es rien ? C'est ça ?

— À peu près, dit-il avec amertume.

— Comment peux-tu le laisser encore t'habiter comme ça ?

— Peut-être qu'il avait raison tout du long.

— Fais attention à ce que tu dis, Cahill. Ce n'est qu'un couteau à beurre, mais il peut faire des dégâts.

Il déglutit. Elle avait l'air assez en colère pour se servir de cette chose. Et sa voix avait pris l'inflexion sarcastique dont il se souvenait, celle qu'elle prenait quand elle assenait des arguments logiques imparables.

— Pourquoi penses-tu que mon frère t'a choisi pour faire cette promesse ? demanda-t-elle.

Il fronça brièvement les sourcils devant ce coq-à-l'âne.

— Parce que j'étais son ami.

— Il avait d'autres amis ici, en ville. Il aurait été plus facile d'en choisir un qui était là, non ? Mais il t'a choisi toi, qui vivais à des milliers de kilomètres.

Jace se sentit un peu idiot de ne jamais s'être posé la question.

— Et pourquoi ? lança-t-elle. Parce que même mon imbécile de frère savait que tu étais le seul qui la tiendrait, cette promesse.

— N'importe qui aurait…

— Comme n'importe qui aurait passé dix ans de sa vie à rembourser les dettes d'autrui ? Tu veux me faire avaler ça ?

Il avait oublié combien elle pouvait être tranchante. Et il lui vint à l'esprit que ce n'était pas contre lui qu'elle se battait, mais pour lui. Et c'était assez nouveau pour qu'il ait du mal à trouver quelque chose à répondre.

— J'ai entendu des femmes dire, poursuivit-elle d'une voix plus gentille, que si on veut savoir si on sera heureuse avec un homme, il faut observer comment il traite sa mère. Et sur ce plan-là, je pense que tu es au top.

— Cassie…, commença-t-il.

— Maintenant, si tu as fini avec cet accès d'imbécillité qui te pousse à laisser ce… type te dire qui tu es, finissons ce petit déjeuner.

Imbécillité. En effet, c'était ça. Parfois, il était un imbécile.

Surtout avec elle.

Ils mangèrent en silence. L'ambiance était devenue aussi grise que ce jour de novembre. Quand il eut fini de petit-déjeuner, Cassie le regarda emporter son assiette, ses couverts et sa tasse dans l'évier, les rincer et les mettre dans le lave-vaisselle. Puis il revint prendre les siens, sauf la tasse, qu'elle n'avait pas finie. Pendant qu'elle buvait le reste de son café, il alla chercher la poêle, le saladier et le fouet, et fit de même avec eux. C'était manifestement quelque chose qu'il faisait sans y penser.

Enfin, il prit le couteau à beurre et le contempla un long moment. Il y eut un bruit sonore quand elle reposa sa tasse sur le comptoir.

— Je ne m'excuserai pas, dit-elle d'un ton assez vif.

— Je ne te le demande pas.

— Parfois, j'aimerais qu'il soit là pour que je puisse le lui planter dans le corps, ajouta-t-elle.

— Moi non, dit-il en réprimant un frisson. Je ne veux pas qu'il t'approche.

— J'aimerais que tu aies le même instinct protecteur à ton égard. Peut-être que tu cesserais de l'emporter avec toi partout.

Il posa les mains sur le rebord de l'évier et regarda par la fenêtre.

— J'essaie. Mais parfois, il revient se faufiler.

— Bien sûr que oui. Même s'il n'a jamais été ton papa, c'était ton père.

Elle savait qu'il comprenait ce qu'elle disait car, longtemps auparavant, quand elle se plaignait des interdictions de son père, il lui avait dit qu'elle avait de la chance d'avoir à la fois un père et un papa.

— Ma mère s'est mise à l'appeler le donneur de sperme.

Cassie se mit à rire.

— Vraiment ? Tant mieux pour elle.

— Elle t'a toujours aimée.

— Moi aussi.

Elle était sincère, même si parfois elle aurait bien voulu que cette femme défende davantage son fils.

— Elle disait qu'elle espérait que tu rencontrerais un homme bien, un homme digne de toi.

Savait-elle que ce serait toi ?

Cassie ravala ces mots, même si elle avait envie de les prononcer. Mais l'immobilité de Jace quand elle avait plaisanté sur les cinquante ou soixante ans ensemble l'incita à tenir sa langue. Pour une fois.

— Et je me disais que celui-là aurait beaucoup de chance, dit doucement Jace, sans la regarder. Il aurait une vie formidable. Et il ne s'ennuierait jamais.

Il pensait cela d'elle, même à l'époque ? Elle sentit sa poitrine se contracter sous l'effet des mots qu'elle retenait. Elle s'efforça de réfléchir à quelque chose qui ne briserait pas cette douceur inattendue.

Au-dehors, une éclaircie soudaine laissa passer un rayon de soleil qui éclaira Jace comme un projecteur. Elle le détailla, depuis la netteté de son profil jusqu'à la tension de sa mâchoire. Ses doigts étaient crispés sur l'évier, ses jointures blanchies par la pression.

Elle n'arrivait même pas à imaginer ce qu'il avait gardé de son enfance, à quoi cela ressemblait. Elle-même avait eu la chance d'avoir des parents merveilleux pendant très longtemps. Elle le vit prendre une grande inspiration. Et comme s'il s'agissait d'un effort conscient, il se détendit.

— Le ciel s'éclaircit, dit-il en regardant toujours par la fenêtre.

— On va peut-être avoir un de ces Thanksgiving clairs et ensoleillés, répondit-elle en portant sa tasse au lave-vaisselle. Comme l'année où tu l'as passé avec nous.

Il la regarda, un sourire au coin des lèvres. Il avait donc encore des bons souvenirs de ce jour-là.

— C'était le meilleur Thanksgiving de toute ma vie.

Ils avaient passé la plus grande partie de la journée dehors, savourant ce rare soleil de novembre. Elle se rappelait très bien comment Jace, sans qu'on le lui ait demandé, avait mis la table dehors. Cory s'était moqué de lui parce qu'il était tellement serviable. Jace s'était retourné et lui avait dit :

« Si tu n'apprécies pas ce que tu as, tu es idiot. »

Elle n'avait pas fait exprès de les écouter, mais elle était sur le seuil de la maison, prête à rentrer. Elle était tombée encore plus amoureuse de lui ce jour-là. Et elle avait passé le reste de la journée dans une sorte de brouillard juvénile, à fantasmer qu'un jour il la regarderait et tomberait aussi amoureux d'elle qu'elle l'était de lui.

Et moins de deux ans après, il était parti.

Elle détourna vivement les yeux, de crainte qu'il ne saisisse son expression, et s'affaira à mettre en route le lave-vaisselle. Quand elle se risqua à le regarder de nouveau, il fixait toujours la fenêtre, mais son expression avait changé. Il fronçait les sourcils, avec cet air qui disait qu'il réfléchissait à quelque chose.

Quand il se tourna vers elle, elle comprit qu'il avait fait des rapprochements audacieux.

— Il y avait autre chose dans la poche de ton blouson en dehors du levier, non ?

— Juste un petit morceau de conifère, dit-elle, étonnée.

— Qu'est-ce que tu en as fait ?

— Je l'ai jeté avec les trucs à brûler.

Jace se retourna brusquement et prit le couloir. Sa curiosité piquée, elle le suivit. Il trouva la poubelle en question, fourra la main dedans et ramena un petit morceau de verdure.

— Du séquoia, murmura-t-il sur un ton de surprise qui lui parut bizarre, étant donné qu'il y avait beaucoup de ces arbres dans les environs.

— Jace ? questionna-t-elle.

Il se tourna alors vers elle.

— Ce Thanksgiving-là, tu te rappelles que Cory et moi nous sommes allés chercher des branches de sapin pour que ta mère puisse faire une couronne ?

— Bien sûr. Elle était ravie. D'autant plus que tu as laissé Cory dire que c'était son idée, alors que c'était la tienne.

Il parut un peu surpris. Elle leva les yeux au ciel.

— Oh, allez ! Comme si c'était son genre.

— Oh...

Il lui adressa un sourire penaud, dont elle trouva que c'était l'expression la plus douce qu'elle ait jamais vue. Mais cela l'aurait terriblement embarrassé qu'elle le dise, si bien qu'elle se contenta de lancer :

— Et alors ?

Il reprit instantanément sa vivacité.

— Ce jour-là, nous sommes allés jusqu'à la vieille cabane.

Par « vieille cabane », il entendait une baraque depuis longtemps abandonnée, qui avait été démolie par les parents pour éviter le danger aux enfants.

— Et ? le pressa-t-elle.

— Il y a quelques séquoias par là. Surtout autour du vieux puits.

Elle regarda le petit morceau de branche et, cette fois, ne dit rien.

— Cory est allé fureter autour du puits. Le réservoir était toujours là, mais tout rouillé à l'arrière, contre le mur.

Il tendit la main et prit le levier sur le comptoir. Il le considéra un moment, puis la regarda elle. Elle attendait silencieusement. Finalement, il poussa un soupir et poursuivit :

— Il a dit que ce serait une super cachette, au cas où on en aurait besoin.

Cassie recula un peu.

— Tu penses..., commença-t-elle.

— Je ne sais pas ce que je pense. Je me contente d'énoncer des... possibilités.

Il secoua la tête.

— C'est dingue. Et probablement pas...

— Explique-moi, demanda-t-elle, comprenant qu'il avait sans doute eu un de ses éclairs de compréhension. Remets le puzzle en ordre pour moi.

Il inspira fortement.

— Cory vient ici il y a quatre mois, mais passe la plupart de son temps dehors. Il y a quatre mois, un gang a été dépouillé. Cory repart. Le chef du gang et son frère sont en prison, mais le frère en sort. Tout de suite après, tu t'aperçois qu'on t'épie. Sauf que ce n'est pas après toi qu'on en a, mais qu'on t'observe. Puis l'espion prend le risque d'entrer chez toi pour fouiller la chambre de Cory. Et enfin, tu découvres ça – il éleva le levier – dans la poche d'un blouson que tu cherchais.

Elle comprit comment il en était arrivé là, comme une longue file de dominos qu'on fait tomber. Mais c'était tellement invraisemblable qu'elle avait du mal à y croire.

— Mais comment aurait-il pu savoir que je comprendrais l'indice que représentait le levier ?

— Il ne pouvait pas. Mais il s'est sûrement dit que, moi, je comprendrais.

Elle le dévisagea et se demanda s'il saisissait pleinement ce qu'il venait de dire, à savoir que même son vaurien de frère savait qu'il était solide comme le roc, et que si jamais elle avait des ennuis Jace viendrait faire le lien.

Il faudrait bien qu'elle accepte que ce fût son frère qui l'avait plongée dans ces terribles problèmes.

17

— Quand je retrouverai Cory, je vais l'étriper, déclara Cassie avec férocité.

— Compte sur moi pour t'aider, répondit Jace en regardant le levier. Il n'avait pas le droit de t'entraîner dans cette… galère.

Cela le mettait en colère de penser à l'insouciance avec laquelle Cory avait fait cela.

— Si j'ai raison, bien sûr…, se corrigea-t-il rapidement. Je peux me tromper. Tu sais que des fois j'ai tendance à sauter du coq à l'âne.

— Les coqs-à-l'âne sont parfois la seule réponse, dit-elle comme si c'était évident. De toute façon, il n'y a qu'une façon de le découvrir.

— Oui. Je vais aller jeter un coup d'œil.

— Toi ? Tu veux dire *nous*.

Jace secoua la tête.

— Tu devrais rester ici, avec Cutter.

— Pendant que tu fais une petite randonnée tout seul ? Pas question.

— Ce n'est qu'au bout de la rue.

— Et il est entré dans cette maison il y a quatre jours.

— Mais nous n'avons vu aucune trace de lui depuis, rétorqua Jace.

— Alors il n'y a pas de danger à ce que nous y allions tous les deux.

Il ouvrit la bouche, puis la referma. On pouvait se fier à Cassie pour retourner les arguments dans son sens.

— Je ne veux pas qu'on te fasse du mal, dit-il enfin.

— Tu ne t'es jamais dit que moi non plus je ne voulais pas qu'on te fasse du mal par ma faute ?

Surpris, il songea qu'effectivement il n'y avait jamais pensé, pas comme ça. Et maintenant qu'elle le disait, il ne pouvait nier que cette touche de possessivité était agréable. Drôlement agréable.

— Allons-y. Je parie que cette fameuse preuve nous attend au vieux réservoir, dit-elle en montrant le nord.

Sa confiance en lui faillit le mettre à genoux. Quelque chose dut transparaître sur son visage car, soudain, elle fut dans ses bras et le serra contre elle. Il la serra aussi, convaincu que si elle le tenait ainsi il pourrait aller jusqu'au bout du monde. Il pourrait accepter de s'engourdir dans n'importe quel emploi pourvu qu'il vive auprès d'elle. C'était un sentiment bien plus vaste que ce qu'ils avaient découvert ensemble au lit, et cette révélation le secoua un peu.

Il redressa la tête et vit son visage souriant et ses yeux mouchetés d'or. Il poussa un long soupir. Quelque chose changea dans le regard de Cassie. La chaleur et l'affection avec lesquelles elle avait dit « Je te veux depuis la première fois que je t'ai vu » transparurent dans son expression.

— Tu penses que nous avons le temps ? demanda-t-elle.

Il n'y avait pas à se tromper sur ce qu'elle suggérait.

— Je crois, mais tu te sentirais un peu flouée.

— J'en doute.

Elle ronronnait presque et Jace se retint de ne pas la prendre séance tenante.

— Bon sang, Cassie, tu fais sauter le compteur à tous les coups.

Elle lui répondit par un sourire à mille volts qui le réchauffa jusqu'au fond du cœur.

— Allons-y alors ! Nous n'avons que deux rues à traverser pour prouver que tu as raison ! s'exclama-t-elle.

Sa confiance en lui le stimulait mais, en son for intérieur, une voix continuait de lui dire qu'il n'avait aucune discipline mentale et qu'il était incapable de raisonnements normaux et intelligents.

Cassie contourna le comptoir et s'appuya contre lui.

— Chuck, murmura-t-elle.

Il la regarda. Son expression l'encourageait et le mettait en garde à la fois. S'il ne trouvait pas aussi étrange qu'elle devine ainsi ses pensées, il en aurait ri.

— Je suis sûre que tu as raison, lui dit-elle.

— J'espère que tu ne te trompes pas.

— Non. Et je sais que tu ne laisseras jamais rien m'arriver.

— C'est vrai, reconnut-il avec sincérité.

Elle voulait faire arrêter ce type, mais sa priorité à lui était de la protéger. Plus que jamais. Il l'avait promis à Cory, mais c'était beaucoup plus important aujourd'hui. Et l'idée lui vint que ce n'était pas seulement sa vie à elle qui dépendait de sa vigilance, mais aussi la sienne.

Cassie n'avait pas fait de promenade depuis longtemps. Autrefois elle aimait cela mais, depuis la mort de ses parents, elle n'avait plus le temps de s'adonner à ce genre de plaisirs simples. L'heure n'était cependant pas à l'insouciance et, dès qu'ils eurent quitté la maison, Cutter prit des allures de chien de garde. Entre lui et Jace, elle songea qu'elle n'avait rien à craindre.

Jace restait silencieux, comme perturbé par une idée. Elle soupçonnait qu'il s'inquiétait autant de ne rien trouver que de trouver quelque chose. Comment pouvait-il avoir si peu confiance en lui ? Son père aurait mérité de… Quoi, au juste ? Elle ignorait ce qui aurait convenu à un homme pareil. Elle attendit qu'une voiture les dépasse puis lança avec insouciance :

— Je me demande ce que ressentait le père d'Edison.

Sortant de ses pensées, Jace la regarda.

— Quoi ?

— Je me demandais seulement ce qu'éprouvait le père de Thomas Edison quand son fils – dont on lui avait dit qu'il était trop stupide pour apprendre quoi que ce soit – est devenu un inventeur prolifique.

— Il a volé ses inventions les plus importantes à Tesla, dit Jace.

— Je sais.

Elle le regarda en souriant parce qu'il avait dit exactement ce à quoi elle s'attendait.

— Mais il l'a fait intelligemment.

— Et impitoyablement.

À son grand ravissement, il riait.

Ils étaient parvenus à l'orée de la forêt. Cutter, qui humait l'air, leur jeta un regard et obliqua brusquement pour venir se frotter à Jace. Celui-ci dut faire un pas de côté pour garder son équilibre, ce qui le rapprocha de Cassie. Comme s'il avait atteint son but, le chien retourna à sa tâche.

— Mais oui, le chien ! s'exclama Jace en riant à nouveau.

Il passa un bras autour des épaules de Cassie, et elle prit note mentalement de donner à l'animal ses carottes bien-aimées quand ils rentreraient.

Elle glissa un bras autour de la taille de Jace, souhaitant pouvoir figer ce moment dans le temps. Marcher dans un bois tranquille, Jace non pas à côté d'elle mais *avec* elle dans tous les sens du terme. Quand ils atteindraient la vieille cabane, tout changerait, elle le savait. Et pour autant qu'elle souhaite connaître la vérité sur Cory, elle voulait aussi prolonger ce moment de bonheur tranquille.

Elle tenta d'anticiper la suite des événements. Ils allaient trouver quelque chose dans le puits. Ou non. S'ils ne trouvaient rien, les choses continueraient comme elles étaient pendant quelque temps. Une perspective très tentante mais qui entrait en conflit avec son désir d'éclaircir le mystère. Cependant Jace resterait. Et c'était ce qu'elle souhaitait le plus au monde.

S'ils trouvaient quelque chose, cela dépendrait de sa nature. Si c'était la preuve que Cory avait fait une grosse bêtise – et elle devait admettre désormais qu'il en était tout à fait capable – alors il faudrait décider de la suite. Elle frissonna un peu. L'inspecteur Dunbar avait dit que Foxworth coopérait avec la police. Cela signifiait-il que, s'ils découvraient l'argent volé, ils dénonceraient Cory ?

Elle repoussa ces pensées. Sa mère lui avait toujours conseillé de ne pas anticiper les problèmes. Il était inutile de gaspiller de l'énergie à s'inquiéter de choses qui n'étaient pas encore arrivées. Son père avait une perspective un peu différente, plus conditionnelle :

« Se préparer au pire et espérer le mieux, disait-il. Et profiter du présent. »

L'image de ses parents lui traversa l'esprit avec une netteté éblouissante. Ils lui manquaient tellement parfois, qu'elle éprouvait un vide douloureux au fond d'elle-même. Et la seule personne qui remplissait ce vide douloureux était Jace. Jace qui s'en irait dès l'affaire résolue. Subitement, elle eut envie de faire demi-tour en courant.

— Cassie ?

Elle se rendit compte qu'elle avait cessé d'avancer et que Jace la regardait d'un air perplexe.

— Je... m'inquiète juste de ce que nous allons trouver.

— Moi aussi.

Elle rit sans joie.

— Toi, tu t'inquiètes de ne rien trouver. Moi, je m'inquiète de trouver quelque chose.

— Mais tu ne veux pas en finir avec toute cette affaire ?

— Non, si cela signifie que tu t'en iras. Et je ne veux pas que mon frère ait des ennuis.

— Nous réglerons cela en temps voulu.

Nous. Il l'avait dit avec tant de naturel qu'elle dut refréner son enthousiasme. Quoi qu'il se passe, quoi qu'ils trouvent et qu'ils aient à faire, Jace resterait jusqu'à la fin.

Mais ensuite, il s'en irait. Ne l'avait-il pas dit ? Il pensait qu'il n'avait rien à lui offrir. Ce qu'il lui avait donné était plus que suffisant, selon elle, mais il faudrait davantage que quelques jours pour l'en convaincre.

— Je suis fatiguée de régler des choses, dit-elle avec lassitude. Parfois, j'ai envie de tout laisser tomber et de prendre la fuite.

— Je comprends bien, répondit Jace avec douceur.

Elle soupira.

— Tu as beaucoup plus de bon sens que moi.

— Non. Ce n'est pas vrai.

— Mais...

— Tu crois vraiment qu'avoir eu un père comme le mien est pire qu'avoir eu des parents comme les tiens et les avoir perdus ?

— Oui. Parce qu'au moins je les ai eus pendant vingt-deux ans. Tout ce que tu as eu, c'est un père dénaturé qui ne pouvait – ou ne voulait – pas voir les inestimables qualités de son fils.

Il resserra son bras autour d'elle, comme s'il ne trouvait rien à dire mais voulait lui faire savoir qu'il avait entendu – et aimé ? – ses paroles.

— Tu sais ce que j'aimerais vraiment ?

Il s'arrêta pour la regarder. Un éclair traversa l'azur de ses yeux, et elle ne put s'empêcher de sourire.

— En dehors de ça, précisa-t-elle.

Le sourire qu'il lui rendit lui redonna des ailes.

— J'aimerais qu'on puisse laisser tout ça derrière nous. Repartir à zéro.

Ils étaient arrivés à l'orée de la clairière où se trouvait autrefois la cabane.

— Tu laisserais le magasin ? demanda-t-il simplement.

— J'aime le magasin parce qu'il était à mes parents. Mais je le ressens parfois comme un fardeau.

— Ce n'est pas ce qu'ils auraient voulu pour toi.

Elle le dévisagea. Malgré ses débats intérieurs, elle ne s'était jamais formulé les choses ainsi. Elle avait toujours supposé que ses parents voudraient que le magasin reste dans la famille et qu'elle refuse les offres de rachat.

— Ce qui comptait pour eux, c'est que tu sois heureuse, insista Jace.

— Tu as raison, murmura-t-elle.

— Et tu essaies de faire seule ce qu'ils ont fait à deux. Grâce à Cory, ajouta-t-il avec un rictus amer.

Elle revint brusquement au présent et à la raison de leur présence en ces lieux. Elle voulait en finir avec cette histoire. Elle voulait savoir où elle en était avec son frère et, plus important encore, avec Jace.

— Allons-y.

Jace sursauta un peu.

— Je ne voulais pas...

— Je sais.

Elle inspira profondément pour se calmer.

— Je tergiverse, Jace. J'ai peur de mettre un terme à cet imbroglio parce que je ne veux pas que tu partes. Maintenant moins que jamais. Mais il n'y aura pas de mot de la fin si nous ne nous en occupons pas. Et je n'aime pas ça.

— Tu n'as jamais aimé ça, approuva-t-il tranquillement.

Non, en effet. Elle se remit en marche vers le petit édifice abritant le puits. Jace ne dit rien de plus, mais elle aurait presque pu entendre ses pensées.

Quand ils furent arrivés, elle ouvrit la porte. Cutter émit un bruit à mi-chemin entre le gémissement et le grondement. Elle se demanda s'il avait flairé des rongeurs.

Le vieux réservoir était là, quelque peu affaissé. En se penchant, elle vit l'orifice rouillé que Jace lui avait décrit. Elle voulut tendre le bras, mais une main sur son épaule l'en empêcha.

— Laisse-moi faire. C'est rouillé. Si tu te coupes, ça pourrait s'infecter.

— Alors il vaut mieux que ce soit toi qui te coupes ? lança-t-elle d'un ton moqueur.

— Oui, dit-il avec fermeté. Et puis j'ai le bras plus long.

Elle ne pouvait nier cela, aussi recula-t-elle pour le laisser passer.

— Il y a quelque chose ? demanda-t-elle après qu'il eut tâtonné un moment.

— Je préfère ne pas me demander dans quoi je mets la main, marmonna-t-il, mais oui, il y a quelque chose... Attends... Ah...

Il ressortit sa main, tenant un paquet d'environ quinze centimètres sur vingt-cinq, enveloppé dans une bâche en plastique et dégoulinant d'eau. Sa propre manche était mouillée jusqu'au coude.

Durant un long moment, Cassie contempla l'objet. Une part d'elle se réjouissait que Jace ait eu raison en dépit de ses doutes, mais l'autre tremblait de peur à l'idée que son frère ait commis un acte vraiment, vraiment stupide.

Reculant hors de l'édifice, Jace posa le paquet par terre. La bâche était scellée par plusieurs épaisseurs de ruban adhésif. Cassie se rappela brusquement quelque chose.

— Cory m'a demandé du ruban adhésif, dit-elle à voix basse. Je lui ai dit que je n'en avais qu'au magasin, et il est venu le chercher. C'est la seule fois où il y a mis les pieds.

Jace lui passa un bras autour des épaules.

— C'est à peu près de la bonne taille, dit-il en étudiant la chose.

L'argent volé au gang de Seattle. Était-ce cela, de l'argent liquide ? Jace avait raison, les dimensions correspondaient. Et toutes ses supputations et ses inquiétudes revinrent en force. Que feraient-ils maintenant, que ferait Rafe – que ferait l'inspecteur Dunbar ?

— Cassie...

Un féroce grognement de Cutter lui coupa la parole. Les oreilles du chien étaient pointées vers la gauche. L'animal tourna sur lui-même et bondit pour se placer entre eux et ce qu'il avait senti ou entendu.

Il n'avait pas oublié son rôle. Et Cassie sut instinctivement que, s'il le fallait, le chien mourrait pour les protéger. Puis elle regarda Jace et eut le même sentiment en voyant son expression. Elle frissonna. C'était une pensée insupportable. Parce que son monde s'écroulerait si Jace mourait.

Cutter avait l'air prêt à sauter à la gorge de quelqu'un. Ses grognements se changèrent en grondements effrayants. N'importe qui aurait reculé.

Sauf l'homme qui sortit des bois à deux mètres à peine d'eux. L'homme qu'elle avait si souvent vu.

Et qui tenait un pistolet.

18

Tout se passa si vite que Jace n'eut pas le temps de réfléchir. L'homme leva son arme. Jace poussa Cassie derrière le puits. Cutter lui jeta un bref regard, puis s'élança en poussant de terribles aboiements. Il avait déjà vu ce comportement de la part de l'animal. Cette nuit-là, dans la ruelle derrière le magasin.

Il te donne une chance.

Jace se jeta sur l'homme. Une détonation retentit au même moment. Il pria pour que Cutter ne soit pas blessé. Ni Cassie. Quelque chose de dur s'abattit sur son front et il comprit que l'homme avait riposté avec la crosse de son arme. Il réagit en attrapant le canon et en le tirant d'un coup sec. Au même instant, il frappa l'homme à la gorge du coude gauche et eut la satisfaction de l'entendre gargouiller puis haleter. Le truand desserra les doigts sur son arme, et Jace la jeta au loin.

Mais ce mouvement l'avait rendu vulnérable, et l'autre en profita pour lui assener un coup à la mâchoire. Brusquement, ils étaient en train de se battre, se rendit compte Jace. Il se laissa tomber au sol pour lui échapper, puis se mit à genoux et se redressa d'un mouvement fluide. Son adversaire fit de même, mais avec moins de fluidité. Il vit le basculement de sa posture au moment où l'autre se jetait sur lui.

Détends-toi.

Les paroles de M. Bradley résonnèrent dans son esprit. Une fraction de seconde lui suffit pour changer d'état d'esprit et il se sentit prêt sans effort conscient.

Quand l'homme se jeta en avant, Jace l'agrippa et le fit passer par-dessus son épaule. L'autre atterrit sur le dos avec un grognement sourd. À son expression, Jace vit qu'il avait le souffle coupé.

Puis Cutter fut là. Ses crocs impressionnants et ses féroces grondements firent pencher la balance. Le gangster renonça en poussant un gémissement. Jace se rendit compte alors d'un autre facteur. À quelques mètres de là, Cassie braquait l'arme sur l'homme. Soulagé de savoir que le coup de feu n'avait touché personne, Jace se frotta la mâchoire.

— Ça va ? demanda Cassie.

Son souci sincère réchauffa le cœur de Jace.

— Très bien.

C'était tout relatif. Cela aurait pu être pire. Bien pire.

— Et maintenant ? questionna-t-elle en se rapprochant de lui.

Jace considéra l'homme toujours allongé.

— Tu pourrais lui tirer dessus. Personne ne te le reprocherait.

Toujours haletant, le truand leva les mains en l'air en secouant la tête. Cassie jeta un regard interloqué à Jace et il lui fit un clin d'œil. Elle saisit immédiatement et reposa les yeux sur l'homme.

— J'imagine que oui.

Les yeux de celui-ci s'agrandirent de terreur.

— Non, réussit-il à articuler. Non, s'il vous plaît.

— Ils ne le feront pas. Mais moi peut-être, dit une voix entre les arbres.

Ils tournèrent tous la tête en direction de Rafe, qui pénétrait dans la clairière au même endroit que Schiff.

— Vous étiez là ! s'exclama Cassie.

— J'étais dans les parages.

Jace songea que pour Rafe « dans les parages » pouvait signifier beaucoup de choses. Puis il remarqua un fusil équipé d'un viseur pendant à son épaule. Ce n'était pas un simple fusil de chasse. Il regarda l'homme à terre, puis de nouveau Rafe, qui étudiait leur adversaire avec intensité.

— Je me suis dit que Cutter et toi alliez y arriver, mais une petite assurance ne nuit jamais.

Ce vote de confiance, de la part de cet homme-là, signifiait davantage pour Jace qu'il ne pouvait le dire. Il se contenta de hocher la tête, et Rafe parut comprendre.

— C'était sans bavure, ajouta-t-il sur le ton de la conversation.

Ce faisant, il sortit de solides liens en plastique du sac qu'il portait à l'épaule gauche. Il ligota avec dextérité les chevilles de l'homme, le fit rouler sur le ventre et lui attacha les poignets dans le dos.

— Aïe, protesta ce dernier.

— Tais-toi ou je les attache ensemble, lança Rafe.

L'idée d'avoir les bras et les jambes ligotés ensemble ne parut pas plaire au truand, qui se tut.

Jace se frotta la mâchoire en marmonnant.

— Vous aurez peut-être une cellule près de celle de votre frère, comme ça vous pourrez bavarder.

Les yeux de l'homme s'agrandirent et Jace comprit qu'il était stupéfait qu'ils sachent qui il était.

Rafe se tourna vers Cassie, qui tenait toujours le pistolet de Schiff d'un air contraint.

— Vous voulez que je prenne ça ? demanda-t-il avec une gentillesse que Jace ne lui connaissait pas.

— Oui, s'il vous plaît, dit-elle avec reconnaissance. Je suis heureuse de ne pas avoir eu à l'utiliser, parce que je ne m'y connais pas du tout en armes de poing.

— Avec celui-là, il suffit de viser et de tirer, répondit Rafe en le prenant.

Il éjecta les munitions qu'il contenait puis le laissa tomber dans un sac en plastique sorti de sa poche. Foxworth, apparemment, était paré à toute éventualité.

— Ce sera intéressant de voir si ces balles ont été tirées ailleurs, commenta Rafe. Je parie qu'on trouvera ça dans les registres de police.

Cassie regardait Schiff. Elle se mit à rire d'un air tendu.

— À en juger par l'air qu'il vient de prendre, je dirais que vous avez raison.

— Cutter, garde-le, ordonna Rafe.

Le chien lui jeta un regard féroce.

Cassie se remit à rire, cette fois de manière plus détendue.

— Était-ce l'équivalent canin de « sans blague » ?

Rafe lui adressa un grand sourire. En un éclair, il eut l'air d'un autre homme.

— Je crois, acquiesça-t-il.

— Tu sais, déclara lentement Jace, convaincu que cela leur paraîtrait insensé, il y a eu un moment où il m'a regardé exactement de la même manière que l'autre fois au magasin. C'était comme s'il essayait de me dire qu'il allait refaire la même chose.

— C'était bien le cas, dit Rafe. Et le meilleur, c'est qu'il savait que tu comprendrais.

Ces mots firent autant de bien à Jace que la précédente déclaration de confiance de Rafe.

— Et maintenant, qu'est-ce qu'on fait ? demanda Cassie. On ouvre ce truc ?

Elle désignait le paquet sur le sol.

— Ou il faut le rendre à... quelqu'un ?

— Je pense qu'on peut au moins regarder ce que c'est.

Rafe tira un couteau de poche de sa ceinture et le déplia. Puis, à la surprise de Jace, il le lui tendit.

— C'est toi qui as balancé ce type comme un sac de patates. À toi l'honneur.

Prenant le couteau, Jace s'agenouilla à côté du paquet. Il coupa soigneusement le ruban adhésif et déplia la bâche. Il y avait encore du plastique transparent enroulé autour, mais le contenu était clairement visible.

Jace poussa un lent sifflement. Il n'avait jamais vu autant d'argent de sa vie. Dans un coin du paquet, quelque chose attira son attention. C'était un morceau de papier blanc. Portant le nom de Cassie, écrit de la main de Cory.

Elle l'avait vu aussi, car il l'entendit reprendre son souffle. Instinctivement, il s'apprêta à trancher le plastique, mais s'arrêta pour regarder Rafe.

— Prends juste le mot, n'ouvre pas tout. Jusqu'à ce que nous décidions quoi faire.

Jace hocha la tête et effectua deux découpes nettes. Puis il fit glisser la feuille de papier pliée, dont il voyait à présent que c'était l'envers d'un formulaire imprimé. Il se releva et la tendit à Cassie. Elle secoua la tête avec une certaine véhémence. Elle était finalement confrontée à la preuve que son frère avait trempé dans quelque chose de louche. Pas étonnant qu'elle soit bouleversée.

Il s'approcha d'elle et la prit dans ses bras.

— Je suis désolé, murmura-t-il.

— Mais pas surpris, dit-elle avec un soupir.

— Non. Pas vraiment.

— Lis toi, lui demanda-t-elle.

— Tu es sûre que tu ne veux pas...

— Oui. Tout à fait sûre.

Ôtant un bras de ses épaules, il déplia la feuille de papier du pouce.

C'était un bilan comptable annuel du magasin de fleurs, daté de presque un an. Les chiffres n'étaient pas bons. Mais il le remarqua à peine, distrait par les pattes de mouche dans le coin inférieur gauche.

Cet endroit t'épuise, Cass. Je suis désolé de ne pas pouvoir rester t'aider, mais ceci devrait suffire à tes besoins pour longtemps si tu fais attention. Pars. Je t'aime.

Cory

Jace poussa un long soupir et regarda Cassie.

— C'est lui, n'est-ce pas ?

Il se contenta de hocher la tête. Il ne savait que dire et n'avait aucune idée de ce qu'elle pouvait ressentir. Mais il savait qu'elle avait mal et il la serra contre lui, en maudissant silencieusement l'homme qui était autrefois son meilleur ami.

Cassie émit un son étranglé.

— Je ne sais pas s'il faut rire ou pleurer. C'est tellement... tordu.

— Si c'est comme ça qu'il comptait prendre soin de toi, en effet, c'est tordu, marmonna-t-il.

— Comment a-t-il pu croire que je prendrais l'argent ? lança-t-elle avec une colère salutaire.

— Comme il a eu l'idée de le voler, j'imagine, dit Jace.

Elle regarda Rafe, qui examinait les liasses. Maintenant qu'elle voyait qu'il s'agissait de billets de cent dollars, le paquet lui paraissait encore plus gros.

— Je dirais qu'il y a un quart de million, déclara Rafe.

Le chiffre la stupéfia.

— Mais qu'est-ce qu'on va en faire ? Le rendre ?

Rafe lui jeta un regard.

— À un gang de criminels ?

Elle avait presque oublié cet aspect des choses. Elle soupira.

— Tu devrais le prendre, dit-elle impulsivement à Jace. Pour payer le reste des dettes de ton père.

— Tu plaisantes ? s'insurgea-t-il. C'est exactement le genre de chose qu'il ferait.

Cassie soupira.

— Désolée. Je l'ai compris dès que je l'ai dit.

Il ne prendrait jamais la même voie que Cory, peu importe la tentation, peu importent les difficultés. Jace était exactement tel qu'elle l'avait toujours connu.

Avec plus de calme, il déclara :

— Ma mère me tomberait dessus si je prenais de l'argent sale. Et puis nos dettes sont définitivement soldées. C'est ce qu'elle m'a dit au téléphone.

Cassie le fixa avec une bonne dose d'émerveillement. Mais elle devrait attendre pour le lui dire – pour l'instant ils avaient d'autres chats à fouetter.

— Et les gens à qui il a été volé ? demanda-t-elle à Rafe. Il y a moyen de les retrouver, de le leur redonner ?

— D'après ce qu'a dit Brett, la plus grande partie de cet argent vient du trafic de drogue, répondit Rafe. Je ne suis pas sûr qu'on puisse le qualifier de volé.

— On peut faire confiance à Cory pour ça, remarqua Jace en secouant la tête.

Rafe s'adressa à Cassie :

— Et il est probable qu'il n'y ait pas de victimes spécifiques. À moins qu'on n'en retrouve quelques-unes. Brett a parlé d'un racket de protection.

— Alors l'argent devrait aller à ces victimes, dit vivement Cassie, approuvée par Jace.

Rafe leva la main.

— Mais c'est aussi une preuve.

Cassie frissonna.

— Contre mon frère.

— Même si nous savions où il se trouve, j'ignore si voler ce qui a déjà été volé ou extorqué peut être taxé de vol. Mais l'argent peut constituer une preuve contre ceux à qui il l'a volé.

— Le gang ?

Cassie s'agita à cette idée. Mettre ces gens en prison lui paraissait une bonne idée.

— Laissez-moi passer un coup de fil, reprit Rafe. Nous avons un expert judiciaire.

Il prit son téléphone et pressa deux touches. Un instant plus tard, il dit :

— Katie ? C'est Rafe.

Une pause.

— Parfait. Et merci, mais tout ira bien pour Cutter et moi. Gavin est là ?

Cette fois, la pause dura une seconde.

— Désolé, je te dérange ?

Cassie repensa immédiatement au jour où Rafe avait posé la même question à Jace... Une vague de chaleur l'envahit, suivie d'un léger frisson quand elle se rappela qu'elle allait devoir réfléchir à ce qui allait se passer – ou ne pas se passer – entre Jace et elle.

Elle s'efforça de se concentrer sur le bref récit de Rafe au téléphone. Celui-ci écouta ensuite longuement son interlocuteur avant de dire :

— Oui, Brett a des contacts. Il les connaît.

Une autre pause.

— OK.

Il remua comme s'il allait raccrocher, mais ajouta :

— Désolé pour le dérangement, de Marco. La même chose pour toi.

Il raccrocha en souriant – un sourire pensif que Cassie lui avait déjà vu. Mais elle ne tarda pas à réagir à ce qu'elle venait d'entendre.

— De Marco ? Gavin ? *Le* Gavin de Marco ? s'exclama-t-elle.

Jace émit un sifflement.

— « On a un expert judiciaire », hein ?

— Oui.

Rafe regarda Jace et dit de manière cryptique :

— C'est le numéro neuf.

Jace comprit visiblement ce que cela voulait dire, car il écarquilla les yeux.

— Alors que faisons-nous maintenant ? demanda Cassie, se disant qu'elle saisirait ce mystérieux échange plus tard. On appelle Dunbar ?

Rafe hocha la tête.

— Et on lui remet la patate chaude.

Un sourire ironique éclaira son visage.

— Ce ne sera pas la première fois. Il s'est toujours débrouillé pour démêler l'affaire.

Démêler l'affaire, découvrit Cassie, était un processus long et compliqué, qui comprenait des photos de la scène, du puits, du réservoir et de l'argent à sa place. Après cela, ils se rendirent au quartier général de Foxworth, où elle accueillit avec soulagement le confort d'un vaste salon et la chaleur d'un feu de cheminée. Visiblement chez lui, Cutter sauta sur un canapé.

Jace et elle durent faire des dépositions détaillées, et la seule chose qui plut à Cassie là-dedans fut d'affirmer honnêtement qu'elle ignorait où se trouvait Cory.

L'inspecteur Dunbar avait un ton professionnel mais bienveillant, et il parut comprendre sa tension quand la conversation se porta sur son frère.

— Cory a beaucoup de défauts, mais j'ignorais qu'il était assez déséquilibré pour penser que ce serait une bonne idée de faire ça, dit tristement Cassie.

— Il ne pense pas du tout, trancha Jace d'un ton assez abrupt. Autrement, il se serait rendu compte des ennuis qu'il allait te causer.

Dunbar disparut ensuite pour donner des coups de fil, et Rafe passa dans la cuisine, pour préparer encore du café. *Pas étonnant qu'il ne dorme pas*, se dit Cassie en étouffant un bâillement.

Mais en revenant, il lui tendit un mug qui, à sa surprise, était rempli de chocolat chaud.

— Hayley – la femme de mon patron – m'a expliqué que tout le monde ne boit pas de café à 10 heures du soir.

— Merci, dit-elle en prenant la tasse. Il est vraiment 22 heures ?

— Un peu plus, répondit Rafe en sirotant sa propre tasse qui, elle en était sûre, contenait du café.

Durant quelques minutes, ils restèrent silencieux, regardant le feu et mettant en ordre leurs pensées respectives.

— Je n'arrive pas à croire que ce soit fini, dit enfin Cassie. En... une semaine.

— Foxworth est très efficace, lança Jace en mimant un toast à Rafe.

— Tu as fait ta part, intervint Rafe – et Cassie l'aurait

volontiers embrassé pour la reconnaissance qu'elle lisait dans les yeux de Jace.

Rafe reporta son attention sur elle.

— Cet argent va coûter sa conditionnelle à Schiff. Il va retourner en prison. Le gang devrait faire profil bas, mais soyez tout de même prudents.

Cassie pâlit.

— Vous pensez qu'ils peuvent encore...

— Ce serait stupide, répondit Rafe, mais...

Il haussa les épaules, comme pour exprimer ce qu'il pensait de la stupidité des frères Schiff. Puis il revint à Jace :

— Que vas-tu faire maintenant ?

Surprise par cette soudaine incursion dans un territoire autour duquel elle-même n'avait fait que marcher sur la pointe des pieds, Cassie resserra les mains autour de son mug.

— Je ne sais pas. Ma mère s'en sort bien sans moi, maintenant.

— Tu as un emploi qui t'attend ? demanda Rafe.

Jace fit la moue.

— Peut-être. Un seul. Dans les deux autres, on n'était pas chaud pour me laisser partir en congé.

Cassie retint son souffle. Non seulement il avait eu trois emplois, mais il en avait quitté deux pour venir l'aider ?

— Plutôt rigide, non ?

Jace acquiesça et dit avec ironie :

— J'ai toujours eu du mal avec ça.

— Toujours ces raisonnements décalés ?

Jace hocha à nouveau la tête, et Cassie comprit qu'ils devaient avoir beaucoup parlé en son absence. Quelques instants plus tard, Rafe s'excusa pour aller passer un autre appel.

Cassie attendit aussi longtemps qu'elle le put puis, consciente de la note de supplication dans sa voix, demanda :

— Tu ne peux pas rester au moins jusqu'à Thanksgiving ? Ta mère pourrait peut-être venir ? J'ai invité Mme Alston – elle a toujours aimé ta mère – et May et son petit garçon. Le dîner sera bon. J'en profiterai pour faire les pommes de terre de maman, une bonne dinde et un bon...

Elle s'arrêta au troisième « bon » et baissa les yeux sur ses mains en poussant un long soupir.

— Maman adorerait te voir, lui dit Jace. Mais un billet d'avion, c'est trop cher pour elle.

Elle ouvrit la bouche pour offrir de payer, mais la referma avant que les mots ne sortent. Elle ne savait pas comment Jace prendrait cela. Elle ne savait même pas pourquoi elle avait eu cette idée, en dehors du fait que cela la révoltait que Jace ait dû travailler si dur pour payer la montagne de dettes que son bon à rien de père leur avait laissées.

Et pourtant, le fait que Jace ait fait front la remplissait de fierté à son égard. Non, la fuite était le choix de Cory, pas celui de Jace. Jace n'esquivait jamais ses responsabilités, c'était l'une des nombreuses raisons pour lesquelles elle l'aimait.

Et ce fut à ce moment, dans un éclair de lucidité, que les mots s'assemblèrent pour la première fois dans son esprit.

Elle l'aimait. Comme une adulte, et non plus comme une enfant naïve.

— Mais elle ne s'attend pas à ce que je revienne pour Thanksgiving, continuait Jace. Je pensais que cette affaire prendrait plus de temps.

Elle se demandait si ce qu'elle venait de s'avouer se voyait sur son visage et elle garda donc la tête baissée pour questionner :

— Alors... Tu restes ?

— Je reste.

Durant un instant, elle n'osa le regarder. Puis Cutter descendit de sa place sur le canapé et vint vers elle. Il posa le menton sur ses genoux et elle tendit automatiquement la main pour le caresser. Dès que ses doigts touchèrent son pelage, le calme sembla l'envahir. Soudain, elle ne se soucia plus de savoir si ses sentiments se lisaient sur son visage.

Elle regarda Jace. Il s'immobilisa.

— Cassie, murmura-t-il.

— Oui, dit-elle.

Et cela voulait dire oui à tout ce qu'il pouvait attendre d'elle.

19

De toute sa vie, Jace n'oublierait jamais la manière dont Cassie l'avait regardé ce jour-là chez Foxworth. Tout son avenir semblait s'être déroulé devant ses yeux. Et pour une fois, cette voix lancinante dans sa tête n'avait pas pu prendre le dessus.

Il était au lit – le lit de Cassie – écoutant le bruit tout simple mais merveilleux de son sèche-cheveux dans la salle de bains. Avec effort, il repoussa un très ancien sentiment de culpabilité. Il n'arrivait pas à croire qu'ils étaient enfin sortis d'affaire.

Il voulait que rien ne vienne assombrir ce sentiment, ces jours et ces nuits avec elle. Ils avaient passé beaucoup de temps ensemble, dans ce lit, à s'apprendre mutuellement par cœur, et si l'un d'eux avait cru à un moment qu'ils s'offraient seulement une passade, tous deux étaient désormais convaincus du contraire.

Il avait eu si peu de temps dans sa vie pour ce genre de plaisirs qu'il était encore surpris de la joie que lui procuraient les choses les plus simples, comme converser paresseusement avec elle le matin, la voir rire à ses blagues décalées ou faire les courses pour le repos de Thanksgiving. Et maintenant que le jour de la fête était arrivé, il attendait le dîner avec impatience, même s'il se demandait comment réagir face à Mme Alston.

Il fut tenté de se glisser dans la salle de bains pour persuader Cassie de retourner au lit avec lui mais, étant donné la liste de choses qu'ils avaient à faire ce jour-là, il abandonna cette idée.

Ils se mirent bientôt au travail tous les deux, Jace toujours sur un petit nuage. Il était un peu inquiet que sa mère ne l'ait pas rappelé, mais il se disait qu'elle devait être au travail. Elle était payée double les jours fériés, et elle était aussi dure à la tâche que lui. Et, dut-il se rappeler, tirés d'affaire ne voulait pas dire à l'abri pour toujours. Mais il repoussa aussi cette pensée, pour ne pas amoindrir la joie de cette journée.

Il était stupéfait de la quantité de plats et d'ustensiles nécessaires pour confectionner un dîner de Thanksgiving à la manière Grant. Il aida Cassie de son mieux, même si cela revenait surtout à porter, éplucher et trancher sous sa direction. Cela ne le dérangeait pas. Il n'aurait jamais imaginé que la cuisine puisse être aussi… agréable. Surtout en écoutant Cassie fredonner d'un air heureux.

Quand il eut fini de peler les carottes, elle lui sourit.

— C'est drôle, il n'est pas à nous, mais Cutter me manque.

Jace adora sa manière de dire « à nous ». Il fallait la savourer tout de suite, au cas où tout s'écroulerait plus tard.

— Il a une sacrée personnalité, approuva-t-il.

Quand la sonnette de la porte d'entrée retentit juste après 14 heures, Cassie leva les yeux de la dinde qu'elle inspectait.

— C'est un peu tôt, annonça-t-elle en refermant la porte du four avant d'aller ouvrir.

Jace la suivit, se préparant mentalement à faire bonne figure. Mais aucune préparation n'aurait suffi à l'immuniser contre sa stupéfaction quand Cassie ouvrit la porte à sa mère.

Il resta là, abasourdi, tandis que Cassie poussait des exclamations heureuses et jetait les bras au cou de sa mère. Quand il l'embrassa à son tour, tout ce qu'il put dire fut :

— Mais comment… ? d'une voix médusée.

— Ce sont ces gens adorables qui t'ont aidé, déclara sa mère, les yeux humides. Ils ont tout arrangé, y compris cette belle voiture depuis l'aéroport.

Il vit la berline noire s'éloigner dans la rue, et espéra vaguement que le chauffeur était lui aussi payé double.

— Foxworth ? demanda Cassie.

— À les entendre, on aurait dit que c'était moi qui leur faisais une faveur, dit sa mère avec un petit rire.

— Je suis tellement content.

Jace la serra encore dans ses bras.

— Tu m'as manqué, dit-elle simplement. Et M. Crawford a tellement insisté au téléphone. Il était très convaincant.

— Il faut que tu le rencontres en personne, dit Jace.

Cassie se mit à rire.

— J'aimerais bien, répondit sa mère.

— Nous l'avons invité, et Cutter aussi, expliqua Cassie. Mais...

Sa mère hocha la tête.

— Il a des cicatrices, cet homme. Je l'ai entendu dans sa voix.

Puis elle se tourna vers Cassie.

— Ah, ma fille, tu es ravissante ! C'est bon de te revoir.

— Je suis si heureuse que vous soyez venue, dit Cassie d'une voix vibrante d'émotion. Jace s'inquiétait que vous n'ayez pas répondu à son appel.

Elizabeth se tourna vers lui et lui tapota l'épaule.

— Il n'a plus besoin de s'inquiéter pour moi. C'est de lui qu'il doit s'occuper maintenant.

Elle les considéra tour à tour. Et Jace vit de l'approbation dans ses yeux. Comme si elle avait deviné que Cassie était devenue beaucoup plus pour lui que la petite sœur de son ami.

— Combien de temps pouvez-vous rester ? demanda Cassie, l'air toujours ravie. Au moins le week-end, j'espère ?

— Oh ! vous n'avez pas besoin d'une autre invitée. Je...

— Bien sûr que si ! insista Cassie. On va vous installer, puis nous parlerons. On peut...

Elle s'interrompit brusquement et regarda Jace. Il lui fallut une seconde pour comprendre ce qui la perturbait. La chambre d'amis inoccupée. Elle n'était pas sûre qu'il veuille que sa mère sache pour eux. Ou... elle n'était pas sûre de vouloir elle-même que sa mère sache. Cette pensée l'ébranla un peu. Il prit le seul parti possible.

— À toi de décider, dit-il calmement.

— Je vais préparer la chambre d'amis, répondit immédiatement Cassie. Pendant que Jace et vous rattrapez le temps perdu.

Quand elle fut partie, sa mère se tourna vers lui d'un air dubitatif. Il inspira profondément, se demandant par où commencer. Mais elle lui épargna cette peine.

— J'ai toujours su qu'elle t'adorait.

Il poussa un soupir de soulagement.

— Je ne sais pas pourquoi, mais c'est toujours le cas.

— C'est visible. J'ai attendu très longtemps qu'une femme regarde mon fils comme elle vient de le faire.

— Tu n'as encore rien vu, dit-il – et il ne put s'empêcher de sourire d'un air heureux.

Cette toute petite femme qui avait tant supporté, qui avait travaillé si dur, mit ses bras autour de lui et le serra avec force.

— Et j'ai attendu encore plus longtemps de te voir sourire comme ça. Ça paraît terrible à dire, mais le fait que ton père nous ait quittés est la meilleure chose qui nous soit arrivée.

— Oui, approuva Jace, car il n'avait aucun doute à ce sujet.

— J'aurais dû le quitter bien avant.

Jace recula un peu pour la regarder.

— Ne fais pas ça. J'ai juré de cesser de regarder en arrière. Nous avons fait ce que nous devions, et maintenant nous devons regarder devant nous.

— Tu es devenu très sage, mon fils, dit-elle avec un sourire.

Durant un moment, elle se contenta de le regarder.

— Elle te rend vraiment heureux, n'est-ce pas ?

Ce n'était pas vraiment une question, mais il répondit quand même.

— Plus que je ne croyais possible.

— Alors je suis heureuse. Pour vous deux.

Cassie voulait les laisser parler, mais sa mère insista pour l'aider en cuisine. Elles semblaient bien s'entendre, et Jace les observa un moment, se disant, devant les rires de Cassie et les sourires de sa mère, qu'il ne pouvait plus engranger un gramme de bonheur de plus.

— Oh ! dit sa mère, en cessant de poser des assiettes sur la table. J'ai oublié de te dire. J'ai vu mon patron avant de partir. Je vais être promue au poste de superviseuse.

Jace lui adressa un grand sourire.

— Il était temps.

— Et il y a une bonne augmentation à la clé, ajouta-t-elle, l'air de dire que tout irait bien pour elle.

Quand Mme Alston arriva à 16 heures tapantes, elle jeta un regard à sa mère et la serra contre elle avec chaleur. Puis, à sa grande surprise, elle fit de même avec Jace et lui murmura :

— C'est si bon de vous voir tous les deux, souriants et libérés de cet homme.

Jace était trop heureux pour se sentir gêné. En outre, il savait que, vivant dans la maison d'à côté, elle avait dû entendre beaucoup de choses.

— J'ai toujours pensé que tu étais plus fort que lui et maintenant je vois que j'avais raison, ajouta-t-elle.

Il secoua la tête et laissa échapper un petit rire.

— Ne le nie pas. Il fallait beaucoup de force pour prendre ce qu'il te laissait et en faire cette solidité et cette bonté.

— Amen.

C'était Cassie, qui avait interrompu ses activités pour venir la serrer dans ses bras.

— Et toi, ma fille, je vois que tu as enfin ce que tu as toujours voulu. Et il est devenu bien beau !

Il y avait une telle flamme dans les yeux de son ancienne voisine que Cassie et lui se mirent à rire.

Quand May arriva avec son fils de sept ans, Mikhail, l'enfant parut fasciné par Jace. Instinctivement, celui-ci s'accroupit pour serrer solennellement la main du petit garçon.

— Il n'y a que toi et moi au milieu de toutes ces dames, alors on se serre les coudes, d'accord ?

Mikhail hocha la tête avec de grands yeux et un sourire

ravi passa sur ses lèvres. En se relevant, Jace vit que Cassie l'observait avec l'œil un peu humide, lui sembla-t-il. Un autre segment de leur futur passa devant ses yeux. Un enfant à eux, un jour ? En aurait-il le courage ? La force de ne pas transmettre ce qu'il avait reçu ?

Il était encore en train de réfléchir à cela quand au milieu du dîner – délicieux, aux dires de tous – Mikhail se pencha vers lui pour lui murmurer que sa mère avait apporté une très bonne tarte et qu'il fallait garder de la place pour le dessert.

Quand tout le monde fut parti, Jace se sentit bizarrement épuisé. Les relations sociales avaient été la première chose à disparaître de sa vie durant leurs années de malheur, et il n'y était plus habitué. Un coup d'œil à sa mère lui apprit qu'elle éprouvait la même chose, bien qu'elle ait davantage de raisons pour cela ; voyager était fatigant en soi. Ils continuèrent à bavarder quelques minutes, sa mère approuvant si visiblement leur relation que Cassie irradiait littéralement de joie, tandis qu'il se laissait aller à espérer que les jours d'épreuve étaient vraiment finis.

À 21 heures, sa mère les pria de l'excuser, car cette longue journée et ce merveilleux repas avaient eu raison d'elle. Cassie l'accompagna à sa chambre pour s'assurer qu'elle avait tout ce qu'il lui fallait. Le simple fait de les voir ensemble redoubla l'espoir qu'il ressentait.

Il avait lui-même sommeil, si bien qu'il lui fallut un moment pour réagir en entendant du bruit à la porte. Peut-être était-ce Mme Alston, May ou Mikhail qui avaient oublié quelque chose ? Puis il se rendit compte que ce n'était pas la sonnette qu'il avait entendue, mais le bruit d'une clé qu'on introduisait dans la serrure.

Il fut sur ses pieds en une seconde. Et à la porte avant qu'elle s'entrebâille plus de quelques centimètres. Alors il ouvrit de grands yeux.

— Hé, mais tu es là ! s'exclama joyeusement l'homme qui se tenait debout sur le porche. La dinde était bonne ?

Cory.

— Elle était vraiment fatiguée, elle s'est endormie tout de suite, dit Cassie en rentrant dans le salon.

Elle s'arrêta net en voyant son frère debout près de la porte d'entrée. Jace était à côté de lui, si tendu qu'elle pouvait le sentir depuis sa place.

— Cory, murmura-t-elle, incapable de trouver autre chose à dire.

Son frère enjamba l'espace qui les séparait et l'enveloppa dans une étreinte d'ours. À laquelle elle ne répondit pas.

— Hé, petite sœur. Tu as l'air en grande forme !

Cory parut subitement curieux.

— Vraiment en forme.

Cassie parvint enfin à articuler quelque chose :

— Pour une petite binoclarde, tu veux dire ?

Cory la toisa de haut en bas.

— Je croyais que tu avais mis ça derrière toi.

Elle se dégagea et recula d'un pas pour mieux le voir. Cela l'avait toujours irritée qu'il ressemble tant à leur père tout en ayant si peu de ses qualités. Mais il ne ressemblait plus à leur père. En fait, il ne se ressemblait même plus. Il avait rasé ses cheveux, toujours un peu longs autrefois. Ses yeux étaient toujours d'un brun chaud, mais même eux semblaient différents, parce qu'ils ne cessaient de sauter d'un objet à l'autre. Et elle se demanda si ce qu'elle savait aujourd'hui de son frère n'avait pas changé sa vision de lui.

Il était aussi trop habillé, avec un costume et une chemise de prix, bien qu'il se soit abstenu de mettre une cravate. Elle préférait de loin les vieux jeans et T-shirts de Jace à cette tenue.

À l'instant où elle pensait à Jace, il fut à ses côtés. Sa proximité la calma et lui rendit la mémoire.

— Tu t'es fait des petits cadeaux, non ? dit-elle sans chercher à atténuer le sarcasme dans sa voix.

En même temps, elle se félicitait que la chambre d'amis soit au fond de la maison. La mère de Jace ne les entendrait pas.

Les yeux de Cory s'éclairèrent. Il regarda Jace.

— Je savais que tu comprendrais et que tu le trouverais. Tu as reconnu le levier du vieux réservoir, hein ?

— Oui, laissa tomber Jace d'un ton plat.

— Laisse-moi reformuler ceci, dit froidement Cassie. Tu t'es fait des petits cadeaux avec de l'argent volé.

La surprise s'étala sur le visage de Cory.

— Euh… Volé ?

— Nous savons tout, Cory, intervint Jace. À qui tu l'as volé, quand, et que tu ne l'avais pas avec toi quand tu as été arrêté à St. George.

La surprise fit place au choc. Cory les dévisagea bouche bée, apparemment si abasourdi qu'il n'arrivait pas à trouver une de ses reparties habituelles.

— Quand es-tu passé de stupide à stupide et voleur ? lança Cassie.

— Hé, du calme, protesta son frère. Tu es un peu dure.

— Tu croyais vraiment que j'allais prendre cet argent ?

— Pourquoi pas ? Ceux auxquels je l'ai pris ne sont pas exactement des citoyens honorables.

— Nous l'avons compris aussi, jeta Jace. Quand ils ont commencé à épier Cassie.

Cory eut un haut-le-corps.

— Quoi ?

Il paraissait si surpris que Cassie lança avec colère :

— Oh ! pour l'amour de Dieu, Cory, que croyais-tu qu'il allait se passer ?

— Mais je ne leur ai jamais parlé de toi !

— Et tu ne leur as pas dit où je vivais ?

— Bien sûr que non. Je veux dire, ils savent où je suis né, mais…

— Et ton permis de conduire est toujours à cette adresse ?

Elle n'avait aucun scrupule à le mitrailler de questions, après ce qu'il avait fait.

— Eh bien oui, mais ils ne l'ont jamais vu !

— Et le magasin ? demanda Jace. Tu n'en as jamais parlé non plus ?

— Je...

La vérité se lut dans le regard furtif qu'il jeta à Jace.

— Donc tu as parlé du seul magasin de fleurs d'une ville de moins de trois mille habitants et tu es surpris qu'ils aient pu retrouver sa trace ?

— C'était avant, protesta Cory. Je ne savais pas qui ils étaient à l'époque.

— Avant que tu aies l'idée brillante de voler l'un des gangs les plus redoutables de la ville ?

— L'argent était là, à portée de main, et je savais...

— Bon Dieu, Cory, grogna Cassie, tu as une idée du genre de complications dans lesquelles tu nous as plongés ?

— Eh bien, si ce sont des remerciements, rétorqua Cory, regagnant un peu de son habituelle assurance.

— Pardonne-moi de ne pas t'être reconnaissante de m'avoir laissé de l'argent volé et d'avoir fait de moi une cible, lança-t-elle.

— Je n'ai jamais eu l'intention...

— Tu n'as jamais l'intention !

Cassie baissa le ton pour ne pas réveiller la mère de Jace.

Cory lança un regard à Jace, comme s'il croyait trouver un soutien de son côté. Mais celui-ci lui jeta un regard noir.

— Tu sais, dit-il d'un ton glacial, si faire la même chose mille fois et s'attendre à un autre résultat c'est de la folie, faire la même chose stupide doit rendre de plus en plus stupide.

— Ah bon ? fut la brillante réponse de Cory.

Il toisa Jace de haut en bas.

— J'imagine que c'est pour ça que tu as l'air de t'être habillé chez le fripier, parce que toi tu es intelligent ?

Pour la première fois de sa vie, Cassie eut envie de gifler quelqu'un. Elle n'aurait jamais imaginé que ce soit son frère. Elle esquissa même le geste, mais Jace, comme s'il avait lu dans ses pensées, lui posa une main sur le bras.

— Je préfère avoir l'air de rien plutôt que de ressembler à un flambeur à deux sous, dit froidement Jace.

— Et c'est mieux de travailler dans un stupide magasin de fleurs ?

— Ce stupide magasin de fleurs t'a nourri, habillé et logé, aboya Cassie.

Cory eut la bonne grâce de paraître un peu gêné.

— Tu n'as jamais apprécié ce qu'on te donnait, commenta Jace.

Cory releva brusquement la tête et regarda son ancien ami avec colère.

— Mais toi oui, c'est ça ? Tu crois que je ne sais pas qu'ils auraient préféré t'avoir comme fils plutôt que moi ?

Jace recula tandis que Cassie s'exclamait :

— Ce n'est pas vrai et tu le sais, Cory ! Ils auraient aimé que Jace soit à eux, oui, parce que sa vie était terrible, mais pas à ta place. Ils avaient assez d'amour pour nous tous.

Elle jeta un bref coup d'œil à Jace, qui la fixait comme s'il n'avait jamais compris jusqu'à cet instant combien ses parents avaient de l'affection pour lui. Mais elle revint à son frère et poursuivit sa harangue.

— Ils s'inquiétaient pour toi. Ils étaient stressés. Ils se demandaient quelles erreurs ils avaient commises. Mais par-dessus tout, ils t'aimaient. Énormément. Comment peux-tu en douter ?

Cory rougit.

— Manifestement, je ne suis pas le bienvenu ici. Dans ma propre maison, qui plus est.

— Pour moitié, assena Cassie.

— Parfait. Je vais dormir ici, mais...

— Désolée, la chambre d'amis est occupée.

Cory eut l'air de comprendre pour la première fois à quel point elle était en colère.

— D'accord, d'accord. Je suis juste passé prendre un peu d'argent et je vais te laisser tranquille, chère sœur.

— Tu veux dire que tu ne voulais pas passer Thanksgiving avec ta sœur bien-aimée ? railla Cassie.

— Si tu veux l'argent, il faudra le réclamer aux flics, dit Jace.

Cory les dévisagea tous les deux.

— Vous... Vous l'avez donné aux flics ?

— Bien sûr que oui ! tonna-t-elle.

— J'ai risqué ma vie pour cet argent !

— Et sans réfléchir, comme d'habitude, tu as risqué la mienne, celle de Jace et de Cutter et...

— Qui diable est Cutter ?

On pouvait compter sur son frère pour relever le seul détail non pertinent.

— Peu importe. Si c'est pour ça que tu es venu, tu peux partir.

— Pourquoi es-tu tellement en colère ? C'est moi qui devrais être furieux. Je n'arrive pas à croire que tu aies donné mon argent aux flics.

— Je suppose que c'est parce que tu penses que c'est ton argent, intervint Jace, attirant l'attention de Cory.

— Génial. Je ne m'attendais pas à ce que vous me la jouiez légal. J'allais le partager entre nous, après tout. En trois parts, moi, toi et ma sœur.

Cassie n'aurait jamais imaginé pouvoir être aussi dégoûtée. Mais elle y vit la chance de confirmer quelque chose.

— Comment savais-tu que Jace serait là ?

— Parce qu'il l'avait promis, répondit Cory d'un air déconcerté.

— Donc tu es encore capable de voir ça, dit-elle en prenant la main de Jace.

— Jace tient toujours parole, lança-t-il avec un haussement d'épaules, comme si cela n'avait aucune importance.

— Contrairement à toi. Mais où diable as-tu été chercher toute cette superficialité ? Pourquoi dois-tu toujours rechercher la facilité ?

Le regard de Cory revint à Jace.

— Parce que je ne voulais pas vivre comme lui.

Elle sentit Jace se figer. À travers ses doigts, elle perçut sa tension soudaine. Avant qu'il puisse dire quelque chose, elle reprit la parole :

— Et moi je le veux plus que tout autre chose.

— Tu aimes les difficultés ? demanda Cory, incrédule. Tu veux dire que tu ne veux pas être riche ?

— Non, si cela veut dire aller contre mes valeurs. Je veux, dit-elle lentement, être heureuse et partager ce bonheur avec quelqu'un. Je veux être comme nos parents, qui formaient un couple uni et qui faisaient front ensemble quand il le fallait.

Cory ricana.

— Bienvenue dans le monde d'aujourd'hui, frangine. Ça ne marche plus comme ça.

— Si tu le crois vraiment, je suis navrée pour toi. Et papa et maman ne te reconnaîtraient même plus.

— C'est ça, jette-moi les parents à la figure, comme tu l'as toujours fait.

— Cory ?

Quelque chose dans la voix de Jace obligea Cory à le regarder.

— Ferme-la, tu veux ?

Il ne l'avait pas dit fort, ni même avec colère, mais Cassie pensa que seul un fou aurait pu l'ignorer. Encore qu'il semblait que Cory soit justement devenu fou.

Le téléphone fixe sonna, les faisant tous sursauter. Jace, qui était le plus près, décrocha rapidement, sans doute pour ne pas réveiller sa mère.

— Allô ?

Une pause d'une fraction de seconde.

— Oui. Qu'est-ce que...

Il devint silencieux. Trop silencieux. Et une tension encore plus grande s'empara de lui. Cassie vit ses jointures blanchir sur le récepteur. Et quand il parla à nouveau, ses réponses fusèrent avec une fureur contenue.

— Des fusées. C'est possible. Aucune idée.

Une autre pause, tandis qu'il écoutait.

— D'accord. Oui. Dans tous les cas.

Il reposa le téléphone sur son socle avec plus de précaution que nécessaire. Cassie l'observait, retenant son souffle. Même Cory semblait comprendre qu'il se passait quelque chose, parce qu'il fronçait les sourcils.

Jace se retourna et fixa des yeux furieux sur Cory.

— Espèce de salopard ! cracha-t-il.

Il renversa Cory d'un solide coup de poing à la mâchoire.

— Hé ! Qu'est-ce que c'est que ça ?

Cory gigotait sur le sol, l'air aussi ridicule que les crabes qu'ils pêchaient autrefois sur la plage. Il chercha le regard de sa sœur comme pour lui demander son aide. Elle attendit simplement que Jace s'explique.

— Tu les as amenés avec toi, lança Jace.

20

Jace pivota sur lui-même pour regarder Cassie. Sa Cassie qui avait l'air sous le choc.

— Comment... ? questionna-t-elle.

— Rafe. Cutter. Ils sont dehors.

— Ils les ont vus ?

Il comprit qu'elle espérait que c'était une erreur. Lui aussi avait espéré. Un instant, son estomac se contracta à la pensée du danger. Et à celle de sa mère endormie, qui avait déjà tant enduré. Tous ceux qu'il aimait étaient ici, dans cette maison. Et soudain, il comprit qu'il devrait les défendre jusqu'à la mort. Il repoussa la peur ; le temps pressait.

— Aux deux bouts du pâté de maisons. Deux véhicules. Nous n'arriverons pas à ta voiture et, si nous essayons, ils nous barreront le chemin. Toutes les portes et les fenêtres sont fermées ?

— Oui. Sauf...

Elle jeta un coup d'œil à la porte d'entrée. Jace avança rapidement et tourna le verrou.

— J'ai vu un fusil lance-fusées dans sa chambre.

Il ne prononça même pas le nom de Cory.

— Il marche ? Il y a des fusées ?

— Il est vieux, nous l'avions sur le bateau, mais... il marche, autant que je sache. Et il y a une demi-boîte de fusées. Je les ai vues quand nous avons nettoyé.

— Tu as touché à ma chambre ? glapit Cory.

— Le « ferme-la » est toujours en cours, dit Jace sans même le regarder. D'autres armes ?

— Je ne... Papa se servait d'une carabine qu'il emportait avec nous sur le bateau, au cas où, mais...

— Je peux parler ? lança Cory en réussissant à prendre l'air vexé. La vieille carabine de papa est dans l'appentis. Mais ce n'est qu'un calibre 22.

— C'est une arme.

Jace jeta un regard à Cory, sans se donner la peine de cacher son dégoût et sa colère. Cory le regarda avec circonspection en se frottant la mâchoire.

— Ils sont vraiment dehors ?

— Ne perds pas de temps. Va chercher la carabine. Et des munitions s'il y en a.

Cory parut dubitatif.

— Ou bien prends la fuite, dit froidement Jace. C'est ce que tu fais de mieux.

— Je vais la chercher, intervint Cassie.

— Non, j'y vais, protesta Cory, bien qu'il parût réticent. Je sais où elle est.

— À ta place, je n'allumerais pas la lumière, suggéra Jace.

L'expression de Cory fit place à la frayeur. Mais il se dirigea vers la porte arrière – dont la fenêtre était toujours barrée par une planche – et sortit dans le jardin.

— Tu crois qu'il va revenir ? demanda Cassie en contemplant le dos de son frère.

— Je ne sais pas.

Abandonnant le sujet, Jace se mit à recenser tout ce qui pouvait servir d'arme. Ils avaient au mieux quelques minutes devant eux, et seulement si les membres du gang étaient prudents.

— Comment Rafe l'a-t-il su ? questionna Cassie en le suivant dans la cuisine.

Il y prit les trois plus grands couteaux.

— D'ailleurs, pourquoi est-il revenu ?

— À cause de Cutter, m'a-t-il dit. Il nous expliquera plus tard.

Malgré son agitation, il sourit en la voyant empoigner une sorte de marteau avec des pointes.

— C'est un attendrisseur de viande, expliqua-t-elle.

Le sourire de Jace s'élargit devant les images que cela évoquait.

— Ils ont suivi Cory jusqu'ici ? demanda-t-elle.

— Je crois, répondit Jace en retournant dans l'ancienne chambre de Cory, désormais beaucoup mieux rangée.

Il avait vu une batte de base-ball, peut-être dans le placard. Là… Il alla l'ajouter à leur collection sur le comptoir de la cuisine.

La porte de derrière se rouvrit.

— C'est moi, fit la voix tremblante de Cory. Ils sont dehors. J'ai vu une voiture dans la rue. Derrière celle de Mme Alston.

Comme Jace n'en avait jamais douté – si Rafe disait qu'ils étaient là, c'était qu'ils étaient là – il ne répondit pas. Mais quand Cory posa un long étui éraflé et deux boîtes de balles étiquetées « .22LR », il regarda son ancien ami.

— Tu sais tirer avec ce truc ?

— Je sais, dit prudemment Cory, mais ma sœur était meilleure que moi.

Jace fronça les sourcils en regardant Cassie.

— C'est vrai, protesta-t-elle.

— Je n'en doutais pas, dit-il. C'est juste que je n'aime pas l'idée que tu te serves d'une arme.

— Je peux le faire. Et je le ferai.

— Je sais, prononça Jace.

Et durant un instant, l'amour crépita entre eux comme sur une ligne électrique.

Le téléphone sonna à nouveau. Jace souhaita fugitivement avoir encore les téléphones Foxworth, beaucoup plus subtils. Rafe ne perdit pas de temps.

— Je vous envoie Cutter. Il vous avertira et vous dira où ils sont.

— Il ne risque rien ?

— Il est très furtif en cas de besoin. J'en ai vu huit, quatre dans chaque voiture, mais je ne peux pas jurer qu'il n'y en a pas d'autres.

Huit hommes. Jace déglutit.

— Je présume qu'ils sont armés, avec plusieurs armes par personne. Le shérif est en route, mais...

— Je sais, dit Jace.

Avec un nombre limité d'adjoints pour couvrir le comté, il leur faudrait probablement du temps pour arriver.

— Nous avons une carabine .22 qui a l'air opérationnelle, un fusil lance-fusées, une demi-douzaine de fusées, et le reste sont des armes de fortune.

— S'ils arrivent, j'en abattrai autant que je peux, mais je ne peux pas te garantir que l'un d'eux ne passera pas à travers les mailles du filet.

Jace ouvrit de grands yeux.

Un sur huit ? Mais qui était donc Rafe Crawford ?

— Guettez-les de tous les côtés. Vérifiez que les caméras fonctionnent. Ne tirez pas avant qu'ils attaquent.

Il raccrocha abruptement. Tandis que Jace reposait le récepteur, un bruit s'éleva à la porte. Des grattements. Cory sursauta et Cassie regarda Jace. Ils entendirent un petit *ouaf.*

— Cutter, dit Jace.

Sans un mot, Cassie alla ouvrir au chien.

Jace regarda Cory, figé de frayeur.

— Elle en vaut dix comme toi. Tu le sais, n'est-ce pas ?

Cory écarquilla les yeux, puis les plissa.

— C'est comme ça, hein ?

Jace l'ignora, car Cassie revenait, Cutter sur les talons. Il n'y avait plus rien de joueur ou de loufoque chez l'animal ; il était en mode professionnel et cela se voyait. Il s'avança vers Jace et lui effleura brièvement la main. Jace s'avoua qu'il se sentait beaucoup mieux avec Cutter à ses côtés.

— Alors, dit Cory à sa sœur d'un ton narquois, je vois que tu as finalement eu ce que tu voulais ?

Cassie s'arrêta et fixa son frère.

— Avec la pagaille que tu as provoquée, c'est tout ce que tu trouves à dire ?

Cutter émit un bref grondement en considérant le nouveau venu. Cory recula d'un pas.

— J'essaie juste de m'occuper de ma sœur, dit-il hâtivement.

— Ce n'est plus à toi de t'occuper d'elle, lança Jace. Elle est à moi, maintenant.

Il entendit Cassie reprendre bruyamment son souffle, et il prit conscience que c'était la première fois qu'il se déclarait ainsi. Il avait fait de son mieux pour lui montrer ce qu'il ressentait, mais il avait été trop lâche pour le faire en mots, de crainte qu'elle n'éprouve pas la même chose que lui.

Elle le dévisageait à présent, et durant un instant, il fut terrifié à l'idée de ce qu'elle allait dire.

— Et toi, tu es à moi, dit-elle avec douceur, lui coupant le souffle.

— Cassie…

— On en parlera plus tard.

En voyant Cutter entamer un circuit dans la maison, il comprit qu'elle avait raison.

— Faisons juste en sorte qu'il y ait un plus tard, dit-il assez sombrement.

Il le ferait. D'une manière ou d'une autre, il y arriverait.

Jace se disait que les réactions de Cutter l'avertiraient. S'il grognait, ce serait qu'ils arrivaient. S'il se mettait à aboyer, ils seraient tout proches. S'il griffait les murs pour passer au travers, ils seraient là.

Il se sentait assez dépassé, mais il n'avait pas le temps de s'interroger. Le seul avantage qu'il voyait à leur situation, c'était que ces types ignoraient qu'on les attendait. Ils ne disposaient pas de l'élément de surprise sur lequel ils comptaient probablement.

Il s'approcha du comptoir, prit le fusil lance-fusées et le

chargea, puis fourra le reste des munitions dans ses poches. Il regarda alors Cassie, qui vérifiait son portable pour s'assurer que les caméras fonctionnaient. Il imagina soudain qu'on montrait les images d'une bataille déchaînée dans un tribunal, mais il repoussa cette pensée ; il serait toujours temps de s'en inquiéter plus tard. S'ils survivaient à cela.

— On va se poster dans la salle à manger, je pense, lui dit-il. Au centre de la maison, pour qu'ils soient obligés de traverser tout le reste pour arriver jusqu'à nous.

Elle hocha la tête, visiblement effrayée, mais tenant bon.

— Tu peux te servir de la carabine si nécessaire ?

— S'ils entrent ? Oui.

Il n'y avait aucune hésitation dans sa voix.

— Rafe dit de ne pas tirer avant qu'ils entrent. Souviens-toi qu'il faut plusieurs décharges de .22 pour ralentir quelqu'un.

Cassie acquiesça.

— Et ne tire pas tant qu'ils ne nous ont pas dépassés, moi et Cutter.

Cassie approuva d'un hochement de tête.

— Je m'en tiendrai à ça, à moins que tu sois blessé. À ce moment-là, plus rien ne vaudra. Je lui fourrerai la carabine dans l'oreille et je tirerai.

Cela n'aurait pas dû lui faire plaisir d'entendre cela, mais c'était tout de même le cas. Il lui adressa un grand sourire, parce qu'il savait qu'elle parlait sérieusement.

— Que suis-je censé faire ? demanda Cory.

— Je crois que tu en as assez fait, jeta Cassie avec un regard meurtrier.

Cory cilla et parut embarrassé.

— Choisis une arme dans ce qu'il reste ou bien cache-toi dans un placard, peu m'importe, lui lança Jace.

— On ne devrait pas réveiller ta mère ? questionna Cassie en se tournant vers lui. Ce serait mieux si nous étions rassemblés dans la même pièce. Je n'aime pas l'idée qu'elle soit toute seule au fond.

Jace la dévisagea un instant. Son visage n'exprimait rien d'autre que l'inquiétude et l'amour. Il aurait pu l'embrasser pour cela. *Au diable*, pensa-t-il. Et il l'embrassa.

— S'il vous plaît ? protesta Cory. Maintenant ?

— Pour la troisième et dernière fois, ferme-la, lui dit Jace.

Cassie lança un regard à son frère qui disait à peu près la même chose.

— Je vais la chercher. Et essayer de lui expliquer. C'est normal, étant donné que c'est mon idiot de frère qui a provoqué tout ça.

Cutter circulait dans la maison, faisant halte aux portes et aux fenêtres comme s'il avait déjà repéré les points vulnérables. Jace se demanda si le chien comprenait vraiment ce qu'il se passait. Cela semblait bien le cas. Peut-être avait-il eu un entraînement militaire ou quelque chose de ce genre. Il n'avait jamais interrogé Rafe sur le passé de l'animal.

Il s'attendait à tout moment à entendre des coups de feu. Il se rappela le fusil équipé d'un viseur exhibé par Rafe. Tandis que les secondes s'écoulaient, il essaya d'imaginer ce que faisait l'homme de Foxworth au-dehors. Il n'y parvint pas. Il n'avait pas ce genre d'expérience. Il valait mieux qu'il se concentre sur ce qu'il savait faire. Avec un temps de retard, il pensa à barricader les points vulnérables et il demanda à Cory de l'aider à déplacer des meubles. Des fauteuils contre les portes, le canapé contre les lourdes draperies des fenêtres en façade, la table de cuisine contre la fenêtre de l'arrière, tout ce qui pourrait ralentir leurs assaillants, même d'une seconde ou deux, en les obligeant à escalader des obstacles.

Cassie revint à ce moment-là dans la salle à manger, accompagnée de sa mère, qui avait l'air étonnamment alerte compte tenu des circonstances. Il ignorait ce que Cassie lui avait dit, mais elle survola les armes restantes et choisit la batte de base-ball.

— J'étais une bonne joueuse de softball de mon temps, annonça-t-elle calmement.

Cassie jeta un coup d'œil à Jace en souriant, et il leur adressa un grand sourire à toutes deux. Pour une raison quelconque, le calme de sa mère déteignit sur lui. Et Cassie aussi, apparemment, parce qu'elle étreignit sa mère et prit la carabine. Elle l'avait déjà chargée, mais elle ouvrit la boîte de cartouches et en fourra dans la poche arrière de son jean.

— Elles sont un peu vieilles. J'espère qu'elles ne vont pas exploser dans la chambre, dit-elle gaiement.

Malgré ce qui les attendait, Jace se dit qu'il était l'homme le plus chanceux du monde d'avoir ces deux femmes à ses côtés.

Il entendit une forte détonation au loin. Un coup de feu, ou une pétarade ? Une autre éclata, et il sentit ses entrailles se nouer. Cassie et lui échangèrent un regard tendu.

— Que la fête commence, dit sa mère avec la détermination qu'il lui connaissait depuis toujours.

Cassie lui passa un bras autour des épaules et la serra contre elle. Et en voyant sa mère adresser un grand sourire à la femme qu'il aimait, Jace eut à nouveau la vision d'un futur beaucoup plus heureux que ce qu'il avait jamais imaginé. Et il se permit d'espérer.

Mais ils devaient d'abord survivre à cette nuit.

Puis Cutter se mit à gronder dans le petit salon du fond. Jace tourna sur lui-même et prit cette direction. Avant qu'il y arrive, les grondements se transformèrent en aboiements féroces. La pensée le frappa soudain que, s'il devait s'introduire dans une maison, la première chose qu'il ferait serait de neutraliser le chien. Et la manière la plus facile était de lui tirer dessus.

— Cutter !

Il l'avait appelé instinctivement, sans savoir si l'animal lui obéirait. Mais les aboiements cessèrent.

— Je suis là, ça suffit, dit-il.

À sa grande surprise, le chien vint vers lui calmement. Comme s'il avait seulement besoin de savoir que Jace était conscient de la menace.

Il entendit entrer Cassie et réfléchit rapidement.

— Par ici, près de l'interrupteur, murmura-t-il. Ça te donnera un meilleur angle. Et si je crie « maintenant » ou s'ils arrivent, allume la lumière.

Sans le questionner, elle alla se placer là où il l'avait dit, la carabine en joue et un coude à proximité de l'interrupteur.

Ils attendirent. Cutter était tout entier concentré sur la porte de derrière. À un moment donné, Jace crut voir une ombre se déplacer à l'extérieur. Le chien bougea légèrement, faisant quelques pas vers la fenêtre à l'autre bout de la pièce. Une fenêtre fixe, se rappela Jace, qui n'avait pas d'écran-moustiquaire. Et qui était située aussi au coin le plus sombre de la maison.

Cutter le regarda.

— J'ai compris, mon vieux, murmura-t-il – et il avança dans cette direction.

Le bris de glace parut résonner bruyamment dans le silence. Jace attendit, le fusil lance-fusées entre les mains. Bizarrement, Cutter attendit aussi. Il devait avoir été entraîné, pas de doute – un chien ordinaire se serait déjà précipité sur l'intrus.

On entendit le tintement de petits morceaux de verre. Puis une ombre humaine se détacha de l'obscurité et enjamba le rebord de la fenêtre. Une main déformée apparut.

Parce qu'il tient un revolver.

Jace retint son souffle. Il posa sa main libre sur le cou de Cutter. Si le chien s'élançait... Mais il resta immobile. Jace voulait que l'homme soit à l'intérieur.

Enfin il prit pied dans la pièce. Jace tira une fusée, qui éclaira le salon d'une vive lueur rouge avant de frapper l'intrus. L'homme hurla et, chancelant, se tapa sur les flancs, là où la fusée avait mis le feu à ses vêtements.

— Maintenant ! hurla Jace.

Cassie et Cutter réagirent instantanément. La lumière s'alluma et le chien se jeta sur l'homme. Jace rechargea son fusil aussitôt. Cutter tenait le poignet armé de l'homme entre ses crocs. Ce dernier essaya de se débarrasser de lui de son autre main. Jace lui donna un coup de pied qui envoya voler l'arme.

Puis Cassie fut là. Comme promis, elle fourra pratiquement le canon de la carabine dans l'oreille du malfrat. Il se figea.

Jace fixa l'homme, momentanément dérouté par son étrange apparence. La moitié de son crâne était rasé, tandis que l'autre moitié portait de longs cheveux nattés avec des fils de couleur.

Cutter gémit puis, après un regard pour s'assurer qu'ils avaient la situation bien en main, trotta vers la porte de derrière en agitant la queue.

— Ho, hé ! De la maison !

Rafe. Jace relâcha le souffle qu'il retenait inconsciemment.

— Cory, rends-toi utile et laisse-le entrer, cria-t-il.

Apparemment calmé par ce qu'il venait de se passer, Cory alla silencieusement ouvrir la porte et repoussa la chaise que Jace avait placée tout contre.

Rafe pénétra dans la pièce, embrassa la scène du regard, puis les considéra l'un après l'autre. Un petit sourire aux lèvres, il hocha la tête d'un air approbateur.

— Tout est fini, dit-il. Sauf la paperasse.

— Tu as eu les autres ? demanda Jace.

— Ils sont à divers stades d'incapacité ou de détention, répondit Rafe avec insouciance, comme si neutraliser sept hommes d'un coup constituait son ordinaire.

Et Jace eut le sentiment que, à une époque au moins, cela avait dû l'être.

— Nous avons entendu des coups de feu, dit Cassie en regardant Rafe avec inquiétude.

— Pas été touché, lança Rafe.

Cutter poussa gaiement un aboiement, heureux de retrouver son petit monde. C'était fini.

21

— Tout ira bien. Il est clair sur la vidéo qu'il est entré par effraction et qu'il était armé, dit Rafe.

Cassie hocha la tête. La dernière chose dont elle avait besoin, c'était de devoir répondre d'accusations criminelles pour avoir défendu sa maison.

— Et votre frère… Gavin lui obtiendra le meilleur marché possible.

Elle acquiesça à nouveau, sachant que c'était vrai. L'avocat n'était pas devenu aussi célèbre en perdant ses procès. Et elle était heureuse de savoir qu'il allait négocier pour éviter la prison à son frère. Cory avait accepté à contrecœur de dire ce qu'il savait sur le gang en échange d'une certaine indulgence, voire d'une immunité s'il devait témoigner au procès.

— Et maintenant, vous allez enfin dormir ? demanda-t-elle.

Rafe lui sourit.

— Peut-être.

Il posa les yeux sur Jace.

— Mon patron voudra te parler quand il reviendra.

Jace eut l'air déconcerté, mais acquiesça.

Cassie se dit que ce devait être une sorte de débriefing. L'homme qui portait le nom de la fondation aimait sans doute se tenir au courant de ce qui se passait en son absence.

— En tout cas, nous lui dirons que vous êtes un représentant formidable de la fondation, le taquina Cassie.

Rafe recula légèrement.

— Ne faites pas ça, dit-il avec une certaine ferveur.

Jace rit.

— Tu as peur qu'on en attende encore plus de toi ?

— Quelque chose comme ça, dit ironiquement Rafe. Hayley et lui sont bien meilleurs que moi.

— Et celui-là ? demanda Cassie en se penchant pour gratter les oreilles de Cutter.

— C'est le meilleur de nous tous, déclara Rafe. Je ne serais pas arrivé à temps sans lui. Il s'agitait tellement que j'ai compris qu'il se passait quelque chose. Ensuite il a commencé à aboyer. Je l'ai laissé sortir, et il est allé tout de suite vers ma voiture. Et dès que je suis monté, il a commencé à m'indiquer la direction.

Cassie le regardait en souriant.

— La direction ?

— Chaque fois que je prenais un mauvais tournant, il recommençait à aboyer. Il ne m'a pas fallu longtemps pour comprendre où nous allions.

Cassie jeta un coup d'œil à Jace, qui souriait aussi.

Plus tard, quand ils montèrent en voiture pour quitter les locaux de Foxworth sans doute pour la dernière fois, Cassie se dit que ces deux-là allaient vraiment lui manquer.

Assis dans le salon, Jace regardait Quinn Foxworth, lequel l'observait avec tant d'intensité qu'il se sentait un peu nerveux. Si Rafe était intimidant, cet homme était... impressionnant. Il était arrivé dimanche matin, juste après que Cassie et lui étaient allés accompagner sa mère à l'aéroport. Son départ n'avait pas été triste et ses dernières paroles résonnaient encore aux oreilles de Jace : « Tu t'es occupé de moi pendant beaucoup plus longtemps que tu n'aurais dû. Maintenant, prends soin de toi et de cette fille que tu aimes. »

— Rafe dit que vous raisonnez autrement, déclara Quinn.

— C'est ce qu'on m'a dit, répondit-il avec un brin de morosité.

— Mais vous parvenez aux bonnes conclusions.

— La plupart du temps.

Il se demanda en quoi cela intéressait le patron de Foxworth, maintenant que tout était fini.

— Mais par des chemins... de traverse.

— Rafe dit aussi que vous apprenez et que vous vous adaptez. Vite.

Jace ne pouvait nier que cela lui plaisait.

— Je ne discuterai pas les propos de Rafe Crawford, dit-il prudemment.

Quinn se mit à rire.

— Donc, vous êtes intelligent, aussi.

Jace observa un instant l'homme face à lui.

— Il est toujours... si seul ?

Quelque chose passa dans le regard de Quinn.

— C'est son choix. Nous aurions tous adoré l'avoir avec nous pour Thanksgiving. Mais il a refusé, alors nous avons laissé Cutter pour le protéger.

— Une tâche dans laquelle il excelle, dit Jace, en songeant qu'il était bien placé pour le savoir.

— En effet.

Le ton de Quinn changea.

— Pouvez-vous vous concentrer quand il le faut ?

Jace fronça les sourcils.

— Oui.

— Oubliez-vous les détails pratiques comme les factures ou les rendez-vous ?

Jace remua inconfortablement ; il ne comprenait pas où Quinn voulait en venir, mais il ne pouvait refuser de répondre. Pas après ce que Foxworth avait fait pour Cassie et lui. Il lui donna donc une réponse honnête.

— Non, je ne les oublie pas, mais j'ai parfois du mal à m'en souvenir quand je suis absorbé par quelque chose.

Quinn se contenta de hocher la tête.

— Donc, ce quelque chose prend toute la place ?

— Oui, dit Jace se demandant toujours où tout cela menait.

— Votre mère vit toujours dans le sud de la Californie, je crois ?

Jace cilla devant ce passage du coq à l'âne. Mais il acquiesça.

— Je... Oui. Elle n'a plus autant besoin de moi, mais...

— Cela faisait plusieurs semaines que vous ne l'aviez pas vue.

Jace hocha la tête.

— Ça en valait la peine ? questionna Quinn.

Jace se redressa.

— Oui, absolument.

Quinn lui sourit et hocha la tête.

— Alors j'ai trois autres questions.

— Seulement trois ?

— Oui. Premièrement, voulez-vous que Foxworth retrouve votre père ?

Jace en eut le souffle coupé.

— Quoi ?

— On devrait l'obliger à réfléchir à ce qu'il a fait, vous ne croyez pas ? interrogea Quinn. Peut-être même à rembourser un peu de ses dettes.

— Mais... On m'a dit que comme il avait attendu que j'aie dix-huit ans...

— Oui. L'abandon et le défaut de pension alimentaire ne s'appliquent pas. C'est la preuve de ses intentions, je dirais. Mais ça, c'est le côté officiel. Je parle de Foxworth, et nous faisons les choses autrement. En outre, vous aimeriez peut-être lui faire voir combien il se trompait sur vous.

Jace faillit sourire. Parce que l'image de Cassie qui aboyait le nom de son père chaque fois qu'il rechutait le faisait inmanquablement sourire.

— Ce qu'il pense ne m'importe plus à présent, répondit-il à Quinn d'un ton égal. Et je ne veux pas qu'il s'approche de ma vie d'aujourd'hui.

— Bonne réponse, approuva Quinn. Deuxième question. Cassie dit que vous vouliez devenir architecte, mais que la prodigalité de votre père a anéanti ce rêve. Voudriez-vous le réaliser maintenant ?

Cette fois, Jace se sentit vraiment embarrassé.

— Ce n'est plus possible.

— Foxworth a un programme de bourses.

— Je suis un peu trop vieux pour...

— C'est l'avantage avec Foxworth. C'est nous qui décidons de cela.

Jace fixa l'homme qui lui faisait face.

— Je ne... Pourquoi feriez-vous cela ?

— C'est le genre de choses que nous faisons, aider les gens que personne d'autre n'aide. Ceux qui se battent et qui gardent leurs valeurs à tout prix. Vous en faites partie, Jace.

— Je...

Encore stupéfait, il secoua la tête avec force.

— Je ne pense pas. Étudier, c'est pire que travailler. Peu importe qu'on ait la bonne réponse si on ne l'a pas obtenu de la bonne manière.

Quinn sourit.

— D'accord. Cela m'amène à ma dernière question. Voudriez-vous faire usage de ces raisonnements inhabituels là où ils seront appréciés ? Travailler dans un lieu où ce genre de raisonnement est la norme et non l'exception ?

— Ça existe, ce genre de...

Il s'interrompit, saisi par une idée.

— Oui, répondit Quinn comme s'il avait achevé sa question. Ça existe. Et il se trouve que nous avons ouvert une antenne dans le comté d'Orange qui n'a pas encore tout le personnel nécessaire.

Jace le dévisagea.

— Vous m'offrez du travail ?

— En effet.

— Pour faire... ce que vous avez fait pour nous ?

Quinn acquiesça.

— Qui pourrait mieux le comprendre que quelqu'un qui a été vraiment au bout du rouleau ?

Puis Quinn Foxworth mentionna un salaire qui stupéfia Jace. Il était confondu. Il s'attendait à trouver son emploi envolé, et maintenant Quinn Foxworth lui faisait miroiter la chance de sa vie ?

— Je... Waouh.

Il déglutit.

— Je ne... Je veux dire, si je commence à gagner ce genre de salaire, mon père va probablement réapparaître.

— Alors Foxworth s'occupera de lui, répliqua Quinn avec une note d'acier dans la voix.

Jace comprit alors qu'il n'avait pas seulement un travail, il n'aurait plus jamais à s'en faire à propos de son père.

Et, soudain, il se rendit compte qu'ils parlaient du sud de la Californie. C'est-à-dire près de chez sa mère, mais très loin de chez Cassie.

— Faisons venir l'autre partie, dit Quinn comme s'il avait lu dans ses pensées. Cutter ?

Le chien, qui était tranquillement couché aux pieds de son maître, se leva et trotta vers le couloir. Cassie était dans l'ancienne chambre de Cory, finissant de la nettoyer. Elle avait décidé de mettre tout ce qui avait une valeur quelconque dans un garde-meuble payé pour un mois, et de laisser ensuite son frère s'en occuper. Comme la procédure judiciaire allait durer un certain temps, Jace prévoyait que tout finirait aux enchères. Et cela ne le dérangeait pas le moins du monde.

Cutter revint avec Cassie, qui affichait un air curieux.

— Vous désiriez ma présence ?

Oh oui. Pour toujours.

Et Jace comprit soudain que même un travail de rêve ne valait rien s'il fallait la quitter pour cela. Mais à moins d'accepter, il n'avait rien à lui offrir.

Quinn expliqua la situation, puis les laissa seuls, à l'exception de Cutter, pour en discuter.

— C'est parfait, dit vivement Cassie. Ça t'ira comme un gant et tu seras près de chez ta mère, mais pas assez pour qu'elle pense que tu ne lui fais pas confiance pour s'en sortir toute seule.

C'était un angle auquel il n'avait pas pensé. Mais il était frappé par son enthousiasme apparent pour un emploi qui le retiendrait à mille cinq cents kilomètres de chez elle.

— Tu crois que je devrais accepter ?

— Pas toi ? s'exclama-t-elle, apparemment stupéfaite qu'il envisage de ne pas le faire. Je veux dire, je sais qu'il y a des choses à ranger ici, mais rien qui exige...

— Parfait, dit-il abruptement, essayant de cacher combien il se sentait déchiré. Je le ferai. Et je cesserai d'être dans tes jambes aussi vite que possible.

Elle fronça les sourcils.

— Jace...

— J'ai compris. C'est fini, le problème est réglé, et tout peut redevenir comme avant.

— Rien ne sera jamais plus comme avant, dit-elle, les sourcils toujours froncés.

Là-dessus, elle avait raison.

— Je peux faire mon sac en cinq minutes, déclara-t-il en se levant.

Cutter se mit aussi sur ses pattes.

— Et tu pourras reprendre ta vie.

— Chuck ! lança-t-elle.

Jace la regarda.

— Tu penses que tu vas t'en aller comme ça ?

— Mais tu viens de me dire de prendre cet emploi.

— Et tu dois le faire.

Il continua de la regarder pendant qu'elle parlait, sans faire attention à Cutter, qui sortit de la pièce en trottant.

— C'est une fantastique opportunité, non ?

— Oui.

Mais comment ne pas être amer à l'idée que la seule chance

qu'il avait, la meilleure qu'il aurait jamais, l'emmène si loin de la principale raison pour laquelle il voulait la saisir ?

— Et ils vont te payer, n'est-ce pas ?

Il serra les lèvres.

— Plus que je n'ai jamais espéré gagner.

— Eh bien, d'accord.

Il ne put s'en empêcher, les mots s'échappèrent de sa bouche.

— Alors c'est tout ?

Avant qu'elle puisse répondre, un bruit bizarre attira son attention. Cutter revenait en traînant quelque chose avec lui. Lorsqu'il contourna le canapé, Jace vit ce que c'était.

Une valise.

Cassie éclata de rire.

— Ah, mon chéri, tu as trouvé exactement ce dont j'avais besoin ! Comment as-tu su qu'elle était sous mon lit ?

Ce dont elle avait besoin ?

Estomaqué, il se laissa tomber sur la chaise qu'il venait de quitter. Il ne pouvait y avoir qu'une explication à ce qu'elle venait de dire. Elle n'allait pas, elle ne pouvait pas... Si ? Pas pour lui, non...

Chuck !

Le mot résonna dans sa tête, comme si elle l'avait dit.

La rébellion monta en lui. Il n'allait pas laisser le donneur de sperme lui prendre la meilleure chose qui lui était arrivée. Il regarda Cassie, qui attendait, silencieuse. Qui attendait qu'il retrouve son chemin et combatte cette méchante voix.

— Le magasin, commença-t-il.

— May peut le tenir aussi bien que moi. Cela nous donnera le temps de décider de le vendre ou de démarrer une chaîne, dit-elle avec un grand sourire.

— Cette maison, dit-il en faisant un grand geste.

— C'est une maison. Ce qu'elle signifie pour moi réside davantage dans mon cœur que dans le bâti. Et mon cœur sera avec toi, Jace, peu importe où je vais.

Son propre cœur tambourinait dans sa poitrine. Quand il crut pouvoir le faire sans défaillir, il croisa son regard.

— Tu vas venir avec moi.

Le sourire qui éclaira son visage à cet instant répondait à bien davantage qu'à sa question, comprit-il.

— Essaie un peu de partir sans moi, Jace Cahill.

— Je ne veux aller nulle part sans toi.

— Et moi je le veux pour cinquante ans, dit-elle en soutenant son regard.

Il déglutit et se demanda s'il allait prendre le risque. Puis il comprit qu'il ne prenait aucun risque.

— Ah oui ? Eh bien, moi, je le veux pour soixante ans, déclara-t-il avec plus de conviction que jamais.

— Alors nous sommes d'accord. Mais, ajouta-t-elle avec ironie, pouvons-nous ne pas dire à mon frère où nous allons ?

Il se mit à rire, puis prit une longue inspiration.

— Je lui serai toujours reconnaissant. C'est lui qui m'a fait entrer dans sa vie, autrement je n'aurais jamais su à quoi cela ressemblait. Et je ne t'aurais jamais rencontrée.

— Alors peut-être que je lui reparlerai un jour.

Il savait qu'elle le ferait. Cassie aimait sans partage. Mais la pensée de son frère lui rappela quelque chose, quelque chose qu'il avait depuis longtemps décidé.

— Cassie, je... Les enfants. Tu en voudras et tu seras une mère formidable, mais je...

— Ils n'hériteront jamais du caractère de ton père, Jace, si c'est cela qui t'inquiète. Mais si tu ne peux pas le supporter, nous prendrons un chien.

Elle lui adressa un grand sourire.

— Un chien comme Cutter, peut-être.

Il ne put s'empêcher de lui sourire aussi.

— Et maintenant, lança-t-elle avec vivacité, devrions-nous appeler ta mère pour lui dire ou lui faire la surprise ?

C'était bien de Cassie de s'occuper de la logistique, mais il était ému que sa première pensée ait été pour sa mère.

— Lui faire la surprise, je pense, répondit-il après un instant. Elle n'en a pas eu assez dans sa vie.

— On fera en sorte qu'elle en ait plein désormais, dit-elle.

— Je t'aime, Cassie.

Les mots étaient sortis sans qu'il y pense, sans hésitation, de ces profondeurs que seule Cassie avait sondées.

— Et je t'aime, comme je l'ai toujours fait, déclara-t-elle.

Son regard était si lumineux et le contact de sa main si doux sur sa joue qu'il crut exploser d'amour pour elle.

— Et maintenant pourquoi ne vas-tu pas dire à M. Foxworth que tu acceptes. Ensuite tu viendras m'aider à faire mes valises. Dans ma chambre.

Elle avait ajouté ces derniers mots avec une lueur dans l'œil qu'il connaissait bien désormais. Et cette espèce de certitude qu'il n'avait jamais connue le remplit jusqu'à ce qu'il n'y ait plus de place pour autre chose. Surtout pour cette voix.

Adieu, Chuck.

CARLA CASSIDY

La couleur de l'orage

Traduction française de
CHARLOTTE DEMANIE

BLACK ROSE

HARLEQUIN

Titre original :
DESPERATE MEASURES

Ce roman a déjà été publié en 2020.

1

— Et cette année, le prix du design le plus innovant de la ville de Kansas City revient à Jake Lamont, de Lamont and Star Architects Incorporated ! annonça l'animateur de la soirée.

Jake se leva sous les applaudissements. Il afficha un sourire hypocrite, celui qu'il arborait en société depuis deux ans maintenant, et traversa la salle de bal jusqu'au podium pour recevoir son prix.

Il se faufila parmi les tables couvertes de nappes blanches et sur lesquelles s'éternisaient les restes d'un dîner médiocre, constitué de morceaux de poulet secs, d'une étrange sauce verte à la composition mystérieuse, de quelques pommes de terre et d'un peu de chou violet.

Le repas avait été horrible. La soirée lui avait paru interminable, et il savait qu'après la cérémonie officielle il lui faudrait encore endurer une fête avec félicitations, poignées de main et allégresse de circonstance. Il aurait dû être heureux du prix qu'il venait de recevoir mais, sans Suzanna à ses côtés, tout cela n'avait aucun sens. Repenser à sa mort raviva sa douleur et il secoua la tête pour chasser ces pensées avant de se lancer dans son bref discours de remerciements.

Vingt minutes plus tard, il discutait, avec d'autres architectes, des énormes projets de rénovation qui se déroulaient dans le centre-ville de Kansas City.

— Il faut avouer que votre immeuble à Tenth and Main est

une véritable œuvre d'art, lui dit John Davis. Il paraît que vous travaillez sur un nouveau projet du même type ?

— Oui, celui de Third and Main, précisa Jake.

— Tout ça va changer notre horizon, ajouta Richard Burke. Combien y aura-t-il d'étages, dix-huit, vingt ?

— Vingt-deux pour être exact, répondit Jake.

Il se raidit légèrement quand Tim Lathrop se mêla à leur petit groupe. Jake et cet homme brun au regard d'un bleu glacial étaient souvent en compétition sur des projets, et Tim avait la réputation de ne pas toujours être fair-play.

— Vous savez que ce prix aurait dû me revenir, lui dit-il sans prendre de gants.

— Vous pouvez toujours aller voir les membres du comité pour leur en parler si vous pensez qu'une erreur a été commise, répliqua Jake.

Il se sentit soudain épuisé. Il en avait assez de faire semblant. Il n'avait qu'une envie : ôter sa cravate grise et noire et son costume sombre pour enfiler une tenue plus décontractée. Les bavardages superficiels commençaient à l'ennuyer. Il avait des choses tellement plus importantes en tête… Des choses comme… un meurtre.

Cependant, il lui fallut encore supporter une demi-heure de mondanités avant de pouvoir enfin partir. En sortant du bâtiment où s'était tenue la cérémonie, il sentit glisser sur lui l'air chaud et étouffant de cette fin de mois d'août. Il se dirigea vers sa voiture qui était garée plus bas dans la rue et desserra le nœud de sa cravate.

Il avait hâte de se retrouver chez lui. La seule chose dont il avait envie à cet instant était de prendre un verre, assis dans son fauteuil, où il ne serait pas obligé de sourire ou d'interagir avec qui que ce soit.

C'était le premier événement mondain auquel il participait depuis deux ans et il se sentait vidé de toute énergie. Il aurait pu trouver une excuse pour l'éviter, mais il avait reçu cette récompense et, vis-à-vis de la profession, il ne pouvait faire autrement que d'aller la chercher.

Alors qu'il marchait en direction de sa voiture, il entendit soudain une voix féminine l'appeler. En se retournant, il vit une femme brune qui avançait vers lui.

Il fronça les sourcils. Elle lui semblait vaguement familière, mais il n'arrivait pas à se rappeler exactement où il l'avait rencontrée et surtout il n'avait aucune idée de ce qu'elle pouvait bien lui vouloir. Elle ne devait pas avoir participé à la soirée à laquelle il venait d'assister car, au lieu d'une robe de cocktail, elle portait un jean bleu ciel et un débardeur bleu roi.

En dépit de sa tenue décontractée, elle était très séduisante et, lorsqu'elle s'approcha de lui sous la lumière du réverbère, il la reconnut enfin.

Monica Wright. Oh ! non ! Que faisait-elle ici ? Cette journaliste d'investigation, qui animait un podcast populaire, était bien la dernière personne qu'il avait envie de voir.

— Monsieur Lamont, puis-je vous demander de m'accorder un petit moment ? lança-t-elle d'une voix confiante.

Malgré sa furieuse envie de faire demi-tour et de s'enfuir à toutes jambes, Jake lui sourit et décida de se faire passer pour plus bête qu'il n'était.

— Excusez-moi, vous êtes... ? dit-il en la regardant, l'air interrogateur.

— Monica Wright, du podcast The Wright News, répondit-elle avec un grand sourire.

Jake écoutait de temps à autre son podcast et il trouvait Monica Wright plutôt attirante mais, maintenant qu'elle était en face de lui, il devait reconnaître qu'elle était encore plus belle en vrai. Elle était petite et plutôt bien faite. Ses longs cheveux bruns contrastaient de manière saisissante avec ses yeux très bleus. Elle avait un joli visage en forme de cœur et des lèvres charnues tout à fait séduisantes.

— Je vois que vous avez remporté le gros lot, lui dit-elle en lui montrant le trophée qu'il tenait à la main.

Jake se détendit. Peut-être ne voulait-elle lui parler que de son travail.

— Oui, je suis très honoré.

— L'immeuble que vous avez construit est une vraie merveille.

— Merci, c'est toujours agréable quand les gens reconnaissent notre dur labeur.

— Et qu'avez-vous ressenti en apprenant que Max Clinton avait été assassiné, il y a deux nuits ?

Face à sa question totalement inattendue, Jake se raidit.

— Je n'ai rien à dire à ce sujet.

Il se retourna et recommença à marcher vers son véhicule.

— Monsieur Lamont, j'aimerais vraiment vous recevoir dans mon podcast, je suis certaine que vous auriez des choses très intéressantes à raconter.

Elle lui emboîta le pas, continuant à lui parler comme un agaçant et trop bruyant petit chihuahua.

— Vous avez bien dû ressentir quelque chose en apprenant que Max Clinton avait été tué par le Justicier.

Jake arriva devant sa voiture et ouvrit sa portière avant de se retourner vers la journaliste.

— Je viens de vous dire que je n'avais rien à dire à ce sujet, lui répéta-t-il avant de s'installer derrière le volant.

Puis, ignorant sa présence, il démarra et avança vers la sortie du parking. Il prit ensuite la direction du nord et roula en tentant de ne penser à rien.

Mais bien sûr, c'était impossible. Avec une seule question, Monica Wright avait réveillé une armée de pensées… toutes plus sombres les unes que les autres. Pourquoi était-elle venue le voir, lui ? Était-elle allée voir les autres hommes qui avaient eux aussi choisi de se faire justice eux-mêmes en passant un pacte avec le diable ? Comment avait-elle découvert leur existence ? Et la sienne ? Penser au Justicier était bien la dernière chose qu'il souhaitait.

Sa maison en briques rouges était posée sur un petit terrain et possédait quatre chambres. Il l'avait fait construire trois ans plus tôt. À cette époque, Jake croyait que toutes ces chambres seraient vite occupées par des enfants. Il ne le croyait plus à présent. D'ailleurs, il ne croyait plus ni au bonheur ni à la famille, depuis qu'il avait perdu sa sœur.

Après s'être garé dans le garage, il se rendit dans la cuisine et déposa le trophée sur le bar. Il finirait par l'emporter dans son bureau, situé dans le centre-ville, mais pas tout de suite.

Il marcha jusqu'à sa chambre et troqua son costume pour un bas de jogging et un T-shirt. Ensuite, il se rendit dans le salon et ouvrit le minibar qui se trouvait dans le coin de la pièce. Il se servit deux doigts de whisky sur quelques glaçons et s'écroula dans son fauteuil inclinable en cuir noir.

Après avoir pris une gorgée de son verre, il se pencha en arrière et ferma les yeux. Immédiatement, une vision de Suzanna lui vint à l'esprit. Chaque fois qu'il pensait à elle, il la revoyait, rejetant sa tête en arrière en riant, le regard pétillant.

Elle était si belle avec ses cheveux bruns coupés court et ses yeux verts étincelants. Elle avait quelque chose d'exubérant, et son amour de la vie était tel qu'il se propageait autour d'elle. C'était elle la Star de Lamont and Star. Elle était la principale source d'inspiration de Jake, sa partenaire et sa sœur jumelle. Et depuis qu'elle avait été assassinée, deux ans plus tôt, il était désespérément perdu.

Il prit une nouvelle gorgée et son esprit dériva vers Max Clinton, l'homme qui avait tué Suzanna. Il avait été son petit ami. Il serait même probablement devenu son fiancé et son mari s'il ne l'avait pas frappée et étranglée lors d'une crise de jalousie sans précédent. Malheureusement, son avocat avait réussi à semer le doute dans l'esprit du jury et il s'en était tiré.

Qu'avait ressenti Jake quand il avait appris que Max était la dernière victime de celui que les médias surnommaient le Justicier ? Il avait été si bouleversé qu'il lui était difficile de décrire le mélange d'émotions qui l'avait traversé.

Mais ce qui avait dominé était un immense soulagement… Le soulagement de savoir que Max Clinton ne pourrait plus jamais faire de mal à une femme. Puis, une nouvelle vague de chagrin l'avait submergé tandis que de nouveaux souvenirs revenaient le torturer... Des souvenirs de la vie joyeuse que sa sœur menait et de la brutalité de sa mort.

Deux nuits auparavant, Max avait été tué par le Justicier, qui aimait trancher la gorge de ses victimes et graver un profond « J » sur leurs fronts. Certains évoquaient le karma, mais Jake, lui, connaissait la vérité.

Le meurtre de Max s'était produit à la suite d'une rencontre entre Jake et cinq autres hommes endeuillés. Des hommes en colère qui avaient passé ensemble un accord terrible, un accord qui leur assurerait à chacun une place en enfer.

La mort de celui qui avait tué sa sœur avait confirmé la peur de Jake... Celle d'avoir, avec ces autres hommes, créé et libéré un véritable monstre dans la communauté.

Monica se retint de jurer quand elle se coupa le bout du doigt sur la tranche d'une feuille de papier. Il n'était que 9 heures du matin et la journée avait déjà très mal commencé. Elle s'était couchée bien trop tard, la veille, attendant désespérément que sa source au département de la police la rappelle. Elle voulait savoir s'ils avaient du nouveau concernant le Justicier. Malheureusement, celle-ci ne l'avait jamais rappelée.

Ce matin, sa cafetière avait toussoté, craché puis refusé de produire une seule tasse de café. Sa douche n'avait été qu'un maigre filet d'eau, lui rappelant qu'il serait peut-être temps de changer le pommeau puis, alors qu'elle était sortie sur son perron pour ramasser son journal matinal, elle avait marché dans une crotte de chien.

Et maintenant, ça... Cette petite blessure de rien du tout qui était pourtant très douloureuse, et tout ce sang qui refusait de cesser de couler. Elle attrapa un mouchoir dans la boîte qui était posée sur son bureau, l'enroula autour de son doigt, puis se laissa aller en arrière sur sa chaise en poussant un profond soupir de frustration.

La cause de cette frustration n'était pas réellement due à l'enchaînement de tous ces événements mais plutôt au fait qu'elle n'avait pas réussi à convaincre Jake Lamont de participer à l'enregistrement de son podcast.

Il aurait été un invité tout à fait convaincant. Il était le seul survivant de sa famille après l'assassinat brutal de sa sœur jumelle. Le présumé meurtrier de celle-ci avait été libéré sans qu'aucune charge ne soit retenue contre lui et voilà que, deux ans plus tard, il était lui-même la victime d'un *serial killer* qui semblait se charger d'éliminer tous ceux que la justice avait laissés filer dans la région de Kansas City.

La police avait pour l'instant reconnu que ce tueur en série était responsable de quatre crimes et que chacune des victimes avait été accusée de crimes violents avant d'être relâchée suite à diverses difficultés dans les rouages judiciaires. Le Justicier semblait suivre un rythme effréné – quatre hommes étaient morts en moins de deux mois –, et les forces de l'ordre n'avaient pour l'instant pas le moindre indice le concernant.

Monica voulait être celle qui résoudrait l'enquête. C'était une sacrée aspiration pour une femme qui tenait un podcast quotidien sur les informations de la ville de Kansas City et de ses environs et qui était suivie par plus de vingt mille abonnés.

Elle voulait être celle qui comprendrait tout, non seulement dans l'espoir d'accroître sa visibilité, mais aussi pour dissiper ce manque de confiance en elle qui l'accompagnait depuis toujours. Elle avait besoin de prouver à son père que…

Elle sursauta en entendant la sonnerie de son téléphone fixe retentir. Elle ne répondait jamais sur cette ligne. C'était une promesse qu'elle se faisait à elle-même chaque soir quand elle finissait son émission.

Jusqu'ici, elle avait reçu onze demandes en mariage, d'innombrables invitations à devenir maman et quelques propositions concernant des expériences sexuelles pour le moins étranges.

Dernièrement, elle avait aussi reçu des appels de Larry Albright, un entrepreneur local. Monica lui avait consacré une émission quand on avait découvert que celui-ci avait réussi à extorquer des millions de dollars à de nombreuses personnes grâce à de multiples arnaques.

Ces derniers jours, il avait appelé une bonne douzaine de fois et lui avait laissé des messages menaçants. Elle mâchouilla un de ses ongles en attendant de voir qui cherchait cette fois à la joindre.

« Bonjour, Monica, commença une voix sur le répondeur. Je m'appelle Janet McCall, vous ne me connaissez pas mais je suis une de vos plus grandes fans. Enfin... Ce n'est pas la raison de mon appel. Je sais que vous cherchez des informations concernant le Justicier... »

La femme marqua une pause et Monica se pencha en avant, comme pour mieux l'entendre.

« Ça n'a probablement pas de réelle importance et je vais peut-être vous faire perdre votre temps, mais... je dirige le groupe de soutien des Northland Survivor et, en découvrant que le Justicier avait tué quatre hommes ayant participé à mes réunions, j'ai trouvé qu'il s'agissait quand même d'une étrange coïncidence. »

Monica se leva et décrocha le combiné.

— Janet, bonjour, c'est moi, Monica Wright.

— Oh... Je ne m'attendais pas à vous parler en personne, lui répondit la femme avant de laisser échapper un petit rire nerveux. Je suis une grande admiratrice de votre travail.

— Merci, c'est gentil. Mais, dites-moi, je ne suis pas certaine de comprendre ce que vous venez de dire au sujet de votre groupe.

— Écoutez... Selon les rapports, la première victime du Justicier était Brian McDowell, qui avait battu à mort la mère de Matt Harrison. La seconde victime était Steven Winthrop, qui avait violé et tué la femme de Nick Simon. La troisième était Dwight Weatherby qui avait assassiné la fille de Troy Anderson, et on vient d'apprendre que sa dernière victime est Max Clinton qui a frappé puis étranglé la sœur de Jake Lamont. Tous ces hommes, Matt Harrison, Troy Anderson, Nick Simon et Jake Lamont ont fait partie de mon groupe de soutien des Northland Survivor pendant plusieurs mois et ils ont tous cessé de venir aux réunions au même moment.

Les deux femmes restèrent un moment silencieuses, le temps que Monica digère l'information.

— Ce n'est pas très clair, n'est-ce pas ? demanda enfin Janet en laissant échapper un petit rire teinté de gêne.

— Si, si, je réfléchis seulement à ce que cela peut signifier, la rassura Monica. Dites-moi, vous avez parlé de tout ça aux autorités ?

— Non, je ne sais pas vraiment si ça peut être intéressant.

— Il est encore trop tôt pour le dire, mais j'aimerais prendre un peu de temps pour approfondir tout ça avant que vous n'en parliez à la police, si c'est possible bien entendu, dit Monica.

— Bien sûr, lui répondit Janet. Vous pensez que ça pourrait être une information importante ?

— Pour être honnête, je n'en ai pas la moindre idée, mais je vous remercie de m'en avoir parlé.

Quelques minutes plus tard, Monica se rassit sur sa chaise, en repensant à cette nouvelle donnée. Se pouvait-il qu'il ne s'agisse que d'une coïncidence ?

Il existait des dizaines de groupes d'aide aux survivants dans la région de Kansas City, pourtant, d'après ce que venait de lui dire cette femme, le Justicier ne se serait attaqué qu'aux membres de celui-ci en particulier. Pour quel motif ?

Voilà une raison supplémentaire de parler avec Jake Lamont, se dit-elle. Même si elle ne voyait pas quelle place cette nouvelle information pouvait prendre dans ce puzzle complexe, elle méritait d'être vérifiée et approfondie.

Monica passa le reste de la matinée à travailler sur le

contenu de son émission prévue pour le soir, puis elle partit faire quelques courses et en profita pour s'acheter une nouvelle cafetière. Jamais elle ne pourrait passer la journée sans une bonne tasse de café.

Quand elle rentra chez elle, il était presque 15 heures. Pendant qu'elle faisait ses courses, elle n'avait cessé de repenser aux propos que lui avait tenus Janet. Elle se prépara du café puis alla s'asseoir à son bureau.

Plutôt que de se concentrer sur le tueur, elle ne pouvait s'empêcher de penser à Jake Lamont. Il était véritablement bel homme. Son costume ajusté mettait ses épaules musclées en valeur. Ses cheveux sombres étaient légèrement ébouriffés et ses yeux étaient du même vert profond que celui des forêts vierges…

La nuit précédente, en rentrant chez elle, elle avait fait quelques recherches sur Internet à son sujet. Elle avait découvert qu'il était célibataire et qu'il était un architecte réputé. Puis elle avait relu les articles qui parlaient de la mort de sa sœur et avait finalement réussi à trouver, grâce à un moteur de recherche très performant, son numéro de téléphone et son adresse.

À 16 heures, elle quitta à nouveau son domicile et se rendit en voiture jusqu'à l'endroit où vivait Jake Lamont. Elle ne savait pas du tout à quelle heure celui-ci rentrait de son travail, elle ignorait même s'il travaillait aujourd'hui, d'autant plus qu'on était samedi. Mais elle avait bien l'intention de lui parler de nouveau.

Elle voulait discuter avec lui, maintenant qu'elle avait cette information révélée par Janet. Aussi, même s'il était absent, elle n'était pas pressée et attendrait patiemment son retour.

Une partie d'elle-même espérait encore pouvoir l'interviewer pour son podcast, et elle brûlait d'impatience à l'idée de lui parler du groupe des Northland Survivor et des trois autres hommes qu'il avait forcément déjà rencontrés.

La maison de Jake était grande. Une immense baie vitrée

ouvrait sur le jardin, la pelouse était soigneusement entretenue et des arbustes, buissons et fleurs entouraient une jolie fontaine. Le grand terrain et la surface de la maison témoignaient de la réussite financière de l'architecte.

Monica ne perdit pas de temps et alla directement frapper à la porte d'entrée. Comme il n'y avait aucune réponse, elle présuma que Jake n'était pas chez lui et remonta en voiture pour aller se garer un peu plus loin, de manière à pouvoir guetter son retour en toute discrétion.

La veille, elle l'avait abordé par surprise, mais elle espérait que ce soir il serait de meilleure composition et accepterait de discuter avec elle. Alors qu'elle venait tout juste de couper le moteur de sa voiture, la sonnerie de son téléphone portable retentit. Peu de gens avaient son numéro personnel et, en regardant sur l'écran, elle sentit un stress familier lui serrer l'estomac.

— Salut, papa, dit-elle en décrochant.

— Comment vas-tu ?

À l'autre bout du fil, la voix de Neil Wright était toujours aussi sérieuse.

— Je suis en train de travailler.

En entendant le petit rire sec de son père, Monica sentit son stress monter d'un cran.

— J'espérais qu'une fois passé la trentaine, tu laisserais ce stupide podcast de côté pour chercher un vrai travail.

— C'est un vrai travail, papa, répondit-elle, même si elle savait que ce genre de réponse ne faisait qu'empirer les choses.

Elle n'était qu'une source de déception pour son père, et ce depuis le jour de sa naissance où il espérait avoir enfin un garçon.

Elle était la plus jeune de trois filles et, selon lui, elle avait représenté sa dernière chance d'avoir le fils dont il rêvait.

Tant que sa mère avait été en vie, elle avait pu se consoler des blessures que son père pouvait lui causer, mais celle-ci était morte d'un cancer du sein quand Monica avait huit ans.

— Alors, quoi de neuf ? demanda-t-elle pour changer de conversation.

— Je vais aller à la pêche demain avec Harry et Franck, mais les pièces que j'avais commandées pour mon camion sont arrivées au magasin Liberty, alors je me demandais si tu pouvais les récupérer pour moi ?

— Oui, bien sûr…

— Génial, tu n'auras qu'à les déposer dans le garage, je pense que je rentrerai tard demain soir.

Quand son père raccrocha, Monica laissa échapper le profond soupir qu'elle avait retenu quelques instants plus tôt. Le fait que son père lui demande souvent de faire des courses pour lui révélait le peu d'importance qu'il accordait à son travail.

Monica savait que, pour gagner son respect, il lui aurait suffi de reprendre ses études pour devenir infirmière ou avocate, comme ses deux sœurs.

Mais elle avait toujours été passionnée par l'actualité, elle adorait son métier. Et il lui trottait toujours dans un coin de la tête cette idée qu'un jour, si elle était suivie par de plus en plus d'auditeurs et si elle se faisait remarquer par les médias nationaux, peut-être que son père la trouverait enfin digne d'intérêt.

Toutes ces inquiétudes et pensées se dissipèrent quand Monica vit la voiture de Jake Lamont passer devant elle et s'engager dans l'allée.

Sans perdre une seconde, elle démarra et le suivit, le cœur battant à l'idée de découvrir un nouveau scoop. Jake gara son véhicule devant la porte de son garage puis sortit.

Monica stationna juste derrière lui et fit de même. Mon Dieu, elle avait trouvé cet homme séduisant la veille dans son costume, mais il était encore plus sexy en jean et dans ce T-shirt bleu marine qui moulait son torse musclé.

— Vous êtes sur une propriété privée, déclara-t-il, son beau visage déformé par la colère.

— J'ai pensé que la nuit vous porterait conseil et que vous

auriez peut-être finalement envie de participer à mon podcast ? lança-t-elle en lui adressant son sourire le plus charmant.

— Je n'ai pas changé d'avis, lui dit-il avant de se retourner vers sa porte d'entrée.

— Comme la dernière victime du Justicier a un lien avec vous et votre sœur, j'aurais vraiment aimé savoir ce que vous ressentiez à ce sujet..., continua-t-elle en le suivant de près.

— Je vous ai déjà répondu, vous ne m'avez pas entendu ? répliqua-t-il, sèchement. Je n'ai rien à dire là-dessus.

Il déverrouilla la porte de sa maison puis se retourna pour la regarder.

— Et maintenant, je vous demande de quitter immédiatement ma propriété, lui ordonna-t-il avant d'entrer chez lui.

— Encore une chose, ajouta-t-elle. Pouvez-vous me confirmer que vous avez bien assisté aux réunions du groupe de soutien des Northland Survivor en compagnie de Nick Simon, Troy Anderson et Matt Harrison ?

Jake Lamont se figea. Et fit volte-face une nouvelle fois pour se retrouver face à Monica. La colère qui s'affichait sur son visage sembla s'atténuer.

— OK, je vous accorde cinq minutes.

À la grande surprise de Monica, il ouvrit grand sa porte et lui fit signe d'entrer.

2

Jake était sous le choc. Comment cette femme avait-elle pu découvrir qu'il avait assisté aux réunions du groupe des Northland Survivor ? Et surtout que savait-elle d'autre ?

Il avait besoin de le découvrir au plus vite et c'était pour cette raison qu'il l'avait invitée à entrer. Il avait suivi quelques fois son podcast et il avait rapidement observé à quel point Monica Wright pouvait être tenace et ambitieuse... Deux qualités qui risquaient fort de devenir menaçantes si elle continuait à enquêter sur le Justicier.

Jake avait des soupçons concernant son identité, mais il lui fallait vérifier ce que savait réellement Monica avant de lui parler de quoi que ce soit, car si la vérité éclatait il risquait fort d'être accusé de complicité dans cette affaire.

Sois proche de tes amis, mais encore plus de tes ennemis, se dit Jake en faisant entrer Monica dans le salon.

— Vous voulez boire quelque chose ? lui demanda-t-il tandis qu'elle prenait place sur le canapé.

Tout en marchant vers le minibar, il se dit qu'avec un peu d'alcool elle pourrait se détendre et lui confier tout ce qu'elle savait.

Elle leva les yeux et il vit soudain naître une lueur de méfiance dans ses incroyables yeux bleus.

— Je veux juste que vous sachiez que mon producteur et mon cameraman sont dans une voiture garée un peu plus bas dans votre rue. Warren et Wally assurent toujours mes arrières et ils savent tous les deux où je suis. Maintenant que vous êtes au courant, je veux bien un verre d'eau fraîche, oui.

Mais que s'imaginait-elle ? Qu'il l'avait fait entrer chez lui pour la tuer ? Il ne pouvait être certain qu'il y avait bien un Warren et un Wally prêts à accourir à sa rescousse, mais il n'avait de toute façon pas l'intention de lui faire le moindre mal.

Après lui avoir servi un verre d'eau, il se versa quelques doigts de whisky puis vint s'installer dans le fauteuil qui était installé en face d'elle.

— Éclaircissons tout de suite quelque chose, commença-t-il, je ne participerai pas à votre émission. Mais je veux bien vous raconter, en privé, ce que j'ai ressenti quand j'ai appris que Max Clinton était la nouvelle victime du Justicier.

— Ça vous embête si j'enregistre ? demanda-t-elle en sortant son téléphone portable de son immense sac à main rouge.

— Mais oui, répondit-il en essayant de cacher son agacement. Je viens de vous dire que j'étais d'accord pour vous parler en privé. Et puis, je ne vois pas en quoi ce que je m'apprête à vous raconter mérite d'être enregistré. Quand j'ai appris que Max Clinton avait été assassiné, je n'ai rien ressenti d'autre qu'un peu de soulagement à l'idée qu'il ne pourrait plus jamais faire de mal à aucune femme.

— Je comprends, affirma-t-elle avant d'ajouter : Je suis désolée pour votre sœur.

Jake acquiesça en silence et le flot de ses pensées dériva vers Suzanna. Ils avaient toujours semblé savoir ce que l'un ou l'autre pensait ou ce qu'il s'apprêtait à dire. « Un truc de jumeau » avaient-ils l'habitude d'expliquer à leurs amis. Maintenant qu'elle était morte, il se sentait vide, comme si la moitié de son âme lui avait été volée pour toujours.

— Et où vous trouviez-vous la nuit où Max a été tué ?

La question de Monica le ramena brutalement à la réalité.

Bon sang, qu'elle était séduisante. Le jean noir qu'elle portait aujourd'hui mettait ses jambes en valeur et son débardeur rouge, assorti à ses hauts talons de la même couleur, lui offrait une adorable vue sur son décolleté.

Combien d'hommes avaient bien pu se perdre dans les profondeurs de ses yeux bleus, être ensorcelés par son sourire si charmant et tout lui déballer ?

Son parfum, mélange d'agrumes et de mystérieuses épices, était lui aussi incroyablement envoûtant.

— Où étiez-vous quand Max a été assassiné ? demanda-t-elle à nouveau.

Jake se ressaisit et se concentra sur la question, essayant d'oublier combien il trouvait Monica attirante.

— J'étais à la Taverne de Doug, j'avais une réunion avec le maire, une douzaine de conseillers municipaux et quelques architectes du coin. Nous discutions des projets de rénovation et de réhabilitation du centre-ville. Après cela, je suis rentré chez moi et je me suis couché.

— Seul ?

— Oui, acquiesça-t-il. J'étais seul.

Il savait que Max avait trouvé la mort entre minuit et 2 heures du matin. Ce qui signifiait qu'il n'avait pas de véritable alibi. Il avait été brièvement interrogé par la police le lendemain du meurtre, mais il n'avait pas été recontacté depuis.

— Et comment avez-vous appris sa mort ?

— Je l'ai lu dans le journal, comme la plupart des habitants de Kansas City.

— Concernant votre sœur, auriez-vous quelque chose à me dire de particulier ? demanda-t-elle en affichant une soudaine expression de sympathie.

Oh, songea Jake, comme il aimerait parler de sa sœur... Raconter quelle femme merveilleuse elle était... Mais il savait que Suzanna n'aurait pas apprécié qu'il parle d'elle à une journaliste uniquement alléchée par la découverte d'un nouveau scoop.

— Non, répondit-il simplement. Mais pourquoi tenez-vous tant à me parler ?

— Quand Max Clinton a été tué, et qu'un « J » a été gravé sur son front, j'ai tout de suite compris qu'il était la quatrième victime du Justicier. La police a essayé de cacher aux médias l'existence de sa signature sur le corps, mais quelqu'un a communiqué l'information à la presse.

— Comment savez-vous tout ça ? s'enquit Jake en la regardant avec surprise.

— Je connais quelqu'un dans les forces de l'ordre.

— Vous voulez dire qu'il y a une taupe ?

— Source, taupe, indic, appelez-le comme vous voulez, mais il me donne de temps à autre des informations qui me permettent de savoir ce qu'il se passe dans le milieu criminel de Kansas City. J'ai aussi entendu dire qu'il y allait avoir une conférence de presse demain et que la police allait demander de l'aide aux citoyens pour mettre la main sur le tueur en série.

Intéressant… Jake avait justement besoin de se tenir au courant de l'évolution de l'enquête, Monica allait s'avérer être, sans le savoir, d'une aide capitale.

— Vous ne m'avez toujours pas dit ce que vous attendiez de moi ?

— Initialement, je pensais que votre histoire pourrait être vraiment intéressante pour mon podcast, mais ensuite j'ai appris que vous et ces trois autres hommes aviez fait partie du même groupe de soutien.

— Qui vous a dit ça ? demanda-t-il.

Monica sourit, et il vit briller dans ses yeux une lueur d'intelligence.

— Je ne révèle jamais à personne le nom de mes sources. Connaissez-vous Nick Simon, Troy Anderson et Matt Harrison ?

— Oui. Vous avez raison, nous avons assisté aux réunions de ce groupe à la même époque, mais quel est le rapport avec tout ça ?

— Vous voulez dire que le fait que le Justicier s'en soit pris à ceux qui ont détruit vos vies ne serait qu'une simple coïncidence ? rétorqua-t-elle en hochant la tête. Je suis désolée mais je ne crois pas à ce genre de choses, le tueur semble avoir un lien avec le groupe des Northland Survivor, ce qui signifie que vous le connaissez peut-être.

Elle marqua une courte pause et se pencha avant d'ajouter :

— Si vous savez quelque chose sur lui, s'il vous plaît, dites-le-moi.

— Pourquoi ferais-je une telle chose ? Je ne vous connais même pas. Vous êtes juste une inconnue qui a débarqué à l'improviste sur mon perron.

— Alors pourquoi m'avez-vous invitée à entrer chez vous ?

— Parce que vous avez éveillé ma curiosité en mentionnant le groupe des Northland Survivor et les autres hommes.

— Vous avez déjà regardé mon podcast ?

Jake prit une gorgée de son whisky avant de répondre.

— Je suis tombé dessus une ou deux fois, oui.

— Alors vous avez dû vous rendre compte que je suis plutôt douée dans mon domaine. Je fouille dans les affaires mieux que quiconque, et personne dans cette ville n'a envie d'identifier ce meurtrier autant que moi. Je veux... J'ai besoin de prouver à tout le monde que mon podcast est à prendre au sérieux.

Les joues de Monica virèrent subitement au rose, comme si elle regrettait d'en avoir tant dit. Elle se pencha en arrière sur sa chaise.

Jake l'observa un long moment avant de lui répondre.

— Alors on dirait que nous voulons tous les deux la même chose. Je veux que ce tueur soit arrêté et j'ai bien l'intention de lui mettre la main dessus en personne. Il est visiblement totalement dérangé et semble prendre du plaisir à tuer, aussi je ne pense pas qu'il ait prévu de s'arrêter de sitôt.

Monica fronça les sourcils.

— Il est intelligent et rigoureux. Il n'a pas laissé un seul indice derrière lui et la police est frustrée de n'avoir aucune piste pour avancer. Il élimine des êtres que la société définit comme dangereux, mais cela n'excuse en rien ses crimes atroces.

— Je partage le même avis.

Elle le fixa du regard un instant.

— Quelle est votre histoire ? Vous êtes un architecte couronné de succès, vous avez reçu de nombreux prix tout au long de votre carrière. Qu'est-ce qui peut vous donner l'envie soudaine de traquer un tueur en série ?

Il n'était certainement pas encore prêt à lui faire confiance et n'allait pas lui raconter les détails du pacte qu'il avait passé avec ces six hommes, ce soir-là, sur un terrain de base-ball abandonné dans les bois.

Révéler ce qu'il savait présentait un risque énorme, non seulement pour lui mais aussi pour les quatre autres innocents du groupe. Il se sentait responsable de la naissance de ce Justicier et n'arrivait pas à trouver le moyen d'aiguiller la police sans se mettre en danger. De plus, il devait essayer de découvrir l'identité du coupable. Et la seule façon pour lui d'y parvenir était de mener sa propre enquête.

— Disons seulement que j'ai l'impression d'avoir l'obligation morale de le poursuivre, répondit-il enfin.

Monica écarquilla grand les yeux.

— Donc vous savez quelque chose.

— C'est possible, oui, admit-il.

Dans son regard s'alluma immédiatement une étrange lueur, et Jake se demanda ce qu'il pourrait se passer si au lieu de le voir comme la source d'un énorme scoop, elle le considérait comme un homme.

— Si nous voulons tous les deux la même chose, nous pourrions faire équipe, vous et moi. Je peux partager tout ce que je sais avec vous et vous pourriez faire de même.

Sa proposition le surprit. Il devait reconnaître qu'une partie de lui avait besoin de partager ce qu'il savait. Mais il n'avait jamais pensé pouvoir le faire, surtout pas avec une journaliste ambitieuse.

— J'ai besoin d'un peu de temps pour y réfléchir, déclara-t-il.

— Combien de temps ?

— Je ne sais pas... Donnez-moi vingt-quatre heures.

Il voulait mettre la main sur le Justicier, mais il n'avait jamais envisagé d'avoir une partenaire qui pouvait avoir les ressources nécessaires pour atteindre ce but.

Monica jeta un regard à sa montre et se leva.

— OK, rendez-vous dans vingt-quatre heures alors. Je dois rentrer chez moi pour enregistrer mon émission.

— J'espère que vous n'évoquerez rien de tout ce que nous avons pu aborder ici, lui dit-il en l'accompagnant jusqu'à la porte d'entrée.

— Contrairement à ce que vous semblez croire, je sais garder les secrets. Comment puis-je vous joindre demain ?

— Et si vous veniez dîner avec moi chez D'Angelo ? Vous savez où ça se trouve ? ajouta-t-il en se demandant d'où pouvait bien lui venir une idée pareille.

— Oui, je connais ce restaurant, à quelle heure ?

— Vers 18 heures ?

Elle acquiesça puis sourit.

— J'ai hâte d'y être.

— Passez le bonjour à Wally et Warren.

Son sourire devint légèrement confus.

— Je n'y manquerai pas, à demain.

Et, sur ces mots, elle tourna les talons et marcha vers sa voiture.

Jake la regarda démarrer et sortir de l'allée puis il referma sa porte et la verrouilla. Tandis qu'il retournait s'asseoir dans son fauteuil pour finir son verre, il sentit ses pensées tourbillonner dans son cerveau.

Avait-il perdu la tête en proposant à cette journaliste de faire équipe avec lui ? Et en acceptant de lui confier ce qu'il savait ? Et, surtout, qu'est-ce qu'il lui avait pris de l'inviter à dîner ?

S'il devait collaborer avec elle, il allait devoir faire très attention à ne pas les incriminer, lui et les autres hommes. Monica Wright semblait être totalement hors de contrôle et, dans ce sac de nœuds, Jake savait qu'elle ne s'arrêterait pas avant d'avoir tout démêlé. Au moins, s'il était à ses côtés, il allait pouvoir l'orienter là où il le souhaitait et pourrait toujours garder un œil sur elle.

Mais il allait devoir se souvenir qu'elle semblait être le genre de journaliste prête à tout, et même à le pousser sous un bus, pour découvrir la vérité.

Il était un peu plus de 17 h 30 quand Monica gara sa voiture dans un parking en bas de la rue où se trouvait le restaurant D'Angelo. L'endroit était populaire car il offrait une bonne cuisine italienne à des prix raisonnables, mais le dimanche soir la salle était bondée.

Elle avait quitté Jake la veille avec la certitude qu'il avait des informations cruciales concernant l'enquête.

Les ombres qu'elle avait vues passer dans ses yeux d'un vert profond semblaient murmurer des secrets, des secrets qu'elle rêvait de découvrir.

Avait-elle choisi de porter son chemisier bleu qui laissait apparaître ses épaules car on lui avait plusieurs fois dit qu'il lui allait à ravir et lui donnait une allure terriblement sexy ? Avait-elle enfilé son jean noir slim car elle savait qu'il mettait ses jambes fines en valeur ? Et tout cela dans le but d'utiliser ses charmes pour obtenir ce qu'elle voulait ?

Peut-être, mais elle devait aussi avouer qu'elle avait envie que Jake Lamont ne la voie pas que comme une journaliste d'investigation mais aussi comme une femme désirable.

Ce qui était absolument ridicule. Une relation était bien la dernière chose dont elle avait besoin, elle n'avait pas de temps ni d'énergie à consacrer à autre chose qu'à son travail, même si parfois il lui arrivait de se sentir seule. Et, même si cela était totalement stupide, le fait d'avoir discuté la veille avec Jake lui avait rappelé ce triste sentiment de solitude.

Peut-être était-ce car elle avait senti, la première fois qu'elle l'avait rencontré, des papillons danser au creux de son ventre.

Et qu'elle n'avait pas ressenti une telle chose pour un homme depuis bien longtemps.

Elle mit un doigt à sa bouche puis reposa sa main sur son volant. Elle essayait désespérément d'arrêter de se ronger les ongles. Il était difficile d'avoir de belles mains quand on avait les ongles cassés. Elle commença à tapoter sur le volant tandis qu'un nouveau flot de pensées défilait dans son esprit.

Tout pour un scoop ! C'était ce qu'elle se répétait comme un mantra depuis cinq ans, quand elle avait besoin de se rappeler combien ce qu'elle faisait était sérieux et important. La publicité sur son podcast l'aidait à payer ses factures, mais elle voulait plus qu'une simple sécurité financière. Elle voulait gagner le respect de ses pairs. Et découvrir l'identité du Justicier, être celle qui serait responsable de son arrestation lui apporterait enfin le crédit qu'elle méritait, elle le savait.

Dans cette affaire, pour la première fois, elle ne voulait pas seulement rapporter les faits, non, cette fois elle voulait les déclencher. Elle voulait traquer ce tueur.

Et le fait que Jake ait changé d'attitude vis-à-vis d'elle quand elle avait mentionné le groupe de soutien des Northland Survivor et les trois autres hommes était pour le moins intrigant. Il avait abandonné son comportement agressif et sur la défensive pour devenir soudain beaucoup plus aimable.

De prime abord, son histoire n'avait qu'un potentiel humain, mais le coup de téléphone de Janet McCall avait tout changé. Et la discussion qu'ils avaient eue la veille également. Son témoignage serait bien plus qu'une simple histoire émouvante, Monica sentait qu'il pourrait bien être la clé qui lui permettrait de découvrir l'identité du tueur en série.

Elle arrêta de tapoter son volant du bout des doigts et se rapprocha de son pare-brise en voyant la voiture de Jake arriver dans son champ de vision. Il était en train de se garer de l'autre côté de la rue.

En le voyant sortir de son véhicule et marcher vers le restaurant, elle sentit les papillons se réveiller en elle. Il était d'une incroyable élégance dans son jean sombre et sa chemise à manches courtes vert foncé, qui était parfaitement assortie à ses yeux.

Elle attendit cinq minutes puis, décidant d'ignorer les papillons, sortit également de sa voiture et se dirigea vers la porte d'entrée du restaurant.

À l'intérieur, il faisait frais et un peu sombre. Dans l'air flottaient des odeurs d'ail, d'oignon et de diverses épices italiennes, et une douce musique était diffusée dans la pièce à la décoration chaleureuse.

— Bonsoir, une table pour vous seule ? lui demanda une jeune et jolie serveuse.

— Non, j'ai rendez-vous avec M. Lamont.

— Ah oui, lui répondit la serveuse en lui adressant un nouveau sourire. Suivez-moi, je vous en prie.

La jeune femme slaloma entre les tables jusqu'à une petite pièce à l'écart où se trouvait une table pour deux.

À leur arrivée, Jake se leva et, pendant un bref instant, Monica se demanda ce qu'il pourrait bien se passer s'il avait réservé cet endroit pour tout savoir d'elle, pour connaître ses rêves et ses espoirs, pour passer du temps les yeux dans les yeux avec elle et lui murmurer des mots doux à l'oreille.

Cependant, la situation était bien différente et, si Jake Lamont avait décidé de dîner à cet endroit, ce n'était que parce qu'ils avaient des sujets sensibles à aborder en toute discrétion, des choses comme des assassinats et un *serial killer* qui sévissait dans cette même ville.

— C'est charmant, lui dit-elle, en prenant place en face de lui, tandis que la serveuse s'éloignait.

— J'ai pensé que ce serait une bonne idée de nous retrouver dans un endroit neutre pour avoir cette conversation. Mais que diriez-vous de dîner avant de nous lancer dans le vif du sujet ?

— Bonne idée, acquiesça-t-elle.

— J'ai déjà choisi ce que je vais prendre, annonça-t-il en lui tendant le menu.

Alors qu'elle parcourait des yeux les différents plats proposés, elle sentit son regard posé sur elle avec une telle insistance qu'elle se pressa de choisir. Une fois la carte refermée, elle leva les yeux vers lui et croisa son regard.

Il détourna le sien et un silence rempli de gêne s'installa entre eux. Heureusement, la serveuse revint vers eux et brisa la glace.

Elle leur servit des verres d'eau puis posa au centre de la table une corbeille avec du pain à l'ail et du beurre fouetté. Puis elle prit leur commande et disparut à nouveau.

— Avez-vous passé une bonne journée ? lui demanda-t-il quand ils furent à nouveau seuls.

Monica le regarda avec surprise. Elle n'arrivait pas à se souvenir de la dernière fois où quelqu'un lui avait posé cette question.

— Vous voulez vraiment le savoir ou c'est de la simple politesse ?

— J'aimerais vraiment le savoir.

— J'ai eu une matinée plutôt difficile, mais j'y suis habituée. Je ne suis pas du matin et, souvent, rien ne se passe comme prévu. Par exemple, hier ma cafetière m'a lâchée, j'en ai donc acheté une nouvelle, mais ce matin, quand j'ai décidé de me préparer un café, j'ai soudain réalisé que je n'avais plus de dosettes.

— En effet, ça a dû être terrible, dit-il en esquissant un sourire.

— Oh ! vous pouvez me croire, je ne suis pas fréquentable tant que je n'ai pas bu ma première tasse de café. Enfin, le reste de ma journée a été plutôt bon. Je travaille sur plusieurs affaires en ce moment et tout se déroule bien… Et vous, comment était votre journée ?

— Tranquille, j'ai regardé un peu la télévision puis j'ai dessiné pendant un moment. Je déteste les dimanches, le bureau et les chantiers sont fermés, et je n'ai pas grand-chose à faire.

— Vous avez de la famille dans le coin ?

— Je n'ai pas de famille, répondit-il. Mes parents sont morts, nous laissant seuls Suzanna et moi. Et vous ? Vous avez des proches dans la région ?

— Ma mère est morte quand j'avais huit ans, mais il me reste mon père et mes deux sœurs aînées, Addie et Elizabeth, qui ont réussi leurs vies et qui sont pour lui aussi précieuses que la prunelle de ses yeux.

— Ce qui signifie que vous ne l'êtes pas ? demanda-t-il en haussant un sourcil.

— Disons que je suis plutôt sa principale source de déception depuis des années, dit-elle en essayant d'ignorer la blessure douloureuse qui saignait toujours dans son cœur.

Ils furent interrompus dans leur discussion par l'arrivée de leurs plats. Jake avait commandé des spaghettis avec des boulettes, et Monica, des raviolis au fromage.

— Oh, mon Dieu, que tout ça a l'air appétissant !

— Voulez-vous un morceau de pain ?

— Volontiers, oui.

— Un peu de beurre ?

— Absolument.

Jake étala un peu de beurre sur un morceau de pain et le lui tendit. Quand leurs doigts se touchèrent, Monica sentit les papillons s'agiter dans son ventre. Bon sang, mais que lui arrivait-il ?

— Je crois que la cuisine italienne est celle que je préfère, remarqua-t-il, en se servant également du pain.

— C'est vrai que c'est délicieux, mais pour ma part je préfère la cuisine mexicaine, répondit-elle. Pour moi, rien n'égale les chips à la sauce *salsa* et les *enchiladas* au fromage.

Ils restèrent silencieux pendant un moment, se concentrant chacun sur leur repas. D'un côté, Monica avait hâte de finir son assiette afin d'avoir la conversation qu'elle attendait tant et, d'un autre, une petite partie d'elle-même aurait voulu étirer le temps, comme si leur entrevue était un premier rendez-vous amoureux.

Encore une fois, elle se demanda ce qui pouvait bien clocher chez elle. La seule chose qui l'intéressait chez Jake Lamont était ce qu'il savait sur le Justicier. Elle devait obtenir son scoop, voilà tout.

Il lui fallait rester concentrée sur ses objectifs et ne pas se laisser distraire par ses beaux yeux verts bordés de grands cils et son sourire si sexy. OK, c'est vrai qu'elle le trouvait très attirant, mais elle devait garder ses distances et se rappeler qu'il n'était qu'un moyen pour elle de parvenir à son but.

— Et alors, pourquoi le journalisme ? demanda-t-il en continuant de manger.

— Pourquoi l'architecture ? répliqua-t-elle en haussant les épaules.

— J'aime l'apparence des bâtiments, j'ai toujours su que j'aimerais concevoir d'incroyables immeubles.

— Pour ma part, j'ai toujours été fascinée par les journalistes féminines. Je les ai étudiées et j'ai cherché à comprendre ce qui pouvait bien les rendre aussi populaires. J'ai toujours su moi aussi que je voudrais être une journaliste d'investigation et travailler sur les événements qui ont lieu dans la région de Kansas City.

— Vous n'avez pas envie de travailler pour des médias plus importants ? demanda Jake, en se coupant un nouveau morceau de pain.

— Les podcasts sont un tout nouvel univers. De plus en plus de gens choisissent de s'informer par des sources alternatives et ça me plaît d'être l'une d'entre elles, lui dit-elle en lui adressant un sourire. Et puis, j'aime être mon propre patron. Je ne suis pas toujours très fair-play avec les autres joueurs...

— Ah, c'est bon à savoir, lui dit-il en haussant à nouveau les sourcils, surtout si je fais équipe avec vous.

— Je vais vous confier un petit secret à mon propos... Si nous travaillons ensemble, je serai la personne la plus loyale du monde.

— Je ne peux que vous croire sur parole...

— Oui, je suis digne de confiance, assura-t-elle.

Ils restèrent à se regarder pendant un long moment. Monica n'aurait pu dire si Jake Lamont la croyait ou non, mais ce qu'elle lui avait dit était sincère.

Elle finit par baisser les yeux, sentant l'instant devenir trop pressant… Trop intime.

— Vous savez, je préférerais aller en prison plutôt que de révéler le nom d'une de mes sources. Malgré mon ambition, j'aime à croire que j'ai un grand sens de l'intégrité.

— L'intégrité est une valeur primordiale, acquiesça-t-il.

Quand ils eurent fini leurs plats, Jake repoussa son assiette sur le côté et regarda Monica avec un air interrogateur.

— Que diriez-vous d'un dessert avec le café ? J'aime finir un bon repas sur une note sucrée.

— Je n'aime rien autant que le chocolat et les histoires de meurtres… Alors, passons aux choses sérieuses.

Jake avait passé les dernières vingt-quatre heures à réfléchir à ce qu'il allait bien pouvoir dire à Monica. Pouvait-il lui faire confiance ? Même s'il n'avait absolument aucune raison de la croire, son instinct lui soufflait qu'elle était une personne sur qui il pouvait compter. Après tout, ils voulaient tous les deux la même chose.

Mais peut-être était-ce aussi parce qu'il avait désespérément besoin de croire en quelqu'un. Il voulait que quelqu'un comme elle sache ce qui s'était passé cette nuit-là dans les bois… Au cas où il lui arriverait quelque chose. Si elle filait directement voir la police pour tout leur raconter et qu'il se faisait arrêter, eh bien, finalement, ça ne serait peut-être pas plus mal. Peut-être était-ce après tout le sort qu'il méritait ?

Il commanda du tiramisu, Monica une part de moelleux au chocolat et un café. Une fois qu'ils furent servis et de nouveau seuls, Jake l'observa un instant.

Était-ce le fait qu'elle soit si séduisante dans ce chemisier bleu qui lui donnait l'impression qu'il pouvait lui faire confiance ? Ou le fait que lorsqu'elle lui souriait, il sentait une incroyable chaleur se diffuser en lui... Quoi qu'il en soit, il n'était pas stupide. Tout cela était bien trop grave, il ne pouvait se permettre de commettre la moindre erreur.

— Alors, commença-t-il, imaginez six hommes pleins de colère, des hommes dont les proches ont été assassinés par des fous. Imaginez qu'à cause de divers vices dans les procédures ou autres problèmes et déficiences dans notre système juridique, imaginez que ces monstres n'aient pas été punis pour leurs crimes.

Il baissa les yeux vers son café en se remémorant la rage et le chagrin qui l'avaient envahi après le meurtre de Suzanna. Et combien ceux-ci s'étaient amplifiés quand Max Clinton avait été acquitté.

Il releva le regard vers Monica.

— Ces six hommes se sont retrouvés dans le groupe de soutien des Northland Survivor, cherchant tous un moyen de survivre à leur désespoir. Essayant d'apprendre à gérer leurs émotions et à s'entraider afin de supporter leur accablante douleur.

— Ont-ils trouvé là-bas ce qu'ils cherchaient ? lui demanda-t-elle doucement.

— Non. Ils se sont réunis plusieurs fois à la suite des réunions pour aller boire quelques verres, parler de leur chagrin et de leur fureur contre le système, mais ils n'ont jamais trouvé de soulagement, jusqu'au jour où ils ont décidé de prendre les choses en main.

Il marqua une nouvelle pause, cette fois pour prendre une gorgée de son café et une bouchée de son dessert. Le tiramisu était fade, mais il savait que c'était parce que son goût était déformé par la douleur, la honte, l'amertume et l'immense culpabilité qu'il ressentait.

Une partie de lui n'arrivait toujours pas à croire qu'il avait pu participer à l'élaboration d'un tel plan. Cette nuit-là avait été un moment de pure folie.

— Quoi qu'il en soit, reprit-il en sentant un nœud se créer dans sa poitrine, plus ces hommes se regroupaient et plus leur colère grandissait. Et puis, une nuit, après s'être tous retrouvés sur un terrain de base-ball abandonné quelque part au fin fond des bois, ils ont mis au point un plan totalement délirant.

C'était à partir de là que Jake allait devoir faire preuve d'un peu d'imagination pour se protéger lui, ainsi que les autres hommes qui avaient fait partie de cet atroce complot. Il était persuadé que le meurtrier était l'un d'entre eux, les quatre autres et lui-même étaient innocents.

— Un plan délirant ? répéta Monica en le fixant du regard, sa fourchette suspendue au-dessus de son assiette.

Une partie de lui avait terriblement peur de parler de ce qui s'était décidé cette nuit-là, mais une autre brûlait d'envie de se délester de ce lourd fardeau.

— Vous devez garder en tête que nous étions tous fous de chagrin, dit-il comme si cela pouvait justifier et atténuer ce qu'ils avaient imaginé pour que la justice soit rendue.

— Je ne vous juge pas, ne vous en faites pas.

— Pour être honnête, continua-t-il en laissant échapper un profond soupir, je ne me rappelle pas qui en a eu l'idée, mais chacun d'entre nous devait assassiner un de ceux qui avaient tué nos proches. Par exemple, je devais éliminer l'homme qui avait tué la femme de Nick Simon. Nick devait se charger de celui qui avait battu à mort la mère de Matt Harrison, etc.

Il cessa de parler et observa le visage de Monica avec la plus grande attention, cherchant à y lire une expression de choc ou de dégoût. En vain. La seule chose qu'il vit briller au fond de ses yeux était la curiosité.

— Quand je repense à cette réunion dans les bois, j'ai l'impression qu'elle n'a pas été réelle, que ce n'était qu'un cauchemar et que rien de tout cela ne s'est produit. Pourtant, c'est bel et bien arrivé.

Il prit une profonde inspiration avant d'ajouter :

— Et nous nous sommes tous quittés en pensant que chacun allait suivre ce plan à la lettre. Mais, en y repensant, je crois que je savais déjà que j'étais totalement incapable de tuer un homme, qu'importe le crime qu'il ait pu commettre, et je crois que les autres étaient comme moi. Ce que je veux dire, c'est que l'idée de la vengeance était séduisante, mais je ne crois pas que tout ça aurait pu se concrétiser.

La serveuse interrompit leur conversation en venant leur proposer à nouveau du café et Jake en profita pour lui donner sa carte de crédit.

— Quoi qu'il en soit, reprit-il quand elle se fut éloignée, je pensais que rien de tout ça ne se produirait jusqu'au jour où le premier homme a été tué.

En se rappelant l'instant où il avait découvert l'information dans le journal, il sentit l'angoisse lui serrer la poitrine.

— Brian McDowell, dit Monica. C'est lui qui avait battu à mort la mère de Matt Harrison.

— Exactement. Selon notre plan, c'est Nick Simon qui était supposé l'éliminer mais il ne l'a pas fait et c'est ce premier meurtre, je crois, qui a marqué la naissance du Justicier.

— Alors vous présumez qu'il est l'un des quatre hommes du groupe ?

— Je ne pense pas qu'il puisse s'agir d'un de ceux qui ont obtenu justice grâce aux meurtres du tueur en série. Je crois que c'est l'un des deux hommes qui restent, Clay Rogers ou Adam Kincaid.

— Et que comptez-vous faire ? poursuivit Monica, les yeux si brillants d'excitation qu'il se demanda soudain s'il avait raison de lui faire confiance.

Enfin... Au point où il en était, autant aller jusqu'au bout.

— J'y réfléchis depuis que Max Clinton a été tué, lui répondit-il en repensant à cette idée qui lui trottait dans la tête depuis ce jour. Je sais que tous les meurtres ont eu lieu entre minuit et 2 heures du matin, je pense donc qu'il est possible d'identifier le tueur en surveillant ces deux hommes pendant cette tranche horaire jusqu'à ce que l'un d'entre eux fasse un mouvement.

— Et après ?

— Quand je serai certain de son identité, je le coincerai J'espère pouvoir le maîtriser puis le livrer à la police. J'ai besoin de le savoir derrière les barreaux, lui révéla-t-il en fronçant les sourcils. Je pense que cet homme prend du plaisir à tuer, Monica. Et la marque qu'il grave sur le front de ses victimes est la preuve d'une soif de meurtre absolument terrifiante.

— Je suis tout à fait d'accord avec vous. Il n'y a qu'une chose... Quand nous aurons identifié le meurtrier, je voudrais un peu de temps pour pouvoir publier l'histoire en premier, lui dit-elle les yeux brillants.

Jake remarqua immédiatement l'utilisation du « nous » dans sa phrase.

— Je peux vous accorder ça, lui répondit-il, mais l'arrestation de ce type est quelque chose que j'ai besoin de faire seul. Il n'y a aucune raison pour que je vous implique dans cette affaire. Je vous préviendrai dès que j'aurai eu la confirmation de l'identité du Justicier, de sorte que vous puissiez avoir votre scoop.

— Je m'implique toute seule, je veux faire partie de tout ça, Jake, je veux surveiller ces deux hommes avec vous, protesta-t-elle.

— Monica, ça pourrait être dangereux, qu'importe son identité, cet homme fera tout pour ne pas se faire prendre. Il est sans foi ni loi.

— Je sais, mais réfléchissez-y un instant... Deux personnes valent mieux qu'une, non ? Nous pourrions surveiller l'un des domiciles depuis votre voiture un soir et depuis la mienne le lendemain, de sorte à ne pas attirer l'attention. Et puis, nous pourrions nous réveiller l'un l'autre, si nous nous endormons.

— Non, je continue de penser que ce n'est pas une bonne idée, répliqua-t-il en secouant la tête. Une des raisons pour lesquelles je vous ai confié toute cette histoire est justement pour m'assurer que ces informations ne disparaissent pas s'il m'arrivait quelque chose.

— Pourquoi vous arriverait-il quelque chose ?

— Je ne sais pas, mais si ce type est aussi impitoyable que je le pense, alors les autres hommes et moi sommes également en danger. Et s'il comprend que je le traque, il n'hésitera pas à me régler mon compte, j'en suis certain.

— Je veux quand même vous aider. Je connais le nom des deux individus que vous suspectez, je peux tout à fait faire de la surveillance de mon côté si vous refusez que je vous accompagne.

Elle releva le menton fièrement et regarda Jake avec un air de défi.

— Monica, ne me faites pas regretter de vous avoir confié tout ça, lui dit-il en se maudissant de lui avoir révélé les noms des deux hommes.

— Alors n'essayez pas de me mettre à l'écart, répliqua-t-elle avant de poser sa main sur la sienne. S'il vous plaît, Jake, laissez-moi vous aider.

Elle retira sa main avant d'ajouter :

— Je peux être chez vous demain soir à onze heures et demie, comme ça nous pourrons commencer.

— OK, lâcha-t-il à contrecœur.

Qu'elle se mêle de tout ça, en risquant de tout faire rater et en se mettant en danger était bien la dernière chose dont il avait envie. Il avait déjà son lot de culpabilité à porter, il ne voulait pas risquer d'en récolter plus que son cœur et ses épaules ne pourraient supporter.

— Nous pouvons y aller ?

— Oui, acquiesça-t-elle en se levant.

Jake s'était déjà chargé de l'addition, ils quittèrent donc le restaurant en traversant la grande pièce puis sortirent, dans la nuit étouffante.

— Hé, salope ! cria une voix grave derrière eux.

Ils se retournèrent pour découvrir un homme aux cheveux sombre qui, la démarche vacillante, s'éloignait sur le trottoir un peu plus loin. L'homme leva la main en l'air et jeta quelque chose dans leur direction.

Jake attrapa Monica et passa son bras autour de ses épaules pour la protéger tandis qu'une bouteille en verre venait se briser à leurs pieds.

— Mais qu'est-ce que... ?

Après avoir placé Monica derrière lui, Jake se tourna vers l'homme, mais celui-ci avait déjà disparu. Quelques instants plus tard, ils entendirent le moteur d'une voiture qui démarrait.

— Salope ! cria à nouveau l'homme par la vitre de son véhicule avant de s'éloigner.

— Mais vous connaissez cet homme ? s'enquit Jake en se retournant vers Monica.

— Oui, il s'agit de Larry Albright. C'est un entrepreneur local... J'ai fait un sujet sur lui, il y a une dizaine de jours. Il a arnaqué beaucoup de propriétaires, surtout des personnes âgées, en leur faisant croire qu'ils avaient besoin de nouvelles toitures. Il leur a fait payer des factures très lourdes et a utilisé des matériaux de très mauvaise qualité. Autant vous dire qu'il n'est pas heureux de ce que j'ai pu dire sur lui.

— Et maintenant il vous harcèle ? demanda Jake, inquiet.

— Apparemment.

— Vous avez prévenu la police ?

— Non, je ne pense pas qu'il puisse être vraiment dangereux. Et puis, après son inculpation, il a été libéré sous caution en attendant son procès, il sait donc qu'il suffirait d'un seul coup de téléphone aux autorités pour qu'il se retrouve en prison à attendre son jugement. Il essaye juste de m'intimider, je crois, il se défoule. Quoi qu'il en soit... Il est tard, je vais rentrer, merci pour le dîner et rendez-vous chez vous demain soir, alors ?

Après l'avoir saluée, Jake regarda Monica marcher jusqu'à sa voiture. Elle était superbe dans les derniers rayons du soleil.

Et sa démarche était incroyablement sexy et désinvolte malgré la hauteur de ses talons.

— Enfin…, soupira-t-il.

Bien qu'il la trouve attirante, bien qu'elle semble digne de confiance et qu'elle manifeste un enthousiasme véritable pour la traque du Justicier, il ne pouvait s'empêcher de penser que toute cette histoire allait, à coup sûr, tourner au désastre.

3

— Rejoignez-moi, demain soir, pour suivre la deuxième partie de « La violence des gangs à Kansas City » et, comme d'habitude, soyez certains d'obtenir des informations précises et toujours justes avec Monica Wright !

Monica éteignit son micro et sa caméra puis s'écarta de son bureau. Elle avait choisi de travailler dans une pièce inoccupée de sa maison et y avait installé son matériel et son ordinateur, ainsi que trois écrans réglés en continu sur les chaînes d'informations. Elle avait aussi une toile de fond aux couleurs du pays, bleue, blanche et rouge, qui faisait très professionnel.

Ce soir, elle avait lancé une enquête en six parties qu'elle avait menée sur les activités croissantes des gangs dans les environs. Chaque week-end, il y avait plus de fusillades et plus de morts, la plupart du temps dans le sud du centre-ville.

Elle avait été ravie de réussir à obtenir une interview avec le chef autoproclamé d'un de ces gangs qui, étonnamment, s'était avéré être un jeune homme brillant qui avait choisi de gagner sa vie comme dealer de drogue car il ne voyait aucune autre possibilité pour son avenir.

Une vie de misère et un manque crucial d'opportunités avaient fini de briser ses rêves et ses espoirs… Monica était fière d'avoir recueilli son témoignage, mais c'était surtout le programme de sa seconde partie de soirée qui l'enchantait.

Cette nuit, Jake et elle allaient commencer leur traque

du Justicier. Elle sentit un frisson d'excitation lui parcourir l'échine tandis qu'elle troquait sa tenue élégante pour un petit haut noir à manches courtes et un jean noir.

Il allait sans dire qu'elle avait été choquée, la veille, en découvrant le plan qu'avaient élaboré ces six hommes endeuillés. Elle avait été choquée mais aussi étrangement émue que Jake Lamont lui fasse confiance au point de lui confier une telle information.

Si elle avait été une autre femme, un autre genre de journaliste, elle aurait pu se servir de ce qu'il lui avait raconté et diffuser l'incroyable histoire de ces six hommes, assoiffés de vengeance, qui avaient décidé de rendre justice eux-mêmes.

Mais elle était plus intéressée par le fait de traquer ce dangereux *serial killer* afin de le mettre le plus vite possible hors d'état de nuire. D'autre part, si elle-même avait déjà du mal à croire que ces hommes, même accablés par le chagrin et bouleversés par la colère, seraient capables de tuer de sang-froid, qu'en serait-il de ses auditeurs ?

Non, le vrai challenge était d'identifier le tueur puis de le faire arrêter. Voilà ce qu'elle voulait : raconter la traque et l'arrestation d'un tueur en série.

Jake Lamont semblait être le dernier homme capable de tuer un autre être vivant. Monica ne pouvait savoir si c'était son intuition féminine ou son propre libre arbitre, mais elle ne croyait pas qu'il avait ce genre de compétence. Et ce, malgré toute la douleur qu'il avait bien pu ressentir. Sinon, pourquoi lui aurait-il raconté son histoire ? Évidemment, elle pouvait se tromper... Enfin, seul le temps le lui dirait.

À 11 heures, elle fourra quelques bricoles à grignoter dans son sac à main, attrapa une glacière qui contenait des boissons fraîches et sortit de chez elle. Alors qu'elle marchait dans l'obscurité vers l'endroit où elle avait garé sa voiture, elle parcourut les environs du regard.

Le fait d'être agressée par Larry Albright, la veille, l'avait malgré tout un peu secouée. Elle ne s'était encore jamais retrouvée dans une telle situation. Ce qu'elle avait dit à Jake était vrai – elle savait qu'il ne représentait pas un réel danger – mais, malgré cela, elle avait été très surprise qu'il l'attende devant le restaurant pour l'injurier et lui lancer cette bouteille. Elle espéra que ce serait la dernière fois qu'une telle chose se produisait.

Elle s'installa au volant de sa voiture et démarra. Une fois en route, elle regarda plusieurs fois dans son rétroviseur, mais personne ne la suivait.

Elle avait passé la plus grande partie de sa journée à chercher des informations sur les cinq hommes mentionnés par Jake.

Nick Simon et Troy Anderson s'étaient apparemment tous les deux fiancés le mois précédent. C'était la seule chose qu'elle avait pu trouver, mais elle espérait que ce soir Jake pourrait lui en dire plus sur chacun d'entre eux.

Alors qu'elle n'était plus loin de chez lui, elle sentit à nouveau une vague d'excitation la submerger. Elle devait reconnaître qu'elle le trouvait très attirant. Elle avait déjà rencontré de nombreux hommes tout à fait séduisants, avait même été en couple avec certains d'entre eux, mais jamais elle ne s'était permis de se lier trop intimement ou de s'investir émotionnellement parlant.

Tout pour un scoop ! se répéta-elle une nouvelle fois. Elle espérait bien, les deux prochaines nuits, obtenir enfin l'information qui lui permettrait de diffuser le sujet le plus important de toute sa carrière.

De la lumière s'alluma dans la maison de Jake, derrière sa baie vitrée. Monica se gara dans l'allée, attrapa ses affaires puis, une fois sortie de sa voiture, alla toquer à la porte d'entrée. Jake ouvrit dès le premier coup.

Il portait un jean, un T-shirt noir et arborait un air très contrarié.

— J'espérais que vous auriez changé d'avis, dit-il.

— Impossible, répondit-elle fermement.

— Je pense toujours que ce n'est pas une bonne idée, insista-t-il, en fronçant davantage les sourcils.

— Je ne comprends pas pourquoi, répliqua-t-elle. Starsky a besoin de Hutch, Batman de Robin. Bon sang, même Sammy a besoin de Scooby-Doo !

— Scooby-Doo, sérieusement ? répéta-t-il en esquissant un sourire.

— On ne sait jamais, un gros chien baveux peut être utile dans certaines situations. Ouaf ouaf !

Cette fois, Jake afficha un grand sourire puis secoua une nouvelle fois la tête.

— J'ai l'impression que la nuit va être longue.

— Que la fête commence ! s'exclama-t-elle en éclatant de rire.

Ils s'installèrent dans la voiture de Jake puis se mirent en route pour le domicile de Clay Roger.

— Racontez-moi l'histoire de Clay, demanda-t-elle en essayant de ne pas se laisser distraire par l'enivrant parfum de Jake.

— Il s'occupe de la comptabilité chez un concessionnaire automobile. Un soir, sa petite amie est partie courir et n'est jamais revenue. Son corps a été retrouvé le lendemain dans un champ. Elle avait été violée et étranglée.

— Quelle horreur, souffla Monica, incapable d'imaginer la peine qu'on pouvait ressentir en perdant un proche dans de telles circonstances.

— Oui, et ce qui est encore plus tragique c'est qu'ils ont découvert l'identité de son meurtrier en regardant les vidéo-surveillances. Il s'appelle Charlie Cohen. Sur les bandes, on le voit la suivre en voiture puis se garer, sortir de sa voiture et la pourchasser.

— Laissez-moi deviner, malgré tout ça, il s'en est tiré ?

Jake acquiesça. Dans le faible éclairage qui provenait du tableau de bord, son beau visage paraissait sinistre.

— Il avait un avocat réputé qui a basé toute sa défense sur le fait que Charlie voulait seulement emprunter le portable de la jeune fille car il avait un pneu crevé. Comme il n'y avait aucune image de lui en train de l'agresser, il a été relaxé. Et le procureur n'avait pas assez de preuves pour faire un nouveau procès.

Monica retint l'irrésistible envie qu'elle avait de le toucher, de poser ses mains sur ses épaules pour chasser toute la tension qui semblait l'accabler.

— Vous semblez ressentir la douleur des autres en plus de la vôtre, dit-elle doucement.

— En effet, répondit-il en laissant échapper un soupir qui sembla le détendre un peu. Clay était le plus jeune d'entre nous et je l'aimais bien, mais si c'est lui le Justicier, qu'importe mon affection, il doit être mis hors d'état de nuire.

— Et c'est pour cette raison que nous nous rendons chez lui, au beau milieu de la nuit, déclara-t-elle.

Le silence s'installa dans le véhicule tandis qu'ils parcouraient les rues sombres en direction de la maison de Clay. Ils ne pouvaient savoir quand le *serial killer* tuerait à nouveau, mais Monica avait le sentiment que ce serait pour bientôt.

Elle pensait d'ailleurs que Jake avait raison. Cet homme aimait ce qu'il faisait. Et il fallait être sacrément dérangé pour trancher la gorge d'un être humain… Et puis qu'allait faire ce monstre lorsqu'il aurait tué les six hommes de sa liste ? À qui s'en prendrait-il ?

Jake ralentit et tourna dans une rue bordée d'arbres. Les maisons étaient d'allure modeste et la plupart d'entre elles étaient plongées dans l'obscurité à cette heure tardive.

Après s'être garé le long du trottoir, il éteignit les phares puis coupa le moteur.

— Voici la maison de Clay, dit-il à Monica en lui montrant une habitation de l'autre côté de la route.

Celle-ci était petite et possédait un jardin bien entretenu. Aucune lumière ne brillait aux fenêtres mais, si Clay était le Justicier, elles pouvaient à tout moment s'allumer et lui-même risquait de sortir de chez lui, son prochain meurtre en tête.

— On ferait bien de s'installer confortablement, fit remarquer Jake en défaisant sa ceinture de sécurité.

Quand il baissa son siège pour gagner un peu d'espace, Monica l'imita puis ouvrit son sac.

— Vous voulez un peu de réglisse ?

— Non, merci.

— Sinon j'ai aussi des chips de maïs, des raisins secs et des tranches de pomme séchée...

Il se retourna vers elle pour la regarder.

— Vous avez vraiment tout ça dans votre sac à main ?

— Ah, mais ce n'est pas le sac à main habituel, ce soir. C'est plutôt un kit de survie pour les nuits de surveillance. Car non seulement j'ai des friandises, mais j'ai aussi une crème antibiotique, des pansements, un flacon d'antalgique et un baume pour les lèvres, entre autres choses.

— Je peux donc manger des raisins secs pendant que vous me soignez et mes lèvres ne risquent pas de gercer, lui répondit-il.

— Vous avez tout compris. Vous voyez, c'est pour toutes ces raisons que vous ne pouvez pas vous passer de moi pour faire cette surveillance.

— J'ai aussi un kit vous savez.

— Vraiment ? Et qu'est-ce que vous avez ?

— Une lampe-torche et un revolver.

Ses mots ramenèrent brusquement Monica à la réalité. Ils n'étaient pas là pour rire et manger des friandises en plein milieu de la nuit. À tout moment, la situation pouvait devenir extrêmement dangereuse. Si le meurtrier les surprenait en train de le surveiller, elle savait qu'il n'hésiterait pas à les éliminer.

— Vous vous rendez compte que tout ça va peut-être durer plus d'une nuit ? demanda-t-il en la tirant de ses sombres pensées.

— Oui, j'en suis consciente, mais je pense qu'il va bientôt remettre ça.

— Je le crois également, affirma-t-il en regardant la maison.

Mais il est aussi possible que nous soyons en train d'épier le mauvais type. J'espère même qu'il ne s'agit pas de lui.

— Dites-m'en plus sur l'autre homme… Adam Kincaid.

— La femme d'Adam a été tuée après avoir retiré deux cents dollars à un guichet automatique. Un toxicomane l'a agressée pour lui prendre son argent. Elle aurait pu s'en tirer, mais il a frappé si fort sa tête sur le trottoir qu'il l'a tuée. Et, avant d'être jugé, l'intéressé s'est vu offrir l'immunité en échange de quelques noms pour faire tomber un gros réseau de trafiquants qui opérait dans la ville.

— Mon Dieu, je n'arrive pas à croire que la justice ait pu à ce point vous abandonner, s'étonna Monica.

— Dieu merci, ce genre d'affaires n'arrive pas tous les jours et la plupart des criminels finissent derrière les barreaux.

— Peut-être, mais je trouve terrifiant qu'aucun d'entre vous n'ait obtenu justice, reprit-elle. Cela a dû être terriblement difficile pour vous de savoir que Max était libre alors qu'il avait tué votre sœur.

— Ça a été difficile, en effet, reconnut-il.

Encore une fois, Monica retint sa profonde envie de prendre la main de Jake. Le chagrin et la colère que ces hommes avaient dû ressentir la bouleversaient.

— Je vais aller voir si sa voiture est là, dit-il soudain en saisissant sa lampe-torche. Si ça se trouve, il est déjà parti et nous surveillons une maison vide.

— Non ! s'exclama-t-elle en lui attrapant le bras. Je ne veux pas, c'est trop dangereux.

— Qu'est-ce que je peux bien risquer en allant jeter un coup d'œil à son garage ? demanda-t-il.

— Des lumières pourraient s'allumer ou une alarme se déclencher. Des chiens de garde pourraient soudainement apparaître… Des chiens avec des dents aiguisées, entraînés à tuer.

— Si ça arrive, répondit-il en dégageant doucement son bras, alors nous passerons au plan B.

— Et quel est le plan B ?

— Vous vous planquez et moi je prends mes jambes à mon cou.

Jake sortit de la voiture aussi silencieusement que possible puis il regarda un instant la maison de Clay. Hormis l'habituelle ritournelle des insectes nocturnes, tout était silencieux. La lune, qui était presque pleine, l'aidait à voir autour de lui, il n'avait donc pas besoin d'allumer sa lampe-torche. Mais, si cela était plus commode, cela signifiait aussi qu'il était lui-même visible. Il balaya du regard les maisons voisines pour s'assurer qu'aucune n'était éclairée. Heureusement, tout le monde semblait dormir et personne ne saurait jamais qu'il s'était trouvé sur les lieux à cette heure tardive de la nuit.

Après avoir traversé la rue, il se dirigea vers la porte du garage de Clay, qui avait une petite fenêtre. Mais, alors qu'il approchait du but, une lumière s'alluma soudain, éclairant la zone devant le garage. Son cœur manqua un battement. Une alarme s'était-elle déclenchée à l'intérieur de la maison ? Il jeta un rapide coup d'œil par la fenêtre puis s'éloigna en courant.

Son cœur battait si vite qu'il avait l'impression qu'il allait exploser dans sa poitrine. Il courut sans regarder derrière lui. Quand il fut trois maisons plus loin, il se cacha derrière un arbre et prit quelques profondes inspirations pour essayer de ralentir son rythme cardiaque.

Il se demanda soudain si cette idée de surveillance n'était pas totalement stupide. Cependant, cela restait le seul moyen de pouvoir identifier le tueur. Et il avait le sentiment que cette responsabilité lui incombait.

Quelques minutes plus tard, la lumière s'éteignit enfin et la propriété de Clay fut à nouveau plongée dans l'obscurité. Rien dans la maison n'indiquait que quelqu'un s'était réveillé, tout semblait parfaitement normal et tranquille.

Ce n'était qu'un simple détecteur de mouvement, pas une

alarme ni rien de ce genre, juste une lampe qui s'allumait automatiquement.

Il attendit encore quelques instants puis, rassuré, se dirigea vers sa voiture.

Monica était recroquevillée sur son fauteuil et écarquilla grand les yeux quand il ouvrit sa portière et se glissa derrière le volant.

— Est-ce que nous sommes en sécurité ? lui demanda-t-elle d'un ton inquiet.

— Oui, vous pouvez vous redresser.

Elle se laissa aller en arrière sur son siège et poussa un profond soupir.

— C'était un peu effrayant.

— Je vous avais prévenue que ce ne serait pas une sinécure. Vous êtes maintenant d'accord pour me laisser faire ça tout seul ? Je vous promets que je vous préviendrai dès que j'aurai découvert l'identité du tueur.

— Jamais de la vie, répondit-elle en secouant la tête. Nous sommes partenaires et nous le resterons jusqu'au dénouement de toute cette affaire.

Jake avait espéré qu'elle insisterait pour qu'il la ramène chez elle et lui permette de continuer sa mission de surveillance seul. Son parfum le déconcentrait et sa présence le perturbait. Faire équipe avec elle ne lui posait pas réellement de problème, mais le fait qu'elle soit si séduisante par contre…

Ces deux dernières années, il s'était isolé du monde. Il avait fui toute forme de vie sociale et ne s'était concentré que sur son travail. Il avait prévu de rester seul jusqu'à la fin de ses jours, comme pénitence pour tout ce qu'il s'était passé la nuit où sa sœur avait été assassinée.

Monica était la première femme qui, depuis lors, lui faisait un peu d'effet. Il ne pouvait s'empêcher de regarder son corps, petit mais si bien proportionné. Sa peau avait l'air douce, et il aimait beaucoup la manière dont ses yeux brillaient ainsi que la forme de sa bouche.

Mais plus qu'une attraction physique, il y avait également quelque chose en elle, dans son énergie, qui le fascinait. Un mélange de curiosité et d'intelligence, avec un zeste d'optimisme, qui lui rappelait sa propre façon d'aborder les choses avant la mort de Suzanna.

Heureusement, Monica semblait uniquement préoccupée par son scoop, la situation ne risquait donc pas de dégénérer.

— Vous avez pu voir si sa voiture était dans son garage ? demanda-t-elle.

— Oui, elle y était.

— Je dois vous avouer que j'ai eu très peur pour vous quand la lumière s'est allumée.

— J'ai eu moi-même une sacrée frousse, reconnut-il. Mais, Dieu merci, elle a été déclenchée par un détecteur de mouvement et j'ai échappé aux terribles chiens aux dents aiguisées.

Il s'appuya contre le dossier de son siège et regarda la rue déserte devant eux. Ils avaient parié sur cette tranche horaire, pendant laquelle le tueur avait assassiné ses précédentes victimes, et il était à présent presque minuit. Ils n'auraient qu'à rester jusqu'à un peu plus de 2 heures du matin, puis il raccompagnerait Monica chez elle.

— Tout ça risque de perturber notre emploi du temps dans la journée, dit-il finalement.

— Je n'ai pas vraiment d'emploi du temps, lui répondit-elle. Tant que je peux passer quelques heures à faire mes recherches et préparer ma prochaine émission pour le soir, je peux dormir aussi tard que je veux le matin.

— Je ne peux malheureusement pas m'offrir un tel luxe. Nous sommes en train de construire un gratte-ciel et j'ai besoin d'être sur le chantier tous les jours pour travailler avec le maître d'œuvre.

— Surtout faites attention de ne pas vous endormir tout en haut, la chute risquerait de vous être fatale.

— Faites-moi confiance, déclara-t-il en souriant. Je porte

toujours un équipement de sécurité quand je monte tout là-haut et, en général, je ne fais pas de folies.

— Rester dans votre voiture au beau milieu de la nuit pour essayer d'arrêter un *serial killer* ne vous paraît pas être quelque chose de fou ?

— Oh si, c'est assez délirant je dois l'admettre, mais j'ai le sentiment que c'est mon devoir. Je n'ai pas l'impression que quelqu'un d'autre le traque et nous savons tous les deux qu'il n'a, pour le moment, pas commis la moindre erreur et que la police stagne dans son enquête.

Elle se pencha vers lui et posa une main sur son avant-bras. Ses doigts étaient chauds et doux, et il résista à l'envie de répondre à son geste.

— Jake, je trouve que ce que vous faites est admirable.

— Croyez-moi, je suis loin d'être quelqu'un d'admirable, répondit-il, en constatant avec soulagement qu'elle retirait sa main.

Malgré cela, il eut soudain trop chaud. Alors qu'il mettait le moteur en marche pour allumer la climatisation, il sentit qu'elle l'observait mais ne tourna pas la tête pour croiser son regard.

— Je soupçonne que cet homme aurait tué de toute façon, avec ou sans la participation de quelqu'un d'autre. Il semble se prendre pour Dieu et, d'après ce qu'on peut constater, il a l'air d'adorer ce qu'il fait.

— C'est pour cette raison que nous devons l'arrêter le plus vite possible. J'ai peur qu'après avoir éliminé tous ceux qui nous ont fait du mal, il ne cherche à poursuivre son œuvre. Tous les gens accusés de crime ne sont pas forcément coupables et nous n'avons aucun moyen de savoir qui seront ses nouvelles cibles.

Étrangement, il lui semblait facile d'évoquer le sujet des meurtres avec elle. Il n'avait pas envie de lui parler de la pluie et du beau temps. Il ne voulait pas la connaître mieux.

Ils étaient partenaires, suivaient le même objectif, mais leur relation devait en rester là.

À présent que l'air était plus frais, il coupa le moteur à nouveau.

— Vous m'avez dit que vos deux parents étaient morts, demanda-t-elle. Que leur est-il arrivé ?

Manifestement, elle ne semblait pas partager le même avis que lui. Il soupira. Il pensait rarement à ses parents, qui avaient passé la plupart de leur vie à prendre de mauvaises décisions.

— Ils étaient tous les deux toxicomanes. Quand Suzanna et moi avons eu onze ans, mon père a fait une overdose. Ma mère a essayé de se sevrer et de reprendre une vie normale, mais elle n'y est jamais parvenue. Elle a fait, elle aussi, une overdose et elle est morte quelques jours après notre dix-huitième anniversaire.

— Oh ! je suis désolée, répondit-elle, l'air sincèrement attristée.

— Merci, mais c'était il y a longtemps.

Son enfance avait été terrible, mais il s'était toujours accroché à l'idée que c'est ce qui lui avait permis d'être fort et que les épreuves les avaient rapprochés, sa sœur et lui. Alors qu'ils avaient déjà un lien incroyablement puissant puisqu'ils étaient jumeaux. Quoi qu'il en soit, tous les deux avaient toujours su qu'ils ne pourraient compter que sur eux-mêmes pour s'en sortir dans la vie.

— Et vous, reprit-il, parlez-moi un peu de votre père et de vos sœurs.

Même s'il n'avait pas envie d'en savoir plus sur elle, il lui semblait obligatoire de lui poser quelques questions, ne serait-ce que par simple politesse. Et puis, cela lui permettrait de parler d'autre chose que de sa vie misérable.

Monica changea de position et se pencha vers lui.

— Mes sœurs ont cinq et six ans de plus que moi. Addie est l'aînée. Elle est mariée, a deux filles et est infirmière. Elizabeth est aussi mariée et a une petite fille. Elle et son mari ont leur propre cabinet d'avocats. Dès la naissance, je n'ai été qu'une source de déception pour mon père. Comme je vous l'ai dit, j'étais censée être le fils dont il avait toujours rêvé.

— Je suis certain que cela n'a rien changé à l'amour qu'il vous porte, répliqua Jake.

— Je n'en suis pas si sûre, j'ai toujours eu l'impression que je devais faire plus que tout le monde pour lui plaire. En outre, mes deux sœurs sont toutes les deux des modèles de vertus et de réussite. Sans compter que ma petite période de rébellion à l'adolescence n'a rien arrangé.

Sans réellement savoir pourquoi, Jake n'était pas surpris par ce que lui confiait Monica.

— Rébellion ?

— Cela n'a pas été si terrible que ça, la traditionnelle crise d'adolescence... Je ne respectais plus les horaires et je faisais un peu trop la fête. Et puis, dernièrement, mon père n'a pas été vraiment enchanté par mes choix de carrière. Il pense que je perds mon temps avec le podcast et que je joue comme une enfant. Il ne comprend pas que ce travail est ma passion et que c'est la voie professionnelle que j'ai choisi d'emprunter.

Pendant l'heure et demie qui suivit, ils évoquèrent leurs métiers respectifs. Monica lui raconta les articles et sujets sur lesquels elle avait travaillé dernièrement, y compris son enquête sur les gangs, et Jake lui parla des bâtiments qu'il prévoyait de faire construire et du plaisir qu'il ressentait lorsqu'il les voyait sortir de terre.

Il finit par céder et mangea quelque chips de maïs, puis ils burent les canettes de soda qu'elle avait apportées.

Ils discutèrent ensuite sur un ton léger et essayèrent de déterminer quelle pouvait être la meilleure chose à grignoter. Il aimait les choses salées, les noix, et elle était définitivement plus tentée par les bonbons sucrés. Il était facile de bavarder avec elle, et Jake se sentit rapidement totalement détendu. Ils parlèrent aussi un peu de politique et tombèrent d'accord sur le fait que certains problèmes méritaient d'être traités autrement.

Quand il fut finalement 2 heures du matin, Jake s'étonna de la vitesse à laquelle le temps avait passé.

— Je crois que nous pouvons rentrer maintenant, dit-il. Si Clay est notre homme, ce n'est pas ce soir qu'il va tuer quelqu'un.

— Je suis d'accord, répondit-elle en mettant sa ceinture de sécurité. Vous pensez vraiment que le tueur est l'un de ces deux hommes ?

Jake s'attacha également, démarra puis il déclara, en fronçant les sourcils :

— Je suis sûr et certain que le tueur ne peut pas être Nick Simon ni Troy Anderson. Ils ont été bouleversés quand les hommes qu'ils étaient censés éliminer ont été tués. Je sais aussi qu'ils ont vite pris leurs distances avec ce groupe. Ils ont rencontré de nouvelles femmes et ne veulent plus rien avoir à faire avec cette histoire. Par contre, je ne suis pas aussi certain de la totale innocence de Matt Harrison. Mais il peut tout à fait s'agir de Clay ou d'Adam.

— Allons-nous revenir devant chez Clay demain soir ? demanda Monica en couvrant sa bouche avec sa main pour cacher un bâillement.

— Je crois qu'il faut que nous continuions à le surveiller jusqu'à ce qu'il se passe quelque chose.

Jake sentit un nœud se créer en lui. Ce « quelque chose » serait probablement le meurtre d'un homme si lui et Monica n'arrivaient pas à l'en empêcher. Il pria soudain pour y parvenir à temps.

Ils restèrent silencieux pendant la fin du trajet.

— Vous pouvez conduire jusque chez vous ? demanda-t-il en se garant devant chez lui.

— Oui, ne vous en faites pas. Pour demain, rendez-vous à la même heure ?

— À moins que vous n'ayez envie de dîner une nouvelle fois avec moi, proposa-t-il tandis qu'ils sortaient tous les deux du véhicule. Vous m'avez dit que vous aimiez la cuisine mexicaine, et si je vous emmenais chez El Chappo ?

Sous la lumière argentée de la lune, il vit apparaître la joie dans ses yeux pétillants et dans la courbe de son sourire. Bon sang, se maudit-il, mais qu'est-ce qu'il lui prenait ?

— J'aimerais beaucoup. J'y ai déjà mangé plusieurs fois et j'adore leur cuisine. Et si nous nous y retrouvions vers 18 heures ?

— Parfait, répondit-il, même s'il brûlait d'envie d'annuler maintenant son invitation.

Quelques instants plus tard, il la regarda monter en voiture, démarrer et s'éloigner. Il attendit que ses phares disparaissent de son champ de vision pour se retourner et rentrer chez lui.

Quand il pénétra dans sa chambre et se prépara à se mettre au lit, il sentit l'épuisement le gagner. Cela faisait des années qu'il n'avait pas eu d'interaction sociale avec quelqu'un. Il avait repoussé tous ceux qui avaient essayé de nouer des liens avec lui et même ses anciens amis, ne se consacrant qu'à son chagrin et à sa colère.

Même si ce soir Monica et lui n'avaient pas parlé de choses vraiment importantes, discuter et échanger avec elle lui avait fait beaucoup de bien. Et il avait l'impression que cela avait réveillé en lui un appétit, comme s'il en voulait plus. Comme s'il voulait passer plus de temps avec elle...

Nom d'un chien, se dit-il, jamais il n'aurait dû l'inviter à dîner. Il avait été totalement stupide. Il ne voulait pas qu'elle puisse penser qu'elle pouvait représenter pour lui autre chose qu'une partenaire dans sa traque du tueur en série.

Certes, il aimait sa compagnie mais ce n'était pas une bonne chose. Elle le faisait rire, mais il n'y avait de place dans sa vie ni pour les rires ni pour aucune source de plaisir. Car, si c'était bien Max Clinton qui avait tué sa sœur, jamais Jake ne pourrait oublier ce qu'il avait fait, lui aussi, ce soir-là.

4

Quand elle entra chez El Chappo, Monica sentit tous ses sens s'éveiller. Une musique entraînante résonnait dans le restaurant aux murs peints de mille couleurs, et de délicieux effluves de tortillas, de cochon grillé, d'oignons et de sauce enchilada s'échappaient des cuisines.

Mais ce fut la vision de Jake, qui patientait assis à une table dans le fond, qui la bouleversa le plus. Il était si beau. Et elle aimait tant la tonalité de sa voix grave et encore davantage le grondement de son rire.

Elle n'avait pas envie de l'admettre, mais elle avait rêvé de ce moment toute la journée. Elle ne s'était pas attendue à l'apprécier autant... Enfin, elle avait surtout besoin de lui pour couvrir l'affaire la plus importante de toute sa carrière et, bien sûr, celle-ci restait au sommet de ses priorités. Elle devait seulement ne pas l'oublier. Ça et le fait qu'elle n'était pas prête à s'engager dans une relation, qu'elle voulait consacrer tout son temps et toute son énergie à sa carrière, et uniquement à sa carrière.

— Bonsoir, monsieur Lamont, dit-elle en prenant place en face de lui.

— Bonsoir, mademoiselle Wright, répondit-il en lui souriant. J'espère que vous avez faim.

— Je meurs de faim.

Elle prit une poignée de chips dans la petite corbeille qui

se trouvait au milieu de leur table et en trempa une dans un bol de sauce pimentée avant de la mettre dans sa bouche.

— Hum, j'adore ces petites chips.

— Elles sont addictives, répondit-il en l'imitant.

— Vous n'avez pas l'air trop fatigué pour quelqu'un qui a fait des heures supplémentaires.

En vérité, il était même incroyablement séduisant dans sa chemise blanche, avec ses cheveux brillants et sa peau bronzée.

— J'ai réussi à faire une sieste en douce cet après-midi. Et vous ?

— J'ai dormi jusqu'à presque 11 heures.

Une serveuse apparut pour prendre la commande de leurs boissons. Jake demanda un soda et elle choisit un daiquiri à la fraise. Quelques minutes plus tard, leurs boissons étaient sur la table et ils commandèrent leurs plats.

— Et à part votre petite sieste, comment s'est passée votre journée ? demanda-t-elle, une fois la serveuse partie.

— Bien, tout se passe comme prévu sur le chantier et c'est toujours une bonne chose quand les délais sont respectés. Et vous ?

Il la regarda avec tant d'intensité qu'elle eut soudain l'impression de manquer d'air. Dans d'autres circonstances, elle se serait laissé envoûter avec plaisir par ses magnifiques yeux verts, mais elle choisit d'ignorer son trouble et reprit une chips.

— Ma journée a été plutôt bonne également. J'ai fait quelques courses pour mon père car, comme vous le savez, je n'ai pas de véritable travail...

Elle ne put masquer l'irritation dans son ton et se vengea sur une nouvelle chips qu'elle croqua avec ardeur.

— Ça vous arrive souvent ?

— De faire des courses pour mon père ? Bien plus que ça ne devrait, répliqua-t-elle en lui adressant un grand sourire. Mais tout changera quand nous aurons accompli notre mission et que je pourrai dévoiler le plus grand scoop de toute ma carrière !

Elle savait qu'ainsi elle obtiendrait enfin la reconnaissance paternelle qu'elle attendait depuis toujours. C'était son unique but, gagner l'amour et le respect de son père, ces deux choses qui lui manquaient tant dans la relation qu'ils entretenaient.

Bien que la plupart des tables du restaurant soient occupées, ils furent servis assez rapidement. Jake avait commandé un *burrito* farci au porc et elle avait pris des *enchiladas* au fromage. Les assiettes étaient généreuses et servies avec du riz et des haricots rouges.

— Je pourrais manger ça tous les soirs, dit-elle d'un ton joyeux.

— Même si j'aime bien ça, pour ma part j'en serais tout à fait incapable.

— Quel est votre plat préféré ?

— Un bon steak, répondit-il presque instantanément. Avec des pommes de terre au four. Ça, je pourrais le manger tous les soirs.

— Avec une sauce béarnaise ?

— Absolument, fit-il en souriant.

— Vous cuisinez ? lui demanda-t-elle, l'air curieux.

Il ne pouvait pas être parfait, pensa-t-elle.

— Je peux me nourrir pour rester en vie, mais je ne fais rien de sophistiqué, et vous ?

— Moi non plus et je dois avouer que je préfère les choses qui vont directement du carton au micro-ondes. Cela m'a toujours paru trop compliqué de cuisiner pour moi-même.

— Je crois que j'aurais dû vous poser cette question plus tôt, mais vous avez quelqu'un dans votre vie ?

Une nouvelle fois, il lui jeta un regard si intense qu'elle eut soudain l'impression d'être la créature la plus fascinante vivant à la surface de la terre.

— Oui, j'ai quelqu'un dans ma vie : mon travail. Je ne peux même pas me souvenir de mon dernier rendez-vous galant. Voilà pourquoi j'aime ce que nous faisons ensemble, je veux dire : même si ce n'est pas un rendez-vous galant ni rien de ce genre, bien sûr, ajouta-t-elle rapidement en rougissant.

— Non, ce n'est définitivement pas un rendez-vous, répondit-il en fronçant les sourcils. Nouer des relations, quelles qu'elles soient, ne m'intéresse pas.

Elle eut soudain envie de lui demander pour quelle raison, s'il ne souhaitait pas avoir de relation, il l'avait invitée à dîner. Mais dans ses yeux était apparue une ombre qui la dissuada de continuer sur cette voie.

— La seule chose qui me manque dans le fait de n'avoir personne dans ma vie est que je n'aime pas vraiment prendre mes repas toute seule, dit-elle finalement.

— Voilà la raison pour laquelle je vous ai invitée à dîner ce soir. J'apprécie un bon repas, mais il est encore meilleur quand on est en bonne compagnie.

Elle lui sourit, soulagée de constater que l'ombre qu'elle avait aperçue avait disparu.

— Au moins, vous appréciez de le partager avec moi.

— Je ne vois pas comment je pourrais dire le contraire.

Une vague de chaleur submergea Monica. Mon Dieu, que lui arrivait-il ? Pourquoi ne pouvait-elle s'empêcher de considérer sa relation avec Jake comme autre chose qu'un moyen pour obtenir ce qu'elle voulait ? Pourquoi son sourire et son regard intense faisaient-ils battre son cœur aussi vite ?

Solitude. Le mot lui vint à l'esprit alors qu'elle prenait une nouvelle bouchée de son *enchilada*. La plupart du temps, elle se maintenait suffisamment occupée pour ne jamais se sentir seule.

Mais parfois, quand elle contemplait un magnifique coucher de soleil, pensait à quelque chose de drôle ou était juste assise dans son salon, alors elle sentait le lourd poids de la solitude peser sur ses épaules.

Cependant, elle n'avait pas prévu de remédier à cette situation. Son travail passait avant tout, il serait toujours temps de s'investir dans une véritable relation une fois qu'elle se serait fermement établie dans son domaine.

— J'ai refait le stock de provisions pour ce soir, dit-elle d'un ton volontairement enjoué. Au menu, pop-corn, chips de pomme de terre et cacahuètes juste pour vous.

— Vous n'étiez pas obligée, répondit-il en esquissant un nouveau sourire. J'espère que vous avez quand même pris quelques friandises sucrées pour vous ?

— Évidemment. J'essaye d'arrêter de me ronger les ongles, alors j'ai toujours des choses à grignoter ou des chewing-gums avec moi.

— Et ça marche ?

— Pas vraiment, non, admit-elle en laissant échapper un soupir. La plupart du temps, je les ronge sans même m'en rendre compte.

— Il me semble avoir entendu dire que mettre de la sauce pimentée dessus pouvait aider.

— Oui, je l'ai entendu dire aussi. Mais le problème c'est que j'adore la sauce pimentée, alors ça ne changerait pas grand-chose...

Elle marqua soudain une pause et regarda autour d'elle en fronçant les sourcils.

— Vous ne trouvez pas que c'est un peu enfumé ?

— Maintenant que vous me le faites remarquer, je trouve aussi, oui. Ils ont dû faire brûler quelque chose en cuisine.

— Au moins, nous savons que ce ne sont pas nos plats, dit-elle en riant. Comment est votre *burrito* ?

— Absolument délicieux et votre *enchilada* ?

— Je crois que je n'ai jamais mangé de mauvaise enchilada, répondit-elle. Et celle-ci est parfaite !

— Quel autre plat mexicain aimez-vous ?

— Tous !

Soudain, des cris leur parvinrent de la cuisine. L'ambiance changea dans la salle du restaurant, et le silence se fit tandis que l'agitation semblait grandir dans l'arrière-salle.

Plusieurs hommes qui portaient des tabliers blancs sortirent de la cuisine et traversèrent la salle en courant.

— Il y a le feu ! cria l'un d'entre eux.

La panique envahit la salle. Les clients quittèrent leurs tables et se bousculèrent jusqu'à la porte du restaurant. Il y avait une sortie de secours, non loin de l'endroit où étaient installés Jake et Monica, et même si elle se trouvait près de la cuisine, elle était moins prise d'assaut que l'entrée principale.

Ils se levèrent, et Jake conduisit Monica jusqu'à l'issue tandis que plusieurs personnes se précipitaient dans la même direction qu'eux.

La fumée s'épaississait et des vagues de chaleur s'échappaient maintenant de la cuisine. Jake poussa la porte, mais celle-ci devait être verrouillée car elle refusa de s'ouvrir. Malgré cela, les gens derrière eux se mirent à pousser et à s'agiter, manifestement incapables de contenir leur peur.

Tandis qu'on se pressait contre elle, Monica sentit l'affolement la gagner. S'ils ne mouraient pas asphyxiés ou brûlés, ils finiraient écrasés et piétinés.

— Laisse-nous sortir, mec ! cria un homme derrière eux.

— C'est fermé ! lui répondit Jake. La porte est verrouillée, nous ne pourrons pas sortir par ici.

La chaleur devenait plus étouffante et les gens continuaient de pousser. Finalement, la foule sembla enfin comprendre que cette issue était bloquée et elle se dirigea vers la porte principale. Jake passa son bras autour de la taille de Monica et la serra contre lui tandis qu'ils suivaient la même direction.

Quand ils furent enfin sortis du restaurant, ils constatèrent que deux camions de pompiers, trois voitures de police et plusieurs véhicules des médias étaient déjà sur place. Tous ceux qui venaient d'en sortir se tenaient debout, immobiles, ne sachant visiblement pas ce qu'ils devaient faire.

Des flashs illuminaient les lieux, des journalistes tendaient des micros aux clients et bientôt deux ambulances vinrent se garer sur le parking, au son assourdissant des sirènes.

Jake serra Monica contre lui et lui murmura à l'oreille :

— Il ne devait pas se passer grand-chose ce soir... Et si nous allions faire un tour ailleurs ?

— Bonne idée, lui répondit-elle.

Ils se dirigèrent vers leurs voitures, et Monica fut heureuse de constater que personne ne s'était garé devant elle.

— Eh bien, c'était plutôt distrayant, lui dit-elle.

— Beaucoup plus que ce que j'imaginais en vous proposant de venir dîner ici, affirma-t-il en regardant le restaurant et les ambulances. Heureusement que personne n'a été blessé.

— Pendant un instant, j'ai cru que j'allais me faire écraser par la foule.

— Je ne les aurais pas laissés faire.

— Eh bien, merci, lui dit-elle en se sentant réconfortée par ses mots chaleureux. Retrouvons-nous plus tard, alors ?

Elle avait envie de rentrer chez elle, à présent, pour ajouter quelques mots sur cet incendie dans son émission du soir.

Et puis, elle ressentait le besoin de prendre un peu de distance avec Jake. Quand il l'avait enlacée et qu'elle avait senti son corps se presser contre le sien, elle avait soudain eu envie de rester ainsi pour toujours et c'était un sentiment dont elle devait se méfier.

— Tout pour le scoop, murmura-t-elle pour elle-même tandis qu'elle roulait en direction de sa maison.

Jake se réveilla le matin suivant, la peur au ventre. Il avait tout fait, ces derniers jours, pour ne pas penser à cette date qui arrivait, mais ses efforts avaient été vains. Dès qu'il ouvrit les yeux, l'angoisse fut là, comme si elle l'attendait patiemment.

Deux années s'étaient passées depuis qu'il avait poussé la porte de la maison de Suzanna et l'avait découverte, inanimée, dans sa chambre à coucher. Le souvenir de ce moment et la vision de sa sœur, le corps meurtri, resteraient à jamais gravés dans sa mémoire. Sans oublier cette terrible odeur de mort qui planait dans l'air.

À cet instant, il avait voulu courir vers elle, la prendre dans ses bras, pleurer et... crier. Mais il ne l'avait pas fait.

Malgré la terrible douleur qui lui retournait les tripes, quelque chose dans son esprit l'avait mis en garde : il savait qu'il ne devait rien toucher. Il était alors sorti de la chambre à coucher et avait appelé la police. Puis, il s'était effondré dans le couloir. C'était un policier qui l'avait découvert, allongé sur le sol et l'avait fait sortir lentement de la maison. Il s'était ensuite assis avec lui dans la voiture de patrouille et l'avait laissé sangloter sur son épaule.

Une fois calmé, il avait été capable de faire une déclaration. Le policier l'avait alors escorté jusque chez lui pour s'assurer qu'il rentrait sans encombre.

Secouant la tête pour essayer de revenir au présent, Jake se leva pour aller prendre sa douche, s'habilla puis sortit chercher son journal sur le perron. Il allait devoir s'occuper pour garder les souvenirs à distance et ne pas s'attarder sur cet horrible anniversaire.

Il prépara du café puis s'assit à son bureau pour lire les nouvelles Il ne fut pas surpris en découvrant en deuxième page un article qui évoquait l'incendie de la veille. Celui-ci était illustré par une photo de l'endroit. Au milieu des autres clients, on pouvait reconnaître Jake qui tenait Monica dans ses bras.

La veille, ils avaient encore passé plusieurs heures devant la maison de Clay, mais il ne s'était rien passé. Il avait seulement découvert que la couleur préférée de Monica était le bleu lavande, qu'elle aimait les vieux tubes de rock'n'roll et qu'elle faisait de délicieux petits bruits quand elle mangeait des oursons en gélatine.

Quand il l'avait enlacée en sortant du restaurant, il s'était étonné du naturel avec lequel leurs deux corps semblaient s'accorder l'un avec l'autre.

S'il était heureux de lire son journal en buvant son café, il savait qu'il allait devoir partir rapidement pour le chantier car ce n'était qu'une fois arrivé sur les lieux de son travail qu'il cesserait de penser à Monica. Et il voulait absolument s'empêcher d'imaginer sa chambre aux murs couleur lavande et de songer aux adorables petits sons qu'elle pourrait faire si ses lèvres venaient se poser sur les siennes.

Il ne voulait penser ni à Monica ni à l'anniversaire de la mort de sa sœur.

Cela avait été si affreux. À midi, alors qu'il était sans nouvelles de Suzanna, il avait compris que quelque chose de grave était arrivé. Car non seulement elle ne l'avait pas appelé, mais elle n'avait pas non plus répondu à ses coups de téléphone.

Il avait alors conduit jusque chez elle à toute allure, sentant naître au fond de lui un terrible pressentiment. Sa mort avait été un moment déterminant pour lui, elle avait changé le cours de sa vie.

Il refoula ses souvenirs au plus profond de son esprit et quitta la maison à 8 heures. Puis il se rendit sur le chantier de construction, espérant que ses collègues lui changeraient les idées.

— Salut, Jake, lui lança Brett Cummings, le contremaître, en le voyant sortir de sa voiture. J'espérais que tu viendrais aujourd'hui.

— Comment ça se passe ? s'enquit Jake.

Quand le contremaître souhaitait le voir, c'était généralement qu'il y avait un problème.

— Je me demandais si vous pouviez grimper un moment avec moi pour qu'on regarde une nouvelle fois les plans des deux prochains étages.

— Bien sûr, répondit-il.

Les deux hommes montèrent dans l'ascenseur qui les emmena jusqu'au seizième étage où le bureau du contremaître était installé dans une petite cabine, elle-même posée sur un enchevêtrement de poutres ressemblant à une belle toile d'araignée.

Quand les portes de l'ascenseur s'ouvrirent, ils restèrent tous les deux derrière la ligne de sécurité qui, au moindre faux pas, les empêcherait de faire une chute mortelle.

— Au moins, le beau temps va nous permettre de respecter le calendrier, lui dit Brett tandis qu'ils avançaient sur les poutres.

— Respecter la *deadline* et le budget est toujours une bonne chose, répondit Jake. Sam sera le plus heureux des hommes.

Sam Watterson était le commanditaire et propriétaire du projet. Il était un promoteur réputé de Kansas City et était impliqué dans de nombreux autres projets de la ville.

Pendant l'heure qui suivit, Jake résolut tous les problèmes qui avaient besoin de l'être auprès du contremaître et, cette tâche effectuée, il alla ensuite faire le tour du chantier pour saluer les ouvriers. Il avait toujours pensé qu'il était important de connaître les hommes grâce à qui ses simples plans devenaient de réels bâtiments.

Il était plus difficile pour lui de bavarder aujourd'hui, mais il fit un effort et, quand il eut fini sa promenade, il retourna à sa voiture, s'installa derrière le volant et prit un instant pour regarder le chantier qui progressait sous ses yeux.

La conception de cet immeuble avait été un des nombreux projets sur lesquels il avait travaillé avec Suzanna avant qu'elle disparaisse. C'était un projet audacieux et il lui avait fallu près de deux années pour trouver ceux qui seraient prêts à investir afin que leur rêve prenne vie.

Et le voir aujourd'hui se concrétiser alors que sa sœur n'était plus là lui laissait un goût amer dans la bouche. Sa sœur et lui étaient venus bien des fois, la nuit, sur les chantiers en cours pour grimper sur les poutres et regarder les étoiles au-dessus de leurs têtes. Suzanna avait toujours adoré contempler la voie lactée et lui montrer les différentes constellations. C'était pour cette raison qu'il avait appelé son cabinet d'architecte Lamont and Star.

Bon sang, elle lui manquait tellement. Son visage souriant lui manquait. Leurs discussions sur les projets en cours lui manquaient. Ils partageaient tellement de choses et ils étaient si proches l'un de l'autre.

Une puissante vague de chagrin le submergea et un intense sentiment de culpabilité se réveilla en lui. S'il avait pris une décision différente cette nuit-là, Suzanna serait probablement encore en vie. S'il n'avait pas été si égoïste…

Il n'aurait pu dire depuis combien de temps il était assis dans sa voiture à penser à sa sœur quand il vit soudain la voiture de Monica se garer près de lui. Il la regarda en écarquillant les yeux. Que diable pouvait-elle bien faire ici ?

Il sortit et attendit qu'elle fasse de même avant de la saluer.

— Salut !

— Vous avez vu le journal du jour ? lança-t-elle en lui adressant un grand sourire.

— Absolument.

— On dirait que nous sommes célèbres à présent.

— Pas tant que ça, nos noms n'ont pas été mentionnés… C'est pour me dire ça que vous êtes venue jusqu'ici ?

Vêtue d'un short blanc et d'une chemise jaune vif, elle était comme un rayon de soleil dans cette journée qui avait été, pour lui, si sombre jusqu'à présent.

— Oui et non, répondit-elle. En fait, j'étais curieuse de savoir si vous aviez vu l'article, mais je vous ai aussi apporté de quoi déjeuner.

— De quoi déjeuner ? répéta-t-il, stupéfait.

— Oui, vous savez, c'est quand les gens se nourrissent en milieu de journée, en général vers midi.

— Avions-nous parlé de manger ensemble aujourd'hui ? demanda-t-il en essayant de se remémorer leur discussion de la veille, devant la maison de Clay.

— Non, pas du tout, mais j'ai pensé qu'aujourd'hui était un bon jour pour déjeuner entre partenaires.

En voyant son sourire et la douceur de son regard, il comprit qu'elle savait. Elle savait qu'aujourd'hui était l'anniversaire de la mort de sa sœur et elle était venue lui proposer son soutien pour traverser cette épreuve.

Une partie de lui voulait lui ordonner de rentrer chez elle et de le laisser tranquille pour ruminer ses pensées mélancoliques. Il n'avait pas besoin de sa pitié.

Pourtant, lorsqu'elle se tourna et sortit un panier du côté passager de sa voiture, il vit briller quelque chose qui ressemblait à de l'appréhension dans ses yeux, comme si elle savait qu'elle pouvait ne pas être la bienvenue.

— J'espère que vous aimez le jambon et le fromage.

Il sentit soudain un grand sentiment de gratitude naître en lui.

— J'adore le jambon et le fromage, répondit-il, finalement ravi qu'elle soit venue jusqu'à lui.

Elle parut soudain s'illuminer, ses yeux se mirent à pétiller et elle afficha un immense sourire.

— Où pouvons-nous nous installer ?

— Vous avez apporté de quoi manger, je m'occupe donc de nous trouver un endroit, déclara-t-il en attrapant le panier pour lui prendre la main.

Il la guida sur le côté du bâtiment où étaient installés quelques chaises et des tréteaux sur lesquels reposait une planche de bois contreplaqué. Il posa le panier au milieu de cette table d'appoint et tira deux chaises.

— Ce n'est pas le Ritz..., commença-t-il.

— Mais c'est parfait pour pique-niquer, poursuivit-elle en sortant les victuailles.

Elle déplia une nappe à carreaux rouge et blanc, et Jake l'aida en couvrir la table, encore ému de son initiative. Puis elle déballa des sandwichs au jambon et au fromage, une salade de pommes de terre, des petits paquets de chips, une salade de fruits et des cookies.

— Mais ce n'est pas un déjeuner, c'est un festin, dit-il tandis qu'elle sortait deux canettes de soda.

— Je ne connais pas vos habitudes pour le déjeuner.

— Il m'arrive de ne rien manger ou de prendre un hamburger dans un restaurant, au coin de la rue.

Le bruit assourdissant du chantier diminua soudain tandis que les ouvriers prenaient leur pause déjeuner. Alors que Monica et lui commençaient à manger, elle lui posa des questions sur l'immeuble.

— Qu'est-ce que ça sera ?

— Le premier étage sera une grande épicerie. Ils espèrent attirer plus de monde dans ce quartier, un endroit pour faire des courses sera donc le bienvenu.

— Et le reste ? demanda-t-elle en considérant le squelette du bâtiment par-dessus son épaule.

— Les quinze autres étages seront réservés à des bureaux et des lofts qui seront mis en vente.

— Je ne suis pas sûre que j'aimerais vivre aussi haut, fit-elle remarquer.

— Vous êtes sujette au vertige ?

— Un peu, pourquoi ?

— Il n'y a pas de meilleur endroit pour regarder les étoiles que les poutres tout là-haut, au sommet. Suzanna et moi avions l'habitude d'y monter pour les contempler. Peut-être que cela vous intéresserait de prendre un petit cours d'astronomie avec moi, une nuit où nous ne serons pas en mission de surveillance ?

Elle se tourna une nouvelle fois pour observer l'immense structure.

— J'imagine que ça doit être une expérience exaltante.

— On peut dire ça, oui.

— Il y a des cordes de sécurité ou des choses dans ce genre ?

— Évidemment.

— Alors je suis partante, dit-elle en plongeant son regard dans le sien.

— Eh bien, nous ferons ça bientôt.

Il n'était pas monté sur le building de nuit depuis que

Suzanna était morte. Il n'avait pas eu envie de le faire seul alors qu'il savait que les souvenirs d'elle risquaient de l'assaillir, une fois là-haut.

Avec Monica, il était difficile d'être triste ou déprimé. Quelque chose d'incroyablement optimiste émanait d'elle. Elle lui rappelait qu'il était encore possible de rire et qu'il existait toujours des moments de satisfaction et de pur bonheur dans la vie.

Même si rien de tout cela n'importait véritablement. Il ne pouvait pas se permettre de tomber amoureux d'elle. Car, si elle apprenait le rôle qu'il avait joué dans le meurtre de sa sœur, elle le rejetterait avec dégoût. Il avait cette nuit-là pris la décision de ne jamais oublier ce qu'il avait fait et de ne jamais se le pardonner.

— Vous aimez bien les chiens ? demanda-t-elle tout à coup, le tirant de ses sombres pensées.

— Je les préfère aux chats.

— Vous n'avez jamais eu envie d'en prendre un ?

— J'y pense de temps à autre, mais mon emploi du temps est si compliqué avec mon travail qu'un chien ne serait pas très heureux avec moi. Je suis absent la plupart du temps... Pourquoi me demandez-vous ça ? Vous pensez en adopter un ?

— Peut-être, oui. Parfois je me dis que j'aimerais bien qu'une petite boule de poil me tienne compagnie. Vous voyez, quelqu'un qui penserait que je suis capable de décrocher la lune et qui m'aimerait de manière totalement inconditionnelle.

Pendant un instant, elle lui parut vulnérable. Puis son regard redevint brillant, et elle laissa échapper un petit rire de gêne qui vint clore cette brève parenthèse.

— Vous en avez déjà eu un ? demanda-t-il.

— Quand j'étais jeune, oui. Il s'appelait Pooky et c'était le plus adorable schnauzer du monde. Il était mon petit partenaire de câlins, la nuit, et je l'adorais.

— Que lui est-il arrivé ?

Elle soupira.

— Il avait une faiblesse cardiaque et nous avons dû le faire piquer. J'ai été triste pendant longtemps.

— C'est une des raisons pour lesquelles je n'en veux pas. Je n'ai pas envie de me lier à un chien qui vivra moins longtemps que moi.

— Mais alors vous ratez des années de rire, de léchouilles canines. Vous vous privez de l'amitié d'une bête à poil d'une loyauté incroyable. En plus, je crois qu'il faut prendre un chien avant d'avoir des enfants. C'est un bon entraînement pour apprendre à s'occuper d'un être vivant sans défense.

Jake ne répondit pas. Il ne dit rien car il n'y aurait jamais de bébés dans sa vie.

Ils finirent de manger, nettoyèrent et rangèrent puis il la raccompagna jusqu'à sa voiture. Il avait encore en tête le motif de sa visite et son attention le touchait énormément.

Elle avait réussi à repousser les ombres qui menaçaient de l'ensevelir en cette difficile journée. Une fois devant son véhicule, Monica rangea son panier puis se tourna et le regarda en souriant.

— Merci d'avoir pris un peu de temps pour déjeuner avec moi, lui dit-elle.

— Mais de rien, répondit-il.

Elle était si belle qu'il eut soudain envie de l'attirer contre lui pour l'embrasser.

— Et maintenant, j'ai une faveur à vous demander.

— Une faveur ? répéta-t-il en essayant de réprimer la vague de désir qui était montée en lui.

— J'ai deux énormes steaks et un barbecue dont je ne sais pas me servir. Vous me rendriez un grand service si vous vouliez bien venir ce soir les préparer pour nous.

Il lui jeta un regard sceptique.

— Vous avez réellement besoin de moi pour faire griller vos steaks, ou c'est de la simple gentillesse ?

— Oh non, j'ai vraiment besoin de vous pour le barbecue, affirma-t-elle, en prenant un air innocent. Mon père a insisté pour que j'en ai un quand j'ai acheté cette maison, mais l'idée du gaz et des flammes m'effraye un peu alors je ne m'en suis jamais servie. Vous m'avez dit que vous pourriez manger un steak et des pommes de terre tous les jours, alors ce soir c'est moi qui régale. Et puis, j'ai très envie de viande grillée et il va sans dire qu'elle n'a pas le même goût quand elle est cuite à la poêle.

Jake avait envie de décliner son invitation. Les choses devenaient un peu trop sérieuses entre eux. Mais quand il pensa à la longue soirée solitaire qu'il allait passer, où rien ne pourrait empêcher les souvenirs de remonter, il changea d'avis.

— D'accord, 18 heures ?

De toute façon, sa place en enfer était déjà garantie suite au rôle qu'il avait joué dans le meurtre de sa sœur et sa participation à l'élaboration d'un pacte terrifiant. Se servir de Monica pour se distraire durant cette soirée si difficile à surmonter ne changerait pas grand-chose à son karma.

— Parfait ! répondit-elle. Je vous envoie un SMS avec mon adresse.

Quelques minutes plus tard, il regarda sa voiture s'éloigner en se faisant la réflexion que son envie de dîner avec elle ce soir était totalement égoïste.

Elle était comme un pansement sur son chagrin, une potion magique qui repoussait les souvenirs cauchemardesques. Mais une grande partie de lui, il devait l'admettre, voulait simplement passer plus de temps avec elle, et c'était d'ailleurs ce qui l'inquiétait.

Il commençait à l'avoir dans la peau. Il se surprenait à penser à elle bien trop souvent dans la journée. Et, chaque fois qu'il était en sa compagnie, il sentait un puissant désir naître en lui. Son parfum épicé l'envoûtait, son rire facile l'enchantait.

Il irait chez elle ce soir et ferait cuire les steaks sur son barbecue. Il apprécierait de dîner avec elle, mais après ce soir il ne partagerait plus aucun repas avec elle.

Ils continueraient à assurer leur mission de surveillance,

mais ce seraient les seuls moments qu'il se permettrait de passer avec elle.

Il regarda la photo dans le journal et frappa du poing les visages de Jake Lamont et Monica Wright. Mais oui ! Il la connaissait ! Cette insupportable petite journaliste...

Que faisaient-ils ensemble ? Il n'eut pas à chercher longtemps, il connaissait la réponse... Jake les avait trahis.

Depuis quand discutait-il avec elle ? Pourquoi n'avait-elle pas déjà sorti un article ou une émission qui évoquait le pacte qui les liait ? Pourquoi n'y avait-il pas de flics à sa porte ?

Aucun des autres hommes n'avait réellement adhéré au plan meurtrier qu'ils avaient mis en place. Ils avaient pourtant tous approuvé l'idée, ce soir-là dans les bois, mais il avait vite compris qu'au moment de passer à l'acte toutes ces poules mouillées ne seraient pas capables de le faire.

Il s'était donc occupé lui-même d'infliger à ces rebuts de l'humanité le sort qu'ils méritaient. Et ce qu'il avait découvert le premier soir, celui où il avait tranché la gorge de Brian McDowell, c'était qu'en prime il aimait ça. Il avait aimé sentir couler le sang sur ses mains, et cette sensation de pouvoir qui l'avait submergé alors qu'il prenait la vie de cet homme.

Il aimait aussi son nom... Le Justicier. Seuls les vrais tueurs en série avaient des surnoms. L'Étrangleur des collines, le Fils de Sam, le Zodiac... Un jour, le Justicier serait peut-être aussi célèbre qu'eux.

Et puis, il était doué dans son domaine. Il n'avait rien laissé derrière lui, la police n'avait aucun indice pour le démasquer. Il n'avait pas l'intention de se faire prendre ni de cesser son activité. Beaucoup trop de gens malfaisants s'en sortaient alors qu'ils méritaient d'être tués.

C'était sa mission sur terre. C'était sa passion, et il n'allait sûrement pas laisser Jake Lamont vider son sac auprès d'une journaliste et ruiner sa vie et sa carrière.

Il se lassa aller en arrière dans son fauteuil et sirota une gorgée de son café refroidi. Il ignorait pour quelle raison rien n'avait encore filtré dans les médias, mais il savait ce qu'il devait faire. Il n'y avait aucun doute là-dessus.

Ils devaient mourir... Tous les deux. Et le plus tôt serait le mieux.

5

Ce soir-là, tandis qu'il se rendait chez Monica, Jake ne pouvait plus prétendre qu'il ne se sentait pas troublé à l'idée de passer encore plus de temps avec elle. Et c'était pour cette raison qu'il était déterminé à respecter sa décision de s'en tenir à leur mission de surveillance.

Il devinait qu'elle ressentait peut-être autre chose que de la simple sympathie pour lui, mais il n'était pas et ne serait jamais l'homme qu'elle méritait. Il devait s'assurer qu'elle comprenne bien qu'il ne voulait pas d'une relation autre que professionnelle. Mais le problème était que lui-même avait du mal à s'en souvenir lorsqu'il était en sa compagnie.

Il tourna dans une allée bordée d'arbres et chercha le numéro de sa maison. Il était curieux de découvrir où elle vivait, imaginait un endroit aux couleurs vives, rempli de meubles confortables.

Sa maison s'avéra être un ranch d'un doux gris avec des volets plus foncés. La porte d'entrée était en bois et la grande baie vitrée sur la façade avant reflétait les nuages qui allaient et venaient dans le ciel crépusculaire de cette fin d'après-midi.

En se garant devant chez elle, Jake se fit la promesse de rester sur ses positions et de ne pas laisser les sentiments qu'il sentait grandir en lui prendre les commandes. D'autant plus que Monica se comportait peut-être ainsi dans le seul but d'obtenir son scoop…

Il rejeta immédiatement cette idée. Monica ne lui paraissait pas être le genre de femme capable d'utiliser les gens. Jusqu'à présent, elle lui avait semblé être quelqu'un d'honnête et droit, et rien n'était, pour le moment, venu contredire son jugement.

Elle lui ouvrit au premier coup frappé contre sa porte, et, malgré ses résolutions, il ne put empêcher son cœur de manquer un battement en la découvrant.

Vêtue d'un short blanc et d'un T-shirt rose qui mettait en valeur sa poitrine, elle était d'une sensualité folle.

Elle lui fit signe d'entrer dans un salon, petit mais accueillant, où étaient disposés un canapé bleu marine, un fauteuil assorti et un grand écran plat accroché au mur. Des coussins d'un jaune éclatant et des lampes à l'éclairage chaleureux apportaient à la pièce les touches lumineuses qu'il avait envisagées. Quelques bougies étaient allumées et parfumaient l'air ambiant.

— J'ai mis les steaks à mariner, les pommes de terre sont dans le four et la salade au frigo, dit-elle en le guidant jusque dans la cuisine.

Celle-ci aussi était une pièce tout à fait agréable, avec ses rideaux jaune et blanc suspendus aux fenêtres et un bouquet de tournesols posé au centre d'une table en bois ronde.

— Et si j'allais lancer le barbecue, dit-il en sentant que déjà son parfum commencer à le tourmenter.

— Il est sur la terrasse, répondit-elle, en lui ouvrant la porte de derrière.

Ils se rendirent à l'extérieur où la table, sous un parasol bleu, était déjà dressée avec des assiettes bleu marine et jaune.

— Puisqu'il ne fait plus aussi chaud, j'ai pensé que nous pourrions dîner dehors si ça vous convient ?

— Oui, c'est parfait, répondit-il, soulagé à l'idée de ne plus être perturbé par son parfum.

C'était un barbecue au gaz et il lui fallut quelques minutes pour l'allumer et le faire chauffer.

— Que diriez-vous d'une bière ? demanda-t-elle en le voyant s'activer.

— Très bonne idée.

— Je reviens dans un instant, déclara-t-elle alors avant de disparaître dans la cuisine.

Il marcha jusqu'à la balustrade et contempla son jardin. Il y avait plusieurs arbres et un petit bassin entouré d'un parterre de fleurs. La pelouse était soigneusement entretenue et le tout était bordé d'une élégante clôture.

Il se retourna en l'entendant arriver.

— Merci, dit-il en prenant la bouteille de bière fraîche qu'elle lui tendait.

Il l'ouvrit et en but une gorgée.

— Ah, rien n'est meilleur qu'une bière fraîche après une journée aussi chaude.

— Je partage votre avis, acquiesça-t-elle en s'asseyant à table. Vous me direz quand le feu sera prêt afin que j'aille chercher la viande.

— Laissons le barbecue chauffer encore un peu... J'étais en train d'admirer votre jardin. La clôture sera parfaite pour la future petite boule de poils dont vous me parliez.

— C'est vrai, répondit-elle en esquissant un sourire. J'essaye justement de savoir si je suis prête à prendre ce genre d'engagement.

— Quel genre de chien aimez-vous ?

— J'y ai bien réfléchi et je pense reprendre un schnauzer car la chienne d'une de mes amies a eu une portée et ce sont des amours.

— Très bon choix, répondit-il avant d'ajouter en lui montrant sa maison : c'est très chouette chez vous.

— Merci, dit-elle en éclatant de rire. Mais ce n'est qu'une vulgaire bicoque à côté de la vôtre.

— Ce n'est pas vrai, répliqua-t-il, en riant, lui aussi. J'ai dû me faire construire une maison qui était en accord avec mon métier, mais c'est bien trop grand pour moi et je me sens souvent très seul.

Il fut soudain tout à fait embarrassé et se maudit. Même

si ce qu'il venait de lui dire était vrai, pourquoi se livrait-il de la sorte ?

— Cela m'arrive aussi, ajouta-t-elle après l'avoir regardé pendant un long moment. Je suppose que ça n'a rien à voir avec la taille de notre habitation. Les gens peuvent souffrir de la solitude n'importe où.

Jake détourna les yeux.

— Peut-être que nous aurions tous les deux besoin d'un chien, dit-il finalement en retournant vers le barbecue. Ah, ça y est, on dirait que c'est bon pour les steaks.

Monica lui apporta deux magnifiques *T-bones* et, pendant que ceux-ci grillaient doucement, ils parlèrent tous les deux de la météo et de l'arrivée des nuages. Puis ils discutèrent de ce qui, selon eux, faisait un bon steak et du type de cuisson idéal – lui l'aimant saignant, elle à point.

Mais ils n'abordèrent plus le thème de la solitude et évitèrent les sujets de conversation personnels. Ils continuèrent à bavarder de choses légères pendant le dîner, parlant de leurs métiers puis de sport. Ils étaient tous les deux de grands amateurs de football et supportaient l'équipe locale.

— Rien de mieux que d'assister à un match des Chiefs de Kansas City.

— Je suis d'accord !

— Quand vous êtes chez vous et que vous regardez un match, qu'aimez-vous manger ?

— Des ailes de poulet et des frites !

— Ah, un homme comme je les aime, répondit-elle, les yeux brillants. J'adore les ailes de poulet trempées dans une sauce au roquefort.

— Ah non, c'est bien meilleur avec une sauce barbecue !

Ils poursuivirent leur conversation jusqu'à ce que Jake dépose ses couverts dans son assiette vide.

— Ce steak était délicieux et la pomme de terre était cuite à la perfection.

— J'espère qu'il vous reste un peu de place pour le dessert, dit-elle. J'ai acheté une tarte à la pêche.

— Pour de la tarte à la pêche, je peux faire un petit effort.

Quand Monica eut également fini, la nuit était tombée et ils rentrèrent dans la maison pour prendre un café avec une part de tarte.

Ils s'installèrent côte à côte sur le canapé pour manger leur dessert et à nouveau Jake fut troublé par son parfum. Elle posa sa main sur son bras, et il se rendit soudain compte qu'elle aimait avoir des contacts physiques. C'était naturel pour elle, et il était persuadé qu'elle ne pouvait se rendre compte à quel point combien chacun de ses gestes le réchauffait.

— Vous voulez bien me parler un peu de Suzanna, Jake, dit-elle finalement. Dites-moi quel genre de femme elle était ?

Il la regarda et eut soudain l'impression que son cœur s'était arrêté. À quoi jouait-elle ? Pourquoi voulait-elle qu'il lui parle de sa sœur ? Il n'avait parlé d'elle à personne depuis deux ans. Il ne savait même pas s'il en était capable. Il déposa son assiette vide sur la table basse puis se tourna vers Monica pour l'observer une nouvelle fois.

Elle avait le regard doux et semblait l'inviter à partager ses douloureux souvenirs avec elle.

— Pourquoi voulez-vous que je vous parle d'elle ? demanda-t-il en sentant l'émotion monter dans sa gorge.

Il toussa pour essayer d'éclaircir sa voix.

— Je voudrais en savoir plus sur celle qui était si importante pour vous, reprit Monica.

Jake ferma les yeux pendant un moment. Pourrait-il repousser les ombres pour tenter de retrouver la lumière que diffusait sa sœur ?

— Elle avait le rire le plus incroyable que j'ai jamais entendu, commença-t-il en rouvrant les yeux.

Le seul fait de prononcer cette phrase fit disparaître la boule d'angoisse qui obstruait sa gorge et sembla également détruire le barrage qu'il avait érigé autour de ses souvenirs.

— C'était un de ces rires tellement communicatifs que tout le monde se mettait à rire avec elle, même si les gens ne connaissaient pas sa cause.

— Dites-m'en plus, Jake, dit-elle en se rapprochant de lui sur le canapé. N'est-ce pas une belle journée pour célébrer sa vie plutôt que de s'attarder sur sa mort ?

Célébrer sa vie ? Il n'y avait encore jamais pensé, mais il trouva l'idée séduisante.

— J'aimais la taquiner en lui disant qu'elle était une petite sœur agaçante. Elle n'avait que deux minutes de moins que moi, mais je ne la laissais jamais oublier que j'étais l'aîné et donc le plus sage de nous deux.

Il se pencha en arrière et se laissa submerger par le flot de bons souvenirs.

— Elle débordait de vie. Elle adorait les montagnes russes et les films d'horreur, elle aimait regarder les plantes pousser, contempler le ciel étoilé et écouter de la musique classique.

Il but une gorgée de son café avant de poursuivre :

— Elle avait coutume de dire que je n'avais pas plus de manières et de savoir-vivre qu'un animal sauvage. Elle, elle attirait les gens. Elle avait beaucoup d'amis, leur était fidèle et leur apportait un soutien indéfectible. Vous avez déjà vu une photo d'elle ?

— Non, répondit Monica en secouant la tête.

Il attrapa son portefeuille dans sa poche arrière et, les doigts légèrement tremblants, sortit la photo dont il ne se séparait jamais.

Monica prit le cliché et l'observa silencieusement pendant quelques minutes avant de le lui rendre.

— Elle était très belle.

— Elle n'avait pas qu'une belle apparence, elle était aussi belle à l'intérieur qu'à l'extérieur, ajouta-t-il en rangeant le petit portrait. Quand on a eu treize ans, j'ai dû commencer à repousser les garçons qui lui tournaient autour. Je dois avouer qu'il y a eu quelques années pendant lesquelles elle m'a détesté de tenir ce rôle du « grand méchant papa ».

— Vous les repoussiez comment ? demanda Monica en riant.

— Je leur faisais peur. J'ai commencé à me détendre un peu quand on a eu dix-sept ans. Elle avait beaucoup de rendez-vous galants, mais elle était toujours sérieuse à l'école. Et puis les garçons qu'elle fréquentait étaient la plupart du temps des chics types.

— Vous m'avez dit que vos parents étaient tous les deux toxicomanes et qu'ils étaient morts quand vous étiez jeunes. Comment avez-vous pu vous en sortir tout seuls ?

— Inutile de dire que nous avons dû grandir très vite. Très souvent, les rôles étaient inversés, c'est nous qui devions les surveiller et prendre soin d'eux. Nous ramassions tout l'argent que nous trouvions et nous nous en servions pour acheter de quoi manger. Nous avons vite appris quels aliments étaient les plus économiques, ceux qui duraient le plus longtemps, mais il y avait malgré tout des jours où nous nous mettions au lit le ventre vide. Je ne vous raconte pas ça pour que vous me plaigniez, juste pour que vous compreniez que c'était toujours : « Suzanna et moi contre le reste du monde », vous voyez ?

— Comment avez-vous réussi à faire des études ?

— Nous avons très vite compris que l'université serait le seul moyen de quitter notre vie de misère et de faire quelque chose de notre avenir. Nous avons obtenu tous les deux des bourses et quand nous avons eu vingt et un an nous avons appris, à notre grande surprise, qu'à sa mort, le père de notre mère nous avait laissé un héritage. Cette somme nous a permis de rembourser nos frais de scolarité et, après avoir obtenu nos diplômes, d'ouvrir notre cabinet d'architectes.

— Mais et vos grands-parents maternels... Ils ne vous ont jamais aidés quand vous étiez enfants ?

— La mère de ma mère est morte quand elle était jeune et nous n'avons vu notre grand-père qu'une fois. Il est mort quand nous étions adolescents et je pense que mes parents ignoraient tout de cet héritage. Un avocat nous a contactés le jour même de notre majorité, selon les termes du testament.

— Vous aimiez travailler avec votre sœur ?

— On adorait travailler ensemble. Il faut dire que c'était agréable d'avoir une associée qui pouvait finir mes phrases et qui partageait ma vision du monde. Ses faiblesses étaient mes forces et vice versa. Elle aimait imaginer d'incroyables bâtiments et moi, j'adorais en dessiner les plans.

— On entend tellement de choses atroces sur les gens d'une même famille qui travaillent ensemble.

— C'est vrai, mais nous étions tous les deux d'accord sur le fait que notre relation devait toujours passer avant le reste et qu'elle était bien plus importante que les affaires. Tout fonctionnait à merveille… Jusqu'à ce qu'elle commence à fréquenter Max Clinton.

Il fronça les sourcils et sentit sa mâchoire se serrer en se remémorant la première fois qu'il l'avait rencontré. Plusieurs signaux d'alerte s'étaient déclenchés dans son esprit, mais il avait gardé ses craintes pour lui.

Lors de cette soirée de présentation, Max lui avait semblé être un obsédé du contrôle qui avait l'air de penser que Monica était un nouvel objet qu'il venait juste d'acquérir. Mais, devant l'enthousiasme de sa sœur, il s'était rapidement persuadé qu'il avait dû se méprendre et qu'il ferait mieux de faire confiance à Suzanna.

— Elle était absolument folle de lui. Il était très beau et doux comme un agneau, reprit-il en se levant du canapé pour se rendre à la fenêtre.

Il regarda un instant à l'extérieur, mais la nuit était maintenant tombée et il ne vit rien d'autre que l'obscurité.

— Trois mois plus tard, reprit-il, il emménageait chez elle. J'ai commencé à m'inquiéter quand j'ai compris que non seulement il cherchait à l'éloigner petit à petit de ses amis et de moi, mais qu'il était aussi extrêmement jaloux.

— Deux signaux alarmants, en effet.

— Oui, approuva-t-il en se retournant vers Monica. Et cela n'a fait qu'empirer. Elle s'est mise à venir au bureau, couvertes de bleus et de coupures. Un matin, elle est même arrivée avec les deux yeux au beurre noir. Mais elle trouvait toujours des histoires abracadabrantes pour justifier ses blessures.

Il prit une profonde inspiration, pour se donner le courage de poursuivre.

— Elle m'a finalement avoué qu'il avait mauvais caractère et qu'elle en avait assez d'être son punching-ball. Un soir, elle l'a mis à la porte et j'ai espéré, j'ai même prié pour que ce soit la fin de leur histoire.

— Mais ça ne l'a pas été, dit Monica doucement.

— Non, lâcha-t-il en sentant son corps envahi par un flot de violentes émotions.

Il serra les dents une nouvelle fois face à tous ces horribles souvenirs qui lui revenaient à l'esprit.

— Suzanna devint la figure même de la femme battue. Max lui envoyait des fleurs, lui disait des gentillesses pour s'excuser, et elle lui pardonnait chaque fois. Je sais maintenant que c'est ce qu'on appelle des périodes de « lune de miel » dans une relation abusive. Puis il recommençait à la battre et elle lui claquait à nouveau la porte au nez. C'était un cercle vicieux que je n'avais pas le pouvoir de briser. J'ai essayé de lui parler, je lui ai même crié dessus, mais chaque fois je me retrouvais, impuissant, à regarder tout ça se dérouler sans rien pouvoir y faire.

Pendant qu'il parlait, Monica s'était levée et l'avait rejoint à côté de la fenêtre. Mais il était maintenant plongé dans ses souvenirs les plus douloureux, et ce n'était plus la vie de sa sœur qu'il racontait mais bien la grande tragédie de sa mort prématurée.

— Elle a dû le mettre à la porte une bonne douzaine de fois et chaque fois qu'elle le faisait il semblait devenir de plus en plus furieux. Et puis, un soir, elle a paru déterminée à le quitter pour de bon. Il l'a d'abord suppliée de le reprendre et, quand elle a refusé, il a commencé à la harceler. Il lui laissait des messages terrifiants où il menaçait de la tuer... Du genre « si je ne peux pas t'avoir, personne ne t'aura ».

Jake se sentit soudain submergé par les émotions et eut l'impression qu'il allait perdre le contrôle de lui-même. Sa poitrine était si comprimée et sa gorge si serrée qu'il pouvait à peine respirer tandis que le chagrin et le regret s'abattaient sur lui.

Monica posa sa main sur son épaule et se rapprocha de lui. Il ne pouvait plus prononcer le moindre mot. Ils connaissaient tous les deux la fin de l'histoire. Sauf que lui seul savait quel rôle il avait joué. Il n'en avait encore jamais parlé à personne. C'était une terrible honte, une culpabilité telle qu'il n'existait pas de mots pour la décrire.

Il regarda Monica, incapable de parler, pris dans les filets de troubles si complexes qu'il ne pouvait s'en échapper. Elle se rapprocha, leva le visage vers lui et plongea ses yeux dans les siens.

— Embrassez-moi, Jake.

La surprise fut telle que tous ses souvenirs disparurent en un instant. Il baissa le regard vers elle et remarqua soudain la chaleur de son corps si près du sien et combien ses lèvres légèrement entrouvertes paraissaient douces et accueillantes.

Même s'il était conscient que ce n'était pas une bonne idée, il se baissa et l'embrassa. Toutes les images de Suzanna s'éclipsèrent tandis que Monica passait ses bras derrière sa nuque et ouvrait la bouche pour approfondir leur baiser.

Il ne s'était pas aperçu qu'il avait froid avant de sentir le feu de leurs bouches réunies, le contact de leurs corps serrés l'un contre l'autre. Il l'embrassa alors de plus belle, caressant de ses doigts sa longue et soyeuse chevelure.

Elle lui rendit son baiser en entortillant sa langue avec la sienne et serra plus fort ses bras autour de lui. Il se laissa aller et se perdit en elle, ne pensant plus à rien.

Mais, soudain, la vitre de la fenêtre explosa en mille morceaux tandis que des tirs retentissaient dans l'air.

Monica hurla de peur tandis que Jake la plaquait au sol et couvrait son corps avec le sien. Les balles fusaient au-dessus de leurs têtes, allant se nicher dans le mur en face de la fenêtre, faisant voler en éclats les vitres des cadres qui y étaient accrochés.

La terreur l'empêchait de respirer. Elle sanglotait. Le bruit était assourdissant et elle se blottit contre Jake, enfonçant ses doigts dans la chair de ses épaules en continuant de pleurer. Que se passait-il ? Pourquoi leur tirait-on dessus ? Et surtout qui s'acharnait avec tant de violence sur sa maison ?

Cela sembla durer une éternité. Puis, enfin, les tirs cessèrent. Des crissements de pneus résonnèrent sur les pavés, et le silence revint. Plus rien ne vint le troubler, hormis les sanglots bruyants que Monica ne pouvait contrôler.

— Tout va bien, nous sommes sains et saufs, lui murmura Jake à l'oreille.

Mais, même si elle comprenait qu'il tente de la réconforter, elle sentait combien sa voix était tendue.

— Monica, répéta-t-il, c'est fini, tout va bien.

Tout va bien ? Non, tout n'allait pas bien, elle n'allait pas bien. Quelqu'un venait d'essayer de la tuer, et la peur serrait encore sa gorge, paralysait son corps tout entier.

— Je vais me lever et pendant ce temps je voudrais que tu rampes dans le couloir jusqu'à ta salle de bains, est-ce que tu peux faire ça ? demanda-t-il.

La salle de bains ? Elle lui parut soudain être à des milliers de kilomètres du salon. Mais il était vrai que cette pièce était comme une chambre forte dans sa maison… Mon Dieu, Jake l'envoyait se mettre à l'abri dans une chambre forte.

— Tu penses… Tu penses qu'ils vont revenir ?

Oh mon Dieu, elle était en train de vivre le pire cauchemar de sa vie. Et elle ne pouvait pas se réveiller.

— Je ne pense pas qu'ils vont revenir, non, mais nous devons être prudents, c'est pourquoi je serai rassuré que tu restes dans la salle de bains, jusqu'à ce que la police arrive. Tu es prête, tu peux y aller ?

Non, non, elle n'était pas prête du tout. Elle ne voulait pas qu'il se lève, elle voulait qu'il reste sur elle, qu'il continue à lui donner l'impression qu'elle était en sécurité malgré ce qu'il venait de se passer.

— Monica ?

— Oui, d'accord, répondit-elle finalement.

Elle ne pleurait plus à présent, mais son cœur continuait de battre si vite qu'elle se sentait étourdie et à bout de souffle.

Jake s'accroupit, et elle commença à ramper vers le couloir en essayant d'éviter les morceaux de verre qui recouvraient le sol. En arrivant devant la salle de bains, elle se rendit compte qu'elle s'était remise à pleurer.

Elle ferma la porte derrière elle et s'assit, le dos contre la baignoire. Ses sanglots l'étouffaient et ses oreilles sifflaient toujours, hantées par le bruit strident des balles.

Quelqu'un avait voulu la tuer… les tuer. Qui cela pouvait-il être ? Qui était responsable ? Jamais encore elle n'avait eu aussi peur.

Et que faisait Jake à présent ? Il devait être en train d'appeler la police. Même s'il ne l'avait pas fait, elle se doutait qu'un de ses voisins s'en chargerait. Il ne se passait jamais de telles choses dans ce quartier.

Il y avait eu tant de balles. Elle n'y connaissait pas grand-chose en armes à feu mais, s'il n'y avait qu'un tireur, elle savait qu'il avait dû se servir d'une arme semi-automatique.

Mais qui pouvait être derrière tout ça ? La question tournait et retournait dans sa tête, la lançant comme une terrible migraine. Se pouvait-il qu'il y ait un lien avec le podcast qu'elle animait ?

Rien dans sa vie ne l'avait préparée à affronter une telle chose. Même quand elle avait insisté auprès de Jake pour être sa partenaire et surveiller le Justicier, elle n'avait pas pensé qu'elle courrait un réel danger.

Pourtant ce qu'il venait de se passer en représentait un.

Elle prit quelques profondes inspirations et tenta de sécher ses larmes. Qui avait fait ça ? La question revenait, encore et encore.

En entendant le son des sirènes, elle sentit un soulagement l'envahir et elle frissonna. Puis elle déglutit avec peine, respira à nouveau profondément et essuya ses joues trempées.

Jamais le tireur ne reviendrait maintenant que la police était là. Elle se leva et ouvrit la porte de la salle de bains. Elle entendit la voix de Jake qui parlait à d'autres hommes et comprit qu'elle pouvait sortir.

Elle avança d'un pas tremblant jusqu'au salon où Jake s'entretenait avec les forces de l'ordre. En la voyant, il lui fit signe de le rejoindre puis lui présenta les agents Tim Moran, Brad McDonald et Stephanie Boen.

— Que pensez-vous qu'il se soit passé ici ce soir ? lui demanda l'agent Boen.

— Je n'en ai aucune idée, lui répondit-elle. Nous étions en train de discuter quand la baie vitrée a explosé et une pluie de balles s'est abattue sur nous.

Sa voix tremblait, et elle fut reconnaissante à Jake quand il passa son bras autour de ses épaules et la serra contre lui.

— Nous aurions pu être tués, nous devrions même être morts à l'heure qu'il est, ajouta-t-elle avant de prendre une profonde inspiration pour tenter de se calmer.

— J'ai plusieurs fois suivi votre podcast, mademoiselle Wright, lui dit l'agent McDonald. Serait-il possible qu'une de vos émissions soit la cause de ce qu'il vient de se passer ?

Quand Monica leur parla de la série de sujets qu'elle avait faite sur les gangs de la région, Jake lui rappela l'incident avec Larry Albright. Elle raconta donc aux policiers les messages menaçants que l'homme lui avait laissés et le fait qu'il l'avait suivie l'autre soir et lui avait jeté une bouteille de bière.

— Il y a un grand écart entre me menacer d'une canette et ce qu'il vient de se passer, conclut-elle en regardant les dégâts autour d'elle. La personne qui a fait ça ne veut pas m'impressionner, non, elle veut me tuer.

Elle frissonna tandis que la peur l'envahissait à nouveau.

— Nous ne laisserons pas une telle chose arriver, lui affirma Jake en la serrant plus fort contre lui.

L'heure qui suivit, ils répondirent à de nombreuses questions, tandis que des policiers extrayaient les balles des murs. Quand ils les eurent toutes ramassées, ils quittèrent les lieux, à l'exception de l'agent McDonald.

— Je vais être honnête avec vous, ce genre de choses ressemble beaucoup au mode opératoire des gangs, leur révéla-t-il avant de regarder Monica. Avez-vous quelque part où passer la nuit ?

— Oui, répondit Jake à sa place.

— En fait, je vous recommanderais même de rester loin de chez vous pendant quelque temps, poursuivit l'officier. Si vous avez énervé quelqu'un du milieu, vous allez devoir attendre que tout ça se calme avant de reprendre vos habitudes, peut-être même serait-il judicieux de parler à ceux que vous avez interviewés ?

Ce n'était pas possible, pensa Monica. Ce n'était pas sa vie. Personne ne pouvait souhaiter sa mort… Pourtant tout ce qui venait de se passer n'était pas le fruit de son imagination et jamais encore elle n'avait été aussi effrayée.

Elle continua d'écouter d'une oreille distraite l'agent McDonald qui leur expliquait que, même s'ils allaient ouvrir une enquête, les fusillades de ce genre étaient particulièrement difficiles à résoudre.

— Je vais rester dans mon véhicule le temps que vous rassembliez quelques affaires et je ne partirai qu'après votre départ, leur dit-il enfin.

Monica remarqua que l'air chaud entrait par le trou qui remplaçait sa baie vitrée. Au loin, quelques chiens aboyèrent.

Tout cela était totalement irréel, songea-t-elle. Sa propre maison lui paraissait à présent aussi hostile qu'un espace inconnu, le refuge qu'elle avait toujours connu avait disparu.

— Est-ce que tu aurais quelque chose que nous pourrions utiliser pour bâcher ta fenêtre en attendant qu'elle soit réparée ? lui demanda Jake.

— Je crois qu'il reste des planches de contreplaqué dans mon garage, lui répondit-elle d'une voix si faible et tremblante qu'elle en fut elle-même surprise. Il devrait y avoir aussi un marteau et des clous.

— Va donc t'asseoir un moment dans la cuisine le temps que je m'occupe de ça, d'accord ?

— OK.

Elle avait soudain hâte de quitter cet endroit où, même si la police était encore dehors, une nouvelle série de balles pouvait fuser. Le ou les tireurs allaient-ils revenir ?

Une fois dans la cuisine, elle donna la clé du garage à Jake puis se laissa tomber sur une chaise.

— Jake... Sois prudent, ils pourraient revenir.

Malheureusement, se dit-elle, même les policiers pouvaient mourir d'une balle tirée en pleine tête. À cette pensée, elle sentit les larmes remonter en elle.

— Je ne crois pas qu'ils reviendront, lui répondit-il. À cette heure-ci, ils doivent penser que nous sommes tous les deux morts. Ne bouge pas d'ici, je reviens vite.

Il esquissa un sourire qui se voulait réconfortant puis disparut par la porte arrière.

« À cette heure-ci, ils doivent penser que nous sommes tous les deux morts. » Ses mots tournèrent dans son cerveau. Elle rongea l'ongle de son index tandis qu'un million de pensées inondaient son esprit.

Si la fusillade était l'œuvre d'un gang, elle n'en comprenait pas le motif. Les interviews qu'elle avait accordées aux membres ne s'étaient pas concentrées sur leurs activités criminelles mais plutôt sur ce qui les avait amenés à vivre une telle vie.

Les gens qu'elle avait rencontrés avaient été coopératifs. Ils avaient semblé ravis que quelqu'un les écoute et leur tende un micro pour exprimer leur point de vue. Alors, pour quelle raison en auraient-ils après sa vie à présent ?

Et où allait-elle pouvoir s'installer si elle ne pouvait pas rester chez elle ? Son père vivait dans une petite maison et n'avait ni lit ni chambre pour d'éventuels invités. Quant à aller vivre chez une de ses sœurs, il n'en était pas question. Plutôt mourir. Elle n'avait pas la moindre envie de les entendre médire sur ses choix de vie et de carrière.

Même si l'idée d'être seule la terrorisait, elle n'aurait qu'à prendre une chambre dans un motel... À nouveau, les larmes affluèrent.

Pourquoi Jake mettait-il tant de temps ? se demanda-t-elle en sentant la panique l'envahir. Quelqu'un s'était-il caché dans le garage ? Ou dans le jardin ? Et si on l'avait attaqué ? Elle regarda la porte de derrière, le cœur battant.

Peut-être qu'on l'avait frappé et qu'il gisait, inconscient, sur la pelouse ou peut-être que...

Alors qu'elle était sur le point de se mettre à crier pour prévenir l'agent qui montait la garde, Jake réapparut, un marteau et une planche sous le bras.

— Ça devrait faire l'affaire, dit-il. Mais je vais avoir besoin de ton aide.

— Allons-y, répondit-elle en sautant de sa chaise, ravie de se changer les idées.

Il leur fallut un quart d'heure pour boucher l'ouverture et consolider leur réparation temporaire.

— Maintenant va faire ta valise, tu vas venir chez moi, déclara-t-il.

— Vraiment ? Je suis censée rester loin de chez moi pendant plus d'une nuit, tu sais.

Elle lui jeta un regard qui en disait long sur son envie de sentir ses bras autour d'elle.

Il sembla la comprendre car il avança vers elle et l'enlaça.

— Tu seras en sécurité chez moi et tu pourras y rester aussi longtemps que tu le voudras, lui murmura-t-il à l'oreille. J'ai des lampes à détecteur de mouvements, des alarmes stridentes et de méchants chiens de garde aux dents aiguisées qui se feront un plaisir de s'en prendre à quiconque osera s'approcher un peu trop près de ma maison.

Monica laissa échapper un petit rire. Il la tint encore un moment serrée contre lui puis la libéra de leur étreinte.

— Prends ce dont tu auras besoin pour une semaine environ. Pendant que tu t'occupes de ça, je vais faire un peu de rangement dans le salon. Le balai ?

— Dans le cellier, répondit-elle.

Tandis qu'il commençait à balayer le plancher, elle se dirigea vers son bureau. La première chose qu'elle devait emporter était son matériel de travail. Elle qui voulait un scoop, elle en tenait un, même si elle aurait préféré ne pas être au cœur de l'histoire. Ce soir, elle avait vu le danger de beaucoup trop près. Si Jake n'avait pas réagi si rapidement et ne l'avait pas plaquée au sol, ils seraient probablement tous les deux morts à cette heure-ci, le corps criblé de balles.

Une fois son équipement emballé, elle se rendit dans sa chambre et sortit une grande valise de son placard. Elle était passée d'un état de choc qui la paralysait à un engourdissement étrange. Elle sentait son corps lourd tandis qu'elle pliait ses vêtements et préparait ses affaires de toilette. Quand elle eut fini, elle se rendit au salon où Jake était en train de finir le ménage.

Mais, même sans les bris de verre au sol, la pièce avait l'air d'une zone de guerre. Le mur était criblé de trous et tous les cadres qui y étaient suspendus étaient détruits. Elle avait l'impression que tout cela ne pouvait être vrai et que ce n'était que le fruit de son imagination, pourtant la pièce ressemblait à une scène de crime.

Pourrait-elle un jour se sentir à nouveau en sécurité chez

elle ? Elle n'en avait aucune idée, mais ce qu'elle savait c'est qu'elle était prête à quitter les lieux.

— Partons d'ici, lui proposa Jake, comme s'il lisait dans ses pensées.

Une fois assise dans sa voiture, en route pour la maison de Jake, Monica eut soudain le sentiment de mieux respirer.

— Ça va ? lui demanda-t-il doucement.

— Je ne sais pas vraiment, reconnut-elle. Je me sens comme ankylosée.

— Ça pourrait être pire.

— Au moins, je ne pleure plus. Je suis désolée que tu aies dû supporter ça. Il n'y a rien de pire que d'avoir à gérer une femme hystérique.

— Ne sois pas bête, répliqua-t-il en lui jetant un bref regard. Tu peux me croire, j'étais dans le même état, à l'intérieur.

Elle étudia son profil, illuminé par les lumières du tableau de bord.

— Es-tu certain de vouloir que je vienne chez toi ?

— Monica, répondit-il en lui adressant un grand sourire qui la rassura. J'ai une grande maison, avec deux chambres d'amis. Je veux que tu sois en sécurité, donc, oui, je veux que tu viennes chez moi. J'espère seulement que tu n'es pas une de ces personnes horripilantes qui sont toujours de très bonne humeur le matin.

Elle se surprit elle-même en éclatant de rire.

— Ne t'inquiète pas, je ne suis pas de ce genre, pour être honnête, je suis même assez grognon au saut du lit.

Elle se détendit, continua à l'observer et trouva du réconfort dans la force qui émanait de lui.

Elle se souvint soudain de ce qu'il s'était passé avant que la pluie de balles ne s'abatte sur eux. Leur baiser… Oh ! leur incroyable baiser ! Il avait réveillé en elle une merveilleuse chaleur, il l'avait ranimée en circulant du sommet de son crâne jusqu'au bout de ses orteils.

Jake lui avait semblé aussi passionné qu'elle et elle se

demanda ce qui aurait pu se passer entre eux si la fenêtre n'avait pas volé en éclats.

À présent, elle allait vivre dans sa maison et, malgré tout ce qui venait d'arriver, elle ne pensait plus qu'à une chose, allait-il l'embrasser à nouveau et si oui, quand ?

6

Jake s'assit à sa table de cuisine et prit sa tasse à café dans ses deux mains. Les premières lueurs de l'aube qui filtraient par la fenêtre apportaient la promesse d'un jour nouveau.

Il avait à peine fermé de l'œil de la nuit et se sentait épuisé. La veille, après avoir installé Monica dans une de ses chambres d'amis, il s'était rapidement mis au lit.

Mais, trop excité pour pouvoir s'endormir, il était resté à veiller dans son fauteuil pendant des heures, le cerveau en surchauffe. Et la plupart des pensées qui l'avaient obsédé toute la nuit continuaient encore leur manège ce matin dans son esprit.

Monica et lui avaient frôlé la mort. S'ils ne s'étaient pas jetés au sol aussi vite, ils auraient été tués.

Jake pensait que c'était probablement une conséquence du podcast qu'animait Monica. C'était la seule hypothèse sensée. Cependant, une partie de lui envisageait également qu'il puisse s'agir du Justicier qui, on ne sait comment, aurait pu apprendre qu'il fréquentait une journaliste. Peut-être avait-il vu leur photo dans le journal… Malgré tout, cette fusillade si violente, ces rafales de balles, non, tout ça n'était pas son style.

Qui avait bien pu faire une telle chose ?

Même si cela semblait impossible, il espérait que la police allait découvrir qui se cachait derrière cette attaque et mettre vite le ou la responsable derrière les barreaux.

Il prit une gorgée de son café en pensant à cette femme qui

dormait à poings fermés entre les draps bleu marine de sa chambre d'amis. Elle l'avait surpris la veille. « Embrassez-moi, Jake ». Avec un ordre pareil, difficile de ne pas obéir.

L'embrasser lui avait coupé le souffle. La douceur de ses lèvres... La chaleur de son corps serré contre le sien... Une puissante vague de désir avait réveillé tous ses sens. En un geste, le chagrin et la douleur que la réminiscence de la mort tragique de sa sœur avait fait resurgir, avaient disparu, balayés en une seconde.

Si on ne leur avait pas tiré dessus, que se serait-il passé entre eux ? Et si elle lui avait demandé de lui faire l'amour, seraient-ils montés dans sa chambre ? Ou aurait-il repris ses esprits et stoppé cette folie ? Pour être honnête, il ne pouvait pas répondre à cette question.

Ce qu'il ressentait pour Monica était insensé et totalement déraisonnable. Il était hors de question qu'il lui fasse croire qu'il pouvait être partant pour une relation à long terme ou pour construire quoi que ce soit.

Bien qu'elle soit maintenant sous son toit, il devait garder ses distances. Il était évident qu'elle serait une source de tentation, mais l'embrasser avait été une erreur et il ne pouvait plus laisser une telle chose se reproduire.

Une fois le Justicier identifié, Monica et lui n'auraient plus aucune raison de se voir. Elle aurait son scoop, et lui retournerait vivre la vie qu'il méritait... Une vie faite de solitude, sans rires ni amour.

Un peu après 9 heures, alors qu'il était toujours assis à table, occupé à lire le journal du matin en buvant son café, Monica fit son apparition dans la cuisine. Vêtue d'une robe bleu marine, les cheveux ébouriffés, elle était absolument charmante... Seuls ses sourcils froncés révélaient l'inquiétude qui l'habitait.

— Il y a du café chaud, lui dit-il. Les tasses sont dans le placard au-dessus de la cafetière.

Elle acquiesça et alla se servir. Il la regarda attraper une tasse et la remplir avant de venir s'asseoir sur la chaise en face de lui.

Elle resta silencieuse et il fit de même. Elle ne le regardait pas. Elle but une gorgée de son café puis plongea les yeux au fond de sa tasse comme si celle-ci pouvait contenir les réponses à toutes les questions existentielles du monde.

Elle lui avait dit qu'elle n'était pas du matin et, en effet, elle semblait de mauvaise humeur. Rien dans son attitude n'invitait à la discussion. Quand elle eut terminé sa tasse de café, elle alla s'en servir une nouvelle, revint s'asseoir puis, se laissant aller en arrière contre le dossier de sa chaise, elle poussa un profond soupir.

Levant enfin les yeux vers lui, elle lui adressa un sourire penaud.

— Merci de respecter mon humeur de dogue en ne tentant pas de me parler.

— Tes sourcils froncés auraient dissuadé quiconque de prononcer un seul mot, répondit-il d'une voix taquine.

— À ce point ?

— À ce point, oui.

— Je ne sais pas du tout pour quelle raison je me réveille toujours de si mauvaise humeur. C'est le cas depuis que je suis petite et, évidemment, mes sœurs et mon père, eux, sont des personnes charmantes au saut du lit. Je me rappelle avoir eu, plus d'une fois, la furieuse envie de leur jeter mes tartines au visage.

Jake éclata de rire puis demanda :

— Comment as-tu dormi ?

— J'avais peur de faire des cauchemars toute la nuit, mais je me suis endormie en deux temps trois mouvements et j'ai dormi d'un sommeil tout à fait paisible.

— C'est une bonne chose.

— Et toi ?

— Oh ! moi, ma nuit a été éprouvante, reconnut-il. Je n'ai

pas fait de mauvais rêves, mais je n'ai pas réussi à débrancher mon cerveau et à faire cesser le ballet de mes pensées.

— J'ai horreur de ce genre de nuits... Je suis désolée, Jake. Vraiment désolée pour tout ce qui s'est passé.

— Pourquoi ? C'est toi qui as engagé quelqu'un pour nous tirer dessus ? répliqua-t-il gentiment.

— Bien sûr que non, répondit-elle en écarquillant les yeux.

— Alors, tu n'as aucune raison de t'excuser, Monica.

— Merci, dit-elle en esquissant un léger sourire. Ça me fait du bien d'entendre ça... Dis-moi, je pensais à une chose, y aurait-il un endroit chez toi où je pourrais installer mon matériel pour continuer à enregistrer et diffuser mes émissions ?

Il ne fut pas surpris de constater que sa première préoccupation concernait son travail. Elle était ambitieuse. Et il était bien prétentieux de croire que ce qui s'était passé entre eux la veille pouvait sous-entendre qu'elle souhaitait s'engager dans une relation avec lui.

Quand elle lui avait demandé de l'embrasser, il n'était pas dans son état normal, bouleversé par tous les souvenirs de Suzanna qu'il venait de faire remonter. Monica n'avait agi ainsi que pour le réconforter, ce geste ne signifiait probablement rien de plus pour elle.

— Tu peux t'installer dans mon bureau. Je n'ai pas de projet en cours et tu peux replier la grande table à dessin pour libérer un peu d'espace.

— Parfait, répondit-elle avec un grand sourire.

Même avec ses yeux noircis par le mascara qu'elle n'avait pas ôté la veille au soir et qui lui donnait un air de raton laveur, elle restait superbe.

— Tu es partante pour un petit déjeuner ? lança-t-il en se levant de sa chaise.

— Je te remercie, mais je ne mange pas grand-chose le matin, dit-elle en saisissant sa tasse. Je préfère le liquide au solide.

— Je ne suis pas non plus un grand adepte des petits déjeuners copieux, acquiesça-t-il en s'appuyant contre le bar.

Son délicat parfum commençait à lui faire tourner la tête et il se demanda ce qu'elle pouvait bien porter sous cette petite robe bleue.

Ressaisis-toi, Lamont ! se dit-il fermement. S'il ne pouvait empêcher ce genre de pensée de surgir dans son esprit, la semaine risquait d'être très longue.

Monica termina sa deuxième tasse de café et se leva.

— Je crois que je vais sauter dans une douche et aller m'habiller. Après cela, si tu peux me montrer où se trouve ton bureau, ça serait super.

— Quand tu veux.

Quand elle quitta la cuisine, Jake laissa échapper un grand soupir de soulagement. Il avait l'impression que le fait qu'elle vive avec lui dans sa maison allait s'avérer bien plus difficile que ce qu'il avait pu imaginer.

Il devait garder le contrôle de ses émotions en ce qui la concernait. Elle n'était rien d'autre qu'une invitée ici, quelqu'un qui avait besoin d'être hébergé quelque temps et qui n'était pas – ne serait jamais – une potentielle amoureuse qu'il pouvait courtiser.

Il rinça leurs deux tasses et les plaça dans le lave-vaisselle avant de se rendre sur sa terrasse extérieure, à l'arrière. Les nuages de la veille n'avaient pas apporté de pluie, et la journée promettait d'être à nouveau sèche et chaude. La sécheresse n'était pas une mauvaise chose pour lui et encore moins pour le chantier en cours.

Heureusement aucune annonce concernant un nouveau crime n'était parue dans le journal. Se rendre devant chez Clay la veille pour le surveiller lui était totalement sorti de la tête après ce qu'il s'était passé chez Monica. La seule chose à laquelle il avait pensé était de la faire sortir au plus vite de chez elle pour la mettre en sécurité.

Sur le trajet jusque chez lui, il s'était assuré qu'ils n'étaient pas suivis car, si la fusillade était l'œuvre d'un gang, personne ne penserait à venir la chercher à son domicile.

Il se demanda si Monica voudrait continuer à surveiller le Justicier. Si ce n'était pas le cas, elle n'aurait qu'à rester ici pendant qu'il poursuivrait sa mission.

Même s'il avait plaisanté concernant les alarmes et les chiens de garde, sa maison était équipée d'un système de surveillance à la pointe de la technologie, et de solides serrures étaient installées sur chacune de ses portes. Il savait qu'elle ne risquait rien tant qu'elle était ici.

Une demi-heure plus tard, elle réapparut dans la cuisine. Elle portait cette fois un short en jean et un débardeur rayé rouge et blanc, et semblait fraîche et motivée.

— Prête à découvrir ton nouvel espace de travail ? s'enquit-il.

— Laisse-moi juste le temps d'aller chercher mon matériel dans ma chambre.

— Je vais t'aider, proposa-t-il, conscient du poids des sacs qu'il avait déjà portés la veille.

Il la suivit dans le couloir jusqu'à la chambre qu'elle occupait. C'était une pièce agréable, grande et aérée qui possédait sa propre salle de bains.

Monica avait soigneusement fait le lit et arrangé les coussins qui étaient assortis aux draps. Dans l'air flottait son parfum, cette merveilleuse fragrance, légèrement exotique, qui faisait battre son pouls plus fort chaque fois qu'il la percevait.

Tout aurait été beaucoup plus facile s'il n'avait pas embrassé Monica. S'il ne connaissait pas la douceur de ses lèvres, jamais il ne penserait à reproduire ce geste.

Quelques minutes plus tard, ils se rendirent dans son bureau pour installer son équipement. Derrière son bureau était accrochée une grande photo du centre-ville de Kansas City. Monica lui annonça avec joie qu'elle ferait un formidable fond pour le cadre de son émission.

— C'est parfait, merci beaucoup, lui dit-elle une fois que tout fut prêt. Quel est ton programme de la journée ?

— Je ne vais pas tarder à aller faire un tour sur le chantier et je me demandais si tu avais envie de m'accompagner ?

— Oh... En fait, j'espérais rester un peu seule pour pouvoir fouiner un peu dans tes affaires, répondit-elle, l'air faussement déçu.

— Ça risque d'être ennuyeux à mourir, dit-il en souriant. Je n'ai malheureusement aucun cadavre dans mes placards.

— Ah, quel dommage ! s'exclama-t-elle en riant. Je serais ravie de t'accompagner, mais seulement si je peux prendre un peu de temps cet après-midi pour faire quelques recherches et préparer mon émission de ce soir...

Elle marqua une pause et redevint tout à fait sérieuse avant de poursuivre :

— Je dois t'avouer que j'ai beaucoup de mal à croire que la fusillade d'hier puisse avoir un quelconque lien avec mes sujets sur les gangs.

— Qui pourrait être derrière tout ça alors ? demanda-t-il en fronçant les sourcils.

— Je pense qu'il pourrait s'agir du Justicier, dit-elle, le regard sombre.

Elle parlait à voix basse, comme si elle avait peur que le *serial killer* puisse l'entendre.

— J'y ai pensé également, mais ce n'est pas son mode opératoire.

— Oublie le mode opératoire. Je pense qu'il a vu notre photo dans le journal et qu'il a eu peur. Il surveillait ma maison et il nous a vus tous les deux par la fenêtre. Nous étions des cibles idéales et il a essayé de nous éliminer.

Elle le fixa du regard pendant un moment, comme pour répondre à ses protestations. Mais Jake ne protesta pas.

Il ne savait pas qui pouvait se cacher derrière l'attaque de la veille et il ne savait pas ce qui pouvait être pire : un gang qui voudrait réduire Monica au silence ou un tueur en série qui avait peur d'être démasqué et qui connaissait son adresse...

Monica ne pouvait se leurrer, elle n'avait toujours pas digéré les événements de la veille. Jamais elle n'avait imaginé que ses choix professionnels pourraient un jour la mettre en danger. Mais elle se doutait qu'en faisant équipe avec Jake pour démasquer le Justicier elle risquait d'avoir des ennuis. Cependant, il y avait un océan entre le doute et la réalité.

Jake lui avait dit qu'elle pouvait rester chez lui pendant qu'il se rendait sur son chantier. Il lui avait même montré comment mettre en marche son système d'alarme mais, malgré cela, elle ne s'était pas sentie prête à rester seule.

Avant qu'il ne quitte sa maison, Jake était monté dans sa chambre pour se changer.

— Tu es drôlement chic pour aller sur un chantier, lui avait-elle fait remarquer quand il était réapparu vêtu d'un jean, d'un T-shirt blanc et d'un blazer bleu marine.

— Habitue-toi au blazer, répondit-il en ouvrant l'un des pans de la veste pour lui montrer un holster avec un revolver. J'ai un permis et je compte bien l'emporter chaque fois que nous quitterons la maison.

Ce n'était pas la meilleure des nouvelles, pourtant, Monica devait l'admettre, elle se sentait rassurée qu'il soit armé.

Sur le trajet qui menait au chantier, elle se surprit à regarder par-dessus son épaule pour observer les voitures qui roulaient derrière eux, afin de vérifier que personne ne les suivait.

— Tâche de te détendre, lui dit Jake. Je ne sais pas qui est après nous, mais il ne vaut pas mieux qu'un cafard et les cafards ne sortent que la nuit.

— Tu crois ? demanda-t-elle avec inquiétude.

— Oui. Si tout ça a un lien avec les gangs, ce genre de choses ne se produit qu'à la nuit tombée. Et si c'est le Justicier, je sais que les hommes du groupe ont tous des boulots et qu'il est important qu'ils s'y rendent chaque jour pour ne pas se faire remarquer.

Monica se laissa aller dans son siège et s'efforça de se

détendre, mais les battements de son cœur étaient trop rapides et elle avait les nerfs à fleur de peau.

— Pendant que tu parleras avec les ouvriers, je vais passer quelques coups de téléphone. Je vais essayer de contacter les membres des gangs que j'ai interviewés. Peut-être que l'un d'entre eux aura une idée de ce qui a pu se passer.

— Ça me semble une bonne idée, répondit-il.

Quand ils arrivèrent au pied de l'immeuble en construction, Monica se sentait plus décontractée. Elle resta dans la voiture pendant que Jake allait s'entretenir avec le maître d'œuvre.

Il fut accueilli par de grands sourires, et Monica constata que tous ses collègues semblaient lui manifester un réel respect. Elle n'était pas surprise. Jake était un homme normal, un type bien, et Monica trouvait cela tout à fait séduisant.

En fait, elle trouvait que tout chez Jake était séduisant. Il avait un corps sublime, quant à son rire, il semblait être comme celui de sa sœur, merveilleusement joyeux et communicatif. Il était intelligent, dégageait une impression de force tranquille et il...

Elle écarta volontairement ses pensées concernant l'homme qui était supposé n'être que son partenaire et décida de se concentrer sur les sujets qu'elle allait choisir d'aborder ce soir dans son podcast.

Elle avait, bien sûr, prévu de parler de la fusillade qui s'était produite à son domicile et elle avait un autre témoignage d'un membre de gang à diffuser. Elle allait aussi devoir prendre un peu de temps pour chercher ce qui avait pu se passer de nouveau dans la région et qui méritait d'être relaté.

Elle n'avait en sa possession que les numéros de téléphone de deux des hommes qui avaient accepté d'être interviewés pour sa série sur les gangs de Kansas City. Après avoir composé le premier numéro, elle entendit une voix robotique lui indiquer que ce numéro n'était plus disponible. Le deuxième numéro la transporta vers une messagerie. Elle laissa quelques mots, même si elle se doutait que personne ne la rappellerait.

Alors qu'elle recommençait à réfléchir à son émission du soir, elle se rendit soudain compte qu'elle devrait peut-être appeler son père pour lui raconter ce qu'il s'était passé et lui dire comment elle allait. Si les membres de sa famille regardaient son podcast, ce dont elle doutait, il valait mieux qu'ils soient déjà au courant des événements. Ils pourraient aussi en entendre parler par d'autres biais... Enfin, pour le moment, personne ne l'avait encore appelée.

Et puis... Peut-être avait-elle juste besoin d'entendre la voix grave de son père.

Il répondit à la deuxième sonnerie.

— Quoi de neuf ? lança-t-il.

Monica commença à lui raconter la fusillade mais, avant même qu'elle puisse finir sa phrase, il se mit à jurer.

— Si tu avais un vrai boulot, ce genre de conneries n'arriverait pas.

Immédiatement, des larmes montèrent aux yeux de Monica.

— Papa, je t'appelais juste pour te dire que j'allais bien et que j'allais vivre chez un ami pendant quelque temps.

— Un ami ? Aux dernières nouvelles tu n'avais pas beaucoup d'amis à cause de tout ce temps que tu perds à fouiner sur Internet... Alors, où l'as-tu trouvé, celui-là ?

— Il s'appelle Jake et je vais habiter chez lui pendant une semaine environ.

— Cet ami, ce ne serait pas ton petit ami par hasard ? lui demanda son père d'une voix où perçait une lueur d'espoir.

— Non, nous sommes juste des amis, répliqua-t-elle rapidement.

— Dommage... Il est grand temps que tu rencontres quelqu'un et que tu te maries. Tu sais que tu n'es plus toute jeune. Je n'ai pas envie que tu te réveilles un jour et que tu sois devenue une de ces vieilles célibataires seules qui vivent avec une bande de chats.

— Papa, répondit-elle en éclatant de rire. Tu sais que je

n'aime pas beaucoup les chats et puis je viens tout juste d'avoir trente ans, j'ai tout le temps de me marier et d'avoir des enfants.

— Peut-être que tu pourrais m'offrir un petit-fils. Tes sœurs n'ont réussi qu'à faire de nouvelles filles.

— Arrête, tu es fou de tes petites-filles, s'exclama-t-elle.

Son père avait beau être la dernière des brutes, il se transformait en marshmallow dès que ses petites-filles pointaient le bout de leur nez.

— Mais si tu continues à faire ton podcast insensé, jamais tu n'auras une vie normale, tu sais.

Monica soupira.

— Je te rappelle demain, OK ?

Elle raccrocha avec soulagement. La conversation avait été tout à fait déprimante. Comme la plupart de celles qu'elle avait avec son père.

Pourquoi ne pouvait-il pas être fier d'elle, de ce qu'elle faisait et même de qui elle était en tant que personne ? Pourquoi avait-elle toujours l'impression que rien de ce qu'elle faisait ne suffirait jamais pour lui plaire ?

Un quart d'heure plus tard, Jake ouvrit la portière et s'assit au volant à côté d'elle.

— Je me disais que nous pourrions peut-être aller chercher du chinois à emporter pour le dîner de ce soir, dit-il en démarrant.

— Bonne idée.

« Ce ne serait pas ton petit ami ? » La question de son père tournait en rond dans son esprit. Tandis qu'ils quittaient le chantier, elle jeta quelques regards discrets à Jake.

Cela ne la dérangerait pas de l'avoir comme petit ami. Cela ne la dérangerait pas non plus de dîner chinois avec lui avant d'aller se coucher ensemble dans le grand lit de sa chambre à coucher. Il la prendrait dans ses bras, lui ferait l'amour tendrement puis elle s'endormirait blottie contre lui. Ce scénario était plus qu'alléchant.

Elle dévia le regard vers la vitre et se réprimanda. Elle ne pouvait pas tomber amoureuse de Jake. Ce n'était pas le bon moment pour trouver le grand amour. Elle devait d'abord réussir dans son métier avant de pouvoir ne serait-ce que penser à rencontrer quelqu'un.

— Tu es terriblement silencieuse, remarqua Jake en rompant le cours de ses pensées. Tout va bien ?

— Ça va, oui... Je viens seulement d'avoir mon père au téléphone et il réussit toujours à me déprimer, lui confia-t-elle.

— Oh ! je suis désolé, répondit-il en posant sa main sur la sienne quelques secondes avant de la reposer sur le volant.

Mais la chaleur de ce simple contact la bouleversa.

Elle devait pourtant garder la tête froide. Jake n'était pour elle qu'un moyen de parvenir à ses fins et ne devait rien devenir d'autre.

— Tu penses que nous devrions retourner surveiller la maison de Clay ce soir ?

— Vu ce qu'il s'est passé hier soir, je ne savais pas trop si tu serais partante.

— Je suis toujours dans le coup, affirma-t-elle fermement. Et puis, plus vite nous résoudrons cette affaire, plus vite je sortirai de ta vie.

— Je ne suis pas particulièrement pressé que tu sortes de ma vie, dit-il en lui jetant un bref regard.

Elle sentit les papillons se réveiller au creux de son ventre.

— Je voudrais d'abord m'assurer que tu ne risques plus rien avant, ajouta-t-il.

Les papillons disparurent en un instant du ventre de Monica. Seule sa sécurité importait à Jake. Il ne voulait pas d'elle dans sa vie plus longtemps que nécessaire. Il voulait seulement qu'elle ne soit plus en danger. Elle regarda une nouvelle fois par sa vitre en se demandant pourquoi ses mots la rendaient triste.

Il avait échoué. Ils n'étaient pas morts. Comme il aurait préféré leur trancher la gorge comme il l'avait fait à tant d'autres... Mais il n'avait pas de temps à perdre, il devait les éliminer le plus vite possible.

Quand il les avait vus tous les deux derrière la baie vitrée chez Monica, il avait saisi sa chance et avait tiré le plus de balles possible avant de s'enfuir.

Il était certain d'avoir réussi son coup jusqu'à ce qu'il découvre aux informations matinales un sujet sur la fusillade dans lequel la journaliste indiquait que personne n'avait été blessé.

Bon sang ! Comment avaient-ils pu s'en tirer sous cette pluie de balles ? Maintenant, il allait devoir trouver un nouveau moyen de se débarrasser d'eux alors qu'il n'avait qu'une envie, qu'un besoin, sentir à nouveau le sang couler sur ses mains.

Les informations matinales avaient aussi évoqué un homme qui avait été arrêté pour avoir tué un chien avant d'être relâché en attente de son jugement. Il n'avait pas été inculpé pour avoir tué le chien mais parce qu'il portait une arme sans permis.

Cet homme, Greg Bellows, avait insisté sur le fait que le chien l'avait attaqué et qu'il n'avait eu d'autre choix que de l'abattre pour sauver sa peau. Et, comme ce n'était pas la première fois que cet animal s'en prenait à lui, il avait emprunté l'arme d'un ami pour faire sa promenade ce matin-là.

Il ne croyait pas un traître mot de l'histoire de ce type, et quiconque était capable de faire du mal à un animal innocent était un rebut de l'humanité.

C'était lui qui se chargeait de nettoyer la surface de la terre de toutes ces ordures. Greg Bellows n'irait pas devant le juge. Il avait déjà été jugé coupable et sa sentence était la mort.

Les battements de son cœur s'accélérèrent tandis qu'il imaginait l'expression de surprise qui s'afficherait sur le visage de cette ordure juste avant qu'il lui tranche la gorge.

Ce soir, le Justicier s'occuperait de Greg. Et, après cela, il se chargerait de Jake et de Monica. Ils devaient mourir avant de parler, avant que Monica décide de faire un sujet qui pourrait guider la police jusqu'à lui.

Il était important que le Justicier puisse continuer son œuvre. Il devait survivre et prospérer. Il y avait trop de personnes sur cette terre qui méritaient la mort.

7

Bon sang. Le tueur avait remis ça. En découvrant la nouvelle dans le journal du matin, Jake sentit un puissant mélange de colère et de culpabilité l'envahir.

Il ne connaissait pas la victime, mais ce qui l'effrayait était que Greg Bellows avait été accusé bien qu'il n'ait pas encore été jugé pour ce qu'il avait fait. Jusqu'au verdict, il restait donc « présumé innocent ». Cependant, non seulement le Justicier l'avait jugé et reconnu coupable, mais il avait aussi décidé lui imposer la peine ultime… La peine de mort.

C'était sa plus grande peur. Que le *serial killer* décide d'élargir son champ d'action, de changer ses règles, et de ne plus s'attaquer seulement aux hommes qui avaient eu un lien avec le groupe mais à tous ceux qui avaient des démêlés avec la justice. Cette pensée était absolument terrifiante.

La nuit dernière, Monica et lui étaient allés surveiller la maison de Clay et, celui-ci n'ayant pas bougé de chez lui, Jake était donc sûr à présent que ce dernier n'était pas le tueur. Il ne restait donc plus qu'Adam. Jake savait qu'il devait le faire arrêter le plus vite possible, mais il n'avait pas de preuves concrètes à fournir aux autorités.

Il allait devoir surprendre Adam en flagrant délit. Malheureusement, il se passerait probablement une semaine ou plus avant qu'il récidive. La seule idée que cet homme pouvait s'attaquer à n'importe qui lui tordit l'estomac. Il n'avait plus qu'une chose à espérer : que le tueur ait commis une erreur lors de son dernier meurtre. Que la police ait trouvé un indice qui puisse les mener à son arrestation.

Il jeta un coup d'œil par-dessus son journal en voyant Monica entrer dans la cuisine. Elle se servit une tasse de café, s'assit en face de lui et lui adressa un petit sourire.

— Incroyable, la Monica grognon peut faire des sourires dès sa première tasse de café ?

— J'essaye de changer mes habitudes, répliqua-t-elle en prenant une gorgée avec un air ravi. Ah, l'élixir des dieux... Quelles nouvelles dans le journal ?

Jake hésita un instant avant de lui répondre. Il savait que cette information allait lui gâcher sa matinée comme elle avait gâché la sienne.

— J'aurais préféré que tu ne me poses pas cette question.

— Pourquoi ?

— Il y a un article qui va faire disparaître ton sourire, indiqua-t-il d'un ton désolé.

— De quoi parle-t-il ? demanda-t-elle, tandis qu'une ombre passait dans ses beaux yeux.

— Il y a eu un nouveau meurtre cette nuit.

Il lui raconta ce qu'il s'était passé et, en effet, le joli sourire de Monica s'évanouit instantanément.

— C'était ce que tu redoutais. Ce Greg Bellows n'a aucun lien avec votre groupe.

— Et ce qui est encore pire, c'est qu'il n'a pas été prouvé qu'il était coupable de quoi que ce soit. Et il n'a assassiné personne. Je veux dire, je suis évidemment contre toute forme de maltraitance envers les animaux, mais peut-être Greg Bellows disait-il la vérité, peut-être n'avait-il pas eu d'autre choix que de tuer ce chien pour survivre ? Il n'aurait probablement reçu qu'une simple amende pour port d'armes illicite.

— Le Justicier élargit son champ d'action, déclara Monica.

— Oui, soupira Jake. Et suite à ce nouveau meurtre, il va probablement rester calme pendant un bon moment maintenant.

— Ou peut-être va-t-il choisir de remettre ça ce soir ? protesta-t-elle. Nous ne pouvons pas savoir. Nous devons faire tout ce qui est en notre pouvoir pour l'arrêter, Jake.

— Je sais, mais ça ne suffira pas.

Pendant la demi-heure qui suivit, ils parlèrent du meurtrier et de ce qu'ils pouvaient faire pour essayer de le mettre hors d'état de nuire. Puis Monica alla prendre sa douche.

Les jours suivants, ils tombèrent tous les deux dans une sorte de routine. Ils se rendaient ensemble sur le chantier dans la matinée puis ils revenaient chez Jake où celui-ci dessinait sur la table de la cuisine pendant que Monica travaillait à son émission quotidienne. Ils déjeunaient vers midi, reprenaient leurs tâches, puis chaque soir à 20 heures, Monica diffusait son podcast pendant une heure et demie environ. Elle revenait ensuite dans le salon où ils regardaient la télévision jusqu'à 23 h 30, heure à laquelle ils partaient surveiller la maison d'Adam.

Les soirées étaient particulièrement éprouvantes pour Jake, surtout quand ils étaient assis sur le canapé devant la télé. La seule chose à laquelle il pensait alors était le baiser qu'ils avaient échangé et combien il avait envie de recommencer.

Monica le faisait rire et, avec elle, il se sentait revivre. Il aimait leurs discussions. Un soir, ils avaient évoqué leurs enfances réciproques et il avait pour la première fois révélé les difficultés qu'ils avaient traversées, Suzanna et lui, en tant qu'enfants de toxicomanes.

Il lui avait raconté leur vie de misère, le fait de n'avoir jamais mangé à leur faim, les hôtels sordides et les hommes encore plus sordides qui rôdaient toujours dans les environs. Les services sociaux ne les avaient jamais approchés, peut-être parce qu'ils ne restaient jamais longtemps au même endroit.

Il lui confia que les moments les plus effrayants étaient quand leur mère décidait de faire le ménage. Suzanna et lui comprenaient alors que le pire était à venir. Ils n'avaient jamais pensé que leur vie pourrait s'arranger car cela ne s'était jamais produit.

Monica lui faisait oublier toutes les femmes qu'il avait fréquentées jusqu'alors. Être à ses côtés était enivrant, et il devait redoubler d'efforts pour ne pas se laisser aller à la tentation. Et le problème était qu'elle semblait, de plus en plus, essayer de le séduire.

Elle s'asseyait trop près de lui sur le canapé et le touchait bien trop souvent... De légers contacts qui, chaque fois, lui faisaient l'effet de décharges électriques venant alimenter la tension qui vibrait au fond de son ventre.

Il sentait son regard se promener sur lui et redoutait de le croiser, par peur de se perdre dans la profondeur de ses grands yeux bleus. Par peur de se laisser aller et de faire quelque chose de stupide.

Ce soir-là, tout était différent, hormis la tension en lui qui ne le quittait jamais quand il était en sa compagnie. Ils s'étaient à nouveau installés sur le canapé après avoir mangé une pizza.

Monica était assise si près de lui qu'il pouvait sentir la chaleur de son corps et ce parfum qui lui faisait tourner la tête. Cependant, ce qui était tout à fait inhabituel était le fait qu'elle n'avait pas prononcé un mot de toute la soirée.

— Tu as eu ton père au téléphone, aujourd'hui ? lui demanda-t-il, pour tenter de briser le silence qui devenait pesant.

— Non, pourquoi ?

— Tu sembles bien calme et je me disais que tu l'avais peut-être appelé et qu'il avait pu te dire quelque chose de blessant.

— Non, je ne lui ai pas parlé aujourd'hui, répliqua-t-elle avant de tourner derechef les yeux vers l'écran de télévision.

Pendant quelques minutes, elle regarda l'émission comique qu'ils avaient choisie – même si cela ne semblait guère l'intéresser –, puis elle se tourna vers lui.

— Tu veux savoir ce qui me dérange ?

— Oui, qu'est-ce que c'est ?

Elle rougit légèrement

— Je ferais peut-être mieux de ne rien dire.

— Qu'est-ce qu'il se passe ? Monica, tu sais que tu peux tout me dire.

— Oublie ça, lui dit-elle en secouant la tête.

— Qu'est ce qui ne va pas ?

— Rien, tout va bien, insista-t-elle en baissant les yeux vers ses mains posées sur ses genoux. C'est seulement que... Je n'arrive pas à me sortir notre baiser de la tête.

Il la fixa un instant, le souffle coupé.

— Il t'arrive d'y repenser ? continua-t-elle.

— Ça m'est arrivé, oui, reconnut-il, la gorge sèche. Une fois ou deux.

— Alors pourquoi n'as-tu pas essayé de m'embrasser à nouveau ?

Bon sang, elle allait le tuer. Il se passa les mains dans les cheveux et prit une profonde inspiration pour garder son calme.

— Parce que ce ne serait pas juste pour toi.

— Qu'est-ce que tu veux dire ? demanda-t-elle en se rapprochant de lui. Pourquoi ce ne serait pas juste ?

Jake avait l'impression d'être la marionnette de son désir. Une marionnette dont Monica tirait les ficelles.

— Parce que je t'ai dit que je ne voulais pas avoir ce genre de relation.

— Mais si nous sommes tous les deux d'accord sur ce point ? objecta-t-elle en fronçant les sourcils. Et si, moi, je voulais juste que tu m'embrasses une nouvelle fois ?

Il essaya de regarder ailleurs. Il tenta de trouver en lui les moyens de résister. L'un d'entre eux devait garder le contrôle de la situation.

Elle fronça davantage les sourcils.

— La vérité, c'est peut-être que notre baiser ne t'a pas plu. Peut-être que le vrai problème c'est que tu n'as pas du tout envie de m'embrasser une nouvelle fois.

— Oh ! tu n'imagines pas à quel point je veux t'embrasser à nouveau, gronda-t-il.

Monica s'avança si près de lui qu'elle était presque assise sur ses genoux.

— Alors, fais-le, Jake. J'en ai désespérément besoin, fais-le maintenant.

Il pensa brièvement qu'il avait perdu la tête, qu'ils avaient tous les deux perdu la tête, puis il posa sa bouche sur la sienne. Alors, instantanément, le feu parcourut ses veines tandis qu'il goûtait ses lèvres douces et charnues.

Monica laissa échapper un gémissement tandis qu'elle semblait lui donner la permission d'approfondir leur baiser. Elle leva les bras et les passa derrière sa nuque tout en se rapprochant toujours plus près de lui.

Elle était brûlante et serrait sa poitrine fort contre lui comme pour le tourmenter davantage. Quelque part au fond de lui, Jake savait qu'il devait mettre un terme à cette folie, qu'il devait la repousser et stopper le flot d'adrénaline qui coulait dans son sang. Mais la voix de la raison était un faible murmure, comparé au cri puissant de son désir charnel.

Monica ne paraissait pas vouloir interrompre leur baiser. Elle fit glisser ses mains de sa nuque à ses épaules et l'attira encore plus près d'elle.

Mon Dieu, il allait se perdre en elle.

Il ne pouvait plus réfléchir tant qu'il l'embrassait. Quand elle était dans ses bras, son cerveau semblait paralysé et seule son envie le guidait.

Elle finit par le repousser. Ses yeux avaient changé de couleur. Ils étaient maintenant d'une nuance de bleu que Jake n'avait encore jamais vue. Il lui fallut un moment pour reprendre son souffle.

— Jake, je veux que tu me fasses l'amour.

Les mots de Monica furent comme un coup de poing. Il ne pouvait plus respirer. La seule chose qu'il pouvait faire était l'imaginer nue dans ses bras. Bonne ou mauvaise idée, folie ou pas, il ne voulait plus y penser.

— S'il te plaît, Jake, dit-elle en se levant du canapé pour lui tendre la main. Emmène-moi jusqu'à ton lit et fais-moi l'amour.

Il se leva et prit sa main dans la sienne.

— Tu es sûre ?

— Je n'ai encore jamais été aussi sûre de quelque chose, répondit-elle d'une voix pleine de certitude.

Ils pouvaient encore changer d'avis à propos de ce qui était sur le point de se dérouler. Mais ni l'un ni l'autre ne prononça plus un mot tandis qu'ils marchaient dans le couloir vers la chambre à coucher de Jake.

Monica avait l'impression d'avoir résisté au désir qu'elle ressentait pour Jake pendant une éternité. L'embrasser n'avait pas été un soulagement, bien au contraire, ce baiser lui avait seulement donné envie d'aller plus loin. Ces derniers jours, la tension sexuelle entre eux avait atteint son paroxysme. Ce soir, elle avait donc pris la décision de suivre son instinct.

Quand ils entrèrent dans la grande chambre de Jake, Monica sentit que les papillons en elle étaient si agités qu'elle arrivait à peine à respirer.

La seule source de lumière de la pièce provenait d'une petite lampe de chevet, posée sur la table de nuit, et qui diffusait un éclairage tamisé.

Sans perdre une seconde, Jake l'attira vers lui et l'embrassa une nouvelle fois. Sa bouche était chaude et avide, tout comme ses mains qui caressaient ses cheveux, et il la serrait si fort qu'elle pouvait sentir combien il était excité.

Il quitta ses lèvres et commença à déposer une série de baisers dans son cou. Une vague de sensations fortes la submergea et un grand frisson la parcourut. De nouveau, il reposa ses lèvres sur les siennes.

Cela faisait longtemps qu'elle n'avait pas baissé sa garde

avec un homme, mais quelque chose chez Jake lui donnait le sentiment qu'elle ne risquait rien, qu'elle était en sécurité... Et qu'elle pouvait partir explorer avec lui des contrées plus intimes.

Elle rompit leur baiser et s'écarta de lui. Soutenant son regard, elle déboutonna son short et le laissa glisser au sol, révélant la petite culotte de soie rose qu'elle avait enfilée le matin.

Elle entendit son souffle s'accélérer tandis qu'il parcourait des yeux ses longues jambes nues. Il passa sa chemise par-dessus sa tête et la jeta au sol.

Il avait un torse magnifique et musclé, et sa peau paraissait chaude et douce. Dans ses yeux brûlait une sauvagerie qui l'excita davantage.

Il marcha vers elle et entreprit d'ouvrir les boutons de son chemisier, un par un. Elle retint son souffle tandis qu'il effleurait chaque partie apparente de sa peau. Quand il eut fini, il fit délicatement descendre son haut et le laissa tomber à ses pieds.

Elle le regarda faire un pas en arrière pour ôter son jean. Son corps était superbe. Son ventre était musclé, ses hanches parfaites et ses cuisses incroyablement athlétiques.

Ils rejoignirent son lit et, instantanément, leurs jambes s'entremêlèrent tandis que leurs bouches se retrouvaient. Ce nouveau baiser la fit basculer dans un autre niveau de désir.

Il lui caressa le dos fiévreusement et elle fit de même, appréciant la sensation de ses muscles sous ses doigts.

Ses lèvres glissèrent à nouveau des siennes, et il recommença à embrasser sa nuque et son cou tout en dégrafant son soutien-gorge. Quand il eut fini, il lui ôta et le jeta au loin.

— Tu es si belle, lui murmura-t-il à l'oreille. Je crois que j'ai envie de toi depuis le jour où tu es entrée dans ma vie.

— Je ressens exactement la même chose, lui répondit-elle le souffle court.

Quand il étendit ses mains sur ses seins pour les caresser, elle eut l'impression que son cœur allait exploser. Il y posa ensuite les lèvres et se mit à lécher et sucer ses tétons l'un après l'autre. Elle sentit son corps se tendre comme s'il était parcouru par un courant électrique, et son envie s'amplifia encore.

Ils furent bientôt tous les deux nus et explorèrent chacun le corps de l'autre en l'embrassant ou le caressant, recherchant à s'offrir le plus de plaisir possible.

Mais c'était plus que du plaisir. Monica se perdait avec délice dans cette brume de folles sensations. Quand la main de Jake descendit vers son bas-ventre pour la toucher en son cœur, elle pensa exploser.

Tout doucement d'abord, ses doigts bougèrent en elle à un rythme qui la fit haleter. Elle se cambra, avide... affamée. Il augmenta sa pression, accéléra la cadence et soudain, elle fut là, au sommet, sur le point de tomber d'une immense falaise tandis que les vagues du plaisir la submergeaient les unes après les autres.

— Oui... Oh ! oui ! cria-t-elle, malgré elle.

Pendant un instant, elle resta inerte, comme décérébrée dans ses bras pendant qu'elle essayait de reprendre son souffle.

Il se pencha et l'embrassa d'un baiser empreint de son propre désir non assouvi.

Elle se baissa et le prit en main. Il était au comble de l'excitation et laissa échapper un profond gémissement. Juste en le touchant, elle voulut davantage. Elle voulait plus, elle voulait tout de lui.

Elle caressa lentement sa puissance veloutée puis accéléra son mouvement. Il gémit de nouveau puis lui saisit la main pour la faire cesser. Il s'écarta d'elle et roula vers la table de nuit. Après avoir ouvert le tiroir, il sortit un préservatif. Elle le lui prit des mains, ouvrit le sachet puis l'enroula sur lui. Pendant un long moment, ils se regardèrent l'un l'autre en silence. Puis elle se laissa aller en arrière et l'invita, sans un mot, à venir sur elle.

Il la pénétra en laissant échapper un profond soupir, et elle ferma les yeux tandis que de nouvelles vagues de plaisir se déchaînaient en elle. Lentement, il commença à se mouvoir en elle et elle s'agrippa à ses fesses musclées. Elle leva ses hanches pour venir à sa rencontre, presque sauvage, incontrôlable. Il ne lui fallut pas longtemps pour trouver le rythme, pour plonger plus profondément et parvenir de nouveau sur les cimes du plaisir. Cette fois, le point culminant lui fit crier son nom.

Puis, soudain, il se raidit contre elle et grogna tandis qu'il atteignait son propre sommet. Aucun d'eux ne bougea, et les seuls bruits dans la pièce ne furent à cet instant que leurs souffles qui ralentissaient pour reprendre leur rythme normal.

Elle tendit une main souple vers lui et caressa langoureusement le bas de son dos.

— C'était merveilleux, lui dit-elle.

— C'était plus que merveilleux, rétorqua-t-il avant de l'embrasser tendrement sur le front. Attends-moi là, je reviens tout de suite.

Il roula sur le côté, descendit du lit et disparut dans la salle de bains.

Elle leva les yeux vers le plafond et laissa échapper un profond soupir. Elle avait espéré qu'il ne serait pas un bon partenaire sexuel, qu'il serait paresseux ou égoïste. De cette manière, il lui aurait été plus facile de passer à autre chose et de se lasser de lui.

Mais il n'était rien de tout ça. Il avait été tendre, généreux… Un amant incroyable. À cet instant précis, le corps comblé, elle savait qu'il allait être très difficile pour elle de l'oublier.

À présent, elle avait envie de rester au lit, de se blottir contre lui et de passer du temps dans ses bras à échanger avec lui ses rêves, ses espoirs et toutes ces choses dont les couples parlent après avoir fait l'amour. Elle décida donc de se lever.

Quand Jake ressortit de la salle de bains, vêtu d'un peignoir noir, elle était déjà à moitié rhabillée. Il s'assit sur le bord du lit et la regarda, l'air pensif.

— Euh… Peut-être que nous devrions parler de quelques trucs… ? dit-il en cherchant ses mots.

— Il n'y a absolument rien à dire, affirma-t-elle en enfilant son chemisier.

— Aucun de nous deux n'a envie de s'engager dans une relation amoureuse et rien de ce qui vient de se passer ne change ce fait, n'est-ce pas ?

Elle se passa les mains dans les cheveux pour y remettre un peu d'ordre et lui sourit.

— Jake, ne compliquons pas les choses. Nous avions très envie l'un de l'autre, nous avons décidé d'assouvir notre désir. Il n'y a rien de mal à ça. Comme nous sommes tous les deux célibataires, on peut dire que nous avons une relation d'amitié avec quelques avantages, qu'en dis-tu ?

— OK, répondit-il, l'air soulagé. Dans ce cas, je vais aller m'habiller et nous pourrons retourner regarder la télévision avant d'aller surveiller la maison d'Adam.

— Parfait, dit-elle avant de quitter sa chambre.

Elle retourna dans le salon et s'écroula sur le canapé. Elle avait fait comme si elle contrôlait totalement la situation, mais la vérité était qu'elle commençait à s'attacher beaucoup trop à lui.

Ils allaient devoir identifier le tueur le plus vite possible de sorte qu'elle puisse reprendre sa vie en main et essayer d'oublier Jake Lamont. En attendant, elle devait à tout prix s'efforcer de garder ses distances.

Jake la rejoignit quelques minutes plus tard dans le salon mais, au lieu de venir s'asseoir à côté d'elle sur le canapé, il alla s'installer dans son fauteuil.

— J'étais en train de me dire que je n'étais pas raisonnable, lui dit-elle.

Il la regarda en haussant un sourcil.

— Je ne peux que contredire cette affirmation vu nos… activités de la soirée.

— Je ne parlais pas de ce soir, répondit-elle en rougissant. Je voulais dire depuis que je suis arrivée ici, je ne me suis même pas occupée de faire réparer ma baie vitrée.

— Il n'y a pas de réelle urgence, répliqua-t-il. Tu n'imagines pas repartir chez toi tout de suite, si ?

— Il faudra bien que je rentre un jour, Jake. Je vais les appeler demain matin. Tu pourras m'y emmener quand le rendez-vous sera fixé ?

— Sans aucun problème.

Ils bavardèrent devant la télévision jusqu'à 23 heures puis se rendirent jusque chez Adam. Tandis qu'ils surveillaient la maison depuis la voiture garée juste en face, Monica se fit la réflexion que même s'ils avaient fait l'amour peu de temps auparavant, elle restait extrêmement sensible à la présence de Jake. Son parfum... Tout semblait multiplié dans ce petit habitacle, et de nouvelles flammes de désir se rallumèrent en elle.

Le moment qu'ils avaient vécu avait été incroyable, mais le désir qu'elle ressentait pour lui était si grand qu'il ne pouvait être comblé par le fait de faire l'amour avec lui. Elle voulait être dans ses bras. Elle voulait se blottir contre lui et fourrer son nez dans le creux de son cou, là où elle pouvait sentir son odeur si enivrante. Elle voulait plonger dans ses beaux yeux et parler avec lui pendant des heures de leurs plus grandes attentes et de leurs peurs.

Que lui arrivait-il ? Elle ne voulait pas se lier à lui. Coucher avec lui avait été très agréable, mais il était hors de question de faire évoluer leur relation.

La surveillance se passa cette nuit-là sans incident. Jake était étrangement silencieux, et elle se chargea de combler les blancs en parlant du petit schnauzer noir qu'elle adopterait quand toute cette affaire serait terminée.

Le matin suivant, elle contacta l'entreprise de réparation pour fixer un rendez-vous.

— Il ne peut pas venir avant 16 h 30, cet après-midi, dit-elle à Jake en le rejoignant autour de la table basse pour prendre un café.

— Nous y serons, répondit-il.

Il avait été distant toute la matinée… Silencieux et contrarié. Était-ce parce qu'ils avaient fait l'amour la veille ? Ou parce qu'il était fatigué d'avoir quelqu'un chez lui ?

Il était peut-être temps qu'elle rentre chez elle. Bien que la fusillade qui avait failli les tuer tous les deux soit encore un souvenir frais dans sa mémoire et que l'idée d'être seule l'effrayait, peut-être avait-elle abusé de sa gentillesse…

Et puis, s'ils pouvaient continuer à se retrouver pour leur mission de surveillance, cela leur permettrait de prendre un peu de distance dans la journée.

— Puisque personne ne nous a appelés, je suppose que la police n'a pas avancé dans son enquête et qu'ils n'ont toujours aucune idée de qui a pu vouloir nous tuer ce soir-là, dit-elle en brisant le silence qui était devenu pesant.

— Je m'en doutais, répliqua-t-il. Les fusillades de ce type font partie des crimes les plus difficiles à résoudre.

— Comme ceux des tueurs en série, ajouta-t-elle.

Il fronça les yeux en regardant le fond de sa tasse à café puis leva les yeux vers elle.

— Je n'arrête pas de me dire qu'il doit y avoir un moyen plus efficace de le démasquer mais, bon sang, j'ai beau chercher, je ne trouve pas lequel, dit-il d'une voix chargée de frustration.

— Nous faisons du mieux que nous pouvons, lui assura-t-elle en s'avançant pour poser sa main sur la sienne.

— Je ne peux pas aller voir la police avec mes seuls pressentiments et aucune preuve tangible, continua-t-il en retirant sa main. Je dois arrêter ce fou furieux avant qu'il s'attaque à une nouvelle personne.

— Donc, si c'est bien Adam, tu comptes prévenir la police dès que tu le verras sortir de chez lui au beau milieu de la nuit ?

— Monica, ce n'est pas illégal de sortir de chez soi à n'importe quelle heure du jour ou de la nuit. J'ai l'intention de le suivre jusque chez sa prochaine victime et d'attendre qu'il y pénètre. Alors seulement je contacterai les autorités.

— Jake, répondit-elle d'une voix douce, c'est beaucoup trop dangereux.

— Je t'avais déjà dit que c'était ce que je comptais faire.

— Eh bien, je crois que je n'ai pas voulu m'en souvenir. Je ne veux pas que tu te mettes dans une telle situation.

— C'est le seul moyen d'arrêter le *serial killer* que j'ai contribué à fabriquer.

— Jake, ce n'est pas toi qui as créé ce monstre. Qu'il s'agisse d'Adam ou de qui que ce soit d'autre, ce tueur avait déjà ça en lui, bien avant que vous vous regroupiez et réfléchissiez à ce plan stupide.

— Tu crois ?

— J'en suis certaine, affirma-t-elle avec fermeté. Bon sang, Jake, arrête de te sentir responsable. Cette personne était brisée bien avant que tu la rencontres.

Il se laissa aller en arrière dans son fauteuil et poussa un profond soupir.

— Je me sens découragé ce matin.

— Je suis désolée pour toi. Mais que pouvons-nous faire d'autre ? Veux-tu appeler la police et leur dire qu'Adam est le Justicier ? Tu n'es pas obligé de leur parler du pacte et de votre groupe. Tu peux seulement leur dire que tu le connais et que tu penses qu'il s'agit de lui.

— Non, fit-il en secouant la tête. Je ne veux pas risquer de ruiner la vie d'un homme, je ne suis toujours pas certain à cent pour cent qu'Adam est bien notre homme. Il est toujours possible que ce soit Matt Harrison.

— Pourquoi ne m'as-tu pas parlé de lui ?

Jake soupira une nouvelle fois avant de lui répondre.

— Car, de tous, c'est le seul que j'appréciais. Je n'ai pas envie que ce soit lui. Matt et moi avons été particulièrement proches pendant cette période. Nous avons le même âge et, hormis notre chagrin et notre deuil, nous avions beaucoup d'autres choses en commun. Nous aimions rester au bar après les réunions pour discuter.

— Quelle est son histoire ? demanda-t-elle.

— Sa mère a été tuée par Brian McDowell. Matt pensait que ce McDowell ne savait pas qu'elle était chez elle quand il est entré par effraction. Elle l'a surpris, et il l'a tuée avec une batte de base-ball.

— Quelle tragédie, dit-elle doucement. Brian McDowell a été la première victime du Justicier, non ?

— Tout à fait, acquiesça-t-il. Tu penses que cela pourrait signifier quelque chose ? Le tueur aurait commencé par celui qui l'avait touché personnellement avant de s'attaquer aux victimes suivantes ?

La question de Jake resta en suspens. Monica résistait à son envie d'aller vers lui pour le toucher à nouveau. Elle voyait combien il se sentait découragé et elle avait envie de faire quelque chose pour lui remonter le moral.

Il resta silencieux et préoccupé pendant tout le reste de la journée puis, un peu après 4 heures, ils se mirent en route pour aller retrouver les ouvriers chez elle.

Jake portait un jean, un T-shirt bleu marine et une nouvelle veste claire. Monica savait qu'il gardait son arme dans son holster, car depuis la nuit de la fusillade il lui avait dit ne plus vouloir s'en séparer lorsqu'ils sortaient.

— Quand la fenêtre sera réparée, je pourrai rentrer chez moi, dit-elle à Jake tandis qu'il se garait dans son allée.

— Il te faudra aussi faire quelques réparations sur le mur. Ne sois donc pas si pressée de vouloir revenir ici.

Il coupa le moteur puis ils descendirent tous les deux du véhicule.

— Tu as été si silencieux aujourd'hui que j'ai pensé que tu avais peut-être besoin d'un peu d'air.

— Cela n'a rien à voir avec ta présence chez moi, lui répondit-il. J'ai seulement passé la plupart de la journée à essayer de comprendre comment tout cela allait pouvoir se résoudre. Mais j'ai beau faire, je ne trouve pas d'issue.

Monica sortit son trousseau de clés de son sac à main, déverrouilla sa porte d'entrée puis se tourna vers lui et lui sourit.

— J'espère que nous resterons de bons amis quand tout cela sera terminé.

— Je l'espère également.

Elle commença à ouvrir la porte, mais subitement Jake la poussa derrière lui et sortit son arme.

— Vérifions que tout est en ordre, lui dit-il en entrant le premier.

Elle le suivit jusque dans le salon qui était plongé dans la pénombre. Avec la planche clouée sur la baie vitrée, Monica ne reconnaissait pas son salon. L'arme au poing, Jake inspecta la cuisine ainsi que le garde-manger.

Quand ils se dirigèrent vers les chambres, elle sentit les battements de son cœur s'accélérer. Quelqu'un se cachait-il ici ? Quelqu'un qui aurait patiemment attendu leur retour ?

Jake entra dans la première pièce, la chambre d'amis et passa devant le grand lit recouvert d'un plaid bleu turquoise puis se dirigea vers le placard. Il l'ouvrit brusquement et, même s'il parut se détendre en constatant que celui-ci était vide, Monica vit que sa mâchoire restait crispée.

Ils examinèrent ensuite la salle de bains, son bureau et se rendirent enfin dans sa chambre à coucher. Si quelqu'un était caché chez elle, il était donc forcément ici.

En entrant dans sa chambre, elle sentit les battements de son cœur reprendre un rythme effréné. Son lit était toujours impeccablement fait, avec ses draps couleur lavande. Les rideaux assortis étaient ouverts. Cette pièce avait toujours été pour elle un refuge, un abri qui lui apportait calme et sérénité. Mais ce n'était plus le cas.

Jake fit le tour de la chambre puis vérifia l'intérieur de son placard. Rien, hormis sa respiration légèrement saccadée, ne venait troubler le silence qui régnait.

— Bon, eh bien, on dirait que nous sommes seuls, conclut-il en rangeant son arme.

— Dieu merci, dit-elle en poussant un profond soupir de soulagement.

Ils retournèrent ensemble dans le salon et Monica alluma une des lampes à côté du canapé, mais même cet éclairage ne put chasser le sentiment d'effroi qu'elle ressentait encore ici.

Pourrait-elle un jour se sentir à nouveau chez elle dans cette maison ? Elle devait faire réparer la baie vitrée mais aussi, comme le lui avait fait remarquer Jake, contacter quelqu'un pour s'occuper des trous que les balles avaient laissés dans le mur. Quand tous les dégâts seraient réparés, cet endroit pourrait-il redevenir son petit havre de paix ?

— Ça va ?

La question de Jake la tira de ses pensées, et elle se força à lui sourire.

— Oui, c'est seulement que je ne me sens plus vraiment chez moi pour l'instant.

— Quand tout sera réglé, je suis certain que tu te sentiras plus à l'aise. Tu as contacté ta compagnie d'assurances ?

— Oui, je les ai eus ce matin, malheureusement j'ai l'impression que je vais devoir payer tout ça de ma poche.

— Est-ce que tu as de quoi payer ? demanda-t-il d'une voix pleine de gentillesse. Je ne veux pas me mêler de ce qui ne me regarde pas, mais si tu as besoin d'aide, je suis là.

— Merci, répondit-elle, touchée par tant d'attention, mais je peux m'en occuper.

Avant d'avoir pu lui en dire plus, Mitchell Blackmore et son assistant, un gamin prénommé Kurt, de la société Blackmore Réparation sonnèrent à la porte d'entrée. Ils enlevèrent la planche de contreplaqué, et Mitchell prit les mesures.

— Je suis passé ce matin et j'ai jeté un œil à la fenêtre, dit Mitchell à Monica. C'est une fenêtre standard comme sur la plupart des maisons voisines, j'en ai une qui conviendra dans mon camion.

— Super, lui répondit Monica avant de lui faire signe qu'il pouvait commencer.

Elle s'assit à côté de Jake sur le canapé et, tandis que Mitchell et Kurt s'activaient, les trois hommes se mirent à parler de sport. Monica repensa à tout ce qui s'était passé depuis qu'elle avait rencontré Jake.

Son offre de l'aider à payer les dégâts de sa baie vitrée l'avait émue. En même temps, tout l'émouvait en ce moment. Faire l'amour avec lui avait été son idée, et elle se rendait maintenant compte que cela n'avait pas été la meilleure qu'elle ait eue. C'était même une énorme erreur. Elle pensait pouvoir avoir une relation sexuelle avec lui sans s'investir émotionnellement parlant.

Mais elle s'était trompée.

Chaque jour qui passait la rendait un peu plus amoureuse de lui et elle n'avait rien vu venir. Elle le regarda tandis qu'il riait avec Mitchell.

Pourquoi ne voulait-il pas de relation amoureuse ? Était-ce parce qu'il n'en voulait pas avec elle, ou parce qu'il n'en voulait avec personne ?

N'avait-il pas envie de construire une famille ? D'avoir des enfants ? Ils n'avaient pas vraiment parlé de tout ça et à présent elle se sentait rongée par la curiosité. Quoi qu'il en soit, elle voulait aller jusqu'au bout de cette liaison sans rien regretter.

Pourquoi ne pourrait-elle pas vivre sa grande histoire d'amour ? lui murmura une petite voix intérieure. Elle avait toujours pensé qu'on ne pouvait pas avoir les deux. Une carrière et le grand amour. Et si le contraire était finalement possible ?

Elle secoua la tête pour se clarifier l'esprit. Peu importait ce qu'elle ressentait pour Jake puisqu'il avait été clair sur le sujet et qu'il n'y avait donc aucun futur possible avec lui.

Enfin, la baie vitrée fut comme neuve. Monica fit un chèque à Mitchell, et son assistant et lui repartirent.

— As-tu besoin de prendre quelque chose ici avant que nous rentrions chez moi ? lui demanda Jake en se levant du canapé.

Monica eut soudain envie de lui répondre qu'elle allait rester chez elle, finalement. Ce serait la meilleure chose à faire, elle le savait. Cela lui permettrait de prendre ses distances avant que son cœur ne soit marqué à jamais.

Cependant, elle devait reconnaître qu'elle ne se sentait pas prête à rester seule ici. En fait, elle avait même hâte de quitter les lieux. Même la lumière douce de la fin d'après-midi qui passait par la vitre de la nouvelle fenêtre ne suffisait pas à chasser les sombres souvenirs qui hantaient la pièce. Peut-être que tout irait mieux dans un jour ou deux, se dit-elle en soupirant.

— Oui, je vais prendre quelques trucs. Laisse-moi une minute ou deux.

— Prends tout ton temps, fit-il en se rasseyant sur le canapé.

Elle alla chercher quelques T-shirts supplémentaires et quelques chemisiers pour ses émissions. Elle n'avait pas besoin de nouveaux pantalons car elle était cadrée à la taille, mais elle avait besoin de varier un peu ses hauts pour les prochaines diffusions.

Elle fourra les vêtements dans un sac et quand elle eut pris tout ce dont elle avait besoin, elle se rendit compte qu'elle avait emporté bien plus que le nécessaire pour un jour ou deux. Enfin, se dit-elle, elle pourrait toujours tout rapporter, le jour venu...

— Prête ? lui demanda Jake quand elle réapparut dans le salon en tendant la main pour prendre son sac.

— Merci, je peux le porter.

— OK, alors allons-y.

Elle referma la porte derrière elle, et ils sortirent sous le soleil déclinant. Après avoir posé son sac sur le siège arrière, elle monta en voiture. Mais, alors que Jake était sur le point de se glisser derrière le volant, un coup de feu retentit et une balle vint percuter la portière du véhicule.

— Jake ! cria-t-elle.

8

— Baisse-toi, hurla Jake à Monica. Baisse-toi et ne bouge surtout pas !

Se cachant derrière la portière, il essaya de voir d'où provenaient les tirs. Un nouveau coup partit et la balle atterrit à quelques centimètres seulement de lui. Jake réussit à apercevoir le tireur qui se cachait derrière un arbre, un peu plus loin.

Sortant son arme, il riposta.

L'adrénaline le submergea, et son cœur se mit à battre si vite qu'il se demanda s'il n'allait pas exploser.

Il lui semblait entendre Monica pleurer, mais il ne pouvait malheureusement pas la réconforter. Il devait se concentrer sur le tireur, qui, à sa grande surprise, avait quitté son abri et était en train de prendre ses jambes à son cou.

Jake n'allait certainement pas le laisser s'enfuir aussi facilement. C'était sa meilleure chance de pouvoir attraper et identifier enfin ce sale type.

Il se releva et s'écarta de la voiture.

— Jake, non ! lui cria Monica.

Il ne l'écouta pas et commença à courir après l'homme. Celui-ci avait une sacrée avance, mais Jake était déterminé à lui mettre la main dessus.

Tout en courant, il s'efforça de rester le plus près possible des arbres de manière à pouvoir se protéger si le tireur décidait de réitérer.

Malgré le danger, il espérait que celui-ci allait s'arrêter et se retourner. Était-il en train de courir après Adam ou Matt ? Les deux hommes avaient la même carrure, il lui était impossible de les différencier de dos et en mouvement.

Jake commençait à être essoufflé, des gouttes de sueur perlaient sur ses tempes. Il avait un point de côté, mais il continua de courir à la même allure.

Il savait qu'il s'agissait du Justicier. S'il réussissait à l'attraper, tout serait terminé. Bon sang, il voulait tellement que tout cela finisse.

Cette seule idée en tête, il trouva la force d'accélérer, mais l'homme avait dû faire de même car Jake n'arrivait pas à se rapprocher de lui.

Retourne-toi, dit-il au tueur comme s'il pouvait communiquer avec lui par la pensée. *Retourne-toi juste une seconde que je puisse voir ton visage. Bon Dieu, retourne-toi que je sache qui tu es.*

Pendant un instant, Jake envisagea de lui tirer dessus, mais il changea vite d'avis. S'il lui tirait dans le dos, ce serait probablement lui qui se retrouverait derrière les barreaux.

L'homme dévia de sa trajectoire, coupa par un jardin et escalada une grille. Un chien se mit à aboyer frénétiquement. Jake suivit l'homme et manqua de tomber alors qu'il grimpait par-dessus la clôture.

Derrière, une nouvelle barrière l'attendait et il l'escalada dans la foulée. Puis il vit l'homme disparaître derrière un bâtiment plus loin, et quand il arriva enfin au coin celui-ci recommença à tirer.

Jake se jeta au sol. Il était à bout de souffle. Heureusement que ce type n'était pas un as de la gâchette. Bon sang, se dit-il en relevant la tête, il n'avait même pas eu le temps de distinguer son visage et voilà qu'il avait repris sa course.

Il se releva et repartit à ses trousses, repoussant ses limites. Mais, alors qu'il semblait enfin sur le point de pouvoir le rattraper, l'homme sauta dans une voiture qui était garée le long du trottoir, et une seconde plus tard celle-ci se mit à rugir et démarra en trombe.

— Non ! hurla Jake.

Il posa ses mains sur ses genoux et se baissa pour prendre quelques longues inspirations.

Quand sa respiration fut plus fluide, il laissa échapper une bordée de jurons. Il n'arrivait pas à croire que ce salaud avait réussi à s'enfuir. Il n'arrivait pas à croire qu'il n'avait pas pu le voir et l'identifier.

Après avoir fait demi-tour, il reprit la direction de la maison de Monica. Il n'avait même pas réussi à relever les numéros de la plaque d'immatriculation, et ce modèle, une berline noire, ne lui disait rien du tout. Aucun des deux hommes qu'ils suspectaient ne conduisait ce type de véhicule.

Il entendit une sirène qui se rapprochait. Monica avait probablement prévenu la police ou peut-être était-ce quelqu'un dans le voisinage.

Elle avait dû avoir peur pour lui. Et très peur pour elle également, car si l'homme avait réussi à atteindre sa première cible, c'est probablement vers elle qu'il se serait dirigé ensuite.

En se rapprochant, il la vit qui sortait de sa voiture et qui venait vers lui en courant. En pleurs, elle se jeta dans ses bras.

— Jake, Dieu merci tu vas bien, j'ai eu si peur qu'il t'arrive quelque chose !

— Eh… Sèche tes larmes, lui dit-il en essuyant ses joues trempées avant de prendre son visage entre ses mains. Je vais bien, Monica, nous allons bien.

Puis il passa un bras autour de ses épaules et la ramena vers son véhicule.

Une voiture de police fit enfin son apparition.

— C'est moi qui les ai appelés, avoua Monica. J'ai… J'ai eu si peur, je ne savais pas quoi faire.

— Tout va bien, assura-t-il en reconnaissant l'agent au visage familier qui se dirigeait vers eux.

— Vous vous retrouvez toujours dans des situations dangereuses, vous deux ! leur fit remarquer l'agent Brian McDonald après les avoir salués.

— Apparemment, lâcha Jake en soupirant.

— Bon, racontez-moi ce qu'il s'est passé, on m'a dit qu'il y avait eu des coups de feu ?

Monica lui raconta qu'ils étaient venus chez elle pour faire réparer sa baie vitrée puis qu'au moment de leur départ des balles avaient fusé dans leur direction. Jake se chargea de la suite des événements jusqu'à la fuite du tireur.

— Vous n'avez pas pu voir le visage de votre assaillant ? leur demanda McDonald.

— Non, avoua Jake, d'une voix chargée de frustration.

— Vous dites qu'il a pris la fuite dans une berline noire ?

— Noire ou bleu marine, déclara Jake en laissant échapper un nouveau soupir. Rien de tout cela ne va vraiment vous aider, n'est-ce pas ?

— Pas vraiment, non, répliqua McDonald. Est-ce que vous pensez que quelqu'un pourrait vouloir votre mort ?

— Non, répondit Jake qui continuait de penser qu'il ne pouvait encore révéler la vérité aux forces de l'ordre.

— Et vous, mademoiselle Wright ? Vous continuez à parler des gangs dans votre émission ?

— Oui, le dernier épisode a été diffusé hier soir, reconnut-elle.

— Alors, je vais vous donner le même conseil que la dernière fois. Mettez vos activités en suspens le temps que les choses se calment un peu, leur dit-il avant de s'adresser plus particulièrement à Monica. Même si j'apprécie beaucoup le travail que vous faites et que je pense que cela peut être très bénéfique pour la communauté, cela reste extrêmement dangereux. Il est évident que ce type faisait le guet chez vous et attendait votre retour.

Ils discutèrent encore quelques minutes puis McDonald attendit de les voir s'éloigner dans l'allée avant de monter dans son propre véhicule.

— Nous savons tous les deux que tout ça n'a rien à voir avec les gangs, dit finalement Monica après avoir dépassé plusieurs pâtés de maisons.

— J'aurais tellement aimé voir son visage, soupira Jake en resserrant ses mains sur le volant tandis qu'une nouvelle vague de colère l'envahissait. Alors, j'aurais enfin pu savoir qui est ce satané Justicier.

— Nous n'aurons qu'à continuer à surveiller la maison d'Adam jusqu'à ce qu'il se passe quelque chose. Tu sais que j'étais sur le point de te dire que j'étais prête à retourner vivre chez moi ?

— Tu pourras rentrer chez toi quand ce type sera derrière les barreaux, répondit-il d'un ton plus sévère qu'il ne l'aurait voulu.

Mais le fait de l'imaginer seule dans cette maison était pour lui insupportable.

— Désolé, se reprit-il presque immédiatement, je ne voulais pas paraître autoritaire, mais je ne te laisserai pas seule tant que toute cette histoire ne sera pas réglée. Si ça ne tenait qu'à moi, je t'achèterais même un billet d'avion et je t'enverrais dans un chouette endroit pour des vacances improvisées.

— Où ça ?

— Aucune idée. Peut-être à Aspen. Tu pourrais skier la journée puis te reposer le soir en dégustant un bon grog devant un feu de cheminée.

— Je ne suis pas très bonne skieuse, répondit-elle en esquissant un sourire. Et puis, je ne pense pas qu'il y ait de neige à Aspen en plein mois d'août.

— Alors, je t'enverrais sur une île des Caraïbes.

— Hum... Je ne suis pas non plus très fan de la plage, tu sais, j'ai la peau claire et le cancer de la peau ne me dit rien. Non, je crois que tu vas rester coincé ici avec moi...

Même s'il savait qu'elle essayait de détendre l'atmosphère, il ne voulait vraiment pas qu'elle reste avec lui plus longtemps que nécessaire. Cette attaque surprise l'avait effrayé comme jamais. Jamais il n'aurait pu imaginer que ce type allait s'en prendre à eux au beau milieu de l'après-midi.

Et puis il savait que les balles lui étaient destinées, même si Monica était aussi dans la ligne de mire du tueur. Car, et ce n'était pas une bonne nouvelle, le Justicier était maintenant probablement tout à fait conscient de la menace qu'elle pouvait représenter pour lui en tant que journaliste.

Et rien ne pourrait changer ce fait. Même si Jake était tué, Monica resterait un danger pour lui. Le tueur allait tout mettre en œuvre pour la réduire au silence. Comme pour Jake. Ils étaient donc tous les deux en danger tant que ce type n'était pas derrière les barreaux.

La situation était devenue bien plus dangereuse qu'il n'aurait pu imaginer.

Une fois arrivés chez lui, Jake se gara dans son garage et ils attendirent tous les deux que la porte automatique soit complètement refermée pour sortir du véhicule.

— Que dirais-tu d'une pizza surgelée pour le dîner ? demanda-t-il, une fois qu'ils furent dans la cuisine. Je ne me sens pas d'humeur à cuisiner ce soir et j'ai une margarita au congélateur.

— Je n'ai pas très envie de faire à manger non plus, donc ça me semble très bien. Je peux t'aider à faire quelque chose ?

— Non, je m'en occupe, répondit-il en allumant le four. Tu veux une bière ?

— Avec plaisir.

Il sortit deux canettes du frigo, et ils s'installèrent autour de la table. Il ne put s'empêcher de remarquer que cela lui paraissait normal d'être ainsi assis ensemble dans la cuisine à l'heure du dîner.

Cela semblait si… naturel. Aussi naturel que lorsqu'ils étaient assis côte à côte sur le canapé et qu'ils riaient devant une sitcom, ou qu'ils débattaient de la fin d'un film. Constater qu'il aimait que Monica soit chez lui et qu'elle partage sa vie l'inquiéta.

Jamais il n'avait permis à quiconque de se rapprocher de lui depuis le meurtre de sa sœur, mais Monica avait malgré tout réussi à le faire. Et non seulement il l'appréciait, mais il avait même l'impression qu'il était en train de tomber amoureux d'elle. Et pourtant, peu importait ce qu'il pouvait bien ressentir pour elle, il ne pouvait pas avoir de relation durable.

Il devait prendre ses distances même s'il ne pouvait pas le faire pour le moment. Malgré son bavardage, il avait senti combien elle avait eu peur elle aussi. Ils sortaient à peine d'une nouvelle expérience traumatisante, il ne pouvait s'éloigner d'elle.

Et puis, il sentait que le dénouement de toute cette histoire était proche. Il espérait seulement que quand tout serait rentré dans l'ordre Monica pourrait reprendre le cours de sa vie, avec le scoop du siècle en poche et de bons souvenirs de lui au fond de son cœur.

Tout en dégustant une part de pizza, Monica raconta de nouveau quelques bribes de son enfance à Jake. Elle lui révéla que, petite fille, elle pouvait se comporter comme une véritable peste avec ses sœurs et lui décrivit avec précision le peu de souvenirs qu'elle avait de sa mère quand elle était encore en vie.

— Je me souviens qu'elle dégageait tendrement les mèches de cheveux de mon visage avant de m'embrasser pour me souhaiter bonne nuit et je me souviens qu'elle sentait bon les roses et la vanille. Et toi ? Tu as de bons souvenirs de ta mère ?

— Pas vraiment. Après avoir commencé à se droguer, elle a peu à peu disparu de nos vies. Et quand elle était là, elle n'était pas vraiment là... Elle n'avait qu'une chose en tête, et ce n'était pas nous. En fait, Suzanna et moi avions même l'habitude de dire que si nous prenions feu, elle trouverait le moyen de nous utiliser pour préparer sa came.

— Ce n'est pas très drôle...

— Peut-être, mais notre vie n'était pas très drôle. Mais toi, dis-m'en un peu plus sur tes sœurs.

— Je me rappelle qu'une nuit ma sœur et son petit copain étaient assis sur la balancelle sous le porche. Je m'étais cachée dans les buissons pour les espionner car j'étais persuadée qu'ils voulaient faire des choses scandaleuses et je voulais tout rapporter à mon père pour la mettre dans le pétrin.

— Et ? demanda-t-il, les yeux brillants de curiosité.

— Et rien du tout. C'était tellement ennuyeux que je me suis endormie. Et c'est moi qui me suis retrouvée dans le pétrin quand mon père s'est inquiété de ne me trouver nulle part dans la maison.

Il éclata d'un rire puissant et chaleureux qu'elle fut ravie d'entendre. Bavarder et rire lui permettait de tenir la peur à distance.

Ces interminables minutes pendant lesquelles elle était restée seule alors que Jake courait après le tueur avaient été pour elle la pire des tortures.

Elle n'avait pas eu peur pour elle, non, elle avait eu peur pour lui. Elle avait été terrifiée à l'idée qu'il pouvait être blessé et s'était rendu compte qu'elle ne pouvait plus aujourd'hui imaginer le monde sans lui.

C'est en ressentant cette peur terrible qu'elle avait également compris la force de l'amour qu'elle éprouvait pour lui. Peu importait qu'ils se connaissent depuis si peu de temps. Peu importait que ce ne soit pas le moment idéal pour elle de s'engager dans une relation. Ce qui importait était qu'elle était éperdument amoureuse de lui, et que le reste aille au diable !

Qu'allait-elle bien pouvoir faire pour régler tout ça ? Elle l'ignorait, mais ce qu'elle savait c'est qu'elle n'avait pas la moindre envie de prendre les choses en main pour le moment, elle voulait seulement continuer à rire, manger et se détendre, surtout après l'épreuve qu'ils venaient tout juste de traverser.

— Et puis, une fois j'ai mis une grenouille dans le lit de mon autre sœur, reprit-elle.

— Elle n'a pas dû apprécier...

— Je me souviens encore de ses cris, répondit-elle en esquissant un sourire légèrement diabolique. Malheureusement, j'ai été punie pendant une semaine entière. Et quand mon père m'a demandé pourquoi j'avais fait une telle chose, je lui ai répondu que puisqu'elle se comportait comme une princesse, alors autant qu'elle rencontre le plus vite possible son prince charmant afin qu'il l'emmène vivre dans son château, le plus loin possible.

Jake éclata de rire à nouveau.

— Tu devais être un sacré numéro, dit-il. Je plains presque tes sœurs.

— Oh ! tu peux me croire, elles méritaient amplement tout ce que je leur ai fait. Elles étaient toutes les deux vraiment méchantes avec moi à l'époque où nous étions enfants. Quand j'ai eu neuf ans, elles m'ont raconté que j'avais été adoptée et que mes parents m'avaient pris avec eux car personne, dans le monde entier, n'avait voulu de moi.

— Tu n'as jamais été proche d'elles ?

— Non. Je crois que notre principal problème était la différence d'âge. Nous n'avions pas les mêmes centres d'intérêt et nous ne trouvions aucun terrain d'entente. Mais je les aime malgré tout et nous sommes toujours heureuses de nous voir pendant les vacances, même si nous ne sommes pas amies et n'avons pas grand-chose à partager.

— Peut-être qu'il n'est pas trop tard, les choses peuvent encore évoluer, lui dit-il. J'adorerais avoir d'autres frères et sœurs... Tes sœurs ne sont-elles pas les gardiennes de la mémoire de ta mère ?

Monica lui jeta un regard surpris.

— Je n'avais encore jamais vu les choses sous cet angle.

Récemment, ses sœurs l'avaient invitée plusieurs fois à déjeuner, mais elle avait toujours trouvé une excuse pour décliner. Quand toute cette affaire serait résolue, peut-être devrait-elle essayer de changer d'attitude avec elles...

Ils continuèrent à discuter jusqu'à la fin du dîner. Puis ils débarrassèrent la table et se rendirent dans le salon où ils s'installèrent devant la télévision. C'est alors que la peur qu'elle avait ressentie pendant son attente interminable l'après-midi même, refit son apparition au plus profond d'elle-même.

Jake était assis à ses côtés, elle pouvait donc sentir son parfum réconfortant et la chaleur de son corps qui irradiait vers elle. Quand il était parti à la poursuite du tueur, elle avait pensé qu'elle ne le reverrait peut-être jamais. Elle avait eu peur qu'il se fasse abattre et qu'il s'écroule, raide mort, sans que personne ne puisse faire quoi que ce soit pour l'aider.

Ces sombres pensées en tête, elle se rapprocha de lui. L'émotion fit battre plus vite son cœur et des larmes brûlantes montèrent à ses yeux.

— Monica, est-ce que tout va bien ? lança-t-il soudain en lui jetant un regard perplexe.

Elle leva les yeux vers lui et, contemplant son beau visage, libéra ses larmes.

— Non, non... Non, ça ne va pas, réussit-elle à dire. Je... Je crois que je suis en train de réagir bêtement... Avec un peu de retard.

— Réagir à quoi ? demanda-t-il, le regard doux mais teinté d'inquiétude.

— J'ai eu si peur pour toi quand tu es parti aux trousses du tireur.

Ses émotions se déchaînaient en elle, et elle avait l'impression de ne plus avoir le contrôle sur rien. Des torrents de larmes inondaient ses joues, et elle se mit à sangloter bruyamment.

— Hé, hé, lui dit-il tendrement.

Il fit alors ce qu'elle attendait le plus au monde... Il la prit dans ses bras.

Elle se laissa aller contre lui tandis que ses pleurs redoublaient et elle sentit monter en elle une infinie gratitude en entendant les battements rassurants de son cœur dans sa poitrine.

Son étreinte vint réchauffer chaque endroit glacé en elle, et elle accueillit cette chaleur avec joie. Ses bras lui offraient aussi l'assurance qu'il était bien en vie.

Maintenant, sa chasse au scoop ne lui paraissait plus si primordiale. Ce qui était important c'était que Jake survive. Qu'il continue à construire d'incroyables immeubles qui inspiraient tant de gens. Il devait vivre, respirer et rire jusqu'à la fin de sa vie. Et peut-être pourrait-elle partager cette longue et merveilleuse vie avec lui.

Ses larmes se calmèrent puis cessèrent. Elle s'éloigna de lui à contrecœur et laissa échapper un petit rire gêné.

— Désolée... J'espère que tu ne vas pas me prendre pour une pleurnicheuse.

— Ça ne risque pas, tu as été si effrayée, c'est moi qui suis désolé.

— C'est vrai que j'ai eu très peur. Je ne pouvais m'empêcher de t'imaginer, seul et blessé, allongé dans un jardin.

— On ressemble à un couple de vieux chats qui ont neuf vies à vivre, répondit-il en lui souriant.

— Moi ce qui me fait peur c'est que j'ai l'impression qu'on a déjà utilisé pas mal de nos vies.

— Monica, lui dit-il en reprenant un air sérieux et en plongeant ses yeux dans les siens, il n'y a aucune raison que tu aies à nouveau besoin de te servir d'une de tes vies de chat.

Elle secoua la tête pour lui faire signe qu'il n'avait pas besoin d'en dire davantage.

— Nous avons déjà eu cette conversation plus d'une fois et ça ne sert à rien de recommencer, je n'abandonnerai pas, Jake, je reste avec toi jusqu'à la fin.

— Tu es extrêmement têtue, lâcha-t-il en fronçant les sourcils.

— Oui, et tu ferais bien de t'en souvenir, répondit-elle en souriant.

— Alors, c'est noté.

Ils recommencèrent à regarder la télévision. Cependant, Monica n'avait toujours pas l'esprit tranquille. Elle ne pouvait se débarrasser du flot de pensées qui l'assaillait. Elle ne pouvait cesser de réfléchir à ce qu'elle ressentait pour Jake. Sans s'en rendre compte, elle commença à ronger le bout d'un de ses ongles.

— Je croyais que tu essayais d'arrêter ça, lui fit-il remarquer.

Elle lui adressa un sourire penaud et laissa retomber sa main sur sa cuisse.

— Oui, merci de me le rappeler. J'aimerais avoir de jolis ongles, mais je n'arrive pas à arrêter cette mauvaise habitude. C'est nerveux...

— Tu te sens nerveuse à cet instant ?

— Pas vraiment, non, prétendit-elle.

Mais, alors que Jake reportait son attention sur la télévision, ses idées reprirent le contrôle de son esprit. Quand est-ce que ses sentiments étaient passés d'une bonne appréciation à de l'amour ? Était-ce quand il avait éclaté de rire ? Ou quand il l'avait contemplée avec ce regard si doux et réconfortant, ce regard qui lui donnait l'impression d'être la femme la plus importante du monde ?

Ou peut-être était-ce lorsqu'il l'avait embrassée pour la première fois... Ou quand il lui avait parlé de sa sœur et qu'elle avait partagé sa peine.

Elle ne connaissait pas la réponse. La seule chose qu'elle savait, c'était que malgré tout ce que sa raison pouvait lui dicter, elle était amoureuse de Jake Lamont. Et elle commençait à se demander s'il ne ressentait pas lui aussi quelque chose pour elle...

Quand l'émission qu'ils étaient en train de regarder toucha à sa fin, elle se tourna vers lui, décidée à mettre les pieds dans le plat.

— Jake, pourquoi ne veux-tu pas d'une relation à long terme ?

La question sembla le surprendre, mais il lui répondit presque immédiatement.

— Parce que je n'en veux pas.

— Tu veux dire pour le moment, ou bien tu n'en voudras jamais ?

— J'ai l'intention de rester seul toute ma vie, répondit-il, et son regard devint trouble et sombre.

— Tu ne veux pas fonder une famille, avoir des enfants ?

Il se pencha en avant et passa une main dans ses cheveux.

— Je l'ai envisagé, dit-il après un long moment, mais j'ai changé d'avis.

Il avait soudain l'air terriblement triste.

— Tu as changé d'avis suite au meurtre de Suzanna, n'est-ce pas ? demanda-t-elle en posant sa main sur la sienne.

Il resta silencieux un instant puis acquiesça d'un mouvement de tête.

— Oh ! Jake, crois-tu vraiment que c'est ce qu'aurait voulu ta sœur ? Que tu restes seul toute ta vie ?

— Ce qu'elle voulait n'a aucune importance. Elle n'est plus là, rétorqua-t-il en ôtant sa main de sous la sienne.

— Sache que c'est un choix qui me rend très triste pour toi, dit-elle doucement.

— Ne sois pas triste pour moi, je vais très bien m'en tirer. Mon travail est tout ce dont j'ai besoin.

— Ce n'est pas le travail qui te réchauffera durant les longues nuits d'hiver.

— Quand il fait froid dans ma chambre, j'allume le chauffage.

— Le travail n'est pas un bon interlocuteur, poursuivit-elle.

— J'aime parler tout seul, répliqua-t-il de manière désinvolte. Et puis, pourquoi tu me parles de ça, toi-même tu m'as dit de ne pas vouloir non plus de relation à long terme.

— En ce moment ! Mais je veux fonder une famille un jour. Je veux me marier et avoir deux enfants. Je veux, en me réveillant le matin, retrouver l'homme qui m'aime à la table de la cuisine pour prendre le petit déjeuner. Je veux dormir dans les bras de ce même homme toutes les nuits jusqu'à ma mort. Je ne peux pas imaginer que tu ne puisses pas vouloir la même chose.

— C'est pourtant le cas.

Monica laissa échapper un profond soupir. La conversation

ne menait nulle part, et elle savait qu'il n'était pas encore temps pour elle de lui avouer qu'elle était amoureuse de lui. La situation deviendrait trop inconfortable.

C'était étrange... Quelques semaines plus tôt, elle aurait elle aussi dit que son travail passait avant tout le reste, qu'il pouvait suffire à son bonheur et qu'elle ne voulait surtout pas qu'une relation puisse l'éloigner de son objectif ultime : le succès.

Mais qu'est-ce qui définissait le bonheur ? Était-ce le fait d'obtenir chaque soir des milliers de nouveaux spectateurs ou de partager le dîner de l'homme de sa vie jusqu'à la fin de ses jours ? Était-ce le fait de lever le plus gros scoop ou d'avoir à ses côtés quelqu'un avec qui partager tous les petits moments du quotidien ?

Tout ce qu'elle espérait, c'était qu'avant la fin de cette affaire, Jake finisse par comprendre qu'il voulait lui aussi avoir quelqu'un dans sa vie et qu'il se rende compte que ce quelqu'un... c'était elle.

9

Le lendemain après-midi, Jake était encore hanté par l'embarrassante conversation qu'il avait eue la veille avec Monica. Assis à la table de la cuisine devant un carnet de croquis, il n'arrivait pas à se concentrer.

La seule chose à laquelle il pensait était ce moment où il l'avait tenue dans ses bras alors qu'elle pleurait à chaudes larmes, revivant sa frayeur. Quand il lui avait révélé son intention de vivre seul toute sa vie, il avait vu naître dans ses magnifiques yeux bleus une profonde tristesse... Et quelque chose d'autre... Quelque chose qui lui avait coupé le souffle.

Pendant un instant, il avait pensé voir de l'amour briller dans son regard. Mais il ne voulait surtout pas qu'elle l'aime. Bon sang, elle était supposée faire tout ça uniquement pour avoir son maudit scoop, elle ne pouvait pas espérer autre chose de lui. Son amour ne ferait que rendre plus difficile leurs adieux. Et pourtant, il avait bien l'intention de lui dire au revoir quand toute l'affaire serait résolue.

La veille, ils avaient encore passé plusieurs heures à surveiller la maison d'Adam. Ils étaient restés silencieux pendant tout ce temps, et il avait été soulagé quand avait sonné l'heure de rentrer pour aller se coucher.

Malheureusement, son sommeil avait été perturbé pas des rêves où, assis sur une poutre en métal, Monica et lui regardaient les étoiles au-dessus de leurs têtes avant de faire l'amour dans son lit. Quand il avait fini par se réveiller, il était habité d'un désir doux-amer qu'il ne voulait pas ressentir.

À présent, Monica était dans son bureau et faisait des recherches pour son émission quotidienne. Il ne lui en avait jamais parlé, mais il avait pris l'habitude, pendant qu'elle travaillait sur son podcast, de le regarder sur son ordinateur portable dans la cuisine.

Elle avait toujours l'air si professionnel dans ses chemisiers élégants, même s'il savait que sous le bureau elle portait encore son short et ses sandales.

Son point de vue sur les actualités était différent et invitait à la réflexion. Elle proposait des sujets parfois drôles, parfois tristes, mais toujours vibrants d'humanité.

Quand ils reprendraient chacun le cours de leur vie, il cesserait de regarder son émission. Cela serait sans aucun doute beaucoup trop douloureux de la voir chaque soir et de se souvenir du temps qu'ils avaient passé ensemble.

Monica lui avait dit qu'elle espérait qu'ils pourraient rester amis, et il avait convenu que ce serait une bonne chose. Mais il se rendait maintenant compte qu'il ne pourrait jamais être ami avec elle. Quand tout serait terminé, ils devraient couper les ponts, il n'y avait pas d'autre solution.

Il prierait pour parvenir à tout oublier. Il ouvrirait grand les fenêtres et les portes de sa maison pour se débarrasser des derniers effluves de son parfum et s'assurerait qu'elle n'oublie aucune de ses affaires derrière elle.

Jamais il ne pourrait la retrouver quelque part pour un déjeuner ou pour prendre un café. Une fois leurs adieux faits, il devrait, il ne savait comment, trouver un moyen de ne plus jamais penser à elle.

Il leva les yeux en la voyant soudain arriver dans la cuisine.

— Devine quoi ? lança-t-elle en s'asseyant à la table en face de lui, les yeux pétillants.

— Quoi ?

— Ma source dans la police vient de m'appeler. Il m'a

dit que ce matin un homme était venu au commissariat de North Patrol et avait avoué être le Justicier. Apparemment, ils prennent son témoignage très au sérieux.

— Il t'a donné le nom de ce type ? s'enquit Jake en sentant monter l'adrénaline en lui.

Était-ce réellement possible ? Le *serial killer* qu'ils traquaient s'était-il vraiment rendu aux forces de l'ordre ?

— Non, il a dit qu'il me rappellerait dès qu'il aurait plus de détails à me communiquer, répondit-elle en se penchant vers lui, vibrante d'excitation. Tu crois que c'est la fin de toute cette histoire ?

— Je ne sais pas. L'homme qui me tirait dessus hier ne me semble pas être du genre à avoir des cas de conscience, et j'ai du mal à croire que ses remords aient pu le pousser à aller se livrer aux autorités, dit-il d'un ton dubitatif. Mais tout est possible... Il t'a dit quand il te rappellerait ?

— Non, mais j'ai eu l'impression qu'il ne tarderait pas, il m'a dit que tout allait très vite.

— Je peux te demander l'identité de cette source ?

— C'est un lieutenant de North Patrol.

— Et comment as-tu réussi à prendre contact avec lui ? questionna-t-il avec curiosité. Tu es aussi allée sonner chez lui ?

— Non, répliqua-t-elle en éclatant de rire. Nous sommes sortis ensemble pendant un moment quand nous étions au lycée et nous sommes restés amis après notre rupture.

— Se pourrait-il qu'il ressente toujours quelque chose pour toi ? lui demanda-t-il, constatant avec étonnement qu'il attendait sa réponse en retenant son souffle.

— Grands dieux, non ! s'exclama-t-elle en laissant échapper un nouveau rire. En fait, il a épousé une de mes meilleures amies, ils ont un enfant de quatre ans et un nouveau-né.

Jake décida de ne pas accorder d'importance à la vague de soulagement qui l'avait envahi en entendant la réponse de Monica.

— OK, eh bien, dans ce cas, nous n'avons plus qu'à attendre qu'il te rappelle, conclut-il.

— Même si cela n'était pas vraiment une manière très spectaculaire de boucler cette affaire, le fait qu'il se rende serait la meilleure des choses pour tout le monde, ajouta-t-elle.

— La seule chose qui m'importe est qu'il soit vite mis hors d'état de nuire...

Cependant, pour le moment, Jake avait du mal à croire à ce rapide dénouement. Trop de questions restaient encore sans réponses, et le fait que cet homme se rende volontairement ne collait pas avec le portrait qu'il avait fini par dresser du Justicier.

— On dirait que tu ne vas pas avoir ton grand scoop... À moins que tu ne décides de rendre public ce que je t'ai dit à propos du pacte meurtrier que ces types et moi avons passé. Ce serait tout à fait le genre d'affaire sensationnelle dont tu raffoles, non ?

Elle fronça les sourcils et lui lança un regard glacial.

— Je pensais que tu me connaissais mieux que ça. Tu m'as dit que cette information était confidentielle et je suis digne de confiance. Ça me blesse beaucoup que tu crois que je puisse avoir de telles idées.

Elle le fixa pendant un instant, attendant probablement qu'il lui présente des excuses. Mais il resta silencieux. Peut-être était-ce une bonne idée de l'énerver. Si c'était bien la fin de toute cette histoire, qu'elle soit en colère contre lui pourrait faciliter les choses.

— Je vais aller voir si d'autres médias ont reçu la même information, dit-elle finalement en se levant de table. Je te tiendrai au courant dès que j'aurai du nouveau.

Son ton était aussi froid que le bleu de ses yeux.

Jake la regarda quitter la cuisine puis il se leva et se rendit dans le salon. Il se sentait trop agité pour rester assis et se mit à faire les cent pas devant son canapé, assailli par un flot de pensées diverses.

Il était désolé d'avoir blessé Monica, mais il était persuadé que c'était la meilleure chose à faire. Il devait lui montrer au plus vite quel homme misérable il était et pour quelles raisons il méritait de rester seul.

Ses réflexions sur Monica laissèrent place à ses interrogations concernant cet éventuel dénouement. Encore une fois, il avait du mal à croire que le Justicier ait pu se rendre de la sorte. Malgré ça, il espérait plus que tout qu'il se trompait et que ce monstre était maintenant sous les verrous.

Monica et lui ne seraient plus en danger. Il n'y aurait plus de « J » gravé sur le front d'innocents, sauvagement étranglés, et Jake pourrait enfin tourner la page et passer à autre chose.

Il pourrait dire adieu à Monica. À cette pensée, une puissante vague de tristesse déferla en lui et il s'interrogea à nouveau sur la nature de ces émotions contradictoires.

Il ressentait le besoin de la quitter et de lui dire au revoir, mais il savait qu'il regretterait ses sourires, ses bavardages et son air grognon le matin, au petit déjeuner. Oui, c'était certain, elle allait terriblement lui manquer.

Un quart d'heure plus tard, Monica le rejoignit dans le salon. Il avait fini par s'installer dans son fauteuil et avait allumé la télévision.

— J'ai vérifié toutes les sources d'information auxquelles j'ai pu penser et personne ne parle du Justicier nulle part, dit-elle en se laissant tomber sur le canapé, son téléphone portable à la main. J'espère que ma source va vite me rappeler pour nous en dire plus.

Elle cessa de parler et l'observa pendant un long moment.

— Si tout est vraiment terminé, il y a une dernière chose que je voudrais faire avant de rentrer chez moi.

— Quoi ?

— Je voudrais que tu m'emmènes tout là-haut, sur les échafaudages et que tu me montres les étoiles de Suzanna.

Une myriade d'émotions le traversa. Des souvenirs de sa sœur... Son amour pour Monica... La douleur de devoir leur dire adieu à toutes les deux. Pendant quelques secondes, il ne put prononcer un mot, une énorme boule était coincée dans sa gorge.

— Je suis désolée, dit-elle. Ce n'est peut-être pas une si bonne idée, après tout.

— Non, réussit-il à dire enfin. Je la trouve excellente au contraire.

Oui, il l'emmènerait voir les étoiles. Il l'emmènerait là-haut puis il la ramènerait chez elle, elle reprendrait le cours de sa vie et lui pourrait retourner à sa solitude et à son isolement.

En attendant que la source rappelle Monica, Jake zappa de chaîne en chaîne pour voir s'ils trouvaient des informations concernant le Justicier, mais personne ne l'évoquait.

En jetant un coup d'œil vers Monica, il vit qu'elle se rongeait à nouveau les ongles.

— Tes ongles...

— Merci, fit-elle en reposant sa main sur sa cuisse.

— Tu les as toujours rongés ou tu as commencé quand tu m'as rencontré ? lança-t-il d'un ton légèrement taquin.

— Je l'ai toujours fait, malheureusement, mais il est évident que je le fais davantage quand je suis stressée. Et toi, quelles sont tes mauvaises habitudes ?

Au vu de la situation – ils attendaient du nouveau concernant la possible arrestation du tueur en série qu'ils traquaient –, la conversation semblait tout à fait stupide, mais Jake avait déjà remarqué que lorsque Monica était nerveuse, non seulement elle se rongeait les ongles mais elle aimait aussi discuter de tout et de rien.

— Chaussettes, répondit-il.

— Chaussettes ?

— Je les retire le soir au moment de me coucher et je les laisse au pied de mon lit au lieu de les mettre dans le panier de linge sale. Et parfois, j'attends qu'il y en ait trois ou quatre paires au sol avant de les ramasser.

— Dieu merci.

— Dieu merci ? répéta-t-il en haussant un sourcil.

— Oui, Dieu merci tu n'es pas aussi parfait que je le pensais. Tu as aussi des défauts.

— Oh ! tu peux me croire, je suis loin d'être parfait, répliqua-t-il en pensant que si elle le connaissait vraiment, elle serait déjà partie en courant depuis longtemps.

— Il ne peut pas y avoir que les chaussettes, continua-t-elle, les yeux malicieux. Est-ce que tu es du genre à ne pas refermer le tube de dentifrice ou à ne pas remplacer le rouleau de papier toilette ?

— Ce sont des défauts ? demanda-t-il en éclatant de rire.

— Absolument, affirma-t-elle en riant elle aussi. Bon sang, je n'arrive pas à croire que nous sommes en train de parler de papier toilette alors que nous attendons des nouvelles d'un *serial killer*.

— C'est toi qui as commencé !

— J'espère qu'on va vite me rappeler, dit-elle et son rire cessa quand elle baissa les yeux vers l'écran de son téléphone. J'ai l'impression que mes nerfs ne vont pas tarder à lâcher si je n'ai pas bientôt la confirmation que cette ordure est bien derrière les barreaux.

— Je ressens la même chose, j'espère vraiment qu'il s'agit bien de lui.

— Si c'est le cas, je n'aurai plus à redouter que tu fasses quelque chose de stupide, dit-elle en le regardant droit dans les yeux.

— Qu'est-ce que tu veux dire ? Je ne suis pas du genre à faire des choses stupides.

— Ton idée de surprendre cet homme en pleine action était stupide et imprudente.

— C'était un plan pour le mettre hors d'état de nuire, objecta-t-il en fronçant les sourcils.

— C'était un plan qui te mettait en danger.

— Si cela pouvait empêcher ce type de faire de nouvelles victimes, je le ferais à nouveau.

— Tu es très têtu, observa-t-elle.

— Oui, je le suis et tu ferais bien de t'en souvenir, ajouta-t-il, l'air taquin.

— C'est noté, rétorqua-t-elle en l'imitant.

Un quart d'heure plus tard, elle reçut le coup de téléphone de son ami et celui-ci lui annonça que la police ferait une conférence de presse à 16 heures, l'après-midi même, et que c'était la seule information qu'il pouvait lui donner.

Révéleraient-ils l'identité de celui qui était venu se confesser ? S'agissait-il de Matt ou d'Adam ?

L'attente était insupportable. Monica retourna dans le bureau de Jake pour travailler sur son émission, et Jake se retrouva de nouveau seul à attendre impatiemment la conférence. Il espérait que c'était la fin. Depuis le premier meurtre, cette histoire avait été un terrible fardeau pour lui. Il ne pouvait même pas imaginer comment il allait se sentir une fois libéré de cette charge.

Mais il ne lui avait pas échappé qu'un nouveau poids pesait maintenant sur son cœur. Le poids des sentiments qu'il ressentait pour Monica. Une fois partie, elle laisserait un grand vide et tout un tas de souvenirs qui lui rappelleraient sans cesse ce que la vie aurait pu être s'il avait pris une autre décision le soir du meurtre de sa sœur.

Quand il fut enfin 16 heures, Monica revint dans le salon, et ils s'assirent tous les deux sur le canapé pour regarder les actualités régionales.

Une bandeau rouge défilait en bas de l'écran, annonçant une nouvelle de dernière minute. À l'image apparut une assemblée de policiers, et le chef de la police, James Donahue, prit place derrière un pupitre.

James Donahue était un homme populaire à Kansas City. Il était grand, costaud et avait les cheveux poivre et sel. Il était apprécié de tous ses collègues de la police mais aussi des habitants de la ville. Il était réputé pour être un franc-tireur qui se fichait royalement de la politique.

« J'aimerais commencer par vous présenter les hommes qui ont travaillé jour et nuit sur l'affaire du Justicier, indiqua-t-il. Quand je vais vous appeler, s'il vous plaît, avancez d'un pas, messieurs. Inspecteur Chuck Baker… »

Pendant que le commissaire remerciait tous ses hommes, Jake regarda Monica qui était en train de ronger l'ongle de son index, penchée en avant vers l'écran de télévision.

— Ongles, souffla-t-il.

— Ah oui, dit-elle en reposant sa main à côté d'elle.

« Ce matin, un homme qui prétendait être le Justicier est venu se rendre au commissariat de North Patrol, poursuivit James Donahue. Après l'avoir longuement interrogé, nous sommes arrivés à la conclusion qu'il était bien celui qu'il prétendait être. »

Dans l'audience, les journalistes commencèrent à crier leurs questions. Donahue leva les deux mains en l'air pour tenter de restaurer un peu de calme puis reprit :

« Cet homme s'appelle Grant Timmons et il a quarante ans. Nous sommes toujours en train d'enquêter sur ses mobiles. C'est tout ce que nous pouvons vous dire pour le moment, je ne répondrai à aucune question pour le moment, je vous remercie. »

Il quitta son pupitre sous les cris des journalistes, puis la chaîne diffusa un sujet où un journaliste local interviewait l'un des collègues de Grant Timmons.

« Nous sommes évidemment sous le choc, même si Grant avait l'air de traverser une phase difficile dans sa vie personnelle, disait l'homme. Il a perdu ses parents dans un accident de voiture il y a trois mois et depuis il n'était plus le même… »

Le journaliste continua à l'interroger pendant quelques minutes puis la chaîne reprit sa grille de programme habituelle.

Jake attrapa la télécommande et baissa le volume.

Il ne s'agissait ni d'Adam ni de Matt. Il était stupéfait.

— Grant Timmons… Tu le connais ? demanda Monica.

— Ce nom ne me dit rien du tout, répondit-il en hochant la tête.

— Laisse-moi voir un peu ce que je peux trouver sur lui sur Internet, ajouta-t-elle en se levant d'un bond.

— Mon portable est dans la cuisine, tu peux le prendre si tu veux.

Pendant qu'elle allait chercher son ordinateur, Jake fouilla sa mémoire pour tenter de retrouver une trace de ce nom, Grant Timmons... Si ce type était bien le tueur, pourquoi s'en était-il pris à ceux qui avaient signé le pacte de vengeance ? Et pour quelles raisons les avaient-ils attaqués, Monica et lui ? Tout cela n'avait aucun sens...

Monica revint et installa l'ordinateur sur la table basse. Les doigts courant sur le clavier, elle trouva en un rien de temps une première photo de Grant Timmons.

La photo avait été prise dans un cabinet d'avocats où Grant avait été assistant juridique. Jake se rapprocha de l'écran et étudia avec attention le portrait de cet homme aux cheveux bruns.

— Il me rappelle vaguement quelque chose, dit-il doucement.

— A-t-il pu, lui aussi, faire partie du groupe de soutien des survivants du Northland ? demanda Monica.

— C'est possible... Je suis en train de me dire qu'il s'asseyait peut-être au fond de la salle durant les réunions, ce qui expliquerait qu'il n'ait jamais eu aucune interaction avec quiconque. Plusieurs hommes sont venus quelques fois sans jamais se présenter ou prendre la parole. Mais je ne suis pas du tout certain que celui dont je me souviens est bien Grant Timmons.

— La police ne se permettrait pas de rendre la nouvelle publique et de révéler l'identité du tueur s'ils n'étaient pas sûrs à cent pour cent qu'il s'agit bien du Justicier.

Monica avait raison. Les autorités devaient avoir découvert des preuves confondantes qui prouvaient que Grant Timmons était bien le *serial killer*. Sinon ils n'auraient pas organisé une conférence de presse.

Heureusement que Jake ne leur avait rien dit sur Matt ou Adam. Il aurait pu ruiner la vie de deux hommes innocents.

— Eh bien, on dirait que tout est vraiment terminé, dit-il. Je suis désolé que tu n'aies pas été celle qui a dévoilé le scoop.

— Il y aura bien une nouvelle histoire sur laquelle enquêter, répliqua-t-elle en haussant les épaules. Pour le moment, je suis seulement soulagée que ce monstre soit derrière les barreaux et que toi et moi soyons sains et saufs.

— C'est en effet une bonne chose... Et puis, comme nous n'avons pas de surveillance à faire ce soir, je propose que nous allions observer les étoiles pour fêter ça, qu'en dis-tu ?

— J'ai hâte d'y être. Je ferai mes valises demain matin pour rentrer chez moi.

Elle le regarda comme si elle attendait qu'il dise quelque chose, n'importe quoi, qui pourrait tout changer.

Mais Jake ne voulait rien changer. Il avait joué son avenir la nuit où il avait fait ce choix égoïste qui avait entraîné la mort brutale de sa sœur.

La nuit était belle et le ciel dégagé quand Jake retrouva Monica sur le perron. Il s'était changé et avait enfilé un jean, un T-shirt et une de ses vestes sombres.

— Tu portes encore ton arme ? lui demanda-t-elle, l'air surpris.

— Oui.

— Mais puisque le tueur est derrière les barreaux, nous n'avons plus rien à craindre.

— Simple précaution. La fusillade devant chez toi n'était peut-être pas l'œuvre du Justicier mais celle d'un membre de gang ou de Larry Albright.

— Je ne crois pas qu'il puisse s'agir de l'un ou de l'autre. Je continue d'être persuadée qu'il s'agissait du tueur.

— Mais pour quel motif ? Pourquoi s'en prendre à nous ?

Nous n'étions même pas prêts de le démasquer... Aucun de nous deux ne le connaissait.

— Je ne sais pas, reconnut-elle en fronçant les sourcils. Et je crois que nous ne connaîtrons jamais la réponse à cette question, mais tu as raison, garde ton revolver avec toi. On ne risque rien à être prudent.

— C'est exactement ce que je pense... Et de toute façon, quand je vais dans le centre-ville à cette heure de la nuit, je l'emporte toujours.

Quelques minutes plus tard, ils quittèrent sa maison pour se rendre sur le chantier.

Même si elle était impatiente de vivre cette aventure nocturne, Monica se sentait déprimée. Et ce n'était pas le fait de ne pas avoir découvert l'identité du meurtrier qui la rendait triste, c'était plutôt la perte de quelque chose qu'elle avait cru pouvoir être merveilleux, quelque chose qui lui avait semblé possible avec Jake.

Elle avait cru qu'il pourrait tomber amoureux d'elle. Elle avait pensé le voir dans son regard, dans ses caresses. Elle imaginait l'avoir goûté dans ses baisers, et pourtant il n'avait rien dit quand elle lui avait fait part de son intention de partir le lendemain matin. Elle lui avait pourtant laissé une parfaite occasion de le faire.

Et c'est ça qui la contrariait à présent, bien plus que ce fichu scoop. Elle n'arrivait pas à croire qu'elle ait pu autant changer. Depuis que Jake était entré dans sa vie, ses priorités n'étaient plus les mêmes.

Quand ils s'étaient rencontrés, ils semblaient sur la même longueur d'onde, tous les deux passionnés et comblés par leurs métiers, ils ne voulaient rien d'autre dans leurs vies. Mais si elle restait toujours aussi excitée par son travail, elle avait maintenant une autre passion dans sa vie : Jake.

— Tu es bien silencieuse, lui dit-il justement, la tirant de ses pensées.

— Je réfléchissais juste à tout ce qu'il s'est passé depuis que j'ai grossièrement débarqué dans ta vie.

— Ça a été une sacrée aventure, déclara-t-il en esquissant un sourire.

— Absolument, acquiesça-t-elle.

Elle avait été embrassée, elle avait été la cible de tirs, elle avait eu peur pour la vie de Jake et pour la sienne et, au beau milieu de toutes ces péripéties, elle était surtout tombée amoureuse.

— Alliez-vous souvent regarder les étoiles, Suzanna et toi ? lui demanda-t-elle.

Elle ressentait le besoin de parler pour garder le contrôle d'elle-même et ne pas se laisser submerger par ses émotions.

— Non, peut-être une fois tous les deux mois... En fait, ça dépendait beaucoup de la météo, de nos emplois du temps respectifs et de l'état du bâtiment en construction qui ne nous permettait pas toujours de pouvoir y grimper.

— Les conditions semblent idéales ce soir, il n'y a pas un seul nuage dans le ciel.

— C'est censé évoluer, une tempête est prévue avant demain matin.

— Heureusement que nous n'avons pas attendu plus longtemps pour partir, lui dit-elle en regardant par la vitre de la voiture.

Les maisons devant lesquelles ils passaient étaient toutes plongées dans l'obscurité et les voitures sagement garées devant les propriétés.

C'était agréable de savoir que pour une fois ils n'étaient pas en route pour aller surveiller un tueur en série mais pour aller contempler l'œuvre sublime de la nature.

Monica se tourna vers Jake, admirant les reflets du tableau de bord sur son beau visage. La tension qu'on pouvait deviner sur sa mâchoire ne faisait que renforcer son charme.

— Est-ce ça va être douloureux pour toi ? s'enquit-elle d'une voix douce.

— Qu'est-ce qui va être douloureux ?

— De m'emmener là où tu emmenais toujours ta sœur jumelle.

Elle l'observa avec attention et se détendit quand elle vit un léger sourire apparaître sur ses lèvres.

— Quand nous serons là-haut, est-ce que je penserai à Suzanna ? Évidemment. Mais ce sont de bons souvenirs.

— Et quand nous serons là-haut, je voudrais que tu m'en dises davantage à son sujet.

Pendant un instant, elle se demanda si elle n'était pas allée trop loin, mais il lui sourit une nouvelle fois.

— Avec plaisir.

Ils restèrent silencieux pendant le reste du trajet. Monica étouffa un soupir. Elle savait que son cœur allait être en mille morceaux quand elle allait devoir préparer ses affaires le lendemain pour quitter la maison de Jake.

Ce n'était pas parce qu'elle ne voulait pas rentrer chez elle, c'était plutôt car elle avait l'impression que son chez elle était à présent chez Jake. Elle ne voulait pas que leur histoire se termine. Cependant, il ne semblait toujours pas avoir changé d'avis concernant sa volonté de finir sa vie en solitaire.

Elle avait été si bête de laisser libre cours à ses émotions... Malgré tout, elle ne pouvait s'empêcher de continuer à espérer qu'au petit matin il lui avouerait enfin son amour et qu'il lui demanderait de rester à ses côtés, pour toujours.

Bon sang, elle n'avait quand même pas tout imaginé ! Elle n'avait pas pu à ce point se méprendre sur la douceur de ses regards, la délicatesse de ses étreintes et la puissance de ce désir qui passait entre eux comme un courant électrique et qui semblait loin d'être rassasié. Au fond de son cœur, elle savait qu'il était amoureux d'elle. Ce qu'elle ignorait, c'était la raison pour laquelle il niait cet amour.

Une fois arrivés sur le site, Jake se gara et ils sortirent de la voiture. Monica leva les yeux vers l'immense structure métallique dont la silhouette, légèrement éclairée par les réverbères du quartier, se démarquait dans le ciel nocturne.

— C'est très différent, la nuit, fit-elle remarquer à Jake.

— Oui, cela peut même paraître un peu effrayant, convint-il.

Mais Monica ne voulait pas lui avouer combien elle était nerveuse. Elle ne se sentait pas particulièrement à l'aise en hauteur. Elle ne montait pas dans les grandes roues dans les carnavals et n'était pas du genre à aller admirer d'impressionnants points de vue du haut des falaises. Mais tout irait bien tant que Jake était à ses côtés.

— Nous allons monter jusqu'au seizième étage, les poutres à cet étage font environ soixante centimètres de large, lui annonça-t-il.

Soixante centimètres de large ? Cela semblait peu rassurant.

— Il n'y a pas un étage où les poutres feraient plutôt deux mètres de large ?

— J'ai bien peur que non, répondit-il en riant.

Elle pouvait voir son visage à la lumière du clair de lune. Son sourire s'effaça, et il tendit la main vers elle pour écarter une mèche de cheveux de sa figure.

Voilà… Elle aurait pu jurer que c'était bien de l'amour qui brillait dans ses yeux à cet instant. Qui lui avait inspiré ce geste délicat. Elle s'avança vers lui, mais il recula d'un pas.

— Nous ne sommes pas obligés de faire ça, tu sais. Nous pouvons tout à fait en rester là et rentrer à la maison, lui dit-il comme s'il avait perçu la peur qui se diffusait en elle à l'idée de monter là-haut.

— Non, je veux le faire, mais je dois en effet reconnaître que je ne me sens pas toujours à l'aise en altitude. Mais tant que tu me promets que je ne tomberai pas, alors tout ira bien.

— Je te promets que tout va bien se passer, assura-t-il.

Puis il prit sa main dans la sienne et la guida jusqu'à l'ascenseur de chantier qui allait les emmener au seizième étage. Avant d'entamer l'ascension, il l'aida à enfiler un harnais de sécurité puis enfila le sien.

— Je te promets aussi que ça va être une expérience inoubliable.

Quand l'ascenseur commença à monter, il l'attira contre lui.

— Tu entends mon cœur ? demanda-t-elle.

— Non, répondit-il en lui souriant. Pourquoi ?

— Il bat aussi vite qu'un cheval au galop.

— Surtout, dis-moi si tu veux redescendre.

— Je suis certaine que tout ira bien, une fois là-haut, répliqua-t-elle en évitant de baisser les yeux.

Le simple fait de le regarder et de sentir son bras autour d'elle suffisait déjà à apaiser un peu sa peur. Jake était l'homme qui lui avait sauvé la vie quand une pluie de balles s'était abattue sur elle. Et, des douzaines de fois, il avait essayé de la dissuader de faire équipe avec lui dans cette affaire dans le seul but de la protéger.

S'il avait pensé, ne serait-ce qu'un instant, que monter tout là-haut pouvait être risqué, il ne l'aurait pas emmenée. Jamais il n'aurait mis sa sœur en danger également. Monica savait qu'il ne la mettrait pas volontairement dans une situation périlleuse. Soudain consciente de tout cela, elle sentit ses dernières appréhensions s'envoler.

Quand ils arrivèrent au seizième étage, l'ascenseur s'immobilisa et, avant de sortir de la cabine, Jake accrocha le crochet de son harnais à une corde de sécurité qui courait tout le long de la poutre.

— Prête ? demanda-t-il, quand il se fut lui aussi accroché.

Il sortit une lampe-torche de sa poche, la fixa à la boucle de sa ceinture puis l'alluma.

— Je crois, oui, répondit-elle.

— Je vais passer en premier, si tu veux t'accrocher à mon T-shirt, n'hésite pas. Nous allons avancer tranquillement puis nous nous arrêterons à mi-chemin.

En regardant la fine barre d'acier sur laquelle ils allaient marcher, la moitié du chemin sembla soudain très loin à Monica.

— Et tu me jures que cette corde de sécurité me retiendra

si le pire arrive et que je trébuche et tombe ? Tu sais que j'ai pris quelques kilos depuis que je te fréquente.

Un faible rire, comme un grondement, échappa à Jake.

— Chérie, ces cordages sont mis en place pour garantir la sécurité d'hommes qui font trois fois ta taille et ton poids… Allez, tu es prête ? On y va ?

— Oui, je suis prête, dit-elle en inspirant profondément.

Il commença à avancer sur la poutre et elle le suivit, sa main agrippée sur le bas de son T-shirt. Dieu merci, il faisait des petits pas.

Quand ils parvinrent à mi-chemin, il se retourna vers elle.

— Je vais t'aider à t'asseoir.

Il la soutint tandis qu'elle se baissait pour s'installer, les jambes pendantes dans le sombre néant. Quand il prit place à ses côtés, elle posa immédiatement une main sur sa cuisse, comme si le fait de le toucher pouvait lui donner l'impression de rester sur terre.

Une faible brise, fraîche et douce à la fois, annonçait la pluie qui devait arriver plus tard. D'ici, le ciel semblait différent. Les étoiles paraissaient bien plus grandes et plus brillantes, préservées des lumières de la ville.

— Qu'est-ce qui vous a donné l'idée de faire ça, à Suzanna et toi ? demanda-t-elle.

— Suzanna voulait se rapprocher des étoiles et c'est elle qui m'a convaincu, un soir, de monter sur un bâtiment sur lequel nous travaillions à l'époque.

— C'est vrai qu'on est plus proches, affirma Monica en levant les yeux vers la voie lactée. C'est magnifique.

— Oui, même si je vois des nuages qui arrivent au loin.

— Espérons que tu auras le temps de me montrer les constellations préférées de ta sœur avant que l'orage éclate.

— Je ne crois pas qu'elle en aimait certaines plus que d'autres, dit-il avant de pointer son doigt vers le ciel nocturne. Tu vois la Grande Ourse, là-bas ?

— Oui, répondit-elle en suivant la direction qu'il indiquait.

— Suzanna avait l'habitude de raconter que c'est la Grande Ourse qui porte les arcs-en-ciel et qu'un jour ils glisseraient et tomberaient tous ensemble sur la terre, dans une grande pluie multicolore.

— C'est beau, dit Monica qui ne put résister à la tentation de lui prendre la main. Je pense que j'aurais aimé ta sœur, murmura-t-elle.

— Je pense qu'elle t'aurait aimée aussi, répondit-il. Vous auriez probablement été de bonnes amies.

— Je n'ai plus beaucoup d'amis, ces derniers temps... Je me suis tellement concentrée sur mon travail que j'ai un peu négligé mes proches.

— Il est peut-être encore temps d'y remédier ?

— Peut-être, oui. Et toi ? Tu as beaucoup d'amis ?

Pendant tout le temps où elle avait vécu chez lui, elle ne se souvenait pas de l'avoir entendu parler d'autres personnes que de ses collègues.

— Non. Tous les amis que j'avais ont disparu pendant que je sombrais dans la douleur et la colère, suite à la mort de Suzanna. Je les ai tous repoussés.

— Peut-être est-il encore temps d'y remédier ? dit-elle en esquissant un sourire.

— Non, en fait, je n'ai pas envie de changer ça. Je suis bien tout seul.

À nouveau, Monica sentit son cœur se briser en entendant les mots si durs que venait de prononcer Jake. Il était un homme merveilleux, un homme qui riait aisément, qui semblait aimer la vie et pourtant il avait l'intention de la vivre à moitié seulement.

Pendant quelques longues minutes, ils contemplèrent, en silence, l'immensité du ciel nocturne.

— Oh ! s'exclama soudain Monica. Tu l'as vue ? Une étoile filante !

— Je l'ai vue, répondit-il d'une voix douce. Suzanna disait toujours que les étoiles filantes sont les âmes des gens qui, libérées du purgatoire, sont maintenant prêtes à monter au paradis.

Monica perçut l'émotion dans ses mots et elle pressa sa main. Elle avait l'impression que Jake était pris au piège dans son propre purgatoire. Et elle ne pouvait s'empêcher d'espérer qu'il trouve la sortie avant qu'elle ne soit obligée de quitter sa vie, le lendemain matin.

10

Pendant la demi-heure suivante, Jake continua à lui montrer les différentes constellations visibles dans le ciel nocturne. Il était surpris de constater comme il se souvenait de tout ce que lui avait appris Suzanna.

Il fut aussi étonné de voir que de penser à sa sœur ne faisait plus resurgir ce chagrin déchirant et écrasant. À la place de celui-ci, il ressentait maintenant une profonde mais paisible tristesse à l'idée qu'il ne pourrait plus jamais passer de temps avec elle.

Car alors qu'il revivait ce moment de complicité qu'ils avaient l'habitude de partager entre frère et sœur, la plupart de ses pensées concernaient la femme qui était assise à côté de lui.

Si les choses avaient été différentes, il aurait pu passer sa vie avec Monica. Son humour l'enchantait. Son esprit le stimulait et l'amour qu'il sentait émaner d'elle à son égard l'impressionnait.

Elle allait probablement avoir le cœur brisé quand elle partirait le lendemain, mais il savait qu'elle s'en remettrait. Même s'il lui avait dit qu'il n'y avait pas de squelette dans ses placards, il lui avait menti.

Avec un peu de chance, elle trouverait un homme qui, lui, n'aurait rien à se reprocher, un homme qui pourrait l'aimer à bras et à cœur ouverts comme elle le méritait. Il n'était pas et ne pourrait jamais être cet homme.

— Est-ce que Suzanna a toujours aimé les étoiles ou est-ce

que cet intérêt pour l'astronomie lui est venu à l'âge adulte ? demanda soudain Monica.

— Je crois que tout a démarré quand elle avait dix ans et que je lui ai offert un poster avec toutes les constellations. Je l'ai accroché au plafond, au-dessus de son lit. Et chaque fois que nous déménagions, je m'assurais de toujours l'emporter avec nous.

Il marqua une courte pause puis reprit la parole :

— Nous ne savions jamais où nous allions vivre et quand nous pourrions prendre notre prochain repas. Parfois, nous étions réveillés au beau milieu de la nuit pour échapper à un propriétaire à qui mes parents devaient de l'argent. Dans tout ce chaos qu'a été notre enfance, les étoiles et moi avons été les seules constantes dans la vie de Suzanna.

— Je me sens honteuse.

— Pourquoi donc ?

— Je me plains du manque de respect de mon père pour mon travail et de son manque d'amour et d'intérêt, mais je me suis toujours réveillée au chaud, dans ma belle chambre. J'ai toujours mangé à ma faim et n'ai jamais manqué de rien, je ne peux qu'imaginer quel cauchemar votre enfance a dû être et quelles épreuves ta sœur et toi avez dû traverser.

— C'est malheureux qu'on ne puisse choisir ses parents, répondit-il en haussant les épaules.

— Suzanna et toi en méritiez de bien meilleurs.

— Merci... Enfin, tout ça fait maintenant partie du passé.

— Alors, dit-elle en prenant un ton plus joyeux, est-ce que tu as commencé à réfléchir au prochain bâtiment que tu voudrais construire ou as-tu déjà été mandaté par quelqu'un pour un nouveau projet ?

— Un développeur m'a contacté pour autre chose, mais nous n'en sommes encore qu'au stade de la discussion. Ce serait pour un petit immeuble de bureaux dans le Nord. Et toi ? Je suis certain qu'il y a toujours une partie de ton cerveau qui réfléchit à ce dont tu vas parler dans ta prochaine émission.

— Même si je croyais avoir trouvé mon scoop et que cela ne s'est pas vraiment passé comme prévu, je ne suis pas inquiète... Je sais que je vais vite avoir d'autres opportunités.

— J'ai toujours du mal à croire que le Justicier se soit rendu. Ça ne colle pas à la personnalité que semblait avoir ce tueur en série.

— La police n'aurait jamais donné de conférence de presse s'ils n'avaient pas eu de preuves confondantes, répliqua Monica. Mais je n'ai pas envie de parler de ce fichu meurtrier, continuons à discuter des étoiles, de nos espoirs et de nos rêves...

Et c'est ce qu'ils firent. Jake lui parla des idées qu'il avait concernant de futurs bâtiments qui transformeraient le modeste horizon de Kansas City en quelque chose de magique.

— Certes, nous ne serons jamais à New York ou à San Francisco, mais il n'y a aucune raison que nous ne puissions pas faire parler de notre ville, lui expliqua-t-il.

Elle évoqua ensuite son désir de devenir la référence en matière d'actualité régionale et d'offrir toujours un journalisme professionnel et fiable, auquel les spectateurs pourraient accorder leur confiance les yeux fermés.

— J'aime aller au-delà des histoires, j'aime parler aux gens qui ont été affectés par les affaires. C'est pour cette raison que je voulais t'inviter à participer à mon podcast.

— Tu étais sacrément tenace, répondit-il en riant. Quand je t'ai vue sur mon perron, je n'y croyais pas.

— Je ne sais pas si j'aurais osé faire une telle chose si je n'avais pas appris que tu avais assisté à ces réunions.

Ils restèrent tous les deux silencieux pendant quelques minutes. La brise s'était levée et rafraîchie. Les souvenirs de sa sœur continuaient à surgir dans l'esprit de Jake. Il était certain que Suzanna aurait approuvé le fait qu'il emmène Monica ici pour admirer le ciel étoilé.

Oui, il était sûr que Suzanna et Monica auraient été de grandes amies. Elles avaient toutes les deux une incroyable joie de vivre et un grand sens de l'humour.

— As-tu déjà pensé à partir vivre ailleurs ? lui demanda-t-elle soudain en le tirant de ses pensées.

— Jamais... Kansas City est ma ville natale et j'aime vivre ici. Et toi ?

— Non, je trouve aussi que c'est une superbe ville. Je n'ai jamais pensé à déménager. Je trouve qu'il fait bon y vivre et que c'est l'endroit idéal pour élever des enfants.

Une partie de lui souhaitait que ces instants ne se terminent jamais... Malheureusement, les nuages étaient devenus plus nombreux et menaçants, le vent plus puissant, et il lui sembla entendre au loin le tonnerre gronder.

— Je crois qu'il va être temps de redescendre, lui dit-il à contrecœur. On dirait que l'orage se rapproche et nous ne sommes pas au meilleur endroit pour éviter la foudre.

— OK, mais avant je voudrais te dire une dernière chose, objecta-t-elle.

Une nouvelle tension apparut sur son visage, et Jake comprit immédiatement qu'il ne voulait pas entendre ce que Monica s'apprêtait à lui dire. Le mince filet de clair de lune éclairait son visage et baignait ses traits d'une lumière argentée tandis qu'elle le regardait.

— Je suis amoureuse de toi, Jake.

Il la dévisagea avec consternation, priant pour qu'elle reprenne les mots qui venaient de sortir de sa bouche. Du coin de l'œil, il lui sembla percevoir un mouvement. Il regarda derrière elle et fronça les sourcils.

Matt Harrison était en train de sortir de l'ascenseur, l'arme au poing. Il n'y avait qu'une seule raison qui pouvait expliquer sa présence. La police s'était trompée.

Un flot d'adrénaline l'envahit aussitôt. En un instant, il prit une décision... et poussa Monica dans le vide.

Elle poussa un cri de terreur en tombant dans l'obscurité.

Jake se leva et dégaina son arme. De son autre main, il éteignit sa lampe-torche qui risquait de faire de lui une cible trop évidente.

— Matt, qu'est-ce que tu fais ici ? lança-t-il tandis que les hurlements de Monica retentissaient dans la nuit.

Jake regrettait de lui avoir infligé pareil traitement, mais elle était maintenant en sécurité.

— Tu sais pourquoi je suis là. Tu es un lâche, Jake ! éructa Matt en réponse.

Monica devint enfin silencieuse, et Jake se demanda si son silence signifiait qu'elle avait vaincu sa peur.

— De quoi parles-tu ? demanda Jake à Matt.

— Tu sais très bien de quoi je parle, tu as enfreint les règles en parlant à cette journaliste. Tu lui as tout raconté ? Est-ce qu'elle va tout diffuser ? Lui as-tu seulement parlé de notre pacte meurtrier ?

— Quel pacte meurtrier ? cria Monica depuis les profondeurs sombres. Personne ne m'a parlé d'un pacte meurtrier.

Jake poussa un soupir de soulagement en constatant qu'elle était saine et sauve.

— Jake est mon petit ami, ajouta-t-elle, et je n'ai aucune idée de la raison pour laquelle vous vous en prenez à nous.

Jake serra sa main sur son arme en luttant contre son instinct de survie. Il ne pouvait pas sauter. Et il ne pouvait pas s'échapper avant d'avoir ramené Monica sur la terre ferme. Et puis, de toute façon, il ne voulait pas s'enfuir.

L'occasion dont il avait tant rêvé se présentait enfin à lui. Il allait pouvoir mettre le tueur hors d'état de nuire. Il était triste que ce monstre soit Matt et que celui-ci soit monté jusqu'ici pour poursuivre son règne de terreur.

— Matt, qu'est-ce que tu fais ? Je croyais que nous étions amis. Pourquoi ne redescendrions-nous pas en bas afin d'aller discuter et boire une bière dans un endroit plus tranquille ?

Il n'avait pas la moindre envie de tuer Matt.

— Nous *étions* amis, c'est vrai, Jake, mais tout a changé quand tu as commencé à fréquenter cette journaliste. Je ne te laisserai pas faire, tu ne m'arrêteras pas.

— Je ne veux pas t'arrêter. Je veux que tu te rendes et que

tu te fasses aider, lui répondit Jake tandis qu'un éclair zébrait le ciel, suivi par le grondement du tonnerre. Allez, Matt. Allons boire quelques bières et après nous irons ensemble au commissariat.

— Tu ne comprends pas, Jake. J'ai une mission à accomplir. C'est mon devoir d'éliminer toutes les personnes coupables de cette ville.

— C'est toi qui as tiré sur la maison de Monica ? lui demanda Jake en reculant avec précaution sur la poutre.

— Oui, c'était moi. Vous ne m'avez pas facilité la tâche, tous les deux.

Matt ne bougeait pas, et Jake se rendit soudain compte que dans son impatience de s'en prendre à eux il n'avait pas mis de harnais et n'était donc pas attaché à la ligne de sécurité.

Jake continua de reculer jusqu'à se rapprocher d'une barre d'acier.

— Matt, ce n'est pas une mission. C'est de la folie. C'est une maladie. Je crois que quelque chose s'est fêlé en toi quand ta mère a été assassinée.

Bon sang, Jake ne voulait pas tirer sur Matt, et il savait que même s'il ne cherchait qu'à le blesser, sa chute lui serait fatale. Il ne voulait pas que Matt meure, il voulait qu'il soit mis sous les verrous.

Mais il ne voulait pas non plus être tué. Si Matt arrivait à le toucher, il s'en prendrait ensuite à Monica et jamais Jake ne pourrait laisser une telle chose se produire.

— Bien sûr que quelque chose s'est cassé en moi ! hurla Matt, la voix vibrante de colère. Ma mère était une sainte, Jake. Elle était merveilleuse, attentionnée et aimante. C'était une femme pieuse qui faisait du bénévolat dans un refuge pour les sans-abri, et ce salaud l'a frappée jusqu'à ce qu'elle meure sous ses coups. Chaque nuit, je fais des cauchemars où j'imagine la douleur et la souffrance qu'elle a dû subir dans ces moments d'horreur avant de rendre son dernier souffle. C'est ma mission, de débarrasser le monde de toutes ces ordures, et tu veux savoir le meilleur dans tout ça ? C'est que j'aime le faire. J'aime beaucoup ça et personne ne pourra m'en empêcher.

Un nouvel éclair fendit le ciel, et Jake vit quelle était l'intention de Matt. Alors que celui-ci pointait son arme vers lui, Jake sauta derrière la poutre. Monica cria une nouvelle fois.

La foudre illumina encore le ciel, et Jake se pencha pour tirer sur Matt. Il rata sa cible, et Matt éclata d'un rire hystérique, un rire qui reflétait combien il avait perdu contact avec la réalité.

— C'est Dieu qui nous parle, Jake. Tu n'entends pas Ses paroles dans le tonnerre ? Il me dit que je suis Son guerrier en mission sur la terre.

Matt tira une nouvelle fois, mais sa balle finit dans le vide.

Au loin, les sirènes de la police retentissaient. Quelqu'un avait-il entendu les coups de feu et prévenu les autorités ? Jake était prêt à tout leur raconter si cela pouvait aider à mettre Matt derrière les barreaux.

Cependant, même si les forces de l'ordre étaient en route, elles ne pourraient grimper jusqu'à eux pour passer les menottes au Justicier. Même s'il y avait une centaine de véhicules de police garés en bas, personne ne pourrait leur être d'aucun secours dans cette situation. Ils étaient dans une impasse.

Un seul homme redescendrait vivant. Jake ou Matt. Si Matt survivait, il espérait que Monica serait capable de tout expliquer à la police pour qu'elle puisse l'arrêter.

Le son des sirènes s'amplifia et vint s'ajouter aux éclairs et aux coups de tonnerre qui donnaient à la situation une ambiance de fin du monde.

— Matt, la police est en train d'arriver. Tu dois te rendre, lui enjoignit Jake en espérant encore pouvoir résoudre la situation sans que personne ne soit blessé.

Une balle ricocha sur la barre d'acier derrière laquelle il se cachait. Il était évident que Matt n'avait aucune intention de se rendre. Plusieurs nouveaux coups furent tirés, et Monica recommença à crier.

Jake eut soudain l'impression que son cœur venait de s'arrêter.

Matt tirait maintenant sur Monica. Elle hurla une nouvelle fois puis se mit à gémir, et finalement ses cris cessèrent.

À présent, il n'y avait plus que la foudre, le tonnerre… et la rage de Jake.

Avait-elle été touchée ? Mon Dieu, était-elle morte ?

Ne se souciant plus de sa propre sécurité, guidé par sa seule peur pour Monica, Jake sortit de derrière sa cachette. Aveuglé par la pluie qui commençait à tomber et par ses propres larmes, il pointa son arme vers Matt et se mit à tirer, encore et encore.

Quand Monica reprit connaissance, son bras lui faisait atrocement mal et la pluie tombait maintenant de manière soutenue. Quelque part au-dessus d'elle, Jake l'appelait.

Suspendue dans les airs, se déplaçant au gré des bourrasques, elle comprit que sa peur du vide et la douleur de son bras avaient probablement causé son évanouissement. Que s'était-il passé depuis ? Où était Matt ?

— Monica ! cria une nouvelle fois Jake, la voix vibrante de désespoir.

— Jake ? réussit-elle à lui répondre.

— Oh ! Dieu merci, est-ce que tu vas bien ?

— Non, lui dit-elle, des sanglots dans la voix. Je veux descendre, s'il te plaît, fais-moi redescendre, Jake, je voudrais rentrer à la maison.

— Je vais te tirer jusqu'à moi, lui annonça-t-il d'un ton rassurant. Et après, je te le promets, je te ramène à la maison.

En baissant les yeux vers le sol, elle fut surprise de découvrir une demi-douzaine de voitures de police dont les projecteurs étaient braqués dans leur direction.

Où était passé Matt ? Avait-il réussi à s'enfuir ? Cet épuisant jeu du chat et de la souris était-il enfin terminé ? La douleur dans son bras s'intensifia et elle gémit.

Quand Jake entreprit de la tirer vers lui, elle commença à se détendre, mais ce ne fut qu'une fois dans la cabine d'ascenseur qu'elle s'effondra contre lui.

— Où est Matt ? demanda-t-elle.

— Il est mort, répondit-il avant de se rendre compte qu'elle souffrait. Mais tu es blessée ?

Elle suivit son regard et constata avec stupeur que du sang coulait le long de son bras.

— Je... Je crois que j'ai été touchée. C'est douloureux, mais ça va aller, lui dit-elle en se blottissant dans ses bras. Et toi, comment te sens-tu ?

— Mieux maintenant. J'ai... J'ai cru que tu étais morte. J'ai cru qu'il t'avait tuée.

Sa voix était tremblante et, quand elle leva les yeux vers lui, elle ne put dire si c'étaient des larmes ou des gouttes de pluie qui coulaient sur ses joues.

Une fois arrivés au sol, la police les attendait.

— Elle a besoin d'être soignée avant de pouvoir parler à qui que ce soit, déclara Jake à l'homme qui s'était présenté comme étant le sergent Ben Wallace.

— Et moi, j'ai un homme mort sur le sol, je vais avoir besoin de réponses, lui répondit le sergent.

— Elle a reçu une balle, la soigner me semble plus important pour le moment que de s'occuper d'un homme qui lui ne bougera plus, gronda Jake.

Jake resta à côté de Monica jusqu'à ce qu'elle soit prise en charge par l'équipe médicale dans l'ambulance puis il attendit patiemment pendant qu'on nettoyait sa blessure. Heureusement, ce n'était qu'une éraflure. Une fois son bras bandé, ils se dirigèrent vers les policiers pour leur expliquer la situation. Monica était bien décidée à ne pas laisser Jake se laisser incriminer.

— L'homme qui est mort s'appelait Matt Harrison, commença-t-elle, et c'est lui le véritable Justicier. Jake l'a rencontré dans un groupe de soutien et il avait quelques soupçons le concernant. Il est venu m'en faire part et nous avons décidé de tout faire pour voir si ses doutes étaient justifiés. Ce soir, Harrison a essayé de nous tuer pour protéger ses secrets.

Après avoir tout raconté en détail au policier, ils furent tous les deux emmenés au commissariat où on les interrogea à nouveau pendant des heures. Jake ne parla pas du pacte meurtrier, mais il évoqua le fait que ces six hommes s'étaient liés d'amitié pendant les réunions du groupe de soutien du Northland.

Cela faisait deux heures qu'ils se trouvaient dans le bureau du sergent quand un nouvel agent entra pour leur annoncer qu'ils avaient obtenu un mandat de perquisition et que, suite à la fouille de la maison de Matt, ils avaient trouvé les preuves qui confirmaient les dires de Monica et Jake : il était bien le tueur en série qui se faisait appeler le Justicier.

Le jour se levait presque lorsqu'on les raccompagna sur le chantier où la voiture de Jake était restée garée.

— Cette fois, tout est vraiment terminé, dit-elle d'une voix lasse.

— Et maintenant, nous savons que tout cela était l'œuvre de Matt... Pas d'un gang ou de Larry Albright.

— Je me sens si fatiguée que j'ai l'impression que je pourrais dormir un mois entier, répondit-elle avant de jeter un regard par la vitre.

Les lumières s'allumaient petit à petit dans les maisons tandis que les gens commençaient à se préparer pour vivre une nouvelle journée.

Même si elle était épuisée, un soupçon de peur s'éternisait encore dans ses pensées. Tout avait beau être fini, elle avait le sentiment qu'il allait lui falloir beaucoup de temps avant de pouvoir oublier les événements de cette affreuse nuit.

— Quand tu m'as poussée dans le vide, dit-elle à Jake en se retournant vers lui, ça a été la plus grande peur de toute ma vie. Me balancer ainsi dans les airs, au seizième étage de cet immeuble était absolument terrifiant.

— Je suis réellement désolé, répondit-il en grimaçant. Mais c'était la seule solution pour te mettre hors d'atteinte. Même si malheureusement ça n'a pas vraiment fonctionné... Comment va ton bras ?

— Il me fait mal mais ça va. Cela a dû être difficile pour toi d'abattre un homme que tu considérais comme un ami.

— Oui... Mais quand il a commencé à te tirer dessus, j'ai perdu mon sang-froid et j'ai compris que je devais tout faire pour l'arrêter. Il était si occupé à essayer de t'atteindre qu'il ne m'a pas vu venir.

Il laissa échapper un profond soupir puis ajouta :

— Quelle nuit d'enfer...

Suite à ce constat, ils restèrent silencieux et ne se remirent à parler qu'une fois arrivés chez Jake.

— Je crois que quelques heures de sommeil ne nous feraient pas de mal, déclara-t-il en passant la porte d'entrée.

— Je te le confirme, acquiesça-t-elle.

Ses paupières étaient lourdes et un léger mal de tête commençait à lui marteler les tempes. Son bras lui faisait toujours mal et elle savait qu'il allait lui falloir du temps pour que son cerveau digère tout ce qu'il s'était passé ces dernières heures.

— On dirait que tu vas avoir un sujet plutôt intéressant à proposer dans ton émission ce soir... Non seulement tu as participé à l'identification du Justicier, mais en plus il t'a blessée et tu as survécu. Monica, je crois que tu tiens ton grand scoop.

— Peut-être que je me sentirai excitée à cette idée tout à l'heure, mais pour l'instant je ne pense qu'à une chose : dormir.

— Alors, je te souhaite une bonne nuit, lui dit-il en souriant.

Ils marchèrent tous les deux dans le couloir et chacun entra dans sa chambre. Monica se déshabilla puis enfila sa chemise de nuit. Elle se rendit ensuite dans la salle de bains, se lava le visage puis se brossa les dents.

Quelques minutes plus tard, elle était au lit mais, à la minute où elle ferma les yeux, elle se sentit tomber dans le vide... Dans l'obscurité... Sans rien pour s'accrocher.

Des coups de feu résonnèrent dans sa tête et la peur tapie en elle sortit de sa cachette et prit possession de tout son corps.

Paralysée, le souffle court, elle ouvrit les yeux. L'angoisse coulait dans ses veines, et elle comprit qu'elle ne pourrait pas dormir seule.

Elle avait besoin de... Elle voulait... Jake. Sans aucune autre idée en tête, elle sortit de son lit et marcha jusqu'à sa chambre.

Jake était au lit, sous les draps, les yeux fermés.

— Jake ? l'appela-t-elle d'une voix tremblante.

Il ouvrit les yeux et, les sourcils froncés, la regarda.

— Que se passe-t-il ?

— Rien, mais je... Est-ce que je pourrais dormir ici avec toi ?

Il la dévisagea pendant un long moment puis ouvrit le drap, l'invitant silencieusement à le rejoindre. Elle traversa la chambre rapidement et se glissa dans le lit.

Jake l'attira immédiatement contre lui et passa un de ses bras autour de sa taille. Sa chaleur fit fondre la peur glacée qui coulait dans les veines de Monica. La force de son étreinte la réconforta.

Avant de sombrer dans le sommeil, elle pensa à ce qui s'était passé avant l'apparition de Matt sur cette poutre... Elle avait dit à Jake qu'elle était amoureuse de lui.

11

Jake ouvrit les yeux lentement et, presque instantanément, tous ses sens se mirent en éveil. Le corps doux de Monica était blotti contre le sien et son enivrant parfum flottait partout dans la pièce.

Il avait dormi presque deux heures. Même si Monica était toujours assoupie dans ses bras, il savait qu'il ne réussirait pas à se rendormir. Il décida de rester au lit malgré tout.

Il se fit la réflexion qu'il aimerait se réveiller de cette façon tous les jours... Leurs deux corps s'accordaient si bien, comme s'ils avaient été faits pour être l'un contre l'autre. Il adorerait l'enlacer ainsi tous les soirs, toutes les nuits qu'il lui restait à vivre sur cette terre et, chaque matin, l'admirer en face de lui, à la table du petit déjeuner.

Mais cela ne se passerait pas ainsi. Non, ce qui allait se passer c'est qu'il allait probablement vivre une des pires journées de toute sa vie. Cette journée où il allait devoir lui dire au revoir.

Après avoir pris une profonde inspiration, il resta parfaitement immobile, désireux de savourer ce moment si parfait. Il aurait tant aimé que les choses soient différentes. Il aurait tant aimé être le genre d'homme capable d'accueillir son amour. Capable d'adopter avec elle un petit schnauzer noir, d'avoir deux enfants et de vivre heureux jusqu'à la fin de leurs jours... Mais cela ne se passerait pas ainsi.

Se répétant cette phrase comme un mantra, il s'écarta d'elle délicatement et se glissa hors du lit. Soulagé de voir que son mouvement ne l'avait pas réveillée, il attrapa quelques vêtements propres. Puis il se rendit dans la salle de bains des invités qui se situait de l'autre côté du couloir afin de ne pas faire trop de bruit.

Quand elle était apparue, la veille, sur le pas de sa porte et lui avait demandé si elle pouvait dormir avec lui, il avait tout de suite compris que c'était la peur qui guidait ses pas. Une des choses qu'il avait apprises au sujet de Monica était qu'elle avait tendance à prendre la pleine mesure des événements longtemps après en libérant toutes ses émotions.

Il se plaça sous le jet d'eau chaude de la douche en ayant l'impression qu'il devait se laver des souvenirs de Monica, chasser toutes les réminiscences qu'il avait de son corps serré contre le sien.

Une fois habillé, il se rendit à la cuisine où il prépara du café. La journée était grise. C'était comme si les nuages sombres de la veille avaient décidé de s'attarder dans les parages et que la pluie pouvait, à n'importe quel moment, recommencer à tomber. La tristesse de la lumière, tout ce gris, reflétait l'état de son cœur.

Après s'être servi une tasse de café, il se dirigea vers le salon où il alluma la télévision, en quête d'informations concernant les événements de la veille.

Tout le monde évoquait la mort du *serial killer*, mais personne ne parlait du combat sans merci qui s'était livré tout là-haut, entre ciel et terre. Cela tombait bien, Monica pourrait mieux que quiconque relater les faits.

Les informations lui apprirent que Grant Timmons avait été relâché. Même s'il n'était pas le tueur, il devait malgré tout être assez perturbé pour que la police ait pu penser qu'il s'agissait de lui.

Les journalistes parlaient un peu de Monica et de lui, les présentant comme un architecte réputé et une journaliste appréciée. Monica allait être ravie de cette publicité qui, sans aucun doute, allait booster sa visibilité.

Plusieurs reporters évoquaient le fiasco concernant Grant Timmons, trouvant inexcusable que la police ait pu rendre la nouvelle publique lors d'une conférence de presse avant de procéder à une enquête approfondie.

Et puis, il y avait Matt...

Une photo de lui apparut à l'écran tandis qu'une voix racontait le meurtre de sa mère et énumérait les preuves qui avaient été découvertes à son domicile. Les autorités avaient retrouvé chez lui des informations sur les victimes mais aussi des photos que Matt avait prises après les avoir égorgées et qu'il avait affichées sur le mur de sa chambre à coucher.

Des photos... Jake ne parvenait pas à comprendre comment l'homme qu'il avait considéré comme un ami avait pu se lever chaque matin et se coucher chaque soir avec, sous les yeux, les images des meurtres odieux qu'il avait commis.

Il éteignit la télévision et retourna s'asseoir à la table de la cuisine. Il n'avait pas besoin d'en savoir plus. Il avait besoin de se préparer à dire au revoir à Monica.

« Je suis amoureuse de toi, Jake. » Ses mots tournaient encore et encore dans son esprit. C'était la dernière chose qu'elle lui avait dite avant qu'il la pousse dans le vide.

Il espérait ne pas les réentendre aujourd'hui. Bon sang, il lui avait dit dès le départ qu'il ne voulait pas avoir de relation ni s'engager dans quoi que ce soit. Même après avoir fait l'amour, ils semblaient être toujours sur la même longueur d'onde et il n'y avait toujours rien de sentimental entre eux.

Il laissa échapper le profond soupir qui était monté dans sa gorge à l'idée de ce qui allait pouvoir se passer quand elle se réveillerait.

Quand il marcha vers sa chambre, son esprit le pria de faire demi-tour et de retourner dans la cuisine, mais son cœur avait pris le dessus, désireux de pouvoir la contempler quelques instants, à son insu.

Monica était recroquevillée face à lui, et il s'arrêta dans l'embrasure de la porte. Ses cheveux, éparpillés sur l'oreiller, entouraient son visage comme un doux halo de lumière. Il n'avait encore jamais vu ses traits au repos. Elle avait l'air apaisée et elle était terriblement belle. Ses yeux étaient fermés, et ses longs cils reposaient délicatement sur ses joues. Sa bouche était légèrement entrouverte, comme si elle attendait un baiser.

Il serra les poings, recula puis retourna dans la cuisine. Après s'être servi une nouvelle tasse de café, il reprit sa place en attendant qu'elle se lève.

Une heure plus tard, elle fit son apparition.

Vêtue d'un peignoir bleu marine, les cheveux ébouriffés, elle était plus belle que jamais. Il sentit son cœur se serrer.

Comme d'habitude, elle se servit une tasse de café puis vint s'asseoir en face de lui, un sourire ensommeillé sur les lèvres.

— Ça semble étrange de se dire bonjour à cette heure de la journée mais bonjour quand même, dit-elle avant de prendre une gorgée de son café.

— Oui, bonjour à toi aussi. Tu as assez dormi ?

— Pour le moment, oui.

— Ils parlent de nous aux informations.

— Dis-moi tout.

Pendant qu'elle buvait son café, Jake lui raconta tout ce qu'il avait appris en regardant la télévision. Mais, alors qu'il lui parlait et qu'elle se trouvait en face de lui, il se rendit soudain compte qu'elle commençait déjà à lui manquer.

Il n'y aurait plus jamais de discussions matinales autour d'un bon café, plus de câlins devant la télévision sur le canapé. Il n'entendrait plus jamais son rire ni ne verrait la petite ride d'inquiétude qui dansait parfois entre ses yeux, quand elle réfléchissait.

Quand il eut fini de lui rapporter tout ce qu'il avait entendu et vu, elle avait bu deux tasses de café.

— Je vais aller prendre une douche rapide et m'habiller, dit-elle en se levant. Je reviens dans quelques minutes.

Quand elle fut partie, il lava les tasses puis retourna dans le salon. La pluie tombait à présent contre les vitres des fenêtres.

Il regarda au dehors et sentit un nœud se serrer dans sa poitrine, un nœud de chagrin. C'était la deuxième fois qu'il allait dire au revoir à une femme qu'il aimait. Jamais, jamais plus il ne voulait se retrouver dans cette position.

Il était encore en train de regarder dehors quand Monica réapparut dans la pièce. Elle portait un jean et un T-shirt bleu qui faisait ressortir la couleur de ses yeux.

— Préviens-moi quand tes valises seront prêtes pour que je t'aide à les porter jusqu'à la voiture, dit-il.

Monica se figea. Elle le regarda avec une telle intensité qu'il en eut le souffle coupé.

— Je t'en prie, Jake, ne me renvoie pas.

— C'est fini, Monica. Il est temps que nous reprenions le cours de nos vies.

Il vit la tristesse briller dans les profondeurs de son regard.

— Mais ce n'est pas forcément terminé, objecta-t-elle en faisant quelques pas vers lui. Jake, tu n'as pas entendu ce que je t'ai dit hier soir ? Je suis amoureuse de toi.

Ses épaules se raidirent, et il tenta désespérément une dernière défense.

— Je suis désolé, Monica, mais ça ne change rien.

Elle avança et s'arrêta si près de lui qu'il n'aurait eu qu'à se baisser pour pouvoir poser ses lèvres sur les siennes.

Et, bon sang, il brûlait de le faire à cet instant. Il voulait la prendre dans ses bras et l'embrasser avec fougue. Il voulait lui dire qu'il ne désirait pas qu'elle parte, qu'il avait besoin qu'elle reste ici avec lui pour toujours. Mais il n'en fit rien.

— Je crois que toi aussi, tu es amoureux de moi, lui dit-elle doucement.

Il secoua la tête.

— Excuse-moi si je t'ai donné cette impression. Je croyais que nous étions sur la même longueur d'onde et que nous savions, toi comme moi, qu'une fois le Justicier arrêté nous reprendrions chacun notre route.

— Oui, je crois moi aussi que nous sommes sur la même longueur d'onde, Jake.

Elle était maintenant si proche qu'il pouvait sentir non seulement son parfum troublant mais aussi la légère odeur mentholée de son dentifrice.

— Jake Lamont, regarde-moi dans les yeux et dis-moi que tu n'es pas amoureux de moi.

Il ne pouvait pas faire une chose pareille. Il ne pouvait pas lui mentir.

— Ce que nous ressentons l'un pour l'autre n'a aucune importance, protesta-t-il en essayant désespérément de garder le contrôle de ses émotions.

Il s'éloigna d'elle et tenta de chasser la tristesse qui faisait monter des larmes brûlantes à ses yeux en colère.

— Bon sang, Monica ! Je t'avais prévenue que j'avais l'intention de vivre seul ! cria-t-il. Je t'avais dit que je ne voulais pas d'amour dans ma vie !

— Mais pourquoi ? Dis-moi pour quelle raison tu ne veux pas d'amour dans ta vie ? Tu ne veux pas vieillir avec quelqu'un ? Tu ne veux vraiment pas avoir d'enfants, avoir une famille... Construire un refuge dans ce monde de chaos ?

— Monica, je t'en prie, ne complique pas les choses.

Il ne s'attendait pas à ce qu'elle s'oppose à sa décision... À ce qu'elle se batte pour lui.

— Je ne complique pas les choses, je cherche seulement à comprendre. Je t'aime, tu m'aimes, pourquoi faut-il que ce soit si complexe ? Pourquoi faut-il que tout se termine ? répliqua-t-elle, le visage brouillé par le chagrin et l'incompréhension. Après tout ce que nous avons vécu ensemble, Jake, je pense que j'ai le droit à une réponse.

— Tu veux connaître la réponse ? lança-t-il en se laissant finalement écraser par le poids de la culpabilité qu'il portait depuis deux longues années. La réponse, c'est que je ne mérite ni bonheur, ni rires, ni amour car c'est à cause de moi que ma sœur a été assassinée.

Monica observa Jake avec incompréhension. Son corps tout entier tremblait et ses épaules s'affaissaient. Les yeux pleins de larmes, il semblait être sur le point de s'effondrer.

— Qu'est-ce que tu racontes ? demanda-t-elle d'une voix douce. C'est Max Clinton qui a tué ta sœur.

— Jamais elle ne se serait trouvée chez elle ce soir-là si je n'avais pas été si égoïste, répondit-il en essuyant ses larmes d'un geste plein de colère. Elle est morte à cause de moi.

— Je ne t'imagine pas faire une chose aussi terrible, Jake.

— Vraiment ? demanda-t-il en laissant échapper un rire sinistre. Alors peut-être que tu n'as pas encore compris quel genre d'homme je suis.

— Pourquoi dis-tu que tu as été égoïste ce soir-là ?

Elle s'avança vers lui pour tenter de lui prendre la main, mais il la rejeta et recula loin d'elle.

— Explique-moi, Jake, reprit-elle. Raconte-moi ce qu'il s'est passé cette nuit-là.

Il s'effondra sur le canapé, comme si ses jambes n'avaient plus la force de le porter. Puis il prit sa tête entre ses mains. Quand il releva le visage vers elle, son regard était noir et tourmenté.

— Même si cela faisait près de deux mois que Suzanna n'avait pas vu ni parlé à Max, elle continuait de penser qu'il la suivait. Elle allait au travail chaque jour mais, dès que l'heure du dîner approchait, elle venait passer ses soirées ici et finissait par s'endormir sur le canapé, la plupart du temps.

Il parlait d'une voix monotone et fatiguée, comme s'il avait raconté cette histoire plus d'un million de fois. Comme s'il n'avait cessé de dérouler dans son esprit le fil de cette soirée où tout avait dérapé.

— Ce soir-là, je n'avais pas envie de la voir et puis j'avais un rendez-vous. Et je ne voulais pas croiser ma sœur dans mon salon si nous décidions de finir la soirée chez moi.

Monica vint s'asseoir à ses côtés mais s'abstint de le toucher, consciente qu'il était encore trop tôt pour s'aventurer dans cette voie.

— Je lui ai demandé de partir, poursuivit-il. Je savais qu'elle n'avait pas envie de s'en aller, mais je l'ai mise à la porte malgré tout.

Il resta silencieux pendant un instant, tandis que les larmes continuaient de couler sur ses joues. Sa douleur et sa culpabilité étaient presque palpables.

— Qu'as-tu fait d'autre ? s'enquit Monica, brisant finalement le silence.

— Rien d'autre, répondit-il en la regardant, l'air surpris. Mais n'est-ce pas déjà assez de l'avoir chassée d'un endroit où elle était en sécurité pour la jeter dans les bras de celui qui l'a tuée ?

— Oh ! Jake..., dit-elle en soupirant avant de finalement placer sa main sur son avant-bras. Tu comptes te sentir responsable de sa mort toute ta vie à cause de ça ? Parce que tu es un être humain et que tu voulais passer un peu de temps seul ?

Il essaya de se dégager, mais elle le retint.

— C'est à cause de ça que Max a pu la tuer.

— Max avait prévu de le faire et si cela n'avait pas été ce soir-là, cela aurait été à un autre moment... C'était lui le monstre, Jake... Pas toi.

Elle se sentait si triste pour lui. Il portait toute cette culpabilité, cette responsabilité depuis deux longues années. Et il comptait, manifestement, continuer à supporter ce fardeau et se punir pour le restant de ses jours. À moins qu'elle ne réussisse à le faire changer d'avis. Elle devait absolument lui faire prendre conscience qu'il n'était pour rien dans la mort de sa sœur.

— Jake, libère-toi de la prison dans laquelle tu t'es enfermé, lui dit-elle fermement. Tu n'as rien fait de mal.

Des larmes de frustration lui brûlèrent les yeux quand elle sentit la résistance naître en lui, dans son bras tendu.

— Ce n'est pas ce que Suzanna aurait voulu pour toi, reprit-elle. Elle n'aurait pas accepté que tu tournes le dos à l'amour et au bonheur. Elle ne t'aurait pas laissé vivre ta vie seul et isolé. Je t'en prie, Jake. Dis-moi que je peux rester. Dis-moi que tu veux construire une vraie vie avec moi.

Il la regarda, et elle vit briller dans ses yeux une peine qui la fit pleurer encore davantage.

— Monica, je suis désolé, dit-il en retirant son bras. Dis-moi quand tu seras prête à monter en voiture et je te ramènerai chez toi.

Sur ces mots, il se retourna et quitta la pièce.

Elle resta un instant assise sur le canapé, terrassée par les sanglots. Elle ne pouvait croire que leur histoire se termine de la sorte. Pendant de longues minutes, elle resta immobile, espérant et priant pour que Jake revienne lui dire qu'il avait changé d'avis.

Mais rien de tout cela ne se produisit, et elle finit par prendre quelques profondes inspirations pour se calmer avant de se lever. À présent, la seule chose qu'elle voulait faire était rentrer chez elle le plus vite possible, et se retrouver là où elle pourrait vraiment pleurer à chaudes larmes sur ce qui aurait pu se passer si les choses avaient été différentes.

Il lui fallut près d'une demi-heure pour rassembler tous ses vêtements et ses affaires de toilette. Elle se rendit ensuite dans son bureau pour remballer son matériel puis elle emporta ses valises et ses sacs jusqu'au perron.

Pendant tout ce temps, Jake était resté dans sa chambre à coucher, la porte fermée. *Quel lâche*, pensa Monica. Il l'avait anéantie et se cachait maintenant pour éviter d'assumer les conséquences de ses actes.

Elle marcha jusqu'à sa porte et frappa quelques coups, sentant grandir en elle une minuscule flamme de colère.

— Je suis prête, lui dit-elle froidement quand il ouvrit la porte.

Il acquiesça en silence et la suivit jusqu'à la porte d'entrée. Ils ne s'adressèrent pas la parole tandis qu'ils chargeaient ses affaires dans le coffre et ne prononcèrent toujours aucun mot pendant le trajet.

Elle se répétait encore et encore tout ce qu'il lui avait dit, et la petite étincelle de colère prenait de plus en plus d'ampleur.

Quand ils arrivèrent devant sa maison, ils portèrent, toujours sans un mot, les sacs et les valises jusque dans son salon puis Jake s'immobilisa sur son perron, manifestement prêt à lui faire ses adieux.

— Tu es un sacré personnage, Jake, déclara Monica en permettant à sa colère de remonter à la surface. Tu dois penser que tu es quelqu'un de très important dans le grand cirque de la vie. Tu as participé à la fabrication d'un *serial killer* et tu te crois responsable du meurtre de ta sœur. Tu veux savoir ce que je pense ?

Elle vit ses yeux s'assombrir mais il resta stoïque, comme s'il attendait patiemment qu'elle ait fini de parler pour pouvoir s'en aller.

— Je pense que tu n'es qu'un grand lâche. Je pense que tu te caches derrière des tragédies pour ne pas avoir à affronter la réalité et le véritable amour. Tu n'es qu'un couard, Jake Lamont.

— Monica, dit-il doucement.

Elle leva une main en l'air pour lui faire signe de se taire, et les larmes lui brouillèrent à nouveau la vue.

— Je ne veux pas t'écouter sauf si c'est pour me dire que tu m'aimes et que tu veux vivre avec moi.

— Je n'ai jamais voulu te faire de mal, répondit-il.

— Ce n'est pas à moi que tu fais le plus de mal, c'est à toi... Ces dernières semaines, j'ai compris que je voulais avoir de l'amour dans ma vie. J'aime mon travail, mais j'attends plus de la vie. Et je veux vivre tout ça avec toi, Jake.

Elle réprima un nouveau sanglot puis reprit :

— Je sais que tu m'aimes. Je ne l'ai pas rêvé. Je sais que c'est réel, véritable et je crois que ce que nous avons est… Je crois que c'est merveilleux et très précieux. Mais tu es bien trop lâche pour l'affronter. J'ai compris que tu avais trop peur pour tenter de vivre l'amour. Tu n'as qu'à rester accroché à ta corde de sécurité jusqu'à la fin de tes jours, ainsi tu pourras éviter toute forme de relation sociale.

Un nouveau sanglot lui échappa, et soudain elle sentit que la colère avait disparu. À la place, elle ressentait un vif chagrin.

— S'il te plaît, Jake, ne m'oblige pas à te supplier. Fouille profondément dans ton cœur et dis-moi que tu veux la même chose que moi.

Elle se tut et se mordit la lèvre en voyant apparaître la réponse dans les ténèbres de son regard.

Alors, sans un mot, elle se retourna et fit quelques pas dans son couloir. Une fois arrivée devant la porte de sa chambre, elle entendit le son de sa porte d'entrée qui se refermait.

Il était parti.

12

Monica s'assit à sa table de cuisine pour boire son café. Il était un peu plus de 10 heures du matin et, même si elle sortait seulement du lit, elle se sentait toujours épuisée. Son bras la faisait encore souffrir, mais cette douleur n'était rien comparée à celle de son cœur brisé.

La veille, après que Jake l'eut laissée seule chez elle, elle avait pleuré pendant des heures, ne pouvant s'empêcher d'espérer qu'il réapparaisse et lui dise qu'il l'aimait, lui aussi, mais en vain. Une heure avant la diffusion de son émission, elle était toujours sens dessus dessous. Elle avait finalement réussi à reprendre ses esprits, mais, pour la première fois, la tâche lui avait semblé difficile.

Alors qu'elle racontait la terreur qu'elle avait ressentie, suspendue dans les airs, menacée de mort par le Justicier, elle ne pouvait cesser de penser à Jake.

Elle ne savait comment elle avait réussi à terminer son podcast, mais elle avait fini par s'écrouler dans son lit, en larmes. Heureusement, elle avait dormi d'un sommeil de plomb, d'un sommeil sans rêves. Mais, à la seconde où elle avait ouvert les yeux, Jake lui était immédiatement revenu à l'esprit.

Il avait raison. Il l'avait prévenue, mais… Le cœur a ses raisons que la raison ignore. Et malgré toute sa volonté, son cœur à elle n'en faisait qu'à sa tête et ne voulait qu'une chose :

Jake. Et ce qui la faisait le plus souffrir était qu'elle savait qu'il l'aimait tout autant qu'elle.

C'était lui qui était stupide. Il était stupide de prévoir de rester seul et isolé à cause d'une chose dont il n'était pas responsable. Elle avait espéré que son amour pourrait le guérir. Elle avait cru qu'il choisirait l'amour plutôt que la culpabilité, l'amour plutôt que la peur, mais il était resté ferme sur ses positions.

Elle se leva en soupirant et se servit une nouvelle tasse de café. Elle pensa qu'elle devrait contacter quelqu'un pour réparer le mur de son salon. Elle devait tout faire pour se sentir à nouveau en sécurité chez elle, ce qui impliquait de s'occuper rapidement de ce mur criblé de balles.

Ou peut-être devrait-elle le laisser en l'état... Quand elle le regardait, ses pensées la ramenaient à cette nuit où Jake et elle s'étaient embrassés pour la première fois, cette nuit où il lui avait sauvé la vie.

Non, se dit-elle en secouant la tête, elle allait le faire réparer et même probablement faire repeindre toute la pièce d'une nouvelle couleur pour prendre un nouveau départ.

Sa sonnette retentit soudain et elle se figea. Était-ce Jake ? Avait-il enfin changé d'avis ? Elle se précipita vers sa porte d'entrée, le cœur battant.

Elle la déverrouilla en hâte et l'ouvrit. Instantanément, toute la joie qui l'avait envahie quelques secondes plus tôt disparut.

— Papa... Mais qu'est-ce que tu fais là ?

— Quoi ? Je n'ai pas le droit de rendre visite à ma fille ? lui répondit-il en haussant les sourcils. Hum... Ça sent bon le café !

— Entre, je vais t'en servir une tasse.

Elle lui fit signe de la suivre à l'intérieur en se demandant ce qui pouvait bien l'amener chez elle.

Neil Wright était un homme grand et musclé qui avait travaillé toute sa vie dans la construction. Il avait pris sa retraite un an plus tôt, et Monica était heureuse qu'il ait à présent le temps d'aller à la pêche et au golf.

— J'ai regardé ton émission hier soir, dit-il en s'asseyant à la table de la cuisine.

— C'est vrai ? répondit-elle en versant du café dans le filtre de la machine.

— Oui, pour tout te dire, ce n'était pas la première fois que je le faisais... Même si je ne suis pas vraiment heureux de la situation dangereuse dans laquelle tu t'es retrouvée avec ce Justicier, je dois reconnaître que tu as fait un excellent travail de journaliste. Cependant est-ce vraiment raisonnable de risquer ta vie pour décrocher un scoop, aussi bon soit-il ?

Elle le dévisagea. Il venait de la féliciter. Il venait de prononcer des mots qu'elle avait l'impression d'avoir attendus toute sa vie.

Mais même si son père, lui, l'avait trouvée à la hauteur, cela n'avait pas été suffisant pour Jake. Cette pensée fit remonter ses larmes et elle éclata en sanglots.

— Eh, eh, dit son père en se levant de table pour venir vers elle. Que se passe-t-il ? Pour l'amour de Dieu, Monica, pourquoi pleures-tu ainsi ?

Elle secoua la tête, incapable de lui répondre avec ce flot d'émotions qui la traversaient.

À sa grande surprise, il la prit dans ses bras alors qu'elle continuait de sangloter de manière totalement incontrôlable et il lui tapota le dos maladroitement.

Elle ne se souvenait pas de la dernière fois où son père l'avait serrée contre lui. Elle pleura ainsi pendant quelques minutes puis leva la tête et regarda l'homme qui l'avait élevée.

— Il m'a brisé le cœur, papa. Jake m'a brisé le cœur.

— Donne-moi son adresse et je vais aller lui casser la gueule.

Sa fanfaronnade la fit éclater de rire. Elle essuya ses larmes et s'écarta.

— Rassieds-toi, je vais te servir ton café.

Quelques instants plus tard, le calme était revenu et ils étaient tous les deux assis l'un en face de l'autre.

— Tu ne peux pas imaginer comme j'avais envie de t'entendre

me faire un compliment, lui avoua-t-elle en esquissant un petit sourire.

Il la regarda, l'air surpris, puis se pencha en avant.

— On dirait que je n'ai pas franchement réussi à te montrer combien je suis fier de toi. Tes sœurs ont été si faciles à élever. Elles ressemblent beaucoup à ta mère. Elles sont simples à contenter. Avec toi, ça a été une autre paire de manches. Tu m'as fait peur, je m'inquiétais pour toi. Tu es beaucoup plus comme moi. Tu étais une rebelle et tu remettais tout en question. Tu as été un véritable défi à relever, mais, ma chérie, il faut que tu saches que je t'ai toujours aimée et que j'ai toujours été fier de toi.

— J'avais vraiment besoin d'entendre ce que tu viens de me dire. J'avais vraiment besoin de savoir que tu m'aimais.

— Je suis désolé, lui répondit Neil en fronçant les sourcils. Quand ta mère est morte, j'étais terrifié. Du jour au lendemain, je suis devenu père célibataire de trois petites filles. Et tu sais, il n'existe malheureusement pas de mode d'emploi.

— Tu as été un super papa. Peut-être que j'aurais simplement dû te demander ce dont j'avais besoin.

— Une bonne fois pour toutes, Monica, je t'aime. Je t'aime de tout mon cœur, ma chérie, lui répéta-t-il avant de se laisser aller en arrière sur sa chaise. Maintenant, arrêtons les trémolos, je vois que tu as le bras bandé, tu as été blessée ?

Le cœur gonflé par les mots que son père venait de prononcer, elle comprit qu'elle attendait ces paroles depuis des années.

— Papa, tu dois comprendre et accepter que ce podcast soit ma carrière. C'est ce que je veux faire de ma vie.

— Je le comprends, répondit-il en fronçant les sourcils une nouvelle fois, mais tu ne peux pas me reprocher de vouloir le meilleur pour toi. Hier soir, quand j'ai appris ce qu'il t'était arrivé, j'ai eu la peur de ma vie. Je peux tout à fait respecter ton travail et malgré tout vouloir que tu sois en sécurité.

— Je ne pense pas que je risque de me retrouver à nouveau un jour en face d'un tueur en série.

— J'espère bien ! Une autre chose, je sais que tes sœurs et toi vous n'êtes pas vraiment proches mais, avant de mourir, j'aimerais beaucoup que les choses évoluent. Elles sont ta famille, tu sais.

— Elles ne semblent pas avoir envie de lier une relation avec moi, répliqua-t-elle. Elles me proposent juste de temps en temps d'aller prendre un café ou d'aller dîner, uniquement parce qu'elles se sentent obligées de le faire.

— Je crois que tu te trompes. Elles tiennent à toi, Monica.

Ils discutèrent ainsi pendant près d'une demi-heure puis il rentra chez lui. Monica soupira en se rendant compte que si rien de bon ne semblait être ressorti de toute cette histoire, au moins elle s'était rapprochée de son père.

Cependant, maintenant qu'il était parti, il ne lui restait rien d'autre que son chagrin. Pour la douzième fois de la journée, elle pensa appeler Jake.

Mais pour quoi faire ? Pour lui demander s'il avait changé d'avis ? Si c'était le cas, il serait déjà sur son perron. Non, elle ne pouvait pas mendier son amour.

Vers 14 heures, elle décida d'aller faire une sieste pour rattraper le manque de sommeil dû à toutes ces heures passées à pleurer.

Elle s'endormit presque immédiatement et rêva de Jake. Dans ses rêves, elle était dans ses bras et il lui faisait l'amour tendrement. Puis ils allaient s'asseoir autour de sa table de cuisine et riaient en buvant leurs cafés. Finalement, ils marchaient sur le trottoir en poussant une poussette double devant eux. Dans celle-ci, se trouvaient un petit garçon et une petite fille, tous les deux bruns. Des jumeaux.

Elle se réveilla de nouveau en larmes, obsédée par l'idée de ne jamais pouvoir vivre avec l'homme qu'elle aimait.

Elle allait devoir passer à autre chose. Elle allait devoir tourner la page, recommencer à travailler avec passion et cesser de penser à Jake Lamont.

Au cours des cinq jours qui suivirent, les informations concernant le Justicier diminuèrent dans les médias, faisant place à des actualités plus récentes. Mais, grâce aux événements, Monica avait gagné un grand nombre de spectateurs et elle en était plutôt satisfaite. Elle rendit visite à son médecin de famille qui, après lui avoir changé son bandage, lui prescrivit un traitement antibiotique.

Un vent frais s'était levé sur la ville, et soudainement l'été semblait avoir été remplacé par l'automne. Elle avait rangé ses affaires estivales, ressorti ses pulls, ses plaids et préparé quelques sacs de vêtements et de chaussures à donner. Deux hommes étaient venus pour réparer le mur de son salon puis elle avait passé un après-midi entier à le repeindre. Elle était allée acheter de nouvelles illustrations et de belles photos à encadrer. Pendant tout ce temps, elle s'était efforcée de se maintenir occupée à un rythme presque frénétique pour éviter de penser.

Elle réussissait à se convaincre qu'elle allait bien jusqu'à ce que les heures, sombres et longues, de la nuit ne finissent par la rattraper. Il lui semblait parfois que Jake était comme un fantôme qui la hantait. Elle imaginait sentir son odeur entre les draps et percevoir la chaleur de son corps contre le sien.

Inlassablement, elle se répétait qu'il lui faudrait seulement du temps pour oublier Jake. Mais, chaque jour, elle se réveillait, le cœur brisé à l'idée de ce qui aurait pu être.

Ce matin, elle avait décidé de nettoyer la cuisine de fond en comble. Elle devait récurer son garde-manger et faire les carreaux. Vêtue d'un short en jean, d'un T-shirt bleu marine délavé, ses cheveux rassemblés en une queue-de-cheval désordonnée, elle se mit au travail.

S'occuper était pour elle le seul moyen de tenir le coup. Toutes ses pensées la ramenaient toujours à Jake et donc à de nouveaux torrents de larmes… Le mieux était donc d'éviter d'avoir une seule seconde de libre.

Ces événements avaient aussi apporté du bon car, en prime de la discussion en tête à tête qu'elle avait eue avec son père, Monica avait aussi eu des nouvelles de ses deux sœurs qui avaient appelé pour lui offrir leur amour et leur soutien. Il était prévu qu'elles déjeunent toutes les trois ensemble la semaine suivante. Si elle avait perdu l'amour, elle avait renoué des relations prometteuses avec sa famille.

Elle commença à frotter la surface carrelée qui se trouvait derrière son évier avec une éponge et un produit nettoyant parfumé au citron. Pendant qu'elle s'activait, elle essayait de garder son esprit concentré sur son podcast et sur les sujets qu'elle comptait traiter le soir même. Il ne s'était pas passé grand-chose de passionnant ces derniers jours, et elle n'avait rien trouvé à explorer plus profondément.

Comme la rentrée scolaire était dans quelques jours, elle avait interviewé un expert sur les mesures de sécurité dans les écoles.

Elle fut soudain tirée de ses pensées par des coups frappés à sa porte. Sans doute était-ce son père qui venait prendre le café, comme il le lui avait dit la veille au téléphone.

Mais, en ouvrant sa porte d'entrée, elle eut soudain le souffle coupé. Jake était sur son perron.

— Est-ce que je peux entrer ?

Il avait le visage de quelqu'un qui n'a pas dormi depuis des semaines. Des rides de fatigue creusaient ses joues et des cernes profonds assombrissaient son regard.

Sans un mot, elle lui fit signe d'entrer. Que faisait-il ici ? Elle sentit qu'elle devait protéger son cœur, encore si vulnérable. Il n'avait pas l'air d'un homme sur le point de lui révéler son amour, non, il avait plutôt l'air d'être au creux de la tourmente.

— Ton mur est magnifique, dit-il en pénétrant dans le salon. J'aime beaucoup cette nouvelle couleur.

— Je sais que tu n'es pas venu pour voir mes réparations, répondit-elle, le cœur battant. Pourquoi es-tu là ?

Il s'assit sur le canapé et poussa un profond soupir.

— Depuis le jour où Suzanna a été assassinée, j'ai décidé

de rester seul. Nous avions toujours formé une équipe elle et moi, nous étions ensemble contre le reste du monde, et sans elle j'étais totalement perdu.

Monica prit place dans le fauteuil en face de lui. Était-il venu lui raconter ses états d'âme ? Avait-il l'impression qu'il devait encore lui répéter toutes les raisons pour lesquelles il ne voulait pas se permettre de lui retourner son amour ? Était-il ici pour la rejeter derechef ? Elle resta silencieuse mais plissa les yeux en l'observant.

— Tu étais censée n'être qu'une partenaire dans ma traque du tueur, continua-t-il. Tu ne devais pas devenir autre chose.

— Pourquoi es-tu là, Jake ? répéta-t-elle.

Sa présence l'anéantissait à petit feu. Il était peut-être en train de faire quelque chose dont il avait besoin, mais elle ne pouvait pas rester assise là, à l'écouter lui énumérer une nouvelle fois toutes les raisons pour lesquelles il ne voulait rien construire avec elle.

— Je suis ici car tu avais raison. J'ai été lâche. J'ai eu peur d'affronter la vie. Mon chagrin, suite à la mort de Suzanna, m'a fait redouter de laisser à nouveau quelqu'un entrer dans ma vie. Je sais que je ne suis pas responsable de son assassinat, mais je me suis servi de ce que j'ai fait ce soir-là pour garder les gens à distance.

Il se leva, marcha vers elle et prit sa main dans la sienne pour la faire se redresser également. Monica sentit les battements de son cœur s'accélérer encore tandis qu'elle plongeait son regard dans le sien… qui s'était réchauffé.

— Je croyais pouvoir t'oublier. Je pensais pouvoir te chasser de ma maison et de mon cœur. Monica, ces cinq derniers jours ont été les plus longs de toute ma vie. La seule chose à laquelle je pensais était quel imbécile j'étais. Chaque soir, je regardais ton émission et je me languissais de toi.

— Tu te languissais de moi ? Dis-m'en plus, murmura-t-elle, sentant la joie l'envahir en comprenant maintenant la raison pour laquelle il était venu la trouver.

Car, malgré tout l'amour qu'elle ressentait pour lui, elle voulait qu'il lui prouve le sien. Elle n'allait pas lui faciliter la tâche après ces interminables journées de chagrin qu'il lui avait fait subir.

— Je me languissais de voir ton visage grognon le matin, répondit-il en caressant sa joue du bout des doigts. Je me languissais d'entendre ta voix et de sentir ton parfum. Tu avais raison, Suzanna n'aurait pas voulu je passe ma vie seul. Je te veux, Monica. J'ai besoin de toi. Je t'en prie, dis-moi qu'il n'est pas trop tard et que tu es toujours amoureuse de moi.

Il laissa tomber sa main et la regarda avec une folle intensité avant d'ajouter :

— Je t'aime, Monica. Pour l'amour de Dieu, dis-moi que tu acceptes de revenir vivre chez moi et de devenir ma femme... Ma partenaire pour toute notre vie.

Pendant quelques secondes, elle ne put parler. Il n'y avait pas de mots pour dire sa joie et son bonheur. Elle acquiesça en silence puis laissa échapper un éclat de rire.

— Oui, dit-elle enfin.

Jake l'enlaça et l'embrassa avec fougue. Elle savoura le goût de son amour et le sentit dans ses bras forts et puissants.

Quand il mit fin à leur baiser, il fit un pas en arrière.

— Attends ici, lui enjoignit-il avant de sortir de la maison en courant.

Et maintenant ? Elle resta immobile à fixer la porte en attendant de voir ce qu'il lui réservait. Quand Jake revint, il portait dans ses bras une petite boule de poils aux yeux curieux.

— Elle s'appelle Cookie. Elle a huit semaines et, comme tu peux le voir, c'est un schnauzer noir. J'ai pensé que le fait de s'occuper d'elle pourrait être un bon entraînement avant d'avoir des enfants.

— Oh ! quel petit amour ! s'écria-t-elle en prenant le chiot dans ses bras.

— Je veux avoir des enfants, Monica. Je veux une famille et je veux la construire avec toi, ajouta Jake.

— Compte sur moi !

Le chien se mit à aboyer comme pour approuver leurs dires. Monica éclata de rire. Et, tandis que Jake l'embrassait avec une intensité qui annonçait leur avenir, elle comprit qu'elle tenait là le meilleur de tous les scoops, une histoire qui se terminait avec de l'amour, des rires et des bisous de chiot.